『경성일보』 문학·문화 총서 ❶

현상소설 **파도치는 반도 · 반도의 자연과 사람**

〈『경성일보』 수록 문학자료 DB 구축〉 사업 수행 구성원

연구책임자

  김효순(고려대학교 글로벌일본연구원 교수)

공동연구원

  정병호(고려대학교 일어일문학과 교수)

  유재진(고려대학교 일어일문학과 교수)

  엄인경(고려대학교 글로벌일본연구원 부교수)

  윤대석(서울대학교 국어교육과 교수)

  강태웅(광운대학교 동북아문화산업학부 교수)

전임연구원

  강원주(고려대학교 글로벌일본연구원 연구교수)

  이현진(고려대학교 글로벌일본연구원 연구교수)

  임다함(고려대학교 글로벌일본연구원 연구교수)

연구보조원

  간여운 이보윤 이수미 이훈성 한채민

주관연구기관

  고려대학교 글로벌일본연구원

京城日報

일본학 총서
44

『경성일보』
문학·문화 총서
01

현상소설

파도치는 반도·
반도의 자연과 사람

바바 아키라(馬場明)·후지사와 게이코(富士澤けい子) 지음 ｜ 김욱·김효순 옮김

역락

〈『경성일보』문학・문화 총서〉 기획 간행에 즈음하며

　본 총서는 고려대학교 글로벌일본연구원에서 한국연구재단 토대연구사업(2015.9.1~2020.8.31)의 지원을 받아 〈『경성일보』 수록 문학자료 DB 구축〉 사업을 수행하는 과정에서 발굴한 『경성일보』 문학・문화 기사를 선별하여 한국사회에 소개할 목적으로 기획한 것이다.

　조선총독부의 기관지로서 일제강점기 가장 핵심적인 거대 미디어였던 『경성일보』는, 당시 정치, 경제, 문화, 사회 지식, 인적 교류, 문학, 예술, 학문, 식민지 통치, 법률, 국책선전 등 모든 식민지 학지(學知)가 일상적으로 유통되는 최대의 공간이었다. 이와 같은 『경성일보』에는 식민지 학지의 중요한 한 축을 구성하는 문학・문화의 실상을 알 수 있는, 일본 주류 작가나 재조선일본인 작가, 조선인 작가의 문학이나 공모작이 다수 게재되었다. 이들 작품의 창작 배경이나 소재, 주제 등은 일본 문단과 식민지 조선 문단의 상호작용이나 식민 정책이 반영되기도 하고, 조선의 자연, 사람, 문화 등을 다루는 경우도 많았다. 본 총서는 이와 같은 『경성일보』에 게재된 현상문학,

일본인 주류작가의 작품이나 조선의 사람, 자연, 문화 등을 다룬 작품, 조선인 작가의 작품, 탐정소설, 아동문학, 강담소설, 영화시나리오와 평론 등 다양한 장르에서, 식민지 일본어문학의 성격을 망라적으로 잘 드러낼 수 있도록 구성하였다. 아울러 본 총서의 마지막은 〈『경성일보』 수록 문학자료 DB 구축〉 사업을 수행하는 과정에서 발굴된 문학, 문화 기사를 대상으로 식민지 조선 중심의 동아시아 식민지 학지의 유통과정을 규명한 연구서 『식민지 문화정치와 『경성일보』: 월경적 일본문학·문화론의 가능성을 묻다』(가제)로 구성할 것이다.

본 총서가 식민지시기 문학·문화 연구자는 물론 일반인에게도 널리 읽혀져, 식민지 조선의 실상을 바라보는 새로운 시각을 제시하고 동아시아 식민지 학지 연구의 지평을 확대시킬 수 있기를 기대한다.

2020년 5월

〈『경성일보』 수록 문학자료 DB 구축〉 사업 연구책임자 김효순

일러두기

1. 「파도치는 반도」는 1922년 8월 1일부터 12월 말까지, 「반도의 자연과 사람」은 1923년 1월부터 6월 24일까지 『경성일보』에 각각 연재되었다.

2. 현대어 번역을 원칙으로 하나, 일부 표현에 있어 시대적 배경을 고려하여 당대의 용어와 표기를 사용하기도 했다.

3. 인명, 지명 등과 같은 고유명사는 초출시 ( ) 안에 원문을 표기하였다.

4. 고유명사의 우리말 발음은 〈대한민국 외래어 표기법〉(문교부고시 제85-11호) '일본어의 가나와 한글 대조표'를 따랐다.

5. 각주는 역자주이며, 원주는 본문의 ( ) 안에 표기하였다.

6. 판독이 불가능한 경우는 ■으로 표시하였다. 단 원문에 ■로 표기되어 있는 경우는 원문 그대로라고 그 사정을 밝혔으며, 그 외의 기호는 원문 그대로 표기하였다.

7. 본문에 나타난 '국어'란 일본어를 뜻하며, 원문을 그대로 표기하였다.

차례

파도치는 반도
(潮鳴る半島)

바바 아키라

(馬場明)

(1)

등불(灯影) 1

봉천(奉天) 역행 열차가 남대문(南大門) 역에 막 도착했다. 기적 소리가 이 거대한 역사의 번잡한 소리를 먹어치우듯이 크게 울려 퍼졌다. 봄날 초저녁에, 살랑거리는 바람이 플랫폼에 모여드는 사람들의 아름다운 뺨이나 소매에 얽혀 연모하듯이 불어 왔다. 그리고 사람들에게서 나는 향수나 분 냄새를 봄날 초저녁에 어울리도록 녹여내었다.

"아버지, 다녀오셨습니까."

"가주(御主人)님, 어서 오세요."

"사장님, 고생 많으셨습니다."

이러한 남녀의 목소리가, 막 일등침대 객실 열차에서 내린 노신사 근처 주변에서 들려왔다. 노신사는 이미 예순에 가까운 나이로 콧수염은 완전히 백발이었지만, 수염이 풍성하게 나 있어서 커다란 얼굴에 위엄이 깃들었다. 검은 중절모를 쓰고 해달 가죽 코드를 입고 있었다.

"음, 사에코(朗子), 지금 다녀왔다."

노신사는 다른 사람들에게는 눈길도 주지 않고, 앞으로 걸어가 양갓집 규수 차림을 한 젊은 여자에게 말을 건넸다. 그 아가씨는 하오리(羽織)[01] 길이보다 긴 올드 로즈 색 스카프를 두르고 있었다. 손가락에는 다이아몬드가 반짝반짝 빛을 발하고 있었다.

"저기, 아버지. 긴이치(謹一) 씨는 함께 오지 않으셨나요?"

아가씨는 약간 당황한 노신사를 바라보았다.

"아, 긴이치?"

노신사는 이렇게 말하곤 곧바로 뒤를 바라보았다. 지금까지 객차 안에서 무언가를 하고 있던 청년이 승강구에서 내려왔다.

"긴이치는 여기 있단다."

노신사는 이렇게 말한 후, 그 청년을 아가씨에게 보였다. 청년은 대학 제복을 갖춰 입고 갈색 레인코트를 걸치고 있었다.

"어머."

아가씨는 놀라서 청년을 바라보다가 곧 얼굴에 홍조를 띠고 눈길을 거두었다.

"허허, 사에코가 당황했구나."

노신사는 상쾌한 듯이 웃으며 운을 떼었다.

---

01 외출시에 입는 골반이나 넓적다리까지 오는 일본의 전통 겉옷

"자, 가자."

마중을 나온 사람들이 노신사와 아가씨 그리고 청년을 둘러싸고 플랫폼을 줄지어 걸어나왔다. 노신사 역시 마중을 나온 그의 집사(執事) 같은 남자와 나란히 걸으며 사업 이야기를 하거나 보고를 듣거나 하였다.

영업부가 어떻다느니, 농장이 어떻다느니 운운하는 소리가 들려왔지만, 청년은 그저 묵묵히 걸었다. 그는 그곳에 전송을 나온 사람들에게는 전혀 무관심하다는 얼굴을 하고는 고개를 숙이고 살짝 한쪽으로 치우쳐 걸었다. 게다가 아가씨는 끊임없이 청년의 모습을 바라보았다. 그런데 청년의 태도에 무언가 불만을 품은 듯이 보였다.

"아가씨, 저 긴이치 도련님이랑 무슨 얘기라도 나눠 보심이…….
그렇게나 기대하면서 기다리고 계셨잖아요."

이런 꼴을 차마 두고 보지 못한 것일까. 아가씨 옆을 지키고 서 있던 하녀 같은 이가, 아가씨에게 이렇게 말했다.

"괜찮아, 할멈. 조용히 해."

이렇게 또 얼굴을 붉히며 아가씨가 중얼거렸지만, 그래도 그 하녀의 말에 그녀는 무언가 힘을 얻은 것처럼 보였다.

(1922. 8. 1)

(2)

등불 2

"아니, 난 걸어서 갈게. 아버지, 부디 먼저 들어가세요."

청년은, 자동차에 탄 노신사를 흘끗 보며 말했다.

"그냥 타면 되지 않나. 이렇게 안에 자리가 넓은데, 걸어갈 필요가 어디 있어."

노신사는 중후한 음성으로 이렇게 말했다.

"아뇨. 기차를 타고 오다가 멀미를 해서, 밤바람이라도 쐬며 조금 걷겠습니다. 이봐, 차를 출발시키게."

청년은 차에서 멀어졌다. 그리고 지금 그 근처에서 어쩐지 초조한 기색을 보이는 소녀 앞에 다가가 말을 붙였다.

"야스코(安子) 씨, 저와 함께 걸어서 돌아갑시다. 한동안 못 본 사이에 많이 자라셨네요."

청년은 그렇게 말하며 상냥하게 소녀의 눈을 바라보았다. 소녀는, 그저 말없이 고개를 숙이고 있었다. 이곳에 풍기는 평화로운 분위기가 무언가 자기 때문에 깨진 것 같이 소녀는 느꼈다.

"자, 야스코 씨. 같이 돌아가죠."

청년이 다시 한번 재촉했다.

"어찌하시겠습니까."

운전기사가 곤란한 듯이, 차 안의 노신사에게 물었다.

"어찌하여 차를 타지 않겠다고 하는 것인지……."

노신사도 조금 불만스러웠지만, 주변 사람에게 묘한 분위기를 풍기는 것은 원치 않은 모습이었다.

"머리가 아프면 걸어서 돌아가는 것도 좋겠지. 그럼 가 주게."

노신사가 이렇게 말하자 자동차 문이 소리를 내며 닫혔다. 그러자 창문 안에서 아가씨의 얼굴이 또 한 번 찡그려졌다. 그 얼굴은 약간 상기되어, 조금 창백한 것처럼 보였다.

모터 소리가 나더니, 자동차가 경적을 한두 번 울리고는 곧 그곳에서 멀어져 갔다. 집사와 늙은 하녀, 그 밖에 마중을 온 사람들은 반대편에 보이는 전차(電車) 정류장으로 걸어가기 시작했다.

"야스코 씨, 당신은 긴이치 도련님과 함께 돌아가시게. 좋겠구먼, 정말 참 좋겠어……."

늙은 하녀는 소녀에게 이렇게 말했다.

"밖으로 나오니 두통이 싹 나았어. 기차가 어찌나 흔들리던지, 또 자동차 같은 걸 탔다면 참을 수 없었을 거야."

청년은 소녀에게 변명을 늘어놓듯이 이렇게 말하면서 덧붙였다.

"야스코 씨, 둘이서 이 근처를 둘러보며 천천히 걸어가죠."

"저……, 저는 혼자 돌아가겠어요."

지금까지 입을 다물고 있던 소녀는, 또렷한 국어[02]로 짧게 한 마디를 건넸다.

"혼자서? 애써 혼자 돌아가지 않아도 돼요. 나도 시로야마(城山) 가

---

02 당시 시대상 원문에는 국어라고 표기되어 있으나, 일본어를 일컬음.

문의 저택으로 돌아가는 건데, 같이 가요."

"……."

"아무튼 당신은 주변을 신경 쓰지 않아도 됩니다. 여자는 좀 더 쾌활한 성격을 보이지 않으면 안 돼. 누가 뭐라 하든 상관없지 않아요? 당신은 작년 겨울방학에 내가 돌아왔을 때 이렇게 말하지 않았습니까. 앞으로는 정말로 마음을 터놓고 지낼 수 있는 사이좋은 오누이가 되자고. 벌써 잊어버린 건가요. 하하하, 시간이 좀 지났다고 잊어버리거나 하면 안 되죠."

(1922. 8. 3)

(4)⁰³

등불 4

사람들이 아직 근처에 있음에도 청년이 또 이러한 말을 거리낌 없이 건네자, 소녀는 홍염처럼 붉게 물들어 그대로 얼어버렸다. 그러나 청년은 그러한 것은 일절 신경 쓰지 않는 듯이 주저하고 있는 소녀를 재촉하였다.

"자, 갑시다."

---

03 내용의 맥락으로 미루어보아 3회는 결호가 아닌 『경성일보(京城日報)』 자체의 오기로 보인다. 부제의 등불 역시 마찬가지.

"그래도 겨울에 볼 때보다 훨씬 성장했군. 잠깐 못 본 사이에 완전히 다른 사람처럼 보여. 난 플랫폼에서 당신이 보이지 않기에 어쩐 일인가 하고 생각했다고. 그래도 이렇게 마중을 나와 주었군."

긴이치는 이렇게 덧붙였다.

마중을 나온 이들은, 벌써 흩어진 후였다. 하지만 그 중 늙은 하녀는 역시 그 사람들과 함께 돌아간 듯이 보였지만, 실은 살짝 숨어서 두 남녀의 모습을 멀리서부터 엿보고 있었다.

소녀는 청년이 자기 옆에서 떨어질 기색도 보이지 않았고 또 언제까지 그곳에 서 있을 수도 없는 노릇이라 어쩔 수 없이 청년이 하자는 대로 같이 걷기 시작하였다.

역에서 벗어나 맞은 편 도로로 나올 때까지, 다만 군데군데에 전깃불이 들어와 있을 뿐으로 근처는 아주 조용하였다. 두 사람은—특히 소녀는 이제야 안심을 하고 청년 곁에 붙어서 걷기 시작하였다.

"저는 이번에는 마중을 나가지 않아도 된다고, 저택의 사람들이 말했어요."

소녀는 복받친 듯이 이렇게 말했다.

"아니, 왜지요?"

"왜인지 저는 모르지만요."

"누가 그런 말을 했습니까."

"누구라고 할 순 없는데……."

소녀는 분명하게 그렇게 말한 사람들을 숨기고 있는 듯이 보였다.

"그래서 당신은, 뭐라고 하셨나요?"

"전, 분했지만, 아무 말도 하지 않고 가만히 있었어요."

"아무 말도 하지 않고, 와 주셨단 말입니까."

"네……."

"혼자 몰래 나왔단 말입니까."

"네. 모두 집을 나선 뒤에, 살짝 와버렸어요. 그래서 전 플랫폼에까지는 나가지 못했어요."

"……."

청년은 그 말을 듣곤, 이곳이 큰 길이 아니었다면 소녀의 작은 몸을 끌어당겨 꼭 안아주고 싶을 만큼 사랑스럽게 여겨졌다.

"야스코 씨, 저는요. 이번에 여기에 돌아온 것도 모두 당신 한 사람을 만나기 위해서였습니다. 저는 그게 아니었다면, 도쿄(東京)에 있기를 얼마나 바랐는지 모르겠습니다. 야스코 씨도 알고 있겠죠. 그곳에는 제 어머니가 쓸쓸하게 혼자 기다리고 계시니까요."

"……."

"난 말이죠. 야스코 씨가 도쿄에 와 준다면 기쁘겠지만 그런 일은 쉽게 할 수 있는 일이 아닌 걸 알고 있기에, 그래서 전 어떻게든 시간이 날 때마다 조선에 오고 싶어지는 것입니다. 그래서 전 조선에 대해 집착을 하며 연구하게 되었습니다. 묘하죠. 우리 학교 도서관에 있는 조선에 관한 책은, 이제 거의 다 읽어버렸지요. 그래서 최근에는, 우에노(上野)04 같은 데에 가서 열심히 조사를 했어요. 이렇게 해서 이제

---

04 우에노에는 제2차 세계대전 이전까지 일본에 존재했던 유일한 국립도서관인 제

상당한 조선통(朝鮮通)이 되었습니다. 조선에 대한 지식은 이제 야스코 씨에게 뒤지지 않을걸요. 하하하."

두 사람은 남대문의 클래시컬한 관문 아래를 지나, 본정(本町) 거리의 찬란하게 불빛이 빛나는 쪽으로 힘차게 걸어나갔다.

(1922. 8. 4)

(5)

어머니의 집(母の家) 1

청년은 가이노 긴이치(改野謹一)라 불리는 자로, 지금 조선에서도 굴지의 사업가로 알려져 있는 시로야마 산조(城山三造)의 집에서 자랐다. 산조와 긴이치는 먼 친척이었지만, 산조가 젊은 시절에 긴이치의 아버지에게 은혜를 입은 적이 있었기에, 현재는 긴이치를 맡아서 그를 제국대학의 법학과에 다닐 수 있도록 해주었다.

산조가 이렇게 긴이치를 학교에 다닐 수 있도록 한 것은 물론 긴이치의 아버지에게 입은 은혜를 갚는 것이기도 하였지만, 만약 혹시라도 산조에게 긴이치와 같은 장남이 있었더라면, 이 정도까지 긴이치를 챙겨주지는 않았을 것이다. 긴이치에게 있어서 다행인지 불행인

국(帝國)도서관이 있었다.

지, 산조에게는 아들이 없었다. 마침 긴이치는 장녀 사에코의 배우자로 하기에 적합한 청년이었고, 이는 산조가 이런 행동을 하게끔 하는 동기가 되었다.

산조의 생각에 의하면, 양자(養子)라는 것은 역시 자기 자신이 어렸을 때부터 충분히 길들여서 자기 생각대로 길러야 하는 것이었다. 다른 사람이 길러서, 다른 사람 손에 의해 학교를 다녀 완전히 제멋대로인 인간이 되어버린다면, 모처럼 자기 양자로 삼고 싶더라도, 결코 자신의 생각처럼 되지 않는 것이라 여겨졌다. 여기에는 어떠한 경우에도 어렸을 때부터 자신의 방침대로 길러낼 필요가 있다는 사고방식이 깔려있었다.

산조에게 장녀가 태어났을 즈음에는 그의 나이가 벌써 마흔을 넘겼을 때였다. 그때까지 피가 이어진 자식이라는 것을 몰랐던 그는, 생각지도 못했던 친자식을 얻게 되어 크게 기뻤다. 하지만 그 후로 다시 친자식을 보는 일은 없었다. 그래서 그는 자기와 여식의 앞길을 생각하지 않으면 안 되었다. 그래서 그 최선의 수단으로서 장녀 사에코가 심상소학교(尋常小學校)[05]를 졸업할 때쯤 여러모로 물색한 바, 긴이

---

05 일본이 1886년에 제정한 소학교령에 따라 설치한 초등학교의 일종. 1941년 국민학교령이 제정될 때까지의 일본의 의무교육 기관이었다. 1886년에서 1907년까지는 4년제였다가 그 후 6년제로 되었다. 1905년, 통감부(統監府) 설치 이후 1941년까지 한국내에 거주하는 일본인 아동의 초등교육 기관이기도 했다. 한편, 제3차 조선교육령(1938) 제정 이후 국민학교령(1941)이 시행될 때까지 한국인의 초등학교이기도 했다.

치를 선택하여 그를 자신의 집에서 맡아 기르기로 하고 곧바로 중학교에 입학시켰다. 가난한 어머니의 손에서 길러졌던 긴이치가 아오야마 다카기마치(靑山高樹町)⁰⁶ 마을의 거대한 시로야마 저택에 들어갔을 때는, 자신이 처한 상황의 변화에 그저 놀라기만 했을 뿐이었다. 긴이치의 어머니는 그때 갓 서른을 넘긴 나이였다. 긴이치의 아버지는 시골 출신이었지만 어머니는 도쿄 태생으로, 도쿄에서 자랐다. 원래는 상당한 자본가의 여식이었기에, 서른을 넘긴 나이에도 깔끔하게 차려 입으면 이십 대로 보였다. 그러한 어머니와 소학교를 갓 졸업한 긴이치를 시로야마 가문이 거두어들인 것이다.

금색 자수를 놓은 제복을 입고, 교모를 쓰고, 다카기마치에서 히비야(日比谷)에 있는 중학교에 통학하는 듬직한 모습을 항상 현관에서 배웅하던 어머니는, 기쁨의 눈물을 감추지 못했다. 자기 남편의 젊은 시절 모습이 환영처럼 그녀의 눈에 어른거렸다.

(1922. 8. 5)

---

06 현 도쿄도 미나토구(港区)에 소재한 지역.

(6)

어머니의 집 2

긴이치가 중학교 3, 4학년쯤 되었을 때, 자기 마음에 무언가 어두운 그림자가 드리워져 있는 것을 자각하였다. 그는 그 어두운 그림자가 그의 전도유망한 앞길에 검은 뱀이 휘감겨오는 느낌이 들었다. 그즈음 긴이치의 어머니는, 시로야마의 저택을 떠나 있었다.

어머니는 나카시부야(中渋谷)의 한 셋집을 얻어 살고 있었다. 탱자나무 울타리를 두른 아담한 집이었는데, 그곳에 어머니는 혼자 살게 되었다. 긴이치도 그곳에 같이 살고 싶어 말씀을 드린 바 있지만, 시로야마의 가주는 그것을 허락하지 않았다. 긴이치는 왜 어머니가 그러한 곳에 별거하기로 하였는지 그때부터 줄곧 의문으로 삼고 있었다. 그는 학교 수업이 끝나고 하교하는 길에 곧잘 어머니 댁에 들렀다. 아오야마의 로쿠초메(六丁目)에서 바로 다카기마치 방면으로 돌아가는 것을 그만두고, 시부야의 종점까지 이동했다. 그리고 도겐자카(道玄坂)를 올라가서 오른쪽으로 꺾으면 그곳에 어머니 댁이 있었다. 이렇게 들떠서 그 협소한 네 평짜리 방의 현관에 들어서는 것이 그의 일상이었다. 그때마다 어머니는 항상 기쁜 얼굴을 하였다. 하지만 저녁노을이 지면 어머니는 항상 쓸쓸한 표정을 지으며 말했다.

"긴이치 짱[07], 이제 돌아가세요. 늦게 돌아가게 되면 그 댁에서 격

---

[07] 일본에서 사람을 호명할 때 친근하게 부르는 표현.

정하니까."

긴이치는 그것을 처음에는 대수롭지 않게 생각하였다. 그것은 어머니가 자신의 신변을 걱정해서 하는 말이기 때문이다.

긴이치는 야구 선수이기도 했다. 어느 날, 선수들의 회의가 학교 근처 어느 메밀국수 집 이 층에서 열렸다. 그 사실은 이전부터 알고 있었기에, 아침에 집을 나설 때 저택의 사람들에게 그 사실을 일러두었다. 때문에 그날은 밤 늦게 돌아가도 괜찮았다. 그런데 그날따라 의외로 빨리 끝났기에, 긴이치는 초저녁부터 시부야에 가기로 하였다.

도겐자카에는 상점이 줄줄이 늘어서 있었다.

가스등을 켜고 긴 테이블 위에 무슨 비법이라고 적힌 책을 놓고 파는 남자도 있었다. 또한 메리야스 가게의 장사꾼이나 바나나 장사꾼이 위세 좋게 머릿수건을 동여맨 채로 호객을 하고 있었다. 긴이치는 어머니의 상냥한 미소를 상상하면서 그러한 거리를 계속 걸어나갔다.

긴이치는, 현관을 지나 언제나처럼 성큼성큼 들어갔다.

"어머니, 계신가요."

그가 이렇게 말하며 들어오는 것이 늘상 있는 일이었다.

그리고 역시 그날도, 그러한 태도로 성큼성큼 방으로 들어섰다. 그런데 어머니가 묘한 웃음을 지으며 맞아주는 것이었다. 어머니의 뺨은 발그레했다. 그것은 단지 흥분해서 그런 것이 아니라 술이라도 취한 모습이었다. 긴이치는 평소와는 좀 다른 어머니의 모습에 무언가 괜히 신경이 쓰였다.

"긴 짱, 이렇게…… 느닷없이 무슨 일이니."

이렇게 어머니는 힐난하는 듯 긴이치에게 물었다. 평소와는 조금 다르다고 긴이치는 생각했다. 그래서 그는 좀 어안이 벙벙해져서 곧바로 일어섰다.

"저는, 아니 뭐 그냥……."

긴이치는 어머니의 말에 항의하듯이, 한편으로는 변명하듯이 말했다. 그리고 어머니의 얼굴을 바라보았다. 갸름한 얼굴의, 흰 피부에 아름다운 뺨, 그러한 것들이 오늘은 어쩐지 더 생기가 있어 보였다. 순간 위화감을 느낀 긴이치의 가슴이 뛰기 시작했다. 그것은 형용할 수 없는 분 냄새가 순간 긴이치의 코를 찔렀기 때문이었다. 긴이치는 그때 말할 수 없는 불쾌감을 느꼈다. 긴이치는 어머니로서 동경했던 그녀의 본질이, 어느새 완전히 바뀌어버린 것 같았다.

"어머니, 누군가 와 있나요……."

긴이치는 그래도 응석 부리듯이 이렇게 말했다.

"아니, 아무도 찾아온 사람은 없단다……."

어머니는 무언가 두려움을 품은 어조로 이렇게 말했다. 긴이치는 자기도 모르는 사이에 한숨이 나왔다.

(1922. 8. 6)

(7)

어머니의 집 3
결호[08]

(1922. 8. 7?)

(8)

어머니의 집 4

전차도 타지 않은 채로 긴이치는 다카기마치에 있는 저택으로 돌아왔다. 그러나 그는 그 저택에 돌아왔다는 사실이 도저히 견딜 수 없었다. 그래서 그는 나름대로 준비해서 그 집을 떠나버릴까도 생각하였다. 어머니도 큰아버지로 여기는 산조도도 만나지 않고, 그는 영원히 방랑의 길에 오르고 싶었다. 그렇지만 또한 그는 이러한 것을 실행에 옮길 수 있을 만큼 대담한 결심을 할 수 있는 입장은 아니었다. 소학교에서 중학교에 이르기까지 그는 어머니나 혹은 산조가 없다면 하루라도 제대로 생활할 수 있는 처지가 아니었다. 그가 지금 그렇게 그 사람들을 떠난다면, 그는 아사(餓死)하는 것 이외에 다른 미래는 상

---

08 8회의 내용으로 보아 소실분인 7회에서는 긴이치의 어머니와 시로야마 산조가 내연 관계를 맺고 있었던 부분이 묘사되었으리라 추정된다.

상도 할 수 없었다.

"죽어도 괜찮아……."

그는 이렇게 생각했지만, 과연 죽어도 괜찮은 것일까. 진심으로 생각해보면 역시 사는 게 더 낫다는 결론이 나왔다. 나카시부야에 있는 어머니의 집을 나왔을 때의 흥분은, 아직 그 부근의 길을 걷고 있는 사이에 이미 가라앉기 시작해서 아오야마의 길을 걸을 즈음에는 그저 슬픔의 감정과 안타까움 같은 것만이 가슴에 남았을 뿐이었다.

그는 터벅터벅 다카기마치의 저택에 들어섰다. 현관 대문을 지나 자기 방에 들어서자 그곳에 사에코가 풀이 죽은 채로 무언가 하고 있었다. 항상 긴이치가 돌아올 즈음이 되면 사에코가 그의 방에 와서 기다리는 일이 잦았다.

"오라버니, 돌아오셨군요."

사에코는 사랑스러운 목소리로 말했다.

"다녀왔어. 사에 짱. 기다렸어?"

긴이치는 항상 이렇게 사에코를 불렀다. 그렇지만 오늘밤은 무뚝뚝한 표정으로 가방을 대충 내던지고 크게 한숨을 내쉬었다.

"오라버니, 오늘은 꽤 늦었네요. 뭘 하고 오셨어요?"

이렇게 물으며 사에코는 긴이치 옆으로 다가왔다. 그래도 여전히 긴이치는 아무 말이 없었다.

"오라버니……."

사에코는 조금 불안한 기색으로 긴이치의 얼굴을 들여다보았다.

"아무 일도, 없었어……. 사에 짱, 잠깐 저쪽으로 가 있지 않을래."

긴이치는 여느 때와 달리 쌀쌀한 목소리로 이렇게 말했다. 사에코는 다시 한 번 놀라서 긴이치를 바라보았지만, 돌연 매우 상심한 얼굴로 그곳에서 일어나 방을 나섰다. 긴이치는 그 모습을 바라보다가 전보다 더 깊은 한숨을 내쉬었다.

긴이치는 지금까지 시로야마의 가주를 결코 불쾌한 생각을 가지고 대한 적이 없었다. 그것은 오히려 깊은 감사와 경애를 담은 마음에 가까웠다. 따라서 사에코에 대해서도 그는 여동생을 대하는 상냥한 마음으로 대할 뿐이었다. 서서히 사에코가 장래에 아내 될 사람이라는 것을 깨닫게 된 그는, 사에코를 사랑스럽게 생각하게 되었다. 그리고 그는 언젠가 그러한 장래의 꿈결 같은 인생을 마음에 그리면서 황홀한 기분이 된 적도 있었다. 그러나 그는 지금 꿈결처럼 가련한 사에코의 모습을 통해, 이제 더 이상 공상을 하며 즐거워할 정도의 여유를 가질 수가 없었다. 시로야마 산조라는 한 사람의 사업가가 막대한 돈을 가지고, 가난하고 젊은 미모의 미망인을 유혹하기만 했을 뿐 아니라, 그 품에 안긴 여자의 아들을 자기 마음대로 쓸 수 있는 도구로 쓰고 있지 않은가. 모든 것은 목적을 위한 수단으로 자기들을 이용하고 있지는 않은가. 이런 생각이 그의 젊은 가슴 밑바닥에서 어두운 그림자를 짙게 드리우고 있는 것을 그는 막을 수 없었다.

(1922. 8. 9)

여왕(女王) 1

조선에 있는 시로야마 산조의 웅장한 저택은 경성 남산정(町)의 한 귀퉁이를 차지하고 높은 돌담으로 둘러싸여 있었다. 밝은 대문 앞의 빛에 조명을 받아 기왓조각이 아름답게 현관까지 드리워지고 있었다. 정원수 맞은 편에는 새로 만든 자동차 격납고가 보였다.

도쿄에서 어젯밤, 가주가 오랜만에 돌아왔기에 오늘 밤은 집안이 소란스럽게 북적였다. 광산부, 은행부, 경작부 등 각각의 실무자들이 끊임없이 드나들었다. 저택의 넓은 응접실에는 대낮과 같이 전등이 밝혀져 있고, 전신이 거의 파묻힐 정도로 푹신한 소파 위에 가주 산조가 맥없이 앉아 있었다. 좋은 향이 나는 홍차와 커피가 몇 번이고 새로 나왔다.

"뭐, 그렇게 복잡한 이야기는 조만간 다시 천천히 듣기로 하지."

산조는 지금 그 의자 근처에서 허리를 굽히고 무언가 보고를 하고 있는 경작부장(耕作部長)에게 이렇게 말했다.

"하하……. 여행으로 피곤하신 와중에, 이렇게 번거로운 말씀을 드리게 되어서."

경작부장은 죄송한 듯이 말했다.

"아니, 그렇게까지 귀찮지는 않네. 다만 그건 매우 중요한 문제이니 나중에 자세히 들으려 하는 것일 뿐. 그래, 자네가 책임을 맡아주지 않으면 사업이 돌아가지 않으니."

산조는 그를 치하하듯이 이렇게 말하곤 궐련의 하얀 재를 털었다.

"난 이래 봬도 아직 이삼백 리 정도 여행하는 건 문제도 아닐세. 몇 해 전에 오오사와(大沢) 남작과 구미(歐美)를 만유할 때, 역시 건장한 체격의 남작도 힘들어 하면서 나를 보고는 깜짝 놀랐다니까. 허허허."

"네, 그건 그래도 아직 사장님께서 그리 연로하시지 않으셨을 때라."

"아니, 그런 건 말이야, 자네. 나이의 문제가 아니라네. 이건 인간의 기질이나 의지의 문제일세. 의지가 충만하다면 나이 같은 건 문제도 아니니깐."

"하하, 그런 것이었군요. 사장님처럼 저희보다 20년도 더 연로하신 분이 마치 장정에 비할 바 없는 기력을 소유하고 계시니, 역시 그건 바로 그 의지 때문이로군요."

"바로 그걸세. 자네들은 이제부터 크게 활약하지 않으면 안 되네. 내 몫까지 말일세. 그러면 이렇게 큰 사업도 성공할 수 있겠지. 허허허. 마흔 살도 넘은 자에게 마치 아들한테 하는 것처럼 잔소리를 해버렸군. 허허허."

"아닙니다, 별말씀을. 사장님께서 보시면 자식이나 마찬가지겠지요. 하물며 자식처럼 여겨주신다는 데야……."

"그것도 그렇군. 여하간에 노인이란 거리낄 것이 없단 말이지. 허허허. 자식처럼 대해 버렸구먼. 이번엔 긴이치도 같이 데려왔네. 그 녀석도 올해는 졸업을 하니깐. 슬슬 회사 쪽의 사업이라도 견학시킬 셈으로 말이지."

"그건 참 좋은 일이로군요. 이번에 역에서 잠깐 인사를 나누었습니다.”

“그랬군. 하지만 그 녀석도 아직 애송이라서. 이제부터 자네들에게 신세를 지게 되었어. 뭐 이번 기회에 잘 가르치지 않으면 안 되네.”

“별말씀을. 저도 또한 사장님께 지도를 받지 않으면 안 되는 입장이기에.”

이렇게 말하고 경작부장은 정중하게 고개를 숙였다.

(1922. 8. 10)

(10)

여왕 1[09]

“긴이치 도련님은 법학과를 전공하셨으니, 회사에서도 역시 총무부나 은행부 쪽 일을 시키실 생각이신지요?”

사실 경작부장은 긴이치를 자신의 부서에 넣고 싶지 않았다. 사장의 후계자가 자신이 일하는 곳에 들어온다는 것은 그리 기분 좋은 일이 아니었다. 때문에 묘하게 선을 긋는 말투로 물어보았다.

“아니, 실은 자네에게도 말하려고 생각은 하고 있었네만, 실은 그 녀석이 경제학을 전공했으니, 총무부나 아니면 은행부가 좋겠다고

---

09 2의 오기로 보임.

생각하던 참에, 그것이 묘하긴 묘한 놈이라. 농사일이라면 하겠지만, 그렇지 않으면 어떤 일이라도 계속 안 하겠다고 하는 걸세."

"하아……."

경작부장은 순간 실소를 머금었다.

"그래서 뭐, 본인이 하고 싶다는 걸 하도록 하자고 생각해서 말이지. 이 건은 일단 자네에게 맡겨보려고 하는데. 어떤가?"

"아니, 그건 좋은 일입니다마는."

그는 이렇게 말하는 수밖에 달리 방법이 없었다.

"그래. 이참에 오늘 밤, 자네와 한번 이야기를 잘 해보도록 함세."

산조는 이미 여독 같은 건 잊어버린 듯이 그렇게 말했다.

"긴이치를 이쪽으로 불러주게."

근처에 정좌해있던 심부름꾼에게 산조가 이렇게 명했다. 심부름꾼은 공손한 몸가짐으로 방을 나섰다.

"이보게, 자네. 아이를 가지면 여러 가지 고생 거리가 끊이지 않는다네."

그 고생을 얘기하면서도 살짝 자랑하듯이 산조는 웃었다.

"지당하신 말씀입니다. 그러나 이미 두 분 모두 훌륭하게 자라셨으니, 안심하셔도 괜찮으실 듯합니다."

"아니야, 오히려 그렇지 않아. 크면 클수록, 또 그만큼 고생의 불씨가 새로 생기는 거라서."

이렇게 말하는 그는 아무래도 역시 일말의 불안감을 가지고 있는 듯이 보였다.

"자네는 아이가 없었던가."

산조가 부장에게 물었다.

"아닙니다. 아닌 정도가 아니라 셋이나 있습니다."

"흠, 그거 보통일이 아니겠군. 그래서 모두 아직 어린가?"

"네, 아직 어려서 이제부터 시작이지요."

"그런가. 아니, 아이를 기르는 것은 고생길이 열리는 것과 같아서, 나도 이것은 의지만으로 되는 것이 아니라고 생각한다네."

그러는 사이 긴이치가 그곳으로 들어왔다. 힘없는 머리카락을 올백으로 넘긴 채, 비단으로 만든 평상복을 입은 모습이었다. 응접실에 들어올 때는 항상 오오시마면(大島綿)[10]으로 만든 하오리를 입으라는 것은 평소 산조의 지시였다. 긴이치의 어설픈 복장을 보고 산조는 조금 불쾌한 기색이 되었지만, 그래도 부하 앞이라 별말은 하지 않았다.

"아버지, 부르셨습니까."

긴이치는 카펫 위에 양말을 신고 서서 이렇게 말했다. 어깨 너머로 살짝 사에코의 아름다운 모습이 보였다.

(1922. 8. 11)

---

10 일본에서 유명한 면의 산지인 오오시마에서 나는 면.

여왕 3

"그래, 좀 얘기하고 싶은 게 있어서 말이지. 지금 경작부의 후세다(伏田) 씨가 와서, 너를 부른 게야."

산조는 이렇게 말하며 긴이치를 바라보았다. 그러자 그 뒤에서 사에코가 살짝 엿보고 있는 것을 산조는 알아채었다.

"음, 사에코도 이리 오렴. 긴이치 뒤를 쫓아왔구먼. 하하하, 뭐 괜찮다. 너도 같이 이리 오려무나."

산조는 이렇게 말하고 유쾌한 듯 웃었다.

"긴이치도 사에코도, 거기서 멀뚱히 서 있으면 얘기가 안 돼."

산조는 다시 재촉했다.

"훌륭한 모습입니다. 마치 삼 월의 히나인형(雛人形)[11]처럼 아름다운 두 분이십니다."

후세다는 빈말이 아니라 정말로 그렇게 생각하며 말했다.

"아니야. 덩치만 컸지, 아직 기개가 없어서 큰일이라네."

산조는 득의양양해져서 둘을 바라보았다.

"긴이치, 너는 역시 경작부가 좋은 것이냐?"

"……."

갑작스런 이야기에 긴이치는 입을 다물어버렸다.

---

11 일본에서 매년 3월 3일에 장식하는 여자아이 인형.

"난 실은 총무 쪽이나 은행부가 좋을 것이라고 생각하지만 말이다. 그래도 네가 마음에 들지 않는 부서에 넣고 싶진 않으니까."

"아버지. 그건 졸업 후에 제가 할 일에 대해 말씀하시는 건지요."

"그렇다. 그래서 말이다. 어떠하냐. 역시 경작부로 가는 것이 좋은 게냐?"

"그렇습니다. 언제인지 모르지만, 그렇게 아버지에게 말씀드려 두었지요. 그런데……."

"그런데, 무엇이냐. 그렇다면 은행부로 하는 게 좋으냐."

"아뇨. 한다고 하면, 저는 경작부가 가장 좋습니다."

"흠, 그렇다면 이에 대해 잘 상의해서, 후세다 군에게 부탁을 해야겠군."

"네에……."

긴이치는 생기 없는 말투로 대답했다.

"이제 너도 올해 가을에는 졸업을 하니, 지금 그런 것을 잘 정해둘 필요가 있어."

"아버지……."

"무어냐."

"그 이야기는, 제가 졸업한 뒤에 진행할 수는 없습니까."

"졸업한 뒤에?"

"네."

"이것아, 그런 느긋한 이야기를 하고 있을 때가 아니다. 사람의 장래란 미리미리 생각할 필요가 있어. 그렇지 않으면 분명 실수가 나와.

그러니 담당할 부서를 잘 생각해두고 지금부터 마음에 새겨두지 않으면 나중에 설마 하는 일들이 계속 벌어진단 말이다. 알겠느냐?"

"네……."

"그러니 후세다 군과 잘 얘기해 두려무나. 그렇다고 오늘 밤에 모든 것을 할 필요는 없어. 알겠지. 내일이나 모레, 경작부 사무실에 가서 대략적인 상황을 파악하고, 그 뒤 농장 쪽에 가서 지금부터 충분히 견학을 해두거라. 알겠느냐?"

"네……."

"다음으로, 음. 그럼 후세다 군, 내일이라도 자네가 긴이치를 데리고 가주길 바라네."

"네, 잘 알겠습니다. 걱정마십시오."

후세다는 공손히 말을 받들었다.

"저기 아버지, 경작부라면 농민들이 하는 일 아닌가요?"

사에코가 옆에서 귀여운 입술을 열었다.

(1922. 8. 12)

(12)

여왕 4

"그렇단다. 경작부라고 하면, 뭐 보통 농민들이 일하는 곳이지. 즉 농사일 말이다."

산조는 진지한 얼굴로 사에코에게 설명했다.

"그렇다면 아버지. 긴이치 씨는 농민이 되는 건가요?"

"뭐, 그런 셈이지. 다만 긴이치가 직접 농사 일은 하지 않고 그러한 일을 경영하는 것이지만, 말이다."

"그렇다면 긴이치 씨는 이제 더 이상 은행 쪽 일은 맡지 못하는 건가요?"

"하하, 사에코야. 내게 묻는 것보다, 긴이치에게 직접 물어보는 게 낫지 않으냐. 나보다 긴이치랑 더 사이가 좋은 것이 아니더냐?"

"싫어요, 아버지는. 그런 말씀 마시고……. 그게 말이에요. 긴이치 씨는 그런 일들은 저한테 조금도 얘기해 주지 않으니깐……."

사에코는 원망스러운 눈길로 긴이치를 바라보며 이렇게 말했다. 그러나 긴이치는 여전히 무심한 얼굴이었다.

"왜 그런 이야기들을 안 하는 것이냐. 너희들은 이미 어린 나이가 아니니, 조금은 장래에 대해 생각하여 서로 잘 얘기하지 않으면 안 되느니라."

산조는 이렇게 말하며 두 사람을 바라보았다.

"네, 아버지……."

이렇게 대답하며 사에코는 살짝 탄식을 내뱉었다. 한편 사에코는 무언가 할 말이 있는 것처럼 보였지만, 옆에 있는 긴이치와 다른 사람이 신경 쓰이는 듯 입을 다물었다. 그리고 또한 갑자기 가슴이 복받쳐 올라서 아무 말도 할 수 없는 상태가 되어 눈물을 한가득 머금고 얼굴이 빨갛게 되어 긴 소매로 얼굴을 훔치는 것이었다.

"……무슨 말을 하고 싶은 게냐. 하하, 벌써 긴이치랑 싸우기라도 한 게냐. 그래, 너무 사이가 좋으면 그럴 때도 있는 것이지. 하하하."

산조는 이렇게 말하며 웃었다.

"무엇보다 어렸을 때부터 내가 직접 키우며 오누이처럼 지낸 사이니까 말이지. 역시 그렇게 허물없는 사이기에 싸움도 하는 것이야. 하하하."

산조는 후세다를 바라보며 첨언을 하였다.

"물론이십니다. 정다운 모습은 옆에서 보고 있어도 참 기분 좋은 일입니다."

후세다도 맞장구를 쳤다.

"너도 앞으로 이러한 애들을 상대해야 하니, 꽤 힘들겠구나."

산조는 무언가 상대방에게 책임을 부여할 즈음이 되면, 평소의 호칭인 '자네'가 '너'로 바뀌는 버릇이 있었다.

"별말씀을 다 하십니다. 저야말로 이것저것 지도를 받지 않으면 안 된다고 생각합니다."

후세다는 이전처럼 조심스럽게 말했다.

"아버지. 저, 정말로 아버지께 부탁드리고 싶은 것이 있어요."

"부탁이라니, 무엇이냐. 내가 무엇을 하면 되느냐."

사에코가 한숨을 내쉬며 진심 어린 표정이 되자, 산조도 정색을 했다.

"아버지……. 여기서는 말씀드릴 수 없어요. 그러니 아버지, 저쪽 방으로 가주실 수 있을까요."

(1922. 8. 13)

여왕 5

"대체 무슨 일이냐. 여기서 할 수 없는 말이라니, 그런 어려운 이야기라면 굳이 이런 때 얘기하지 않아도 되지 않느냐. 게다가 이 애비는 오늘 많은 손님들을 접견하느라 매우 지쳐있으니 이렇게 어리광을 부리면 곤란하단다."

"네, 그렇지만 아버지……."

다시 사에코는 무슨 말인가 하려 했지만 서러움이 복받쳐 올라서 말을 잇지 못했다. 그리고 이윽고 산조가 앉아 있는 소파 아래에 주저앉아 엉엉 울어버리고 말았다.

"무슨 일이냐, 사에코야. 네가 그렇게 울어버리면 대체 무슨 일인지 알 수 없지 않으냐?"

산조는 격노한 듯 긴이치를 바라보며 이렇게 말했다.

"……."

긴이치는 묵묵히 입을 다물었다. 그리고 그는 방금 이 앞의 정원에서 자신과 사에코가 나눈 대화를 마음속으로 되새겨보았다. 두 사람의 대화가 끝나기도 전에 아버지에게서 호출이 있어 이리로 온 것이었다. 긴이치는 그때, 사에코에게 취한 자신의 태도가 사에코를 슬프고 화나게 했다는 것을 그는 알고 있었다.

"미쓰(光), 아가씨를 저쪽으로 데려가게나. 사람들 앞에서 정도가 없어서는, 참 곤란한 일이란 말이야."

옆에 있는 하녀에게 이렇게 말한 산조는 사실 후세다를 신경 써서 그랬다기보다 딸의 실태를 자신의 부하에게 보였다는 것이 화가 나서 어찌할 바를 몰랐다.

"자, 아가씨. 저쪽 방으로 가시죠."

심부름꾼은 가주의 명을 거역할 수가 없어서 곤란한 듯이 보였다.

"아니요. 전 아버지가 같이 가주시지 않으면 아무 데도 가지 않겠어요. 있잖아요, 아버지. 같이 저쪽에 가셔서 얘기를 들어주세요."

그것은 금속처럼 날카롭고 단호한 목소리였다. 항상 순종적으로 보이는 사에코지만 한 번 자신의 주장을 정하면 어떤 경우에도 굽히지 않는 기질을 지니고 있었다. 그리고 마지막에 항상 아버지를 굴복시키는 것은 그 금속성의 강하고 날카로운 목소리였다. 그 목소리를 산조는 평소 지겨울 정도로 들어왔다. 그렇지만 또 항상 그러한 목소리에 지는 것이 바로 그였다.

"어쩔 수 없구나. 그렇게 어거지를 쓰면……. 그럼 알겠다. 곧 갈 테니 내 방에서 기다리거라."

산조는 결국 자신의 의지를 굽혔다.

"아녜요, 아버지. 저와 같이 있어 주시지 않으면 전 싫어요."

"참 곤란한 녀석이구나. 그렇다면 후세다 군, 잠깐 실례하겠소."

"네, 부디 신경 쓰지 마시길."

후세다는 황송하다는 듯이 말했다.

"자, 그럼 이리 오거라. 참 손이 가는 녀석이야."

산조는 이렇게 말하곤 먼저 일어나서, 자신의 방으로 향했다. 그러자 사에코는 하녀의 어깨에 기대며 빨갛게 부은 눈을 훔치고 긴이치 쪽을 흘끗 보더니, 다시 눈을 내리깔고 발을 옮겨 아버지의 뒤를 따라갔다. 후세다는 두세 번 긴이치와 인사를 나누고 자리를 떴다.

밝게 비추는 전등 아래에서 꽉 다문 긴이치의 입술 사이로 이가 하얗게 빛났다. 그러자 그쪽 문 근처에서 사람 그림자가 보였다. 양손을 살며시 모으고 깊은 생각에 잠겨 긴이치의 모습을 바라보고 있는 조선인 복색의 소녀는 바로 야스코였다.

"아, 야스코 씨."

순간 멍해진 긴이치는 야스코의 작은 어깨를 바라보았다. 그와 야스코의 눈에서 눈물이 어른거리고 있었다.

"야스코 씨. 당신 뭐에요? 이런 곳에서……. 어머나."

긴이치가 경성에 오던 날 밤에 남대문 역에서 만났던 늙은 하녀가 그곳에 불쑥 나타나며 이렇게 말했다.

(1922. 8. 15)

(14)

아버지의 죄(父の罪) 1

"아버지, 저는 야스코에게 배신당했어요. 정말 너무 분해요. 아버지, 부디 야스코를 집에서 내쫓아주세요."

이런 목소리가 바로 옆방에까지 들렸다. 그 근처의 정원에는 봄을 아쉬워하듯 개나리꽃이 흐드러지게 피어있어 달콤한 향기가 났다.

긴이치와 야스코는 이 정원의 구석에 잠시 멈춰 서서 그 무서운 목소리를 듣고 있었다. 두 사람은 끊임없이 한숨을 내쉬었다.

"그건 네가 받아달라고 해서 학교까지 졸업시켜주지 않았느냐. 그런데 이제 와서 이렇게 이유도 없이 내쫓을 수는 없다."

가주의 이러한 목소리가 들렸다.

"아버지, 정말로 진지하게 들어주세요. 웃어넘길 이야기가 아니라고요, 정말. 아버지가 그렇게 여자나 돈에 관심을 두고 있을 동안 이제 그런 것은 신경도 쓰지 않는 젊은이들이 오늘날에는 넘쳐난다고요, 아버지. 그게 시대가 변했다고 하는 거에요."

사에코는 금방이라도 울음을 터트릴 것처럼 말했다.

"하하하하, 아직 어리구나. 뭐 좋다. 내게 맡겨다오. 난 이래봬도 남자다. 긴이치도 남자고. 남자들끼리 숨기고 이야기할 필요 따위는 없지. 뭐 괜찮다. 괜찮아."

"뭐가, 괜찮다, 괜찮아에요, 아버지. 전 그런 애매한 대답을 듣고 얌전히 가만히 있을 수 없어요. 그렇게 있다가는 다 망해버릴걸요. 혹시 그렇게 되면 아버지, 전 죽어버릴 거에요. 아버지, 그도 그럴 게……, 이유라면 이미 충분하지 않나요. 긴이치 씨와 아버지, 이미 그렇게 하고 있지 않나요."

이러한 말들이 계속 들려왔다. 두 사람은 이런 대화를 듣고 난 후 슬픈 기색을 보이며 서로를 바라보았다. 봄날 밤의 달빛이 아스라이, 두 사람의 모습을 내려다보고 있었다.

"매 번 긴이치, 긴이치라고 하는데, 긴이치는 너의 그런 기질 때문에 그저 야스코가 불쌍하다고 여겨져서 돌보는 것뿐이 아닌가 하고 나는 생각한단다. 그 부분은 네가 삐딱한 눈으로 봐서 그런 거야. 긴이치야말로 바보가 아닌데, 네 대신 야스코를 좋아하거나 할 것 같으냐. 그 애는 조선인이 아니냐. 넌 정말 아무리 긴이치라고 하더라도 조선 여자를 아내로 맞으려 한다고 생각하느냐. 무엇보다 넌 수백만 원의 재산을 상속받을 몸이야. 하하하, 그것을 버리고 조선인을 아내로 맞이한다니, 그런 바보 같은 남자가 지금 시대에 있다는 말이냐. 뭐, 그렇게 흥분하지 말고 가만히 생각해보렴. 그렇게 하면 그런 부분이 잘 이해가 될 것이야."

그 말에 긴이치의 잘생긴 눈썹이 꿈틀거렸다. 야스코는 푹 숙인 고개를 계속 들지 못했다.

"아버지, 아버지는 아직도 그런 말씀을 하시는군요. 아버지 생각은 이미 시대에 뒤떨어진 것이에요."

"뭐라고? 시대에 뒤떨어져……. 그건 대체 무슨 시대냐? 네가 아무리 시대가 바뀌었다고 해도, 아름다운 여자와 돈 만큼은 어느 시대나 기분 좋은 것이란다. 하하하."

(1922. 8. 16)

아버지의 죄 2

"죽는다고? 허허, 사에코야. 너는 무슨 정신이 나간 소리를 하는 것이냐……. 이렇게 뭐 하나 부족한 것 없이 살아가고 있으면서, 왜 죽는다는 소리를 하는 게야. 그래, 이제 됐으니 이 애비에게 맡겨주거라. 내직접 긴이치를 네 훌륭한 남편감으로 만들어 보일 터이니. 사에코야. 잘 생각해 보거라. 그 누가 잘 알지도 못하는 타인에게 중학교부터 고등학교, 게다가 대학까지 졸업을 시켜주겠느냐. 그치? 그런 은인에게 어떻게 제 멋대로 굴 수 있겠냐는 말이다. 긴이치의 성품은 내가 잘 알고 있어. 그러니까 너는 그저 만사를 내게 맡겨두면 된다."

"아버지, 그렇게 자신만만하게 말씀하시고선, 만약 아버지가 생각했던 것처럼 되지 않는다면 어쩌시려고 그래요. 그래도 아버지가 그렇게까지 말씀하신다면 저는 믿고 따를 수밖에요. 그렇지만 아버지, 정말 뜻대로 안 된다면 어쩌시려고요."

"뜻대로 안 될 리가 없지. 난 하늘이 훼방을 놓아도 해내는 사람이다. 사에코야, 걱정하지 말거라. 내겐 그럴만한 재산이 있지 않느냐. 난 이 경제력을 바탕으로 삼십 년간 한 차례도 원하는 바를 이루지 못한 것이 없어. 내게 힘이 있는 게 아니라 그 재산의 힘이 나를 자유롭게 해주고 있는 것이야. 부(富)란, 내게 있어 신인 셈이야. 이 신이 있는 한 결코 걱정할 것이 없단다."

"아아, 아버지. 이제 더 이상 말씀하지 마세요. 또 그 얘기로 돌아가버리고 말았군요. 아버지, 아버지는 젊은 사람들의 연애를 부의 힘으로 어떻게 할 수 있다고 생각하는군요."

사에코는 있는 힘껏 목소리에 힘을 주어말했다.

"아버지. 자식으로서 이런 말을 하는 건 실례일지도 모르겠지만, 각오하고 한 말씀 드리겠어요."

그 목소리는 한껏 위엄있게 들렸다.

"아버지. 아버지가 그 미마스 가(三桝家)로부터 겨우 열여섯 살이었던 에미카(笑香)의 빚을 갚아주고 그녀를 빼 와서 자신의 첩으로 삼으셨을 때, 당신은 에미카의 사랑을 돈으로 살 수 있었다고 생각하셨나요?"

"아니, 에미카? 사에코, 대체 무슨 소리를 하고 있어!"

"아뇨, 아버지. 제가 말씀드리고 싶은 것은, 진심으로 제 마음을 이해하지 못하신다는 거에요. 아직 더 남았습니다."

"네가 감히……, 드디어 미친 게냐?"

"네, 미칠 만도 하지요. 제가 이렇게 된 원인은 아버지, 전부 당신 때문이니까요."

"멍청한 것. 무슨 소리를 하는 게냐. 넌 아버지를 대체 뭐라고 생각하는 거야."

"그건 말씀드릴 것도 없죠. 아버지는 제 아버지에요. 그러니까 말씀드리는 거에요. 아버지, 제가 이렇게 된 원인은 아버지가 더 잘 알고 계실 것 같은데요."

"내가 잘 알고 있을 것 같다고? 난 그런 일은 모르겠다."

"아뇨, 아버지. 전 아버지가 결코 모르신다고 생각지 않아요. 긴이치 씨가 저를 멀리하고 있는 건, 그 때문이니까요."

"뭐라고? 긴이치가 너를 멀리하는 게 그 때문?"

"그렇다니까요."

(1922. 8. 17)

(16)

아버지의 죄 3

창밖에서 둘의 대화를 엿듣고 있는 긴이치는 가만히 눈을 감고 귀를 더 가까이 기울였다.

"사에코야. 조금 진정하고 차근히 얘기해 보거라. 그렇지 않으면 너라고 해도 내 가만히 있지 않을 것이다."

"네, 아버지. 어떤 처분이라도 받을게요. 이미 제 삶에서 생명과 다름없던 사랑을 잃어버린걸요. 이제 더 잃을 것도 희망도 없으니 아버지 마음대로 하셔요. 그 대신, 저도 제 소신대로 이야기를 하겠습니다."

"……"

"아버지, 사에코는 정말로 미칠 것 같아요. 단 하나의, 그것도 아버지의 과실로 인해 그런 일이 일어나버린걸요. 벌써 한참 전의 일이죠 아버지가 아직 도쿄에 계실 적에, 조선으로 막 사업을 확장하려고 했을 때였을 거예요."

"……"

"그럼 실례를 무릅쓰고 말씀드릴게요. 아버지, 당신은……. 긴이치 씨의 어머님을 시부야의 그 집에 두고……."

"사에코! 그 입 다물 거라!"

산조가 노성을 내질렀다.

"아뇨, 계속 얘기할 거예요."

밖에서 엿듣고 있던 긴이치의 안색이 파랗게 질렸다. 입술이 부르르 떨렸다.

"아버지. 아버지는 상냥했던 제 어머님을 내지[12]로 내쫓고서, 저와 같은 나이인 에미카를 이 저택에 들인 것은 바로 최근의 일이지요. 하지만 그 이전에도, 가난에 허덕이던 긴이치 씨와 그 어머니를 다카기 마치의 저택에 데리고 온 것이 제가 어렸을 때이지만, 아직도 생생하게 기억합니다. 그런데 그 후, 긴이치 씨 어머니가 시부야의 집으로 이사하게 된 이유를 당시의 저로서는 전혀 알지 못했었죠. 그런데 아버지, 그게 바로 긴이치 씨가 저를 냉정하게 대할 수밖에 없게 된 이유였던 것입니다……."

사에코는 쓸쓸한 표정으로 눈물을 흘리고 말았다.

"그러니까 아버지. 저는 긴이치 씨의 마음을 이해할 수 있어요. 제가 남자였더라도 아마, 긴이치 씨와 같은 생각을 하지 않았을까요."

"사에코야, 너는 뭔가 착각을 하는 것 같구나."

"아니요. 결코 착각이 아닙니다. 아버지, 아버지야말로 제가 드리

---

12 당시의 일본 본토로, 여기서는 원문 그대로 번역함.

는 말씀을 누구보다 잘 알고 계시면서, 왜 그런 말씀을 하시나요."

"하하하, 사에코야. 이제 그만 됐다. 넌 정말 아직도 어린애로구나. 너 같은 애가 어찌 내 생각을 이해할 수 있겠느냐. 내가 열여섯 살의 봄, 도쿄에 왔을 땐 무일푼 신세였다. 그로부터 오십 년을 고생하여 지금은 사업가로서 일본은 물론 전 세계에 내 이름을 알릴 수 있게 되었어. 하지만 그동안 내가 겪어 온, 말로 다 할 수 없는 인생의 굴곡을 너희들은 알 수가 없겠지. 마찬가지로 내 생각 또한 너희들은 결코 이해할 수 없을 거다. 뭐, 그것으로 됐다. 그래서 넌 최근에 야스코에게 배신을 당했다고 생각하여 그 아이를 내쫓으려 했었고, 결국 이렇게 이 아버지까지 힐난하고 있어. 사에코야. 대체 넌 나보고 어떻게 하라는 것이냐."

사에코는 계속 눈물을 흘리며 말했다.

"아버지. 제발 긴이치 씨에게 미안하다고 말씀해주세요. 그리고 긴이치 씨로부터 야스코를 떨어트려 주세요."

"나보고 사죄하라고? 긴이치에게 말이냐. 그렇게 내가 보살펴준 긴이치에게?"

"네, 아버지……."

"하하하, 얼빠진 소리를. 내가 그런 짓을 어떻게 할 수 있겠느냐……."

(1922. 8. 18)

(17)

이화(李花) 1

옥엽(玉葉)은 원래 평양의 한 양반 가문에서 태어난 여자아이였다. 그녀의 가문이 안(安) 씨였기에, 이 집에서는 그녀를 야스코(安子)라고 부르고 있었다.

옥엽이 이 집에 고용된 연유는 다음과 같다. 한 관료가 평양 지방에 순시를 갔을 때, 어떤 면장의 집에 머물게 되었다. 그때 그 집에서 거두어 기르고 있었던 한 고아의 이야기를 듣게 되었다. 그녀의 아버지는 무슨 생각이었는지, 어느 날 갑자기 집을 나가서 돌아오지 않았다. 어머니는 그 이후 앓아누웠고 얼마 가지 않아 숨을 거두었다. 그녀와 오빠를 남기고. 열여덟 정도 된 오빠도 단 하나의 여동생을 두고 어디론가 떠났다. 때문에 면장은 약간의 재산과 함께 그녀를 집으로 데려왔다. 그때 그녀는 불과 여섯 살이었고, 일이 이렇게 된 것은 그녀의 오빠가 아직 천진난만한 여동생을 어찌할 바 모르고 가출해버린 탓이었다. 이렇게 가족이 흩어지게 되면서, 야스코는 면장의 집에 들어오게 된 것이다.

"훌륭하게 키우고 싶습니다만, 세상이 세상인지라 우리 집에선 도저히 엄두가 안 나는지라……."

면장은 이렇게 말했다. 그래서 그 관료도 야스코의 장래를 생각하여 그녀를 경성의 보통학교에 입학시킬 생각으로 그녀를 데리고 먼 길을 돌아왔다. 예쁘고 영리한 자질을 지녔기에, 그 관료는 매우 총애

하며 돌보았다.

그러나 또다시 그녀의 신변에 불운이 찾아왔다. 그녀의 양아버지가 근무 중 과실로 인해 휴직 처분을 받은 것이다. 때문에 일가는 내지로 돌아갈 수밖에 없었다. 야스코에게 더 당혹스러운 일이 일어났다. 시로야마 사에코와 그 관료는 기독교회의 회원이었다. 그곳에서 목사의 중재로 야스코는 다시 사에코의 가문에서 거두어 들이게 된 것이다. 이렇게 하여 야스코는 시로야마 가문 사람이 되었다. 그 집에서 야스코는 보통학교를 졸업하였다. 야스코는 상급학교로 진학하고 싶었으나 사정은 그리 녹록지 않았다. 야스코는 그 집의 하녀 일을 맡아보고 있었기 때문이다. 게다가 사람 마음을 살피는 데에 밝았던 산조가, 조선인 방문객이 있을 때는 반드시 야스코에게 한복을 입혀 심부름을 하게 했다. 그렇게 하면 방문객들은 언제나 기분 좋게 산조와 이야기하고 돌아갔기 때문이다.

긴이치가 작년 겨울방학을 이용하여 경성의 시로야마 저택을 찾았을 때, 마침 야스코가 그곳에 있었다.

긴이치는 그때 처음으로 조선을 경험하게 되었는데, 내지인들 사이에서 뭔가 쓸쓸한 얼굴을 한 야스코의 모습을 보고 눈시울이 붉어졌다. 그리고 그녀의 처지를 듣고는 마치 자신의 일처럼 생각되어, 그녀를 가엽게 여기게 되었다.

넓은 시로야마 저택을 공작과 같이 화려하게 꾸미고 날개를 펼치며 돌아다니는 사에코보다 백조와 같이 조신한 야스코가, 젊고 눈물 많은 그에게는 마음이 끌리는 부분이 있었다. 붉게 핀 모란보다 쓸쓸한 배꽃 쪽이, 지금의 긴이치에게 절절하게 다가왔다. 그는 밝고 화려한 모란꽃을 피해 어스름한 정원 구석에 핀 이화(李花)에 입을 맞췄다.

(1922. 8. 19)

(18)

이화 2

불현듯 눈을 뜨니, 은색 띠를 두른 것 같은 한강(漢江)이 봄빛을 산란시키며 흐르고 있었다. 적갈색으로 물들었던 북한산(北漢山)은 어슴푸레한 푸른 빛을 조금씩 발하고 있었다. 붉은색과 자주색 빛을 띠었던 창덕궁이 산 앞쪽에서 그림처럼 떠올랐다. 근처의 산자락에서 총각의 버들피리가 반갑게 울려 퍼졌다.

그곳은 남산공원의 어느 나무 그늘 아래였다. 옥엽과 긴이치는 살짝 저택을 빠져나와 그곳에서 만났다. 이날 옥엽은 담홍색 저고리에 순백의 치마를 입고 있었다. 아름다운 그 자태는 어떤 양반의 영애라고 생각해도 무리없는 모습이었다. 긴이치는 사각모에 제복을 입고 갈색 코트를 걸친 모습이었다.

"야스코 씨. 저는 이미 결심했습니다. 때가 되면 반드시 시로야마의 집을 나가기로요."

"……."

옥엽은 그저 애처로운 표정으로 긴이치를 바라보았다.

"저는요. 지금까지 얼마나 그 집을 나오고 싶었는지 몰라요. 그러나 전 아직 마음이 약한 놈이라 지금까지 결심하지 못했을 뿐입니다."

"……."

옥엽은 가만히 듣고 있었다.

"하지만 말이죠. 전 이번에는 꼭 벗어나려고 합니다. 나와버릴 거에요. 그 후에 처할 곤란한 상황은 충분히 각오하고 있습니다."

"하지만……, 하지만 사에코 씨가 너무 가여워요."

옥엽은 처음으로 이렇게 말했다.

"사에코……, 맞습니다. 정말 한때는 사에코가 불행하다고 생각한 적이 있습니다. 하지만 그렇다고 사랑하지도 않는 여자를 위해 괴로운 타협을 할 필요는 없다고 생각해요."

"……."

"그래서 야스코 씨. 한 가지 당신에게 부탁할 것이 있습니다."

이렇게 말하고 긴이치는 숨을 몰아쉬었다.

"네."

"당신은 그 부탁을 들어주시겠습니까."

"……."

옥엽은 말이 없었다. 다만 조용히 고개를 끄덕이며 입술을 깨물었다.

"야스코 씨. 당신, 저와 결혼해주지 않겠습니까."

긴이치는 쭈뼛거리며 더듬더듬 이렇게 말했다.

"……."

그러나 옥엽은 새삼 놀란 모양이었다.

긴이치는 가만히 옥엽에게 다가갔다. 그리고 그녀의 손을 꼭 잡았다.

"야스코 씨. 당신은 내 마음을 잘 알아주시니까요."

긴이치는 끓어오르는 젊은 피를 주체하지 못하고 이렇게 말했다. 옥엽은 얼굴을 빨갛게 물들이고 손을 잡힌 채로 조용히 고개를 숙였다. 두 사람의 가슴은 작은 새처럼 가만히 뛰었다.

"괜찮지요……? 야스코 씨, 당신은 분명 수락해주시겠죠?"

긴이치는 초조했는지 다시 이렇게 말했다.

"……."

"야스코 씨. 왜 그렇게 조용한 거에요. 당신은 저와 결혼하는 게 싫은 건가요……."

긴이치는 책망하듯이 말했다. 그러자 옥엽이 작은 목소리로 대답했다.

"아니요……."

"그렇다면 수락해주시는 거네요…."

(1922. 8. 20)

(19)

이화 3

5월 붓꽃처럼 쓸쓸한 긴이치와, 이화와 같이 가련한 옥엽의 모습은 봄날 남산공원의 한 풍경을 장식하고 있었다.

"……하지만, 전 사에코 씨에게 너무 미안한걸요."

긴이치의 절절한 사랑 고백에 옥엽은 주저하듯이 이렇게 말했다.

"미안하다고? 당신이 사에코에게 미안하다고 말하는 건가요?"

"네……."

"전 연애란 미안하다든가 미안하지 않다든가 하는 문제가 아니라고 말하고 싶습니다. 그건 다만 우리들의 지극히 순수한 감정의 명령에 따라 움직이는 것일 뿐이라고요. 여러 인습적 관념들을 넘어서야 비로소, 연애의 아름다움을 찾을 수 있다고 전 생각합니다."

"……."

"그런데 당신이 사에코에게 미안하다는 건 대체 무슨 연유인 거죠."

"그건 제가 여러 가지 신세를 졌으니……."

"신세를 졌다고요? 어떤 신세 말입니까. 당신이 사에코의 동정 때문에 시로야마 가문에 거두어졌다고 생각합니까?"

"그렇죠."

"그 은혜라는 것을, 정말로 느끼고 있습니까?"

"네."

"야스코 씨. 당신의 마음은 참으로 아름답습니다. 그래서 전 그런 당신의 마음을 사모하는 것이고요. 하지만 야스코 씨. 당신은 내가 시로야마의 가주와 함께 경성에 온 다음 날 밤, 사에코가 아버지의 방에 가서 옥박지르고 떼를 쓰던 그때의 사에코가 이해됩니까? 사에코는 이제 원수라도 되듯이 당신을 해하려고 했어요. 지금까지 당신에게 친절하게 대한 것은 결국 사에코의 허영심에서 비롯된 겁니다. 목사나 교회

신자들 앞에서 사에코의 허영심이 당신을 떠맡겠다고 말하도록 했던 것이죠. 그러니까 자신의 마음에 들지 않게 되자, 바로 해하려고 하지 않았습니까. 그런 천박한 허영심에 대해 당신이 은의를 느낄 필요는 없습니다. 인간은 당신이 생각하는 것처럼 아름다운 존재가 아니니까요."

"……."

"인간은 자신의 허영심이나 이해타산으로 타인에게 은혜를 베풀곤 합니다. 그리고 그 이해관계를 배반하게 되면 바로 은혜를 담보로 약자에 대해 배은망덕한 자라느니, 배신자라는 말을 퍼붓는 것이죠. 우리들이 그런 희생자가 되는 것은 좀 아니지 않습니까?"

"……."

"그러니 야스코 씨. 우리는 그러한 관계를 단절하고 앞으로 용기 있게 나아가야 합니다. 우리만의 인생 여행을요. 타인의 목적을 위해 태어난 것이 아닙니다. 모두 자신만의 존중받아야 할 인생들이 있습니다. 때문에 우리는 박해를 받더라도, 굶어 죽는 한이 있더라도, 결코 꺾일 때가 아니라는 것입니다."

긴이치는 옥엽의 사랑을 얻기 위해서라면 힘든 인생이라도 함께 하며 용감히 나아갈 수 있다고 생각했다. 그는 이 사랑이 지금까지 약했던 자신의 의지를, 열화와 같이 지켜줄 것으로 믿었다.

"자, 야스코 씨. 이제 결심해 주세요. 저는 분명 당신이 저를 사랑해 줄 것이라고 믿고 있습니다. 지금 그 마음의 증거를 제게 보여주세요."

긴이치의 뜨거운 입술이 부여잡은 옥엽의 손 위로 다가갔다.

(1922. 8. 22)

이화 4

옥엽과 긴이치는 그로부터 잠시 후, 시로야마의 저택으로 서로 거리를 두고 돌아왔다. 돌아온 옥엽은 가주 산조가 부르고 있다는 하녀미쓰의 전언을 듣게 되었다.

"야스코 씨. 가주님께서 당신에게 잠깐 용무가 있다고 하십니다."

이렇게 말을 하는 미쓰의 안색에는 냉소가 피어오르고 있었다.

"이제 당신은 쫓겨나는 거겠죠. 참 잘 됐군요."

이렇게 말하는 미쓰의 모습에는 정말 진심이 담긴 것처럼 보였다.

옥엽은 바로 얼마 전, 가주와 사에코의 대화를 들은 바 있기에 그와 같은 운명이 곧 자신의 신변에 닥칠 것이라고 예상하고는 있었다. 그녀는 오늘의 달콤한 사랑으로부터 깨어남과 동시에, 자신의 생활에 파란이 일 것을 각오하지 않을 수 없었다. 쓸쓸한 기분과 함께, 그녀는 긴 복도를 지나 가주의 방에 당도했다.

"오, 야스코 왔느냐. 기다리고 있었다. 자, 이리 오렴."

산조는 기분 좋게 웃으며 넋을 잃은 표정으로 야스코를 바라보았다. 그리고 자신의 바로 옆에 그녀의 방석을 가져다 놓았다.

"방금 미쓰에게 너를 좀 불러오라고 하였더니 어딘가 외출했다고 하더구나. 그래, 산책이라도 다녀온 게냐?"

산조는 꽤 신경 쓰인다는 듯이 말했다.

"네."

옥엽은 조심스럽게 말하고는 방석을 가주와 조금 떨어트린 후 앉았다.

"산책하기엔 좀 더운 날씨가 아니냐."

이렇게 말하며 산조는 야스코의 자태를 물끄러미 바라보았다.

"오늘은 참 훌륭하게 차려입었군. 상당히 아름다워. 마치 기생이나 다름없구나. 하하하."

산조는 순결한 소녀를 그런 종류의 여자들과 비교하면서도 아무런 거리낌이 없이 보였다. 하지만 옥엽은 자신을 모욕하는 것일지도 모른다고 생각하면서도 얌전히 무릎에 손을 올리고 있었다.

"어떠냐, 야스코야. 한 번, 내지에 가보지 않겠느냐. 내지엔 조선과는 달리 꽤 재미있는 일들이 많지."

산조가 이렇게 말했다. 이를 들은 옥엽은, 가주가 자신을 이 집에서 내보내기 위해 그러한 화두를 던지고 있다는 것을 깨달았다.

"그렇지. 이번에 내지에 돌아갈 때, 내 너를 같이 데려가마. 도쿄에 데려가서 네가 더 공부할 수 있도록 해주마."

옥엽은 산조의 말이 오히려 자신을 위해 길을 열어주겠다는 듯이 들렸다. 지금까지의 불안이 왠지 조금씩 씻겨 내려가는 기분이 들었다. 분명 사에코가 그렇게까지 말을 했는데, 자신을 대하는 산조의 태도가 이 정도로 호의적인 것도 이상한 기분이 들었다.

"야스코야. 실은 말이다. 사에코나 집안 사람들이 어쩐지 너를 멀리하려고 하는 것 같구나. 역시 네가 너무나 아름다우니 질투를 하는 게야. 하하하."

산조는 계속 너털웃음을 짓다가, 갑자기 정색을 하고 이렇게 말했다.

"그런데 말이다. 나는 결코 너를 우리 가문에서 내보내고 싶지는 않다. 너에 대해선 내가 이미 이런저런 생각을 해두었지. 머지 않아 때가 되면 안정된 삶을 살 수 있게 하려고 말야. 때문에 이번 기회에, 너를 내지에 데려가려고 생각한 것이란다."

(1922. 8. 23)

(21)

이화 5

산조는 언제부터인지 긴장이 풀린 얼굴을 하고 등받이 좌석을 넓게 펼쳤다. 그리고 몽롱한 눈빛을 옥엽에게로 향했다.

"자, 괜찮다. 좀 더 이쪽으로 가까이 오거라. 너도 이런 번거로운 집안에서 살기에는 매우 고생이 많겠지. 도쿄에 가면 어디 조용한 장소를 하나 빌려서 네게 하녀라도 한 명 딸려 보내어 편히 살게 해 주겠다. 거기서는 네가 학교에 가든 어디에 가든, 그건 모두 네 자유야. 그렇게 되면 나도 충분히 널 돌봐줄 수 있고, 그러니 너 또한, 내게 좀 더 친절하게 대해 주면 되지 않겠느냐."

이러한 산조의 말을 옥엽은 아직 어떠한 의미인지 파악할 수 없었다. 옥엽은 그저 온순히 고개를 끄덕였다.

"하하하, 너도 이해할 수 있는 게냐. 아니, 그게 맞지. 너도 이미 나이가 찼으니. 게다가 나도 너를 위해 이런저런 일을 해주었고. 앞으로도 그럴 생각이야. 역시 물고기는 물의 마음을 안다더니. 하하하. 그럼 좀 더 이리 가까이 와보거라……."

산조는 한층 손을 뻗어 자신과 살짝 떨어져 있는 옥엽의 가련한 몸을 마치 독수리가 비둘기를 낚아채듯이 끌어당겼다.

"어머나! 가주님……."

옥엽은 예상치 못한 산조의 행동에 소스라치게 놀랐다. 그리고 엉겁결에 비명을 질렀다. 산조도 손을 떼었다.

"그, 그렇게 큰 소리를 내면 안 돼. 아무리 그래도 그렇게 소리를 지를 것은 없지 않으냐."

산조는 더없이 침착한 태도로 이렇게 말했다.

"하하하, 너도 역시 아직 어린 애로구나."

그리고는 아무렇지 않은 듯 웃어넘겼다. 옥엽은 이제 완전히 겁에 질려서, 몸을 감싸 안은 채로 있었다. 그렇지만 이곳을 박차고 나갈 용기도 없었다. 그저 뱀에 휘감긴 개구리처럼 가만히 있을 뿐이었다.

"그래, 그렇게 놀라지 않아도 괜찮아. 괜찮으니 내 쪽으로 오려무나. 하하하, 처음엔 다 무서운 법이니. 참으로 여자라는 생물이 묘한 것이, 조금 익숙해지면 곧 평온히 받아들이게 되니까. 자, 야스코. 이쪽으로 오는 거다."

이렇게 말하며, 이번에는 자신의 몸을 기울여 옥엽의 몸에 다가갔다. 옥엽은 맹수의 표적이 된 토끼처럼 사색이 되었다.

"저기, 가주님……. 부디 용서해주십시오……."

옥엽은 굳은 몸으로 간신히 이렇게 말했다.

"아니, 용서를 빌 필요는 없단다. 그저 내 쪽으로 다가오기만 하면 되는 것이다. 하하하, 귀엽기는. 그렇게 무서운 겐가. 아무것도 무서워할 필요 없어. 자, 이쪽으로 오련……. 큰 소리를 내면, 용서하지 않겠다."

지금까지의 상냥한 회유가, 마지막에는 위협으로 변했다. 옥엽이 산조의 커다란 팔에 감겼다. 옥엽은 입술을 깨물며 몸을 웅크리고 그 폭력적인 행동으로부터 벗어나려고 안간힘을 썼다.

"아버지! 당신은……. 이 사에코의 말이 아직도 이해가 안 가십니까!"

그곳에 찢어지는 목소리와 함께, 사에코가 나타났다.

(1922. 8. 24)

(22)

이화 6

그러자, 옥엽을 자신의 품에서 놓은 산조는 불만이 가득 담긴 눈으로 사에코를 노려보았다.

"사에코, 어찌 내 방에 무단으로 들어온 것이냐!"

"전 이게 결코 예의 없는 일이라 생각지 않네요. 게다가 아버지에게 혼날 입장이 아니라고 생각하는 데요."

"뭐라고? 건방진 말을 하는구나. 요즘 넌 참 버릇이 없어졌어. 왜 항상 이렇게 이 애비에게 반항하느냐."

산조는 최근 자신을 대하는 사에코의 태도가 매우 불만이었다.

"아뇨. 저는 아무 이유 없이 아버지에게 반항한 적이 없어요. 전 아버지가 왜 그런 행동을 하는지 이해가 안 가 미치겠어요."

"내 행동이라는 건 대체 뭘 말하는 것이냐. 너에게 그런 말을 들을 만한 행위는 한 적이 없다."

사에코는 그 말을 듣고 질려버린 듯이 그 자리에 주저앉았다. 옥엽은 조금 안심이 되어 몸을 숨기듯이 사에코의 곁으로 다가갔다.

"어떤 행위도 한 적이 없다니…… 아버지. 저는 이제 더 이상 아버지의 그 적당히 둘러대는 말에 질려버렸어요. 전 그저 아버지에게 야스코를 이 집에서 내보내달라고 말씀드렸지, 그렇다고 야스코를 아버지의……"

사에코는 여기까지 말하곤 목소리를 삼켰다.

"뭐라고? 아버지의 무엇이냐."

산조는 노성을 질렀다.

"그것은……그건 아버지 스스로가 잘 생각해 보시길."

산조는 녹초가 된듯, 한숨을 푹 쉬었다.

"에이, 이제 됐다! 사에코도 야스코도 물러 가라. 난 너무 지쳤구나."

그런 아버지의 모습을 본 사에코의 눈에 눈물이 맺혔다.

"아버지. 아버지가 회사 업무로 많이 바쁘고 지쳐 있으시다는 것을 사에코도 잘 알고 있습니다. 아버지가 술을 드시고, 젊은 여자를 곁에 들이는 것 말고는 달리 즐길 것이 없다는 것도 잘 알고 있지요."

사에코는 다시 원망스런 목소리를 내었다.

"제가 단 하루도 긴이치 씨가 없다면 이 세상을 살아갈 의미가 없는 것처럼, 아버지도 마찬가지라고 생각은 합니다. 하지만 아버지, 부탁이니 제발 여자의 마음을 가지고 노는 일만큼은 하지 말아주세요."

이렇게 말한 후, 야스코를 슬픈 눈빛으로 바라보며 다음과 같이 말했다.

"전 야스코도 미워요. 내 사랑을 옆에서 빼앗아 간 미움의 대상이지만, 아버지가 이렇게 심한 짓을 하시면, 저도 같은 여자인 걸요. 같은 여자의 편에 설 수 밖에 없어요. 어디까지나 여성의 입장에서 생각해보면, 아버지와 같은 나이 든 남성과는 대립할 수 밖에 없으니까요……."

"이, 이런 바보 녀석! 심한 짓이라니 무슨 말이냐. 대립할 수 밖에 없다는 건 또 뭐고. 바보 자식, 너처럼 불효자는 처음 본다!"

"네, 이렇게 불효한 말씀을 드리게 된 것에 대해서는 용서를 빌어요. 하지만 아버지, 저와 아버지는 부녀 관계이기도 하지만 남성과 여성의 관계이기도 합니다. 야스코는 비록 연적이지만 같은 여성 동지이기도 해요. 그러니 성의 문제에서는 대립할 수 밖에 없고, 야스코의 편에 설 수 밖에 없는 거에요."

(1922. 8. 25)

(23)

어두운 나무 그늘(木下闇) 1

푸르게 밝아서 푸르게 지는 5월이 되었다. 포플러 나무나 아카시아 꽃이 남산정(町) 주변의 길을 아름다운 색으로 물들였다. 그중에서도 아카시아의 젖빛으로 물든 예쁜 꽃송이는 좋은 향기를 내뿜었다. 시로야마 저택은 가주와 긴이치가 다시 도쿄에 돌아간 후, 다시 원래처럼 남자들의 기색이 없는 어딘가 불온한 공기가 맴돌고 있었다. 넓은 정원에는 매일 그 우윳빛 꽃이 활짝 피어있어서 5월의 소나기처럼 아름답다. 긴이치의 졸업을 목전에 두고 그의 새로운 아내가 될 사에코는 당연히 즐거워해야 할 터였다. 하지만 졸업식이 하루하루 다가올 때마다 사에코는 점점 우울해졌다. 어두운 나무 그늘에 드리워진 것과 같은 그녀의 방은, 그녀에게 있어서 오히려 여러 가지 아픈 추억들을 되새김하는 데에 최적의 장소였다. 그녀는 항상 슬픈 사랑으로 끝나는 신소설들을 그 방의 창문 아래서 종일 읽었다. 그리고 혼자 남자의 마음이라는 것에 실망하고 이 세상을 원망했다.

비슷한 감정은 옥엽의 마음속에도 존재했다. 그녀는 긴이치가 떠난 이후, 돌연 그의 소식조차 들을 수 있는 자유도 없었다. 또한 긴이치의 졸업이 점점 다가오는 것이 마치 자신의 파멸이 시시각각 다가오는 것과 같이 생각되었다. 사에코와 긴이치의 결혼이 이미 기정사실인 까닭이었다. 그녀는 자신의 눈앞에서 사에코와 긴이치가 즐거운 신혼 생활을 보내는 것을 감수해야 할 상황이었다. 그녀는 이러한 미래를 각오하고 있었지만, 결코 받아들일 수 있다는 것은 아니었다. 그리고 떼어낼 수 없는 사랑의 불꽃에 의해 결국 자신은 죽음에 이르리라고 생각했다. 그는 도쿄에서 매월 보내져 오는 여학교 등록 서류를 더 이상 서랍 안에 봉인해두지 못하고 책상 위에 꺼내두었다. 그런 일이 벌어진 이후, 사에코와는 거의 마주하는 일이 없었다. 그녀가 사에코의 방에 가보기도 했지만, 항상 조용히 입을 다물고 있는 사에코를 대면하면 옥엽 또한 뭔가 가슴을 짓누르는 것 같아 입을 열지 못했기 때문이다.

게다가 옥엽은 이제 그 집에선 아무도 자기편이 되어 줄 사람도, 뒤를 봐줄 사람도 없었다. 오히려 가문의 사람들은 그녀를 적대시했다. 다만 가문 전체의 일을 돌보는 집사인 야마모토 사스케(山本佐助)는 사람 좋은 노인이라, 옥엽에 대해 태도를 바꾸거나 하지는 않았다.

또한 가주인 산조가 경성에 올 때마다, 사스케에게 옥엽에 대해 신경을 써달라고 말하곤 했기 때문에, 이 노인만은 노골적인 태도를 보인 적이 한 번도 없었다. 그렇다고는 하지만 다른 여인들은 모두 사에코를 질시했다. 때문에 옥엽은 혼자 쓸쓸한 나날을 보냈다. 옥엽이 집을 나가려고 한 적이 없는 것은 아니다. 자신을 사에코에게 소개해주었던 목사를 찾아가 사정을 얘기한다면, 혹시라도 다른 있을 곳을 찾을 수 있을지도 모른다. 하지만 만약 자신이 그런 행동을 벌인다면 긴이치와는 영원한 결별을 각오해야 했다.

"나는 사에코 씨가 사랑하는 사람을 뺏으려고 했던 것은 결코 아니야. 하지만 내 가슴이, 긴이치 씨를 원하게 된 건 도무지 어찌할 수 없었던 거니까……."

(1922. 8. 26)

(24)

어두운 나무 그늘 2

"아가씨? 그래요, 사에코 아가씨. 그렇게 방에만 있지 말고, 좀 밖으로 나와 보세요……."

집사인 야마모토 노인의 후처인 도모(友)는 이렇게 말하며 사에코의 방에 들어왔다. 언젠가 남대문 역에 마중을 나왔던, 그 늙은 하녀였다.

사에코는 언제나처럼 우울한 얼굴을 하고 창밖의 잎새를 멍하니 바라보고 있었다.

"줄곧 책만 읽고 계시네요. 이렇게 열심이시니."

도모는 이렇게 말하곤 사에코의 앞에 놓인 보라색 표지의 시집을 바라보았다.

"저기, 아가씨. 긴이치 님으로부터 편지는 아직인가요……?"

도모는 경솔한 입을 놀리며 이렇게 말했다. 편지가 없는 것을 알고 있으면서도 도모가 그렇게 말하는 것을 본 사에코는 화가 났다.

"할멈, 난 말야. 이미 그 사람은 포기했어……."

"어머나, 아가씨도 참."

도모는 일부러 과장된 몸짓으로 놀란 척을 하였다.

"왜 그런 말씀을 하시나요."

"하지만 말야, 할멈. 나와 긴이치 씨는 아무래도 결혼할 수 없는 운명인 것 같아."

"아니, 운명이라니요. 아가씨, 왜 아가씨가 그런 운명을 느끼나요?"

"음, 아무래도 그렇게 느껴져서. 난 이미 포기하고 있어."

"왜요? 아가씨. 긴이치 도련님은 어렸을 때부터 가주님께서 공부를 시켜 대학까지 보내주지 않았습니까. 그런데 이제 와서 그 은혜를 저버리고 멋대로 행동을 하실까요. 아가씨처럼 예쁜 여자를 아내로 맞이하고 이런 막대한 재산을 상속받을 수 있는데요? 그런데도 왜 그렇게 아가씨는 긴이치 님이 그런 행동을 하리라고 믿으시는 건지."

도모는 거침없이 이런 말들을 늘어놓았다.

"할멈. 할멈도 역시 아버지와 똑같은 말을 하네."

사에코는 한심하다는 투의 목소리로 이렇게 말했다.

"그건 굳이 도련님이 아니더라도 남자라면 다 그럴 테니까 말씀드리는 겁니다."

"저기, 할멈. 이 세상이란 말야. 그렇게 일반적인 상식으로만 돌아가지는 않아……."

"아이고, 그렇겠죠. 아가씨 같은 분은 여러 학문을 익히셨으니 저같은 늙은이가 이해할 수 없는 부분도 있겠죠. 그래도 일이나 상황에 따라서는 이 할멈도 잘 아는 부분이 있답니다, 아가씨."

"할멈……."

사에코는 조금 감상적인 목소리로 견딜 수 없다는 듯이 말했다.

"이제 이런 얘기는 하고 싶지 않아. 난 지금 여기서 여러 가지 생각할 것들이 많아."

"네, 저도 아가씨의 마음을 헤아릴 수 있습니다. 하지만 아가씨, 계속 방에 틀어박혀 생각만 하고 계시면, 몸이 상할 수도 있어요. 오늘밤은 이 할멈이라도 데리고, 산책이라도 나가지 않으시렵니까. 아카시 하마코(明石濱子) 씨가 조선에 와 있대요."

(1922. 8. 27)

(26)[13]

혹성(惑星) 1

화려하게 장식된 무대의 커튼이 올라갔다 무대는 독일의 시골로, 어느 상류 가정의 방이었다. 슈베르츠 가의 딸인 마그다가 몇 년 만에 훌륭한 여배우가 되어 자신의 가문에 금의환향하였고, 일가는 그 소중한 손님을 맞이하기 위해 큰 방을 준비하고 기다린다는 설정이었다.

최근 도쿄의 극단에 혜성처럼 등장한 여배우, 아카시 하마코가 그 마그다의 배역을 맡고 있었다. 새로운 문물에 대한 동경을 가진 젊은

---

13 원문에는 65라고 오기되어 있다.

청춘남녀들은, 그 작중 인물인 배우에 큰 흥미를 가지고 무대에 등장하는 모습을 기다리고 있었다. 그 관객들 사이에는 사에코와 도모의 모습도 보였다.

마그다로 분장을 한 하마코는 그 무대에서 태양처럼 빛을 내며 모습을 드러냈다. 그 누구도 박수를 보내는 것을 잊은 채로 바라보았다. 그리고 그녀의 대사를 한 마디라도 놓칠 새라 귀를 기울였다.

유리잔을 한 손으로 가볍게 쥔 마그다는 유유히 실내를 걸어다니며 홀연히 둘러보았다.

"어머, 이런 곳에 먼지가 쌓여 있다니……. 게다가 이 얼마나 음침한 방인지……."

그녀는 이렇게 말하곤 실망했다는 표정을 하며 나긋나긋하게 무대에 놓인 의자에 앉았다. 그녀의 몸에 장식된 다이아가 눈부시게 빛났다.

그곳에 많은 귀부인들이 들어왔다. 그 지방에 있는 관료와 장교의 부인이나 영애들이었다. 오늘 슈베르츠 가의 따님이 돌아온다고 하여 초대를 받은 손님들이었다. 마그다는 그 귀부인들을 쳐다보았다.

"흥."

마그다가 코웃음을 치고는 냉랭한 미소를 지었다. 누구에게도 지지 않을 만큼의 허영과 교만에 차 있는 이 지방의 귀부인들은 마그다의 태도를 보고 불쾌한 기색을 내비쳤다. 때문에 마그다의 어머니가 마련한 모처럼의 소개 자리는 묘하게 그 의미가 퇴색되고 말았다. 그럼에도 불구하고 귀부인들은 명목상 마그다에게 날짜를 정해서 야회에 나가자고 초대를 하였다. 하지만 마그다에게서는 빈정거리는 대답이 돌아왔다.

"나 같은 사람이 어째서 당신들과 야회를 나가 동석하겠습니까."

"여배우란 참 천박한 것이네요."

이런 말들을 서로 속삭이며 귀부인들은 불쾌한 기색을 띠고 돌아가버렸다.

아버지와 마그다의 문답이 오고 갔다. 아버지는 군인으로 신분 상승을 이룬 노인이었고, 오늘 밤에 보인 마그다의 태도가 처음부터 끝까지 불만이었다. 아버지는 마그다의 자유분방의 의견을 듣고 놀라서 눈을 크게 치켜떴다.

"……그, 그게 요즘 사회를 물들이고 있다니, 무서운 사상이다. 그 사상이 이 사회를 멸망시킬 것이야."

아버지는 성난 목소리로 마그다를 책망했다. 마그다는 냉랭한 얼굴을 하고 아버지의 말을 되받아쳤다.

아카시 하마코는 이러한 마그다의 역할에 딱 맞는 배우였다. 하마코의 후원자인 무라야마 미즈카게(村山水影)는 특히 하마코를 위해 헨릭 입센의 걸작을 무대에 올렸다. 아버지 슈발베 역은 이 극단의 중진인 이토 구마카(伊東熊歌)가 맡았다. 두 배우의 호흡은 한 치의 어긋남도 없었다. 관객들은 긴장한 채 곧 다가올 흉흉한 파란을 지켜보고 있었다.

(1922. 8. 30)

혹성 2

무대에 또 다른 인물이 등장했다. 다름 아닌 이 지방의 목사, 레일 러였다. 마그다는 그 목사를 보고 아연실색하고 말았다. 예전에 그녀 가 파리에서 가난한 여학생으로 살아갈 때, 그녀의 정조를 유린하고 임신까지 시킨 사내였기 때문이다. 레일러는 대단히 경건한 모습을 하고 아버지와 이야기를 나눴다. 그리고 마그다가 돌아와 있는 것을 발견하곤 희미한 웃음을 띠며 인사를 건넸다.

더 이상 참을 수 없게 된 마그다는 그의 인사를 무시하고 흥분하며 남자의 무정함을 책망했다.

"남자는 그저 여자를 희롱하고 가 버리면 그것으로 끝이겠지만, 여자는 이후의 모든 것들은 자기 혼자 떠안을 수밖에 없죠. 아무한테 도 의지할 수 없었던 내가 얼마나 많은 희생과 고통을 떠안았는지 당 신은 알고 있나요."

마그다는 정신을 잃은 것처럼 남자의 잘못을 꾸짖었다. 남자는 파 랗게 질린 얼굴로 그저 멍하니 서 있었다.

심상치 않은 기운을 느낀 아버지는 놀라서 두 사람의 사정을 캐물 었다. 그리고 레일러로 인해 임신한 아이를 낙태했다는 이야기를 듣 고는, 그 자리에서 졸도하고 말았다.

---

14 26의 오기로 보이나 이후 27화부터 순서가 매겨짐.

열변을 토하며 남자를 꾸짖는 장면은 하마코의 독무대였다. 감탄하는 관객들의 소리가 여기저기에서 들려왔다. 아버지가 졸도하여 가문 사람들이 갈팡질팡하는 사이, 마그다는 문득 그 자리에 가만히 멈춰섰다. 그리고 다음과 같은 대사와 함께 깊은 탄식을 내뱉었다.

"역시 난, 돌아가는 편이 좋겠어……."

즐거운 기억이 가득한 고향도, 그녀에게 있어선 슬픈 현실일 뿐이었다. 관객들도 마그다와 함께 깊은 탄식을 내뱉었다. 휴우, 하고 한숨을 내쉬는 자도 있었다.

사에코는 줄곧 그 무대에 있었던 사람인 것처럼 빠져들었다. 그리고 커튼이 내려옴과 동시에 그녀 또한 깊은 탄식을 내쉬었다.

"할멈, 참 좋았어. 하지만 역시 어디든 똑같네."

하지만 도모에게는 이런 것보다는 희극 쪽이 재미있게 느껴졌다.

세 번째 작품은 나카야마 하루조(中山春藏)의 「허기(飢)」였다. 빈민굴의 초라한 무대가 등장하자 도모가 말했다.

"어머나, 참 볼품없는 연극이네요."

옆에 있던 관객도 역시 비슷한 말을 중얼거렸다.

1막이 끝나기 전에 사에코와 도모는 경성극장을 나섰다. 흔들리는 자동차 안에서 사에코는 오늘 본 마그다의 모습이 떠올랐다. 그녀의 대사가 귓속에 강하게 맴돌았다.

"왜 마그다는 자신의 집에 돌아왔을까."

그녀는 이런 생각을 했다.

"멋들어진 파리나 베를린의 배우 생활은 얼마나 즐거울까."

이런 생각도 들었다.

"많은 남자들의 입에 오르내리며 눈부신 무대 위에서 아름다운 모습을 하고 마음 먹은 대로 행동하는 것은 얼마나 유쾌한 일일까."

(1922. 8. 31)

(28)

혹성 3

"정말 이 저택은 마그다의 집과 다름없구나."

사에코는 경성극장에서 돌아온 뒤 이런 생각이 들었다.

"하지만 역시 귀향하지 않는 게 좋았을 거야. 하지만 이런 생각을 해봤자, 나는 어디로 나가본 적도 없으니 마그다와 같은 행동은 못 하겠지."

그녀는 이렇게 생각하며 방에 돌아왔다.

"아가씨, 오늘 밤은 정말로 재밌었지요?"

도모는 사에코의 뒤를 따라 그녀의 방으로 들어와서 이렇게 말했다.

"응, 정말로. 오늘 밤은 매우 유쾌했어."

사에코가 후련한 듯이 말했다.

"정말 좋은 일입니다. 아가씨께서 유쾌하다고 말씀하신 건 정말 오래간만이니까요. 이 늙은이도 참 기쁩니다."

"응, 정말로 좋았어."

"그래도 아가씨, 그 기억나지 않는 이상한 이름의 연극이 있지 않습니까. 그건 저 같은 이는 도무지 이해가 안 가는 것이었는데요. 아가씨는 꽤나 마음에 드신 듯이 보입니다."

"할멈, 그건 있잖아. 오늘 밤 연극 중에 가장 흥미로운 것이었어."

"아, 그렇습니까. 저는 왠지 다들 자기 얘기를 늘어놓는 사람들만 등장해서 잘 이해가 안 갔습니다만, 그래도 그런 주장들이 좋은 것인가 보구먼요."

"호호호, 그럴지도 몰라. 난 오늘 밤, 그 연극을 보고 정말 여러 가지 생각을 하게 되었어."

"그렇습니까. 어찌 되었든 아가씨가 유쾌하셨으면 이 할멈은 그저 기쁘답니다. 할아범이 이 소식을 듣는다면 역시 같이 기뻐해 주겠죠."

도모는 진심으로 기쁘다는 듯이 말했다.

"그럼 이제 늦었으니 편히 쉬세요. 이 할멈도 그만 물러가도록 하겠습니다."

도모는 넘칠 것 같은 만족감과 함께 사에코의 방에서 물러났다. 이를 눈으로 배웅한 사에코는 무슨 생각이 들었는지 갑자기 자리에서 일어섰다. 그리고 지금까지 이 네 평 남짓의 거처를 밝히고 있던 50촉 전구를 힘을 주어 빼낸 후, 장롱 서랍에 있던 100촉 전구를 꺼내 갈았다. 그녀는 그 눈부신 빛을 바라보다가 치밀어오르는 웃음을 참지 못하고 토해냈다. 그녀는 무대에서 자신의 고향 집을 교만하고 모욕적인 눈빛으로 둘러보던 마그다의 마음과 동화되어, 그 넓은 방을 거닐며 둘러보았다.

"정말로 난 왜 이런 집에서 태어났을까. 답답하고 음울한 이런 집에……."

그녀는 이렇게 생각했다.

"그런 아버지이지만, 그리고 그렇게 냉정한 긴이치 씨지만 그나마 이 집에 있었을 때는 온화한 기색을 찾아볼 수 있었는데. 그 사람들이 떠나고 나니 이루 말할 수 없는 쓸쓸한 공기가 흐르는구나. 여자들만이 묘한 질시와 의심의 눈초리를 하고 살아가는, 음험하고 싫은 집안……."

이런 생각도 들었다.

"예전에 태양은 여자의 것이었다[15]고 하지만, 지금은 남자가 가정의 태양인 셈이지……. 싫어. 난 그렇게 태양 빛을 받으며 음울한 생활을 하는 것은 정말 싫어. 정말로 나는 그 마그다처럼 스스로 빛나는 태양과 같은 삶을 살고 싶은걸."

커다란 눈에 생기가 돌고 입술에 불꽃같은 홍조를 띠며 미소를 흘렸다.

"하하, 난 이제 더 이상 이런 집에 머물러있지 않을 거야."

(1922. 9. 2)

---

15 저명한 여성인권운동가인 히라쓰카 라이초(平塚雷鳥)가 잡지 『세이토(青鞜)』 창간식에서 "원시 여성은 태양이었다"라고 이야기했던 유명한 발언을 인용한 것이라 보인다.

혹성 4

사에코는 그 다음 날 밤에도 경성극장에 갔다. 그리고 근처 꽃집 할아범에게서 놀랄 정도로 훌륭한 화환을 사서 자신의 이름을 새긴 명함과 함께 아카시 하마코에게 보냈다. 흥행은 사흘간 이어졌다. 그리고 극단 일행은 바다를 건너 대련(大連)으로 갈 예정이었다.

사에코는 더 이상 가만히 있을 수 없었다. 벌써 이틀 밤 동안 고민을 계속했다. 그리고 아무래도 자신의 결심을 뒤집을 수는 없었다. 결국 과감하게 하마코와 미즈카게가 머무는 여관을 방문하기로 했다.

여왕과 같이 치장한 눈부시게 아름다운 사에코가 자동차에서 내려 여관 입구에 있는 현관으로 다가갔다. 마중을 나온 하녀는 미래좌(未来座) 단원 중에 이런 배우도 있었나 생각하며 놀라움을 감출 수 없었다.

"저기……, 무라야마 선생님을 잠깐 뵙고 싶은데요."

사에코는 수줍은 얼굴로 하녀에게 부탁을 했다. '무라야마 선생님'이라고 말했을 때 괜히 가슴이 뛰었다.

"아, 소개장도 없이 실례를 무릅쓰고 말씀을 드리는 거지만, 제 이름 정도는 아마 아시리라 생각해요……."

이렇게 말하고는 예쁜 명함을 하녀에게 건넸다. 사에코는 그렇게 갑작스러운 방문에 대해 변명했다.

"네."

하녀는 공손하게 허리를 숙여 건네받고는 계단식 사다리를 올라 2층으로 향했다.

잠시 후 하녀가 돌아왔다.

"부디 이쪽으로……."

하녀는 이렇게 말했다. 사에코는 하녀의 뒤를 따라 계단식 사다리를 올랐다.

대충 아침밥을 먹고 난 미즈카게는 2층 난간에 기대어 반대편 하늘의 구름을 바라보고 있었다.

사에코가 정숙한 몸가짐으로 그 방에 들어오자 미즈카게는 그 조용하고 깊은 눈동자를 사에코에게로 향했다. 그곳에서 조간 신문을 보고 있던 하마코는 자기보다 젊고 아름다운 사에코의 모습을 흘끔 바라보았다.

"자, 이쪽으로."

사에코가 여전히 머뭇거리고 있자 아무 말 없이 있던 미즈카게가 이렇게 말하고는 자신도 그곳에 앉았다. 사에코의 얼굴이 빨갛게 물들었다.

"……."

무언가를 조용히 중얼거린 사에코는 바닥에 앉으며 고개를 끄덕였다.

"당신이 시로야마 사에코입니까? 어젯밤은 정말로 성대한 화환을 보내주셔서 감사합니다."

미즈카게는 붙임성있게 말하며 미소를 지었다.

"있잖아, 이쪽이 시로야마 사에코 씨래. 시로야마 씨, 여기가 아카시입니다."

미즈카게는 그곳에 있는 하마코를 뒤돌아보며 소개했다.

"제가 아카시입니다. 어젯밤엔 정말 대단한 화환을⋯⋯."

하마코 역시 이렇게 인사를 했다.

"⋯⋯."

사에코는 그저 가슴이 뛰어서 고개를 숙이고 있었다.

"차를 가져다 주세요."

미즈카게는 하녀에게 이렇게 말했다.

(1922. 9. 3)

(30)

혹성 5

"시로야마 씨는 이곳에 오래 계셨습니까."

미즈카게는 사에코가 아직 머뭇거리는 것을 보고 분위기를 띄우기 위해 화두를 던졌다.

"아니요. 아직 얼마 안 되었습니다⋯⋯."

"허, 그러면 그전엔 역시 도쿄 쪽에?"

"네."

"학교는 그쪽에서 다녔습니까?"

"네."

"어느 학교요?"

"그……, 도라노몬(虎ノ門)이에요."

"하하, 역시 좋은 학교를 다니셨군요. 그리고선 줄곧 이곳에 살고 있으신가요."

"네, 정말로 싫긴 하지만……."

무언가 더 말하려고 하다가 그만두었다.

"아니, 어디든 마찬가집니다. 오늘날의 여성은 여러 가지로 다른 경험들을 할 필요가 있지요."

미즈카게는 침착한 어조로 이렇게 말했다. 이러한 말을 들은 사에코는 뭔가 자신이 하고 싶었던 이야기를 상대가 대신 해 준 것 같아 힘을 얻었다.

"그래서 선생님. 저는 선생님께 부탁을 드릴 게 있어서 찾아왔습니다."

사에코는 스스로 대담하다고 생각이 들 만큼 용기를 내어 이렇게 말했다.

"네."

미즈카게는 이런 말을 하는 젊은 여자들을 많이 만나봤기에 또 그런 일이겠지 하고 생각하며 가볍게 대답을 했다. 옆에 있는 하마코도 다시 흘끔 사에코의 얼굴을 바라봤다. 이를 눈치 챈 사에코는 다시 얼굴을 붉혔다.

"저기 선생님, 저……."

사에코는 숨을 몰아쉬었다. 그리고 이틀 밤을 고민한 이야기를 미즈카게에게 털어놓으려 했지만, 막상 입이 떨어지지 않고 머릿속이 극히 어지러워졌다.

"네."

미즈카게는 그 젊은 여인에게 집중하며 다시 대답을 했다. 이에 다시 힘을 얻은 사에코가 입을 떼었다.

"전, 선생님의 지도를 받고 싶어요. 아주 조금만이라도 연극 공부를 하고 싶다고 생각해서……."

일단 여기까지 말하고 사에코는 손에 쥔 손수건으로 얼굴을 닦았다. 헬리오트로프¹⁶ 꽃에서 채취한 향수 내음이 미즈카게의 볼에 닿았다.

"네."

미즈카게는 세 번이나 같은 대답을 했다. 옆에 있던 하마코가 끼어들었다.

"흥, 만만하게 보네.."

하마코는 이렇게 한 마디 하고 옆에 있던 잡지를 들었다.

"연극 공부라고 한다면……."

미즈카게는 한층 고요한 태도로 이 지망생의 아름다운 용모를 바라보았다.

"극작가라도 되고 싶으신 겁니까?"

미즈카게는 결코 빈정거리는 것이 아니었다. 이러한 레이디가 굳

---

16 지치과의 보라색 꽃을 피우는 향이 짙은 식물.

이 배우를 지망할 이유는 없었기에 지극히 당연한 의문이기도 했다.

"아니요……."

사에코는 그 부분에서 말문이 막히고 말았다. 그녀는 대답할 수 있었지만, 대체 자신이 여배우가 되고 싶다는 사실을 어떻게 표현하는 게 옳을지 망설여졌기 때문이었다.

(1922. 9. 5)

(31)

혹성 6

결호.[17]

(1922. 9. 6)

(32)

사랑과 연애(愛と恋) 1

여름날 오후, 순백의 빛이 균일하게 지상을 내리쬐었다. 사람들은

---

[17] 전후 맥락을 미루어보아, 사에코가 미래좌에 들어가고 싶다는 의향을 밝혔으나 결국 거절당하고 도미이(富井)와 만나는 장면이 묘사되리라 추정됨.

완연한 더위에 정복되어 거리를 거니는 것조차 기피하는 것처럼 보였다.

담황색 마로 짠 한복을 입은 스물네다섯 살의 청년이, 이마에 흐르는 땀도 닦지 않은 채 남산정 쪽을 향해 걸어가고 있었다. 청년은 한 길모퉁이에 들어서서 우뚝 멈춰섰다. 그리고 손에 든 종이를 가만히 바라보다가, 주변을 둘러보며 문패를 살폈다.

청년은 시로야마 산조의 저택 앞에 섰다. 그리고 다시 한번 문패와 자신이 든 종이를 대조해보았다. 그리곤 안심했다는 듯이 문 안으로 들어섰다.

"실례합니다."

청년은 유창한 국어로 이렇게 물었다. 그러나 마중을 나오는 이는 없었다. 청년은 근처를 둘러보다가 현관 기둥 쪽에 초인종이 있는 것을 발견하고 이를 눌렀다. 그러자 바로 그곳에 품위 있어 보이는 하녀가 나왔다. 그 조선인 청년을 발견하고는 가볍게 인사했다.

"누구신지요?"

하녀는 이렇게 물었다.

"저기, 전 안성식(安成植)이라는 사람입니다만, 혹시 여기에 안씨 성을 가진 여자가 신세를 지고 있지는 않나요?"

청년이 이렇게 말했자 하녀는 괴이하다는 표정을 지으며 생각해봤다.

"조선 사람을 말 하시는 건가요?"

하녀가 말했다.

"네, 그렇습니다. 조선 여자입니다만……."

"네, 조선 여자라면 한 사람 있는데요."

"그럼 그 여자일 겁니다. 제가 그 오빠인 안성식이라고 합니다."

"저기, 그 여자라 함은 야스코 씨를 말하는 건가요?"

하녀는 야스코의 원래 성을 알지 못했다.

"네. 그 여자는 안옥엽(安玉葉)이라고 합니다만. 야스코? 조선 사람입니까?"

"네, 그렇습니다."

"허허……."

청년은 고민에 빠졌다.

"분명 이쪽에 신세를 지고 있다는 것을 듣고 찾아와봤습니다만, 야스코라는 이름이라니 묘하군……."

청년은 생각에 잠긴 듯 고개를 치켜들었다.

"그렇다면 잠깐 물어보고 오겠습니다."

하녀는 이렇게 말하고 안으로 들어갔다.

청년은 현관 디딤돌 위에 서서 주변을 둘러보았다. 이 웅장한 저택에서 자신의 여동생이 어떤 생활을 하고 있을지 청년은 매우 궁금했다. 십 년 동안 떨어져 있었던 여동생이 이 집에서 살고 있다는 소식을 들은 것은, 얼마 전에 그가 새로 입회한 교회에서였다. 자신의 여동생인지 아닌지 확실하지는 않지만, 평양 출신의 명가 태생으로 대여섯 살 때 고아가 되었으며 오빠 한 명이 있었고 면장이 대신 거두어서 길렀다는 등의 소문이 꼭 여동생과 같은 사연이었다. 그중에서

도 특히 성씨가 안이라는 말에, 그는 분명 여동생일 것이라 생각하게
된 것이다.

(1922. 9. 7)

(33)

사랑과 연애 2

안성식은 현관 댓돌 위에 서서 하녀가 나오기를 기다렸다. 그는 여
동생과의 재회가 꿈만 같았다. 정말로 먹을 것조차 없는 상황에서 여
동생을 감당할 수 없어 '만약 자기가 없다면 분명 누군가가 거두어주
겠지' 하는 짧은 소년의 생각으로 어린 여동생을 내버려 두고 집을 나
선 지 벌써 십 년 가까이 되었다. 여동생이 어떻게 지내고 있을지 생각
하지 않은 적은 한순간도 없었다. 밤중에 꿈결에서 여동생의 울음소리
가 들려와 놀라서 잠을 깬 적도 있었다. 비슷한 또래의 여자아이를 보
게 되면 무의식적으로 불쌍한 여동생이 떠올라 눈물이 난 적도 있었
다. 그동안 그는 피를 짜내는 고통을 감내하며, 도쿄에서 여러가지 중
노동을 하는 한편, 학교에 다녔다. 이렇게 하여 그는 와세다대학(早稲田
大学)의 정치경제과를 졸업할 수 있었다. 그가 졸업증서 한 장을 손에
쥐었을 때 가슴 속에 떠오른 것은 고향 산천의 풍경과 단 하나 있는 가
련한 그의 여동생이었다.

그는 고향에 돌아와 자신의 본가를 방문했지만, 이미 그 집은 다른

사람이 살고 있었다. 여동생의 행방에 대해서는 면장의 집에 찾아가서 어느 정도 경위를 들었다. 하지만 조선총독부의 관료가 데려가서 경성에 살고 있을 것이라는 이야기만 들을 수 있었기에 이후의 행방은 전혀 알 수가 없었다. 그래서 그는 경성으로 향했고, 우연히 교회 목사로부터 여동생과 비슷한 사람의 이야기를 들었다. 그는 이제 조금도 시간을 낭비하고 싶지 않았다.

"저기, 역시 야스코 씨가 안 씨 성을 가진 사람이 맞는 것 같습니다."

이렇게 말하며 하녀가 현관 쪽으로 다가왔다. 그 배후에서 살며시 안성식의 모습을 엿보고 있는 사람은, 바로 옥엽이었다.

"아……."

그 모습을 언뜻 보게 된 안성식의 입에서 탄식이 흘러나왔다. 어렸을 때의 그녀 모습이 안성식의 눈에 정겹게 아른거렸다.

"제가 이 사람의 오빠입니다. 정말로 감사합니다."

안성식이 이렇게 말했다.

옥엽은 평정심을 잃은 얼굴로 오빠의 곁으로 다가갔다.

"넌 내 얼굴을 잊어버렸겠지……?"

그는 이렇게 말하며 곰곰이 어른이 된 여동생의 아름다운 모습을 바라보았다.

"……오라버니세요?"

옥엽은 간신히 입을 열었다. 그리고 갑작스러운 일에 깜짝 놀라 눈을 크게 뜨고 바라보았다.

"많이 자랐구나……."

이렇게 말하는 안성식은 막 이별을 했을 때의 기분이 생각나 가슴이 먹먹하여 눈물이 났다.

"그래도 무사히 살아 있어서 다행이야……."

안성식은 죽은 사람이 환생하여 돌아온 것처럼 기뻐하며 말했다. 그러나 옥엽은 그저 머릿속이 멍한 채로 서 있었다. 그녀는 지금까지 오빠가 이 세상에 존재했다는 사실조차 잘 몰랐었기 때문이었다.

"네겐 참 갑작스러운 일일지도 모르겠구나……. 우리가 헤어졌을 때 너는 아직 아무것도 모르는 어린아이였으니……."

안성식은 이런 말을 하고나니, 새삼스럽게 여동생의 박복한 인생이 슬프도록 가슴에 사무쳤다.

"어쨌든 천천히 이야기를 나누고 싶으니 잠깐 이쪽으로 오지 않으련."

안성식은 이렇게 말했다.

(1922. 9. 8)

(34)

사랑과 연애 3

오누이는 시로야마의 저택을 나와 경성 본정 거리 쪽으로 향했다. 두 사람은 오늘 이 진귀한 재회를 기뻐하며 거리를 거닐었다.

"정말 많이 자랐구나……. 그래서, 몸은 건강하고?"

성식은 앞에서 했던 말을 되풀이하여 물었다.

"네, 오라버니……."

옥엽은 이 재회가 역시 진짜 벌어진 일이고, 그래서 자기에게도 오빠라고 부를 사람이 있다는 새로운 사실을 알게 되어 환희를 느끼고 있음을 깨달았다.

"너는 정말 가여운 존재였어. 오빠는 너를 혼자 집에 두고 떠나는 잔혹한 짓을 결코 하고 싶지 않았지만, 그 당시에는 나도 아직 어린아이였기에 제대로 판단할 수 없었지. 그래서 그런 짓을 해버리고 말았어. 네게는 참 딱한 일이었지만……."

성식은 옥엽이 그 후 얼마나 고생했을지 마음속 깊이 생각하며 이렇게 말했다. 여동생은 그저 묵묵히 걸었다. 지금까지 자신이 그러한 환경에서 살아온 게, 누군가의 죄라고 생각한 적은 한 번도 없었다. 옥엽은 성식이 이러한 말을 하며 자신을 위로하는 것조차 과분하게 생각되었다.

"그래서 말이지. 이제 앞으로는 이 오빠가 너를 옆에서 돌봐주려고 생각하고 있어. 이제 절대로 네가 고생하도록 놔두지 않을게. 서로 떨어져 살면서 고생만 하고, 참 힘들었지."

말수가 없는 얌전하고 아름다운 여동생을 바라보며 안성식은 한층 더 애잔함이 가슴 속 깊은 곳에서 차올랐다.

"네, 오라버니. 감사해요."

오빠의 이러한 한 마디 한 마디는 여동생에게 가족의 정이라는 것을 느끼게 해주었고, 또한 그녀의 고독한 영혼을 채워 주었다. 어렸을 때부터 가족의 사랑을 전혀 모르고 자란 그녀는 그 말에 뭐라 형용할 수 없는 따듯함을 느꼈다. 자기와 가장 가까운 핏줄로 이어진 사람의 존재란, 자신의 영혼까지 감싸주는 강력한 것이라고 그녀는 생각했다. 그녀에게 있어서 긴이치란 달콤하면서도 슬픈 사랑이었다. 하지만 그녀에게 있어서 이 오빠의 존재란 따듯하고 그리운 사랑이었다. 그녀는 긴이치를 젊은 가슴으로 사랑하면서도, 또한 오빠라는 존재에게 몸을 맡기고 마음껏 정을 느끼고 있는 것이었다.

"오라버니. 저는 이렇게 있는 것이 참 꿈만 같아요."

옥엽은 한참 후에 진심을 담아 이렇게 말했다.

"맞아. 나도 이렇게 빨리 너를 만날 수 있을진 몰랐어."

성식 또한 이렇게 대답했다.

"하지만 내겐 아직 해야 할 일이 하나 더 남아있어. 그건 말이야, 우리 아버지를 찾는 일이지……. 넌 모르겠지만 우리 아버지는 아직 이 세상에 살아계실 거야. 우리를 두고 떠나간 게 내가 열한두 살 때였으니 확신할 순 없지만, 아버지가 분명 아직 살아계실 거라고 난 믿고 있어."

오빠의 이 말에 여동생은, 새삼스럽게 운명의 기구함을 느꼈다.

(1922. 9. 9)

사랑과 연애 5

"그래서 오라버니. 아버지는 정말 어디에 계신지 모르시는 건가요……?"

옥엽은 신경이 쓰인다는 듯이 말했다.

"응, 아무래도 아직은 파악하기 힘들어."

성식은 망연자실한 어투로 말했다.

"전 정말로 아버지를 뵙고 싶어요."

옥엽은 진심으로 침울해져서 이렇게 말했다.

"그래, 곧 만나게 해 줄게. 내가 반드시 찾아내겠어."

성식은 이렇게 말을 이었지만, 목소리는 점점 사그라들었다.

"하지만 아버지가 살아계신다고 해도, 연세가 상당히 드셨을 테니……."

"……그런데 오라버니. 앞으로 어떤 일을 하실 건가요?"

옥엽은 여인들이 할 법한 질문을 했다.

"나 말이야? 난 아직 무엇을 할지 네게 확실히 말할 순 없어. 오빠는 이래 봬도 대망(大望)을 품고 있으니까."

성식은 청년 특유의 눈빛을 번쩍였다.

"대망이라니, 그게 무엇인가요."

"대망은 대망이지. 앞으로 우리 같은 조선 청년들은 더욱 분발하지 않으면 안 돼. 예전처럼 구태의연한 것에 매달리면 안 된다는 거지."

성식은 이렇게 말했다. 옥엽은 그러한 오빠의 말을 듣고 나니 너무나 기뻤다. 오빠가 앞으로 조선의 장래를 혼자 짊어지고 나아갈 것 같은 느낌마저 들었다.

"저는 오라버니가 이렇게 대단한 분이라는 것이 얼마나 기쁜지 몰라요."

여동생은 자신의 생각을 생생하게 드러냈다.

"아니 뭘. 아직 우리들은 XY야.[18] 어쨌든 앞으로 넌 아무런 걱정할 필요 없어. 어떤 일이라도 이 오빠가 다 상담해 줄 터이니."

성식은 이렇게 말하고 막 대령해온 술을 맛있게 마셨다.

"어떤 일이라도 상담을 해 준다고요……."

이런 오빠의 말을 듣자 옥엽은 왠지 가슴이 뛰었다. 이미 이 오빠가 자신과 긴이치의 연애 사정을 알고 있는 것이 아닌지 하는 생각마저 들었다. 오빠의 힘을 빌리지 않으면 안 되는 힘든 일이 바로 눈앞에 확연히 존재했기에, 그러한 오빠의 말은 하늘에 절을 올리고 싶을 만큼 감사하게 느껴졌다.

"저기, 오라버니. 부탁드릴 게 있어요."

그녀는 목소리에 힘을 주어 말했다.

"얼마든지. 지금까지 못 해준 것을 벌충하는 의미로, 무슨 일이든지 들어줄게."

---

18 원문에 XY로 나와 있다. 검열의 흔적인지 남자의 성 염색체를 가리키는 것인지 판단 불가.

성식은 청년 특유의 기개 넘치는 말투로 대답했다.

"그런데 네가 의탁하고 있는 집안은 어떠니. 난 지금이라도 너를 내 쪽으로 데려오고 싶은 마음이긴 한데."

옥엽은 이 말을 듣고 묘하게 불안한 기운을 느꼈다.

"괜찮지? 앞으로 이 오빠와 같이 살자. 그쪽에 사정을 잘 말하면 억지로 만류하지는 않을 것 같은데?"

성식은 매우 간단한 문제처럼 이렇게 말했다.

"네……."

옥엽은 이렇게 말하고 입을 다물었다. 아직 긴이치의 모습이 그녀의 마음속에 어른거렸기 때문이다.

"혹시 다른 생각이 있는 건 아니지?"

여동생의 모습을 보고 성식은 이렇게 말했다.

(1922. 9. 12)

(37)

사랑과 연애 6

"난 언제까지 네가 다른 사람의 신세를 지게 하고 싶지 않아. 그러니 너만 괜찮다면 바로 내 쪽으로 데려오고 싶다. 물론 너도 그렇게 생각할 것이라 보는데."

성식은 술술 자신의 의견을 말했다.

"그건 그래요. 지금이라도 오라버니가 있는 집으로 옮길 수 있다면 더할 나위 없겠지요……."

"그렇다면 그쪽 가주와 상담해보자. 그쪽에서도 너에게 별로 미련 같은 게 있는 건 아니겠지? 다야마(田山) 목사의 말로는, 네가 의탁하고 있었던 집의 아가씨가 너를 동정하여 데려갔다고 하였으니. 내가 예의를 잘 차려서 말을 하고 데려오면 끝날 일일 것 같은데."

오빠의 말에 틀린 것은 없었다. 하지만 틀린 말이 없음에도 결심을 하지 못하는 부분에 오히려 그녀의 근심이 존재했다.

"그럼 곧바로, 내일이라도 내가 너희 집으로 가마. 그 후 충분히 감사를 표하고 너를 데려오는 것으로 하자. 그렇게 하면 되겠지?"

그녀는 그것이 싫다고는 도저히 말할 수 없었다. 게다가 처음 만난 오빠에게 새삼 긴이치에 대해 털어놓을 수도 없었다.

"……오랫동안 신세를 진 집을 나오는 건 누구라도 쉬운 일이 아니겠지. 하지만 그것도 조금만 지내면 곧 잊어버리게 되는 법이야."

성식은 여동생이 혹시라도 어떤 이유로 뭔가 주저하고 있는 것은 아닌가 하고 혼자 단정을 지었다. 그러다가 그는 이제야 눈치챘다는 듯이 이렇게 말했다.

"너 혹시, 그 내지인의 사치스러운 생활과 멀어지는 게 싫은 건 아니지?"

그러자 옥엽은 깜짝 놀라 고개를 들었다. 원망스러운 눈초리로 오빠를 바라보았다.

"오라버니, 저는 그런 뜬구름 같은 생각은 조금도 하지 않고 있습니다. 보시는 것처럼 이렇게 항상 조선인의 모습을 하고 다니는 걸요. 게다가 정말로 그 집에서는 하루라도 더 있고 싶지 않아요."

"그렇겠지. 나도 그렇게 생각했어. 타인의 집에, 그것도 내지인들만 사는 곳에서 하는 생활은 참 눈치가 보이지. 그럼 내가 내일 직접 그쪽을 방문하마."

"하지만 시로야마의 가주는 현재 도쿄에 가 있는 중이에요."

"그래? 그건 참 곤란하군. 그렇다면 너를 받아 준 그 아가씨라는 분과 얘기를 하면?"

"그래도 역시 오랫동안 신세를 졌는데, 가주에게 인사라도 드리지 않으면 저도 뭔가 계속 신경이 쓰일 것 같아요."

"그것도 그렇군. 그럼 일단 먼저 그 아가씨와 얘기를 한 후에 다시 생각해 보자."

성식이 이렇게 말하고 회중시계를 꺼내어 보니 벌써 8시 가까이 되었다.

"벌써 이렇게 늦은 시간이군. 난 괜찮으나 네가 곤란할 터이니, 그럼 다시 보는 것으로 하자."

성식이 계산을 마치고 두 사람을 그곳을 나왔다.

서늘하고 시원한 거리를 걸으며 성식은 남산정까지 여동생을 바래다주었다. 옥엽은 오빠와 재회한 기쁨과 시로야마 가문을 나와 긴이치와 영원한 이별을 해야만 하는 슬픔 사이에서, 공연히 자신의 무상한 운명을 원망했다.

(1922. 9. 13)

(38)

사람의 삶으로(人生へ) 1

그 날 아침, 남산정의 시로야마 저택 앞에는 버드나무와 아카시아의 잎이 여기저기 흩날렸다. 밤이 번화가의 가게 진열대에 늘어섰다. 늠름한 개를 데리고 다니는 사람이 각반에 엽총을 메고 하얀 입김을 뿜어내며 문 앞으로 바삐 걸어갔다.

시로야마 저택에서는 어제, 긴이치가 도쿄에서 대학을 졸업하고 돌아온다고 하는 소식에 집안 사람들은 그 축하를 위해 오늘 밤, 친척들을 맞이할 준비를 하느라 여념이 없었다.

"이제 앞으로 더 바빠지게 될 거야. 곧 결혼식도 있으니. 그 준비가 참 큰일이네."

"그 결혼식 말이지, 뭔가 좀 이상해. 긴이치 님은 원래부터 그런 상태였잖아. 근데, 최근에는 아가씨도 완전히 긴이치 님에 대해서 신경을 안 쓰는 것처럼 행동하시니. 봐, 요즘에 이 저택에 자주 오는 그 이상한 파란 장발 머리의 남자 말이야. 이름이 뭐였지. 도미이(富井)였나? 그 남자랑 아가씨가 언제는 하루 종일 방에서 이야기를 나누더라고."

"얘, 그 사람은 교회 친구라고 말씀하시지 않았니. 가끔 놀러 와 종교 신앙에 대한 토론을 하는 것이라고 도모 씨가 얘기했었잖아."

"호호호, 얘. 너도 참 순진하구나. 교회 친구라고 해도 만날 종교 신앙에 대한 얘기만 하리라곤 단정할 수 없는 법이지. 젊은 남녀가 무슨 이야기를 나누는지 누가 어떻게 알아."

"어머, 요시(芳) 짱. 혹시 질투하는 거 아니니. 그 사람은 참 괜찮은 남자니까. 너도 역시 여자애니까 시기하는 거지? 호호호."

"바보 같은 소리 마. 도시(年) 짱, 너도 같은 여자애면서 실례되는 소리를 하네. 난 이래 봬도 이미 허즈(ハズ)¹⁹가 있다고. 그런 두루뭉술한 남자 따위 눈에 들어오지도 않는걸. 네 쪽이 오히려 더 수상한데? 그 사람이 오면 수상하게 친절한 말투가 되던데."

"흥, 뭐라 해도 상관없어. 난 어차피 그런 허즈인지 퍼즈인지 있지도 않으니깐. 젊은 남자한테 눈길 좀 주면 어때. 하지만 요시 짱, 나는 긴이치 님의 방에서 오랫동안 방에 붙어 있다가 '저기, 이제 됐으니까 저쪽으로 좀 물러가'와 같은 소리는 들어본 적이 없지."

"도시 짱, 너 대체 무슨 소리를 하는 거야. 내가 언제 긴이치 님한테 그런 소리를 들었어. 날 놀리다니 용서할 수가 없어."

"너희들, 거기서 대체 무슨 얘기를 하고 있는 거야."

그곳에 도모가 나타나 이렇게 말했다. 그러자 두 사람은 황급히 좌우로 떨어졌다.

"참으로 손이 가는 애들이야. 조금만 눈을 떼면 금방 이렇게 되니."

도모는 투덜거리며 다시 반대편 쪽으로 가 버렸다.

검은 고양이가 큰 물고기를 입에 들고 날아왔다. 그 저택에 들어와서 잠깐 입에 있던 것을 내려놓고는 눈알을 굴리며 주변을 둘러보았다. 묘한 소리로 그르렁대다가 다시 물고기를 입에 물곤 이번에는 다

---

19 영어 허즈밴드(husband)의 줄임말.

다미 객실로 향했다. 그쪽에 있는 큰 방에서 두세 번 배회하다가 다시 복도로 뛰쳐나왔다. 그곳에서 마주친 도모가 눈길을 주자, 허둥대며 그곳을 가로질러 지나갔다.

"훠이, 훠이! 이 도둑고양이. 여기가 어디라고 무슨 짓을 하는 거람. 이 녀석, 훠이!"

도모는 걸걸한 목소리로 고함을 지르며 고양이 뒤를 쫓았다.

"요시도 도시도 잡담이나 하고 있으니 이렇게 된 거야."

고양이가 도모 할멈을 놀리는 것처럼 정원에서 반대편의 높은 담장으로 뛰어올랐을 때, 할멈은 울음 섞인 목소리로 이렇게 말했다.

(1922. 9. 14)

(39)

사람의 삶으로 2

긴이치는 이제 완연히 쓸쓸해진 공원에 멍하니 멈추어 서 있었다. 바닥에 깔린 돌 근처에서 귀뚜라미가 구슬프게 울고 있었다.

그는 빛나는 졸업증서를 받아들었지만 별로 감격스럽지는 않았다. 그는 무엇을 위해 그렇게 힘들게 학문을 닦아왔는지, 지금에 와선 의문만 들 뿐이었다. 중학교 시절부터 계산해보면 예순 번이 넘는 치열한 시험을 통과하여 이렇게 마지막에 졸업증서를 손에 넣었다. 이것이 자신의 인생에 있어 얼마나 의미가 있는 것인지 그것조차 알 수가 없었다. 학우들이 겨우 이 한 장의 증서를 마치 인생의 모든 행복을 보장하는 증서처럼 여기며 매우 기뻐하는 모습을 보면서 그는, 모던 보이와 같은 공허함을 느끼며 질려버렸다.

"다른 이들은 졸업증서를 이 사회에 들고 가 휘두르면서 무슨 일을 하려는 것일까."

그는 이런 생각을 했다.

"이 사회에 현존하는 모든 인간 중, 단 한 명도 안심하고 이야기할 수 있는 자가 없구나. 모두 타인의 허점을 파고들어 품에 있는 메스를 꺼내 폐부를 찔러 마지막 피 한 방울까지 빼먹으려는 놈들뿐이니깐. 이런 사회에서는 진실을 말하는 자는 모두 그림자를 감추고 있어야겠지. 그런 사회에서 단 한 장의 졸업장을 쥐었을 뿐인데, 이들은 어째서 자신의 인생이 행복할 것이라 생각하는 걸까."

이런 생각을 하는 그의 침울한 가슴에, 물거품처럼 따뜻하고 밝은 무언가가 희미하게 떠오르는 것이 느껴졌다. 그것은 순백 그 자체의 모습을 한 옥엽이었다.

"맞아. 내가 믿을 수 있는 건 그녀의 마음뿐이지. 내 인생은 그저 그녀만이 구할 수 있어. 그 깨끗하고 아름다운, 가냘픈 그녀만이 내 유일한 마지막 편이야……."

그는 이렇게 말하곤 이제 모든 것을 내려놓고 그녀가 있는 곳으로 달려가고 싶은 마음이 들었다.

"재산이 다 무엇이냐. 학사(学士)가 다 무엇이야……. 이러한 것을 가지지 못한 자는 이를 동경하기 마련이지만, 이러한 것을 얻고 나서 진실에 눈을 뜨게 되면 결국 쓰레기로 느껴질 뿐이지. 나는 다만 순수한 사랑을 하며 살아갈 수 있다면 그것으로 좋아"

그는 다시 이렇게 중얼거렸다. 그리고 옥엽이 시로야마 가문을 떠난 후 오빠와 우연히 재회하여 그의 집에서 지내고 있다는 사실과 그녀의 마음에 변함이 없다는 사실을 적어 그의 거처로 보냈다는 사실을 마음속에서 되뇌이고 있었다.

"더 이상 주저하고 있을 때가 아니야. 모든 것을 버리더라도 그녀의 사랑만 있으면 살아갈 수 있어. 지금까지 나는 모두 타인의 목적에 의해 살아가고 있었어. 하지만 이제 난 그런 것 때문에 나 자신을 죽이고 살아갈 수 없다. 야생의 화초처럼 태양의 빛을 받으며 곧게 자라지 않으면 안 돼."

그는 돌연 마음이 밝아졌다. 그리고 대담하게 그 넓은 교정을 성큼성큼 걸어갔다.

"호호호……."

젊은 여자의 맑은 웃음소리가 그 한산한 음지에 들려왔다. 긴이치는 깜짝 놀라 눈을 크게 떴다. 살짝 솟은 동산 언저리에 반대편을 바라보고 남녀 한 쌍이 나란히 다리를 뻗고 앉아 있었다. 잘 살펴보니여자는 사에코 같았다. 올백 머리를 한 남자의 머리카락이 목덜미까지 늘어져 있었다. 과연 긴이치도 가슴이 뛰었다.

(1922. 9. 15)

(40)

사람의 삶으로 3

결혼.[20]

(1922. 9. 16)

(41)

교향(交響) 1

거리에는 어쩐지 쓸쓸한 가을바람이 불었다. 새빨간 나무 열매가 상점 여기저기에 아름답게 떨어져 있었다. 새고기를 파는 점포는 오리나 기러기 같은 것을 멋진 솜씨로 요리하여 가판대에 늘어놓았다.

종로의 번화가에도 무언가 적적한 공기가 흐르고 있었다. 길가에서 장난을 치는 총각의 담홍색 저고리조차, 어딘가 빛을 잃어버린 느낌이 들었다. 그 종로 거리에서 조선인이 많이 사는 화동(花洞) 쪽으로 한 내지인 청년이 걸어가고 있었다. 프랑스풍의 검은 중절모에 같은 색 오버코트를 차려입었다. 양손을 주머니에 찔러넣고 조금 고개를 떨군 채 무언가 깊이 생각하면서 걷고 있었다. 작은 얼굴형에 흰 피부

---

20 39화의 내용을 미루어보아 사에코와 도미이가 만나고 있는 모습을 긴이치가 목격하는 장면이 예상됨.

의 아름다운 얼굴을 한 자였다.

그 청년은 바로 긴이치였다. 그는 오늘 시로야마 저택을 나와 옥엽의 집을 방문하는 길이었다.

넓은 대로에서 갑자기 길이 좁아지며 두 갈래로 나뉘었다. 파출소에는 빨간 줄무늬 옷을 입은 경찰관이 눈을 부라리고 사람들을 관찰하고 있었다. 긴이치는 그 경찰관을 보고 이렇게 생각했다.

"뭔가 군인 같군."

경찰관의 군인화(化). 그런 느낌이 들었다. 조선이라는 공간이 이런 것으로도 깊은 암시를 주는구나, 하고 그는 생각했다. 긴이치는 옥엽의 오빠라는 사람에 대해 생각했다. 옥엽의 편지에 의하면 어릴 때부터 유랑하며 온갖 고난을 헤치고 도쿄에 있는 와세다 대학을 졸업한 인물인 모양이었다. 긴이치는 그런 인물을 생각하면 마음속 깊은 곳에서 자신이 부끄러워졌다. 어디까지나 독립적인 자세로 누군가의 제약이나 구속에서 벗어나 자유롭게 학문을 하며 마음껏 살아갈 수 있는 인물을 그는 마음속 깊이 경외했다.

"우리가 후진 민족(後進民族)이라고 생각했던 조선인 청년이 이미 우리보다 더 진보적인 태도로 용감히 행동하고 있지 않은가. 그런데 우리는 왜 이리 구태의연한 삶을 살고 있는가."

그는 이렇게 생각했다.

'당신은 훌륭한 제국대학을 졸업하셨겠지만, 오라버니는 가난하게 성장했기에 와세다대학에 그쳤습니다. 부디 여러모로 잘 부탁드리겠습니다.'

옥엽의 편지에는 이러한 내용이 적혀있었다. 물론 이는 세상 물정 모르는 소녀의 생각에 불과했다.

제대(帝大)가 뭐가 그리 대단합니까. 와세다(早稲田)가 무엇이 부족하냐는 말입니다. 청년들은 그 학교로부터 아무것도 받은 게 없습니다. 그저 자신이 갈고 닦은 새로운 창의력의 여하에 달린 것이지요. 아무리 대단한 학교를 나왔다고 해도 그게 창의력이 없는 사람이라면 그저 이 사회에 무익한 인간이 또 하나 탄생했을 뿐이죠. 사회는 그러한 부담과 함께 퇴보하고 있습니다. 당신의 오빠란 사람은 얼마나 대단한 분인지요. 고향을 떠나는 것조차 굉장한 노력이 필요합니다. 게다가 전혀 다른 민족이 살아가는 공간에 파고들어가 자급자족으로 학문을 했다는 사실, 그것은 우리들의 상상을 뛰어넘는 대단한 일입니다. 당신 오빠의 영웅적 행동을 찬미하고 싶을 정도죠. 부호의 양자가 되어 여러 굴욕을 겪으며 저항도 하지 않고, 순순히 십수 년을 그런 생활에 기대어 살아가다 결국 제국대학이라는, 이 세상에서 가장 살아가기 편한 학문을 가르치는 학교를 졸업한 일본 청년인 제가 말입니다. 전 이번에 뭐라 해도 당신의 오빠를 뵙고 싶습니다. 저의 의향을 부디 경애하는 당신의 오빠에게 전해주길 바랍니다.

긴이치는 옥엽에게 보내는 답신에 이러한 내용을 적어 보냈다.

(1922. 9. 17)

(42)

교향 2

긴이치는 좁은 길에 들어섰다. 그 부근에 있는 사람들은 대부분이 조선인이었다. 불과 2~3년 전만 해도 하늘색 혹은 흰색의 쓰개치마를 걸치고 다니는 귀부인들이 있었지만, 요새는 그런 모습은 거의 발견할 수 없었다. 그 대신, 프랑스풍 목도리를 두른 여인, 가르마를 탄 여인, 한창 유행하는 귀 덮는 머리를 한 여인들이 청초한 옷차림을 자랑했고, 가끔은 가는 금테 안경을 한 여인도 보였다. 굽이 높은 빨간 구두를 신은 조선 여인들도 많아졌다. 서양인과 유창한 외국어로 대화하며 지나가는 이도 있었다.

"이 얼마나 새로운 풍경인가……."

긴이치는 주변을 둘러보며 생각했다.

"도쿄의 여자들과 비교해보면 뭐라 형용할 수 없는 쾌활함이 있구나."

가냘픈 몸으로 숨이 막힐 것 같은 전통 의상의 허리띠를 졸라매고 나른하게 걷는 도쿄 여자들과는 다른, 이 얼마나 상쾌하고 유동적(流動的)인 복장인가. 마치 프랑스 여자와 같다고 긴이치는 생각했다.

"정말 내가 알고 있던 조선과 다르군."

그는 진심으로 이렇게 생각했다. 그는 그 수 많은 여인 중에서 옥엽을 만난다는 것이 대단히 감격스러웠다.

긴이치는 좁은 길을 지나, 지붕이 낮은 집들이 나란히 늘어선 곳에 다다랐다. 두꺼운 기와가 왠지 위압감을 주었다.

"어떻게 이런 음울한 마을에 저렇게 쾌활한 사람들이 살고 있을까."

문득 이런 생각이 들었다.

"저들은 부쩍 새로운 문물을 흡수하고 구습을 타파하며 약진하고 있다. 그래, 약진하고 있어."

이렇게 생각하며 긴이치는 길모퉁이를 지나 구두 끝을 세우며 걸었다.

이 근처의 가옥은 모두 조선식으로 세워진 건물이었다. 앞으로 나아가며 그는 나란히 늘어선 집들을 기웃거렸다.

"여기다."

그는 이렇게 말하곤 커다란 문 안쪽으로 들어가려고 했다. 개가 멍멍, 하고 짖으며 긴이치 앞으로 다가왔다. 긴이치는 두려운 마음에 선 채로 잠깐 머뭇거리다가 다시 용기를 내어 앞으로 걸어갔다. 하지만 그곳에서 옥엽 이외의 다른 사람을 발견해도 자신의 의사를 한 마디도 전달할 수 없었다.

그는 그곳에 가만히 서 있는 것 이외에 다른 방법이 없었다. 그는 문 근처에 기대어 섰다.

흰 조선 옷이 끈을 이리저리 휘날리며 빨랫줄에 널려 있었다. 커다란 물독이나 장독 같은 것이 근처에 나란히 늘어서 있었다. 이 집 여자 역시 그 근처에서 뭔가 하얀 것을 빨고 있었다. 개가 킁킁, 하고 콧소리를 내며 긴이치의 다리 근처를 맴돌았다.

여자는 수상하다는 표정을 하고 긴이치의 모습을 관찰했다. 긴이치는 어쩔 수 없이 고개를 살짝 들고 억지로 미소를 지어 보였다. 그럼에도 불구하고 그 여자는 여전히 수상하다는 얼굴을 하고 있었다. 얼굴에는 검은 상흔이 있었다. 절인 음식 냄새가 근처에 떠돌았다. 조선 담배 특유의 강한 냄새가 근처의 온돌 집 안에서 퍼져 나왔다. 이러한 분위기가 긴이치에게는 기묘하게도 정겹게 느껴졌다. 그렇게 느끼는 긴이치조차도 이해가 되지 않았다. 그 냄새와 향은 어떤 사람도 결코 좋다고는 하지 못할 것이다. 오히려 그러한 것에 익숙한 조선 사람들조차 잠시라도 이러한 풍경과 동떨어진 생활을 했다면 분명 일종의 불쾌감을 느낄 종류의 것이었다. 게다가 긴이치는 이제 막 도쿄의 화려한 생활에서 돌아온 참이었다. 생전 처음 경험하는 이상한 냄새와 향에 왠지 모를 정겨움을 느낀다는 건, 그조차도 정말 이해가 가지 않는 일이었다.

(1922. 9. 19)

(43)

교향 3

불가사의한 이 감각을 스스로도 이상하다 여기며 긴이치는 그곳에 계속 서 있었다. 그는 그곳에서 억누를 수 없는 충동을 느꼈다. 이러한 분위기를 접하게 되자, 그 민족 사람들의 문화 속에서 자란, 자신이 진심을 다해 사랑하는 여자에 대한 억누를 수 없는 애욕의 충동을 그는 무의식중에 느끼고 있었다.

"이 집에 야스코가 있는 건가……."

그렇게 생각하니 그는 이미 그 집 안으로 뛰어들어가고 싶었다. 자신 앞에서 때 묻은 조선 옷을 입고 굵은 적갈색 팔을 걷어 올리고 빨래를 하는 저 여자아이까지도 그는 자신의 여동생인 것 같은 착각을 금할 수 없었다.

"정말 뭐라 말할 수 없는 이상한 기분이군."

그곳에 느닷없이 옅은 갈색 두루마기를 걸친 건장한 몸을 한 사람이 나타났다. 서른 대 여섯쯤 되어 보이는, 이 집의 주인으로 생각되는 남자였다. 긴이치는 다시금 인사를 했다. 그는 긴이치의 훌륭한 양복 차림을 보고 살짝 인사를 건넸다.

"무슨 용무입니까?"

약간 탁한 악센트이긴 했지만 분명 일본어였다. 그는 긴이치에게 이렇게 물었다. 긴이치는 의외의 말에 놀랐다.

"네……."

긴이치는 조금 망설이며 대답했다. 예상치 못한 상황에서 질문에 대답할 준비를 하지 못했기 때문이었다.

"저기……."

긴이치는 떨리는 목소리로 말했다.

"안성식 씨라는 분이, 여기 계십니까?"

그는 겨우 이렇게 물었다.

"안성식……. 네, 있습니다."

그는 미소를 지으며 이렇게 대답했다.

"그럼 죄송하지만, 이런 사람이 찾아왔다고 전해주실 수 있으십니까."

긴이치는 이렇게 말하고 자신의 명함을 꺼냈다. 그는 곧 이를 받아 들고 바라보다가 물었다.

"당신은 그의 친구입니까?"

"네, 실은 아직……, 직접 뵌 적은 없습니다만……."

긴이치가 더듬거리며 말했다.

"친구는 아니라는 겁니까?"

그는 돌연 지금까지의 미소를 거두고 뭔가를 살피는 듯이 긴이치의 얼굴을 바라보았다.

"네, 실은 아직 뵙지는 못했지만, 저에 대한 것은 그분도 잘 아실 거라 생각합니다."

"그렇군요……."

그는 아직 납득이 되지 않는다는 듯이 긴이치를 쳐다보았다. 손님이 왔다는 말을 전하러 가는 기색 또한 보이지 않았다. 긴이치는 약간 초조해졌다. 이 사람이 왜 이러한 태도를 보이는지 그는 아직 잘 파악이 되지 않았다.

"저는 그, 별로 수상한 사람이 아닙니다."

긴이치가 이런 말을 덧붙였다.

"아, 네……."

그는 이렇게 말할 뿐 여전히 움직이지 않았다.

"지금 안 군은 외출 중입니다."

잠시 후 그는 이렇게 말했다. '안 군'이라는 단어가 긴이치에게는 생소하게 들렸다.

"네……."

이번엔 긴이치가 이렇게 말하고 그 사람의 얼굴을 쳐다보았다.

(1922. 9. 20)

(43)²¹

교향 4

검은 오버코트를 입은 청년과 흰 두루마기를 걸친 중년의 남성은

---

21 44의 오기로 보임.

아직도 그저 문 앞에서 대치하고 있었다.

"그렇다면 저기, 안성식 씨에게 여동생이 있지요?"

긴이치가 드디어 이렇게 물었다.

"네."

그는 듣자마자 바로 대답했다.

"안성식 씨의 여동생이 여기에 사는 것으로 알고 있는데요."

"네, 그렇습니다."

그는 확실한 어조로 말했다.

"그럼 여동생 분을 잠깐 뵐 수 있을까요."

"그건 안 됩니다."

그는 아까보다 훨씬 더 확실한 어조로 대답했다. 긴이치는 덜컥 가슴이 내려앉았다.

"……."

긴이치는 달리 할 말이 없었다. 젊은 여인 혼자 있는 집에 젊은 남성이 방문하는 것은, 사실 긴이치가 속한 민족의 문화에서도 잘 허용되지 않는 일이었다. 더욱이 여자가 지켜야 할 도리를 매우 중시하는 이 민족에게 있어서 지금 이 긴이치의 부탁이 용인될 리 만무했다. 그는 당혹한 표정을 지으며 멍하니 서 있는 것말고는 다른 방법이 없었다. 하지만 그도 그 나름대로 이대로 돌아가기는 싫었다. 반드시 무슨 수단을 쓰더라도 그 오누이와 만나고 싶은 간절함이 그에겐 있었다. 이 조선 사람에게 자신이 어떤 사람인지 잘 이해시켜서, 옥엽의 오빠가 돌아올 때까지 기다리는 게 최선의 수단이라고 생각했다.

"그렇다면 안성식 씨가 돌아올 때까지 이곳에서 기다려도 되겠습니까."

긴이치가 이렇게 물었다.

"네, 그건 괜찮습니다……."

이렇게 그가 살짝 주저하며 말했다.

"당신이 안 군의 친구가 아니라면, 대체 어떤 사람입니까?"

그러면서 그가 이렇게 물었다. 이를 들은 긴이치는 갑자기 얼굴에 화색이 돌며 말했다.

"저, 저는 오랫동안, 안성식 씨의 여동생과 같은 집안에 있던 사람입니다."

긴이치는 왜 더 빨리 이 말을 하지 않았을까 하는 후회가 들었다.

"허허, 그렇습니까. 그래서 안 군의 여동생을 알고 계신 거군요."

"네, 그렇습니다."

"과연, 그런 거였군요."

그는 조선인 특유의 묘한 악센트로 이렇게 말했다. 조금 안도한 듯이 보였다.

"안 군은, 있습니다."

그는 이렇게 말하곤 멋쩍은 듯이 웃음을 지어 보였다. 이를 들은 긴이치는 순간 마음이 놓였다. 하지만 왜 그가 이러한 태도를 보였는지는 도무지 아직 알 수 없었다.

'조선 사람은 묘한 습관이 있는 모양이구나…….'

긴이치는 그저 이렇게 생각했다.

"잠깐 기다리십시오. 곧 안 군과 이야기를 하고 오겠으니."

그는 이렇게 말하곤 명함을 재차 살펴보며 안쪽으로 들어갔다. 그리고는 그쪽의 한 별실 문에 가서는 크게 두 번 정도 불렀다.

"안 군! 안 군!"

"어."

대답이 들렸다. 그리고 둔탁한 소리와 함께 방문이 열렸다.

"무슨 일이야?"

방금 열린 문을 한 손으로 밀며 청년이 이렇게 말했다.

(1922. 9. 21)

(45)

교향 5

"무슨 일입니까. 이 군."

청년은 이렇게 말하고 상반신을 문밖으로 빼꼼 내밀었다. 청년은 깨끗한 하늘색 도포 위에 조끼를 걸치고 있었다. 지금까지 그 온돌방 안에서 책상에 앉아 뭔가 원고를 쓰고 있었던 모양이다.

"응, 손님이 왔어."

"손님?"

청년은 복도로 뛰어나왔다.

"이 분이야."

이 군이라고 불린 그가 손에 들고 있는 명함을 청년에게 건넸다. 그는 명찰을 뚫어지게 보고 있는 청년에게 조선어로 무언가 말했다. 그러자 청년은 고개를 끄덕이더니 긴이치를 힐끗 보았다. 명석한 사람의 기운에서 우러나오는 안광이 차갑게 빛났다.

"부디 이쪽으로 들어오시지요."

청년은 밖에 서 있던 긴이치에게 이렇게 말을 걸었다. 긴이치는 고개를 끄덕이곤 모자를 벗어 손에 쥔 뒤, 복도 쪽으로 다가갔다.

"제가 가이노(改野)입니다."

긴이치는 복도에 선 청년에게 정중한 태도로 이렇게 말했다.

"네, 저는 안성식입니다. 자, 이쪽으로."

청년은 약간 긴장한 얼굴로 이렇게 말했다.

"네."

긴이치는 가볍게 대답하고 가만히 방으로 발걸음을 옮겼다. 방에는 아무도 없었다. 그는 살짝 실망감을 느꼈다.

"자, 이쪽으로 올라오시죠."

성식이 다시 이렇게 말했다. 긴이치는 마냥 서 있을 수도 없기에 신을 벗고 몸을 굽혀 방 안으로 들어갔다. 그는 처음 접하는 방의 구조에 호기심을 가지고 둘러보았다. 바닥이 딱딱한 것도 신기했고 방안이 어두운 것도 신기했다. 천정이 낮은 것도 신기하게 생각되었다. 입구 근처에,

신의춘초초 생색우후화(新意春初草 生色雨後花)[22]

　라는 글을 커다랗게 휘갈겨 쓴 한지가 붙어 있는 것도 진귀한 풍경
이라 생각했다. 긴이치는 안성식 이외에 방에 아무도 없다는 사실에
다시금 실망감이 들었다.

　"이렇게 갑자기 찾아오게 되어 정말 송구합니다……."

　이렇게 인사치레를 하는 긴이치의 목소리에는 힘이 빠져있었다.

　"아뇨, 별말씀을. 누추한 곳이라 미안합니다."

　성식이 대답했다.

　"저기, 당신은 역시 시로야마 가문의 사람이겠죠?"

　그가 재차 물었다.

　"네, 그쪽에 몸을 의탁하고 있습니다……."

　긴이치는 이렇게 말하며 왠지 얼굴을 붉혔다.

　"네, 그렇습니까."

　성식은 그렇게 말하며 가만히 앉아 긴이치의 모습을 살펴보았다.
이를 눈치챈 긴이치는 고개를 살짝 숙이고 입을 다물었다.

　"여동생이 대단히 신세를 졌습니다. 정말로 감사합니다."

　성식이 말을 이었다.

　"일전에, 시로야마 저택을 방문했었는데, 당신은 그때 역시 안 계
셨던 것 같습니다만."

---

22 입춘(立春)이 오면 백지에 써서 문 앞에 붙이는 경사스러운 문구 중 하나.

이렇게 물었다.

"네, 막 도쿄에서 돌아온 참입니다."

"그렇군요. 그럼 올해 이미 대학을 졸업하신 거군요?"

"네, 구색만 갖췄을 뿐입니다."

"아뇨, 훌륭합니다. 여동생으로부터도 평소 얘기를 들었습니다."

긴이치는 그 여동생이 지금 어찌하고 있는지 묻고 싶은 강렬한 충동이 들었다.

(1922. 9. 22)

(46)

교향 6

"네, 실은 저도 당신 이야기를 당신의 여동생에게서 항상 듣고 있었기에 언제 한 번, 말씀을 나누고 싶다고 생각하고 있었습니다. 그래서 오늘 다행히 시간이 있어 이렇게 갑자기 찾아오고 말았습니다."

긴이치는 자신의 갑작스러운 방문이, 상대에게 받아들여지지 않을까 싶어서 이렇게 말했다.

"그렇습니까. 그건 참 고마운 일이군요."

긴이치는 이렇게 대답하는 상대의 말을 들으며 뭔가 아쉽다는 듯이 주변을 두리번거렸다. 검은 두루마기가 한 쪽 벽에 걸려 있었다. 살짝 그 옆을 바라보니, 항상 옥엽이 입고 있었던 순백의 저고리가 나란히 걸려 있었다. 긴이치는 가만히 그것을 바라보다가 '여동생 분은 지금 어디에 있나요'라고 그 오빠에게 물어보는 말이 목구멍에서 튀어나오려는 것을 억지로 참았다. 그리고 시선을 다른 곳으로 돌려버렸다.

"당신은 도쿄에 상당히 오래 계셨지요."

이렇게 마음에도 없는 이야기를 상대방에게 건넸다.

"네, 꽤 오랜 시간이었죠."

성식은 긴이치의 얼굴을 바라보며 말했다. 그리고 오랫동안 고생했던 그 시절을 회상하는 듯한 눈빛을 했다.

"아마 정치경제과를 다니셨다고 하셨죠."

"네."

"작년에 졸업하셨다고요."

"그렇죠."

"그래서 지금은 어떤 일에 몸을 담고 계시는지요."

"뭘요. 아직 딱히 몸을 담고 있는 곳은 없습니다. 그저 하는 일 없이 지내고 있죠."

"네……, 그럼 앞으로 어떤 쪽으로 나아가실 건가요."

"아뇨. 아직 아무 생각도 하지 않고 있습니다."

안성식은 긴이치의 얼굴을 보며 묘하게 불쾌한 표정을 지었다. 그러자 긴이치도 입을 다물어버렸다.

"우리는 아직 아무것도 할 수 없습니다."

성식은 갑자기 무언가를 생각하듯이 말했다.

"네⋯⋯."

긴이치는 그 말을 이해한다는 듯 말했다.

"당신께서 학교를 졸업하고 이렇게 돌아오셨지만, 역시 바로 일을 찾는 것은 곤란한 일이었겠지요."

"아니요. 오히려 이러한 과도기이기 때문에 저와 같은 사람을 필요로 하는 일은 얼마든지 있습니다. 관청이나 회사, 은행에 들어가려고 마음만 먹는다면 그것도 쉬운 일이지만, 저는 좀 더 의미 있는 일을 하고 싶다고 생각 중입니다."

"⋯⋯그건 저도 그렇게 생각합니다."

긴이치는 이렇게 바로 찬성을 했다.

"그런 생각을 하고 있자니, 도무지 일을 찾지 못하고 있습니다."

성식은 긴이치의 겸손한 태도로 미루어보아 어디까지나 순진한 생각에 그런 말을 한 것임을 알아채고 마음이 조금 누그러졌다.

"네, 과연 그렇습니다. 실은 저도 졸업을 하고 나서, 마침 당신과 비슷한 생각을 하고 있던 참이었습니다."

긴이치는 열을 올리며 말했다.

"네⋯⋯. 하지만 당신 같은 사람은 미래가 밝지 않습니까. 재산도 있고 그럴듯한 신분도 있고. 그것을 이용해 어떤 일이라도 할 수 있지 않습니까."

"아닙니다. 절대 그렇지 않습니다."

긴이치가 갑자기 목소리를 높여 말했다.

"재산이나 신분은, 청년에게는 오히려 무덤이나 마찬가지입니다."

"무덤?"

"네, 무덤이요. 그것 때문에 청년은 분명 자멸하고 말 겁니다."

(1922. 9. 23)

(47)

교향 7

"이거 참, 당신도 그런 생각을 하고 있습니까?"

긴이치의 말에 안성식은 솔깃했다.

"물론입니다. 하지만 저는 그 때문에 지금까지 매우 번뇌해왔습니다."

긴이치는 비통한 듯이 눈살을 찌푸렸다.

"과연. 당신과 같은 처지에 있는 사람이라면 그럴 수도 있겠군요."

"그래서 전, 결심했습니다."

"네, 어떤 결심입니까."

"지금의 그 재산도, 신분도, 앞으로의 모든 사회적인 명예도, 모두 버릴 것을 말입니다."

"하지만 당신은 시로야마의 대를 이을 자로 선택받았지요?"

"네, 그건 그렇습니다."

"그리고 시로야마의 아가씨와 결혼할 예정이구요."

"그건 제가 결정한 것이 아닙니다. 다른 사람이 멋대로 정한 것입니다."

"그럴지도 모르겠네요."

성식은 차가운 말투로 말했다.

"하지만 그렇게 하는 편이 당신에게는 행복할 겁니다. 인간은 행복하다고 생각되는 길을 걸을 필요가 있지요."

"아니요. 행복이란 본인의 주관입니다. 저는 그것을 행복이라 생각하지 않습니다."

"그것도 그렇군요."

"그러니 저는 일체의 것을 버리고 그 집을 나올 생각입니다."

"그렇군요……."

"아뇨. 저는 당신의 생각을 듣고 싶습니다."

긴이치는 불현듯 이렇게 말했다.

"누가 얘기해도 같을 겁니다. 당신은 내가 생각하고 있는 것과 똑같은 말을 하고 있으니까요."

성식은 진중하게 말했다.

"그렇습니까……. 당신의 마음속 신념을 듣게 되어 정말로 감사합니다. 저는 이제부터 당신과 같은 분과 함께 나아가고 싶다고 생각합니다."

"아니, 그건 불가능합니다."

성식은 손을 저었다.

"왜입니까. 왜 안 되는 겁니까."

"그건 나중에 알게 될 겁니다. 저는 제가 나아갈 길이 있습니다."

"물론입니다. 당신은 당신의 길이 있을지도 모르겠지요. 하지만 당신은 지금 나와 같은 신념을 갖고 있다고 말씀하지 않으셨습니까."

"네, 그렇게 말을 하기는 했죠."

"그렇다면 나아갈 길도, 그렇게 다르지 않다고 생각합니다."

"아니요, 그건 단지 신념이 비슷하다고 말한 것뿐입니다. 만약 앞으로 나아가서 일을 시작하게 된다면, 그때는 또 상당히 다른 길로 나아가게 되겠지요."

"……잘 알겠습니다. 그렇다면 당신은 당신과 저 사이에 있는 여러 민족적인 편견을 버리고 동지가 될 수 있다고 믿으실 수 있겠습니까?"

"당신과 말입니까?"

"네."

"물론 완전히 불가능한 것은 아닙니다. 하지만 그건 사람과 시간에 달린 문제겠죠."

"사람이라 하심은, 저의 인성을 말하는 것일까요."

"뭐, 그럴 수도요."

"그리고 시간이라 하심은, 충분한 시간을 가지고 교우를 나눈 다음을 말하는 것이겠군요."

"그렇습니다."

(1922. 9. 24)

의문(疑問) 1

"저는 당신의 태도가 지극히 당연한 것이라고 생각합니다."

긴이치는 성식에게 이렇게 말했다.

"아뇨, 별로 그렇다고 할 수도 없겠지마는, 그저 저는 일본인, 즉 내지인이라고 하는 것에 한 가지 의문을 가지고 있습니다."

"네……?"

긴이치는 뭔가 암초에 부딪힌 것처럼 이렇게 말했다.

"그렇다면 그 의문이라는 것은 무엇입니까."

"아닙니다. 그건 지금 당장 말할 수 없습니다. 지금 당신이 했던 말이 진심이었다면, 언젠가 그 해답을 발견하리라 생각합니다."

"어떠한 의문인지는 가늠이 되지 않습니다만, 분명 말씀하신 시기와 관련된 것이겠죠. 하지만 대체 어떤 의문을 말씀하시는 건지……."

"그것도 방금 말한 바와 같이 말할 수 없습니다. 이 의문은, 그것을 푸는 사람이 의문 자체를 의식하지 않고 있을 때, 정말로 가치가 있기 때문입니다."

"……알겠습니다."

"저는 정말 굳게 그렇게 믿고 있습니다. 제 의문이 영구히 해결된다면, 조선과의 문제는 무리 없이 해결되겠지요. 저는 도쿄에서 오랜 기간을 살았습니다. 그곳에서 이 의문과 맞닥뜨리게 된 후, 정말 오랜 시간을 고민했음에도 풀리지 않았지요."

"……."

"그 의문은 민족적이기도 하지만, 또한 개인적이기도 합니다. 개인이 그 의문을 풀어낼 수 있다면, 저는 어떠한 일이라도 함께 할 수 있고, 얼마든지 친밀하게 어울릴 수 있을 것입니다."

"……."

"부디 나중에 또 여유가 되면 찾아와 주시지요."

"네. 감사합니다."

"여동생은 지금, 학교에 가 있습니다."

성식은 처음으로 여동생의 이야기를 꺼냈다. 긴이치는 난파선이 마침내 육지에 도달한 것 같이 느껴졌다.

"어느 학교에 다니고 있는지요."

긴이치는 애써 침착한 어조로 말했다.

"프랑스인이 경영하는 미션 스쿨입니다."

성식이 간결하게 답했다.

"조선에는 그런 학교가 많습니까."

"네, 꽤 예전부터 미션 스쿨이 많았습니다."

"그럼 언제쯤 돌아옵니까."

"오후 3시쯤 되면 항상 귀가했습니다."

성식이 말했다. 긴이치는 살짝 시계를 꺼내보았다. 아직 1시 정도 된 참이었다.

"아직 두 시간 남았구나."

그는 이렇게 말하며 돌아갈지 기다릴지 생각했다. 물론 그는 돌아가고 싶지 않았다. 그녀를 위해서라면 두 시간 정도 기다리는 건 아무 일도 아니었다. 그러나 이 총명한 안성식에게 속마음을 읽힐 것 같아 왠지 부끄러웠다.

"여동생 분은 비상한 재원을 가졌으니 분명 조선의 여인들을 위한 훌륭한 지도자가 될 것 같습니다."

긴이치는 옥엽의 소식을 더 듣고 싶었기에 괜스레 이런 말을 꺼냈다.

"하하, 여자가 훌륭하다고 해 봤자 소용없는 일이지요. 그것보다 영리한 아이라도 낳아주었으면 합니다."

안성식은 웃으며 말했다. 긴이치는 그날 옥엽을 만나지 못하고 돌아갈 수밖에 없었다.

(1922. 9. 26)

(49)

의문 2

오후 4시경이 되어 옥엽은 오빠가 있는 거처로 돌아왔다.

"다녀왔습니다."

옥엽은 조용히 오빠에게 다가가 이렇게 말했다.

"어서 와."

성식은 이렇게 말하며 끊임없이 써 내려가던 만년필을 거두고 여동생에게로 시선을 옮겼다.

"오늘 있지. 진귀한 손님이 왔었어."

성식은 말을 이었다.

"이게 그 손님의 선물이야."

이렇게 말하며 직사각형의 긴 종이 상자를 여동생 앞에 꺼냈다. 상자 위를 감싸고 있는 흰 종이에는 그녀가 본 적이 있는 글씨로 '안성식 님, 야스코 님께'라고 나란히 적혀있었다. 그 '야스코 님'이라는 이름을 확인하곤 그녀는 볼을 붉게 물들였다.

"오라버니⋯⋯."

그녀는 주저하며 말했다.

"어떤 분이 왔다 가셨나요."

그녀는 꿈을 꾸는 것 같았다.

"가이노라고 하던데. 그 아래에 명찰이 붙어 있잖아."

오빠는 실실 웃으며 말했다.

"어머⋯⋯."

여동생은 쑥스러워하며 묵묵히 그 상자를 열어보았다. 그리운 그 손 글씨. 그 명함.

"그래서 오라버니. 언제쯤 다녀갔나요."

"그러게. 아마 두 시간 전쯤에 왔다 갔을 걸."

"아, 그래서⋯⋯. 이런 곳까지 용케 찾아왔군요."

그녀는 좋아서 어쩔 줄을 몰랐다.

"그래서 오라버니. 이제 안 오신다고 했나요."

"글쎄다. 그런 것 같지는 않은데."

"그래요? 또 온다는 말을 하였나요."

"응."

"정말로?"

"그래."

"그럼 오라버니, 그 사람하고 얘기를 나눴나요."

"그렇지."

"무슨 이야기를……."

"무슨 이야기랄까. 너도 참 여러 가지를 묻는구나."

"그래도……."

"난 말이야. 한 번 네 얘기를 잘 들어보고 싶구나."

오빠의 말을 듣고 옥엽은 가슴이 뛰었다.

"어떤 이야기를요?"

그녀는 안절부절 못하며 말했다.

"글쎄다. 천천히 이야기해도 괜찮아."

성식은 반대편에서 침착한 어조로 말하며 파이레트[23]를 단칼에 집어 들고 불을 붙였다. 그리고 흰 연기를 천정에 뿜으며 허공을 응시했다. 무언가 깊이 생각하는 듯한 눈초리였다.

"오늘, 가이노 군과 이런 저런 얘기를 나눴어. 인물은 꽤나 괜찮더구나."

성식이 이렇게 말했다.

---

23 당시 동아연초주식회사에서 팔던 담배.

"……."

옥엽은 그 이야기를 듣고 가슴에 기쁨이 넘쳐 흘렀다. 그곳에 커다란 광명이 찾아온 듯한 느낌이 들었다.

(1922. 9. 27)

(50)

의문 3

"뭐, 이쪽으로 와서 천천히 얘기해 보자."

성식은 이렇게 말하고 다시 담배 연기를 뿜으며 가만히 생각에 잠겼다.

"네."

옥엽은 분명 자신이 최근 우울했던 이유가 곧 해결될 것처럼 생각되었다. 그래서 항상 따뜻한 사랑을 보내주는 오빠의 곁으로 다가갔다.

"난 말이지. 오늘 처음 너와 가이노 군의 마음가짐을 대강 알 것 같은 느낌이 들었어."

오빠의 말에 여동생은 다시 얼굴을 붉혔다.

"그래서 말이지. 네 마음도 잘 알고 있고, 가이노 군도 재산이나 명예 같은 것을 버리고서라도 자유로운 인생을 위해 나아가고 싶은 모양이더군. 오늘날의 일본 청년으로서는 참으로 훌륭하다고 생각하던 참이야. 일이 그렇게 되니 나도 한 번, 잘 생각하지 않으면 안 되겠더구나."

성식의 냉철한 판단을 여동생은 가만히 듣고 있었다.

"가이노 군의 마음에는 그 시로야마 가문의 아가씨 같은 건 안중에도 없는 듯이 보이더군. 그리고 너를 진심으로 생각하고 있는 것 같았어. 물론 그런 이야기를 노골적으로 꺼내진 않았고, 그런 얘기도 나누지 않았지만 알 것 같은 기분이 들더구나. 그래서 말이지. 너 역시 어떤 일이 있어도 그 남자와 결혼하고 싶으냐……?"

"……."

"난 이전부터 네가 편지로 왕래하고 있다는 사실을 알고 있었기에, 기회를 봐서 내 의견을 말하려고 했었다. 넌 어쨌든 상대가 일편단심인 것에 반해서 그 밖의 장애물이라든지, 미래에 다가올 파탄 같은 것을 하나도 고려하고 있지 않지? 하긴 이 오래비도 사랑은 찰나의 열정임은 알고 있지만 말이야. 하지만 명백한 파탄의 순간이 그 끝에 보이는데, 친오빠인 내가 그저 입을 다물고 있을 수만은 없지 않겠니."

"……."

여동생은 오빠의 의외의 반응에 가슴이 철렁 내려앉았다. 오늘 오빠와 그의 만남이, 오히려 자기들에게 어두운 그림자를 드리우는 것이 아닐까 하는 생각이 들었다.

"말은 이렇게 하지만, 결코 가이노라는 자가 개인적으로 싫거나 별 볼 일 없는 자라는 건 아니란다. 그 부분은 오해하지 말기를 바라. 네게 말했지만 실로 훌륭한 청년이야. 그리고 너를 사랑하는 마음도 대단해 보였지. 그런 부분이 너희 결혼 생활을 망치지는 않을 거야."

옥엽은 오빠의 말이 도무지 이해가 가지 않았다.

"그러니까 그런 부분을 비난하는 것이 아니야."

성식은 다시 이렇게 말했다.

"잘 들어. 나는 그런 개인적인 부분을 이야기하는 것이 아니다. 그건 말이야. 우리와 가이노 군 사이에 존재하는, 민족적이고 근본적인 의문 이란다."

성식은 이렇게 말하고 불현듯 탄식을 내뱉었다.

"이러한 뜻을 가이노 군에게는 결코 내비칠 수 없었지. 이에 대해 가이노 군에게도 비슷한 의문이 있다고 언급했지만, 다소 관계는 있어도 이러한 의미의 의문은 아니었지. 하지만 네게는 아무래도 말해야 할 것 같구나. 네게 이런 얘기를 털어놓게 된 것도 묘하지만 말이다. 실은 이 오빠에게도 뼈아픈 경험이 있단다."

이렇게 말하는 성식의 눈가에는 살며시 눈물이 맺혔다.

(1922. 9. 28)

(51)

의문 4

"내가 겪은 복잡한 사정을 설명하기 전에는, 너도 받아들이기 힘들 수 있으니까. 하지만 이 오빠는 그 사정을 회상하면 다시 슬픈 기분이 들어 참을 수가 없구나……. 너처럼 오빠에게도 꿈결 같은 첫사랑이 있었다."

성식은 가련한 여동생의 모습을 바라보며, 더 이상 슬픔에 견딜 수 없다는 듯한 표정을 지어 보였다.

"……."

옥엽은 처음으로 오빠답지 않은 술회를 듣고, 이유 없이 눈물이 났다. 그리고 이미 이 오빠의 말이 자신들의 운명을 단정하고 있는 것이 아닐까 하는 슬픔과 함께, 그녀의 달콤한 꿈이 먼지처럼 흩어지는 것을 느꼈다. 그녀는 뜨거운 눈물로 무릎 위를 적셨다.

"난 말이지. 너의 그 아름답고 고결한 사랑이, 냉정한 현실에 의해 끝나는 모습을 보고 싶지 않다. 하지만 결국은 눈물을 흘릴 수밖에 없는 너희들의 운명이기에, 이 오빠는 고통스럽지만 이렇게 말할 수밖에 없단다. 그렇다고 네게 가이노 군을 단념하라는 그런 잔혹한 말은 차마 못 하겠구나. 하지만 또 그렇다고 해서 단념하지 말라고도 못 하겠고. 사랑은 이성을 초월한 것이니. 그래서 나 역시 주변에 누가 뭐라고 말해도, 최후의 최후에 파멸을 맞이할 때까지 포기하지 못했었지. 더욱이 너는 여자가 아니냐. 특히 상대방도 빛나는 미래를 희생해서까지 너를 사랑하려고 하니 더욱 그렇고……. 역시 우리들의 사랑이란 저주받은 것일지도……."

성식은 과거의 비통함을 반복할 수 없다는 듯이 이렇게 말했다.

"그래. 도저히 받아들 수 없겠지. 그게 당연해. 때문에 나도 네가 포기할 수 없는 것을 잘 알면서도 왜 이런 말을 하는지 알 수가 없어.

이 부분이다. 이 점에서 오빠는 너의 결심을 묻는 것이다. 그래서 내 생각을 네게 밝히는 게야. 내 이야기가, 이러한 대비가 과연 네게 도움을 줄진 모르겠다. 그렇지만 이렇게 하는 것이 어쩌면 너의 삶을 더 나은 방향으로 이끌 수도 있을지도 모르니까. 오빠는 결코 너와 가이노 군의 결혼을 전적으로 부정하는 것은 아니다. 이 점을 잘 이해해주었으면 해."

오빠의 이야기를 옥엽은 점점 알 것 같은 기분이 들었다. 그래서 그녀는 감사하다는 듯이 고개를 살짝 끄덕였다.

"잘 들어. 너에게 한 가지 물으마. 너는 조선인이다. 가이노 군은 일본인이고. 너는 가이노 군과 결혼해서도 조선인으로 있고 싶으니. 아니면 일본인으로 살아가고 싶니."

"……."

"내 말은 결코 구구절절한 법률문제 같은 것을 말하는 게 아니란다. 호적을 어떻게 하느니 같은 말이 아니야. 그런 건 내가 봤을 때 아무래도 상관없어. 그런 이야기가 전혀 아니야……. 즉, 가이노 군과 결혼하고 나서 네가 몸도 마음도 전부 일본인이 되어버리든지, 혹은 가이노 군이 몸도 마음도 전부 조선인이 되어버리든지 하는, 두 가지 중 하나를 택하지 않으면 이 결혼은 근본적으로 철저하게 파탄이 나고 말 것이야."

"……."

"어떻게 생각하니. 대강 이 문제에 대한 총론은 이야기한 셈이다. 이를 행동으로 옮길지 말지는, 더 세세하게 이야기를 나누며 상의하도록 하자."

(1922. 9. 29)

(53)²⁴

의문 5

"그러니 이 오빠가 네 결혼을 결코 반대하는 것만은 아님을 알아
주겠니? 그래서 네가 꼭 결혼하겠다고 한다면, 두 선택지 중 하나를
고를 수 있을 정도의 각오는 필요하다는 것이다. 다시 말해서 네가 일
본인이 되든지, 가이노 군이 조선인이 되든지, 그 중 어느 쪽을 성사
시킬 수 있는 노력 말이다. 혹여 그렇지 않고 너나 가이노 군이 각각
의 입장에서 살아간다면, 분명 파국이 찾아오는 것은 정해져 있다. 알
겠니. 그 점을 너는 각오하고 있지 않으면 안 돼."

"……."

여동생은 하염없이 깊은 오빠의 사랑에 하염없이 눈물을 흘렸다.

"그래서 너는, 그런 노력을 할 자신이 있니? 오빠는 너에게 어느
한쪽을 고르라고 강요하진 않을 거야. 네가 용이하다고 생각하는 쪽
을 고르면 돼. 여기서 용이하다는 말은, 비교적 쉽다는 말이지, 혹시

---

24 52의 오기로 보임.

라도 정말 용이하다고 생각하면 큰 오산일 거다."

안성식은 이 여동생의 결혼을 속으로는 말리고 싶었다. 그러나 그는 그러한 간섭이 오히려 사람을 망치게 한다는 것을 잘 알고 있었다. 만약에 위험한 파국이 시시각각 다가온다고 해도 그건 당사자들이 잘 준비해서 대처하는 것 말고는 다른 방도가 없다고 믿었다.

"있잖아. 이건 정말 쉬운 일이 아님을 넌 명심해야 해. 처음에는 그런 위험이 없겠지. 하지만 분명 1~2년 사이에 큰 파란이 일어날 거야. 그리고 달콤한 생활에 대한 환멸이 다가오지. 그때야말로 네가 용의주도하게 행동할 때다. 오빠의 경우에도 이미 그때는 완전히 무능력한 사람이 되어버렸지……."

성식은 질리지도 않는 듯 여동생에게 계속 이러한 말을 들려주었다. 어릴 때부터 고생하며 자라온 단 하나의 여동생이 슬픈 난관에 들어서는 모습을 더이상 보고 싶지 않았기 때문이다.

"전……, 저는 무슨 일이 있어도 오라버니에게 걱정을 끼치는 일은 하지 않겠어요……."

옥엽은 간신히 이렇게 말했다.

"아니, 뭘. 난 걱정하는 것이 싫어서 이런 말을 하는 게 아니란다. 모두 네 앞날의 행복을 위해서다."

"아니요. 그건 잘 알고 있습니다. 저는 반드시 행복하게 살 거예요."

"그래. 네가 행복하게 살아갈 수 있다면 그걸로 됐다. 해볼 수 있는 데까지 해보는 게 좋아. 그렇게 하면 파국을 맞이한다고 하더라도 후회할 일은 없겠지. 용기를 가지고 해 보렴."

성식은 이야기 끝에 웃으며 이렇게 말했다. 그럼에도 옥엽의 눈물은 그치지 않았다.

"자, 밥이라도 먹을까. 너무 말을 많이 한 나머지, 배가 너무 고프구나."

오빠는 지친 듯이 온돌 바닥 위에 맥없이 몸을 뒤로 젖혔다.

'집에 홀로 두고 떠나버린 여동생이, 벌써 이렇게 장성해서 남자를 사랑하고 결혼을 생각하고 있구나. 하하하, 인생이란 얼마나 묘한 놈인가. 게다가 이렇게 더러운 온돌방 안에, 많은 재산이나 어렵게 쌓은 신분도 모두 버리고 오겠다는 청년도 있고. 사랑이란 또 이 얼마나 묘한 놈인가.'

안성식은 이런 생각을 했다.

(1922. 9. 30)

(53)

거짓 춤(詐の舞) 1

12월에 들어서자 시로야마 저택에서는 드디어 결혼식을 거행할 준비가 시작됐다. 의식은 경성에 있는 다이진구[25]에서 거행될 예정이

---

25 당시 유일한 다이진구였던 남산다이진구(南山大神宮)로 추정됨..

며, 식이 끝난 후에는 저택에서 성대한 피로연을 열기로 되어있었다.

수일 전부터 시로야마 저택은 그 준비로 밤낮없이 바빴다. 신랑이 몸담고 있는 조선실업은행(朝鮮実業銀行)의 은행장이자, 그 밖에 조선에 있는 여러 대기업 중역을 역임 중인 오무라 야스베(大村安兵衛)가 긴이치의 대부 역할을 맡기로 하였다. 그의 저택은 대화정(大和町)에 있었기에, 며칠 전부터 사환들이 빈번하게 양가를 왕래하였다.

긴이치와 사에코는 가끔 마주쳤다. 그러나 서로의 마음이 영원히 멀어진 것처럼, 무표정으로 일관하며 스쳐 지나갔다.

"저런 신랑과 신부는 본 적이 없어."

이 저택의 하녀인 요시와 도시는 이러한 말을 주고받았다. 야마모토 노인이나 도모도 그렇게 생각했다. 산조도 이제 거의 눈치채고 있었다. 하지만 그러한 얘길 일부러 밖으로 꺼내지는 못했다. 그렇다고 해서 이 결혼을 취소할 수도 없는 문제였기 때문이다.

결혼 사흘 전이 되어, 긴이치는 오무라의 집으로 거처를 옮겼다. 그가 자신의 결심을 오늘 결행할지 내일 결행할지 고민하는 와중에, 자신의 결혼 준비는 착착 진행되었다. 그는 초조해하며 오무라 저택으로 옮겨가지 않을 수 없었다.

"사이가 안 좋은 것처럼 보이는 건, 되려 가깝게 지내는 사이라서 그러는 걸세. 하하하, 같이 지내게 되어 봐. 금방 귀여운 아기가 태어난다니까. 하하하."

2~3주 전에 도쿄에서 돌아온 산조는 야마모토 노인과 도모에게 웃으며 이렇게 말했다.

사에코는 지금 진행되고 있는 일련의 일들은, 만약 예전의 그녀였더라면 분명 손을 꼽으며 기다렸을 것이라고 생각했다. 하지만 지금 눈을 뜬 그녀는 그저 자신의 예전 모습을 애처롭다고 생각할 뿐이었다.

비록 긴이치가 자신에게 끌리지 않게 된 동기를 이해하고는 있지만, 마음속 깊이 입은 상처 때문에라도 그를 원망하는 감정만 남아있을지언정, 결코 따듯한 정 같은 것은 이미 흔적도 남아 있지 않았다. 그리고 긴이치와의 결혼 같은, 속이 빤히 들여다보이는 연극은 흉내도 낼 수 없다고까지 생각되었다. 하지만 사에코에게도 여성스러운 복수심은 남아있었다. 그리고 그것을 결행할 날이 결코 멀지 않았음을 직감했다. 그러한 허위와 허위가 횡행하고 있는 오무라와 시로야마 저택 사이에서 그렇게 결혼 준비가 착착 진행되고 있었다.

그 준비는 또한 참으로 성대한 것이었다. 산조는 매우 아끼는 외동딸의 혼례였기에, 재산을 펑펑 쓰더라도 성대하고 화려하게 거행하고 싶었다. 그는 처음에는 도쿄에서 식을 치르는 것을 고려했다. 하지만 다시 생각해 보니, 그는 자신의 뼈를 조선에 묻을 셈이었다. 반도의 식산흥업(殖産興業)에 자신의 생애를 바칠 각오를 하고 있었다. 물론 자신이 후견인을 하고 있는 긴이치와 사에코도 자신과 함께 이 땅에 묻히길 바라고 있었다. 그의 신념이 이러했기에, 두 사람이 사회로 첫발을 내딛는 이 결혼은, 경성에서 화려하게 거행하고 싶다는 것이 바로 산조의 의견이었다.

(1922. 10. 1)

거짓 춤 2

두 사람의 모든 의상은, 교토(京都)에서 일부러 다카시마야(高島屋)[26]에서 사람을 불러 만들었다. 화장을 해주는 사람은 도쿄의 파리원(巴里院)에서, 머리를 해주는 사람은 신바시(新橋)에서 불렀다. 옷에 놓을 수의 원안은 모 화백에게 적지 않은 금액을 주고 맡긴 것이기도 했다.

결혼식 당일 아침, 욕탕에는 모락모락 더운 김이 피어올랐다. 며칠간을 고생한 도모에게도 오늘이 가장 중요한 날이었기에 어젯밤부터 거의 눈을 붙이지 못하고 있다.

"아가씨……, 아가씨……."

도모는 사에코의 침실에 가서 조용히 그녀를 불렀다.

"아가씨. 자, 오늘은 빨리 일어나세요."

매우 예민한 사에코는 달칵, 하는 소리만 나도 항상 잠에서 깼다. 그런데 오늘 아침은 반응이 없었다.

"어젯밤에도 늦게 주무셨으니……."

도모는 이렇게 생각했다.

"아가씨. 일어나시지요. 그리고 빨리 머리를 손질하셔야……."

도모는 다시 이렇게 말했다. 그럼에도 불구하고 대답은 없었다. 붉

---

26 1831년, 교토에서 창업하여 미곡상, 포목점을 운영하였고, 1897년에는 천황가에 옷감을 납품하는 업체로 성장하였다. 오늘날에는 백화점으로 일본에서 유명하다.

은 전등 빛이 유젠치리멘(友禅縮緬)[27] 이불 위에 아름답게 쏟아지고 있었지만, 그곳에 인기척은 없었다. 도모는 불안한 마음이 되어 불쑥 방안으로 들어갔다. 그리고 작은 동산처럼 불룩 솟아오른 이불 속을 엿보기 위해 눈썹을 찡그렸다.

"화장실이라도 가신 걸까."

이렇게 중얼거리며 주변을 둘러보았다. 평상복은 옷장에 걸려 있었다. 도모는 다시 방을 나왔다. 그리고 화장실 쪽으로 향했다. 도모는 화장실 근처에 당도하여 잠시 기다렸다. 그렇지만 사에코는 계속 나오지 않았다. 욕탕에서는 남자 하인이 계속 물을 데우고 있었다. 신부대기실로 마련된 큰 방에는 전등이 밝게 빛나고 있었다. 이미 화장 담당과 머리 담당이 들어와서 신부가 오는 것을 기다리고 있었다. 도모는 아무리 기다려도 사에코가 나타나지 않자, 재차 엄습하는 불안감에 휩싸였다.

도모는 다시 사에코의 방으로 돌아왔다. 역시나 그녀는 없었다.

"정말로 참, 어디에 계신 걸까?"

도모는 이렇게 말하며 그곳에 멍하니 섰다.

"아가씨, 아가씨."

이렇게도 불러보았다. 대답은 없었다. 그녀는 다시 서둘러 화장실로 갔다. 그리고 이번에는 화장실 앞에 서서 그녀를 불렀다.

"아가씨, 아가씨."

---

27 비단에 꽃, 새, 산수화 같은 무늬를 화려하게 염색한 일본 전통 방식의 천.

여전히 대답은 없었다.

그녀는 작정하고 그 앞에 있는 문을 두세 번 두드렸다. 문은 열리지 않았다. 역시 기색이 없었다.

"아이, 참. 대체 어떻게 된 거람!"

그녀는 산조의 방에 찾아갔다. 산조는 아직 취침 중이었다. 산조의 첩인 기미(君)의 방에도 가봤다. 기미의 자는 모습만 불빛에 닿아 그림자가 되어 비칠 뿐이었다. 물론 신부대기실도, 욕실도 확인해봤다. 그녀는 홀로 간절한 마음으로 집 안을 계속 돌아보았다. 하지만 어디에도 사에코의 모습은 보이지 않았다.

"이것 참 큰일이다!"

도모는 숨이 턱 막히며 경악을 금치 못했다.

"저기 도모 씨, 머리 담당하시는 선생님이 빨리 아가씨를 데려오라고 재촉하십니다만……."

미쓰가 겨우 도모를 발견했다는 듯이 이렇게 말했다. 도모의 얼굴은 파랗게 질려있었다.

(1922. 10. 3)

(55)

거짓 춤 3

"저기, 도모 씨. 좀 서둘러 달라고 말씀하세요……."

미쓰가 입을 다물고 있는 도모를 재촉하듯이 말했다.

"제가 방금 아가씨 방을 들여봤는데 안 계시더라고요. 도모 씨, 혹시 알고 계신지?"

"이봐, 미쓰. 좀 더 작은 목소리로 말하거라."

도모는 엄하게 꾸짖듯이 이렇게 말했다.

"하지만, 벌써 한참 전부터 기다리고 계신지라……."

미쓰는 불평하듯이 말했다.

"미쓰야. 너, 오늘 아침 아가씨 못 봤니?"

도모가 이렇게 물었다.

"네, 전 아직 못 뵈었는데요."

"그래도 어젯밤에는 방에 돌아가셨지?"

"네, 물론 그러시겠죠."

"어젯밤에 못 뵈었어?"

"아가씨 말인가요?"

"응."

"전 어젯밤 오무라 씨 댁에서 늦게 돌아온 터라 잘 모르겠어요."

"그래, 맞아. 아가씨를 방까지 바래다 드린 건, 그건 나였어."

미쓰는 도모가 대체 자기에게 무슨 말을 하는 건지 전혀 이해할 수 없었다.

"가주님께선 일어나셨나?"

"아직이실 걸요."

"도시나 요시는 어디에 있어?"

"지금 일어나서 화장하고 있어요."

"하여튼 간에. 아직 준비도 안 끝났다니. 그 애들은 모를까?"

"아가씨에 대한 것 말인가요?"

"응."

"아가씨……. 아가씨가 안 계신 건가요?"

"아니, 내가 언제 그런 말을 했니."

도모는 손을 저으며 화를 냈다. 그리고 이렇게 말했다.

"너 말이지. 빨리 가서 할아범을 불러와 주렴. 아직 집에서 자고 있을 거야."

할아범이란 도모의 남편인 집사 야마모토 노인을 가리키는 말이었다.

무언가 사태가 심상치 않음을 느꼈기에, 미쓰는 아무 말 없이 할아범을 찾으러 갔다. 그리고 곧 요시가 찾아와 이렇게 말했다.

"도모 씨. 저, 머리해 주시는 분이 아가씨 좀 빨리 데려오라고 하세요. 이미 준비가 다 되었다고……."

"이미 알고 있어. 근데 뭐 하는 거야, 너희들은. 하필이면 오늘 아침 너무 늦잖아."

도모는 초조한 얼굴로 몹시 나무랐다.

연일 바쁜 일정 탓에 지쳐버린 하녀는 더 이상 참을 수 없었다.

"그도 그럴 것이 피로가 엄청 쌓인걸요. 우리도 그렇게 계속 일하기는 힘들다고요."

요시는 물러서지 않고 말했다.

"뭐 하는 건지, 젊은 여자들이. 계속 일할 수 있느니 없느니, 그런 말이 통할 것 같아? 조금은 나를 본받아 주었으면."

"젊은 사람이라도 피곤한 건 피곤한 거지. 묘하게 으스대기는. 참 바보 같아!"

요시는 흥분해서 이렇게 말하며 가버렸다.

"저년이 제일 건방져. 말본새가 참 꼴 보기 싫구먼."

도모는 부글부글 끓어오는 속을 안고 이렇게 중얼거리며 요시의 뒷모습을 노려보았다.

도모는 복도를 허둥지둥 돌아다니다 잠옷 차림의 기미와 딱 마주 쳤다.

"저기, 할멈."

기미는 조금 주저하며 도모를 불렀다. 매우 흰 피부에 빨간 입술 의, 보조개가 선명한 육감적인 여자였다. 눈이 번쩍 뜨일 것 같은 색 채의 잠옷이 이 여자를 더욱 그림 같이 보이게 했다.

"가주님이 당신에게 아가씨는 준비가 다 되었는지 물어보라고 하 시네요."

그녀가 이렇게 말했다. 도모는 그 말에 정신이 번쩍 들었다.

"당신……, 가주님 방에 있었습니까?"

"네."

"가주님은 벌써 일어나셨는지."

"네, 조금 전부터."

"아이, 참. 기미 씨."

도모는 발걸음을 재촉하여 기미의 방 쪽으로 걸어갔다. 그러자 기미도 괴이하다는 얼굴을 하고 그 뒤를 쫓아갔다.

(1922. 10. 4)

(56)

거짓 춤 4

"기미 씨. 당신, 아가씨 어디 있는지 아나요?"

"할멈, 아가씨라면 방에 계신 것이 아닌지……?"

"제가 몇 번이고 확인해봤지만 안 계셔서요."

도모는 이제 완전히 비탄에 빠졌다.

"그래서 할멈, 어디에도 없는지요?"

"어디에도 안 보이십니다……."

"어머나."

기미도 얼굴을 찡그렸다.

"저기, 할멈. 실은 난 혹시 그렇지 않을까 하고 생각하긴 했어요."

기미는 남녀 사이의 정을 많이 경험해 본 만큼, 그런 부분에 대한 관찰에는 원숙한 면이 있었다.

"혹시라니, 무슨 말씀인가요?"

도모는 얼빠진 얼굴을 했다.

"그건 말이지, 할멈. 아가씨는 어젯밤 달아나신 것이 아닐지……."

"……."

도모의 입술은 퍼렇게 질려 파르르 떨렸다.

"할멈. 그래서 이제 어쩔 셈이야……?"

"……."

할멈의 멍한 눈에는 눈물이 고여 있었다.

"바로 가주님께 아뢰고 상담을 드려요. 할아범한테는 알렸고?"

"방금 미쓰를 보내긴 했는데……."

도모는 이렇게 말을 하곤 다시 멍해졌다.

"할멈. 정말로 안 계신 게 맞다면, 이런 얘기는 빠를수록 좋아."

기미가 말했다.

"네……."

도모는 이제 아무런 분별도 하지 못하는 듯 보였다.

"그럼 할멈, 당신이 말씀드리는 게 힘들면 내가 잠깐 가주님께 가서 말씀드릴까? 그편이 좋을지도."

"기미 씨, 제발 그렇게 해주세요. 기미 씨, 전, 도저히 가주님께 아뢸 자신이 없습니다요……."

도모는 떨리는 목소리로 말했다.

"응, 알겠어. 그럼 내가 가주님께 그렇게 말씀드릴 터이니, 할멈은 할아범이랑 잘 상담해 봐."

"부디 그렇게 부탁드립니다. 정말 참 큰일이 일어나버렸어……."

이 말을 끝으로 도모는 울음을 터트리고 말았다.

"그럼 난 바로 가주님 방으로 가볼 테니, 당신은 어쨌든 여기서 기다려주세요."

기미는 조리 있는 목소리로 이렇게 말하고 가주의 방으로 향하려고 했다. 그러자 그곳에 쿵쿵, 하고 발소리가 들려왔다. 그리고 기미가 미닫이문을 열자, 산조의 얼굴이 떡하니 드러났다.

"이봐, 사에코는 어디 갔느냐. 너희들, 이런 곳에서 대체 무얼 하고 있어. 오늘 아침은 그렇게 천하 태평하게 있을 때가 아니지 않나."

평상시보다 산조의 말이 험악하게 들렸다. 두 여인은 놀라서 산조의 얼굴을 바라보았다. 야마모토 노인도 그 뒤에서 걱정스러운 얼굴을 하고 서 있었다.

"빨리 아가씨 머리를 올리고, 탕에 들어가도록 하시지 않으면 8시에 시작하는 의식에 늦지 않는가."

야마모토 노인도 목소리를 높혀 이렇게 꾸짖었다.

"저기, 가주님. 그에 대해 아뢸 말씀이 있어요. 부디 저쪽으로 같이 가주세요."

"대체 너희는 무슨 말을 하고 앉아 있는 게냐. 딱히 아뢸 것도 없다. 빨리 움직이지 못할까. 난 이 상황이 퍽 못마땅하구나."

산조는 화가 끓어오르는 듯이 이렇게 말했다.

(1922. 10. 5)

거짓 춤 5

사에코가 오늘 아침 사라져 버린 것이 시로야마 가의 사람들 모두에게 알려지자, 위아래 할 것 없이 모두 큰 소동이 벌어졌다. 그 중에도 산조는 열화와 같이 성을 내며 저택 안을 이리저리 돌아다니며 호통을 쳤다. 그런 사정을 모르는 경성의 여러 신문은, 오늘 시로야마 가문의 경사를 전하며 신랑 신부의 아름다운 사진을 인쇄하고 있었다.

그러한 혼란의 와중에, 또 놀랄만한 소식이 오무라 저택의 급사를 통해 시로야마 저택에 전해졌다. 말하자면 오늘 아침, 긴이치의 모습이 사라졌다는 것이다. 그쪽 사람들도 역시 파랗게 질려 머리를 맞대고 있었다.

"보이지 않을 리가 없어. 긴이치는 오무라 가문에서 책임지고 맡아주었단 말이다."

산조는 이미 광기에 휩싸여 이렇게 외쳤다. 그러나 신부인 사에코 역시 사라졌기에, 그의 그러한 분개도 결국 소용없는 일이었다.

"시로야마 가는 이제 이걸로 끝이다……. 사에코와 긴이치가 시로야마 가를 파멸의 길로 이끌었어……."

산조는 고함을 지르며 말했다.

"상관없다. 얼른 경찰에 전화를 걸어서 두 사람 다 잡아오라 그래!"

산조가 또 빨갛게 핏발이 선 눈으로 외쳤다.

"부디 화를 거두어주시길……."

산조의 방에서 죄인처럼 조아리고 있던 야마모토 노인이 이렇게 달랬다.

"너희들은 이제 필요 없다. 이 모든 일은 모두 너희들 부부의 책임이야!"

산조가 성난 눈으로 쏘아보았다. 산조에게 있어 이곳에서 일어난 일련의 재앙은 모두 그가 아닌 다른 사람의 책임이었다.

"지당하신 말씀입니다. 저희가 모자란 탓에 이렇게 이루 말할 수 없는 폐를 끼치게 되었습니다……."

야마모토 노인도 이렇게 말하며 눈물을 흘렸다.

"자, 누가 경찰에 전화 좀 걸어라. 그리고 그 두 녀석을 붙잡아서 데려오게 해."

산조가 다시 노성을 질렀다.

"가주님, 그렇게 하시면 세간의 눈에도 보기 안 좋습니다. 부디 잠시만 말미를 주시길 바랍니다."

"세간의 눈……? 그래, 세간의 눈에 보기 안 좋은 것은 두말할 것도 없지. 그건 나도 잘 알고 있어. 하지만 그래서 너희는 대체, 이 일을 어떻게 처리하려고 생각하는 것이냐……."

산조는 세간이라는 말을 듣자, 지금까지의 흥분을 잠시 거두고, 괴로운 목소리로 이렇게 물었다.

"그렇습니다. 저도 당장은 답변을 드리기 어려우나, 잠시만 기다려주신다면 제 목숨을 걸고서라도 가문을 위해 처리하도록 하겠습니다……."

야마모토 노인은 이렇게 말하며 비통하게 머리를 숙였다. 옆에서는 얼굴이 파랗게 질린 도모도 더불어 머리를 숙였다.

"흥, 은혜도 모르는 것들. 사에코도 긴이치도, 짐승 같은 것들이야. 그런 녀석들이 아닐 거라고 지금까지 생각했던 게 어리석었어. 난 말이야. 그 녀석들의 살을 씹어먹어도 모자를 판이다."

"지당하신 말씀입니다. 가주님의 심중은 저도 잘 알고 있습니다. 그러나 사에코 님도 긴이치 님도 분명, 후회하고 계실 터이니 부디 그때까지 잠시만 기다려주시길……."

야마모토 노인은 다시 머리를 조아렸다.

"가주님. 저기……."

기미가 갑자기 주뼛주뼛거리며 끼어들었다.

"저기, 아가씨 방에, 편지가 놓여 있었습니다."

기미가 이렇게 말하며, 편지 한 통을 산조에게 내밀었다.

(1922. 10. 6)

출도(首途) 1

온돌을 뎁히는 솔잎 타는 냄새와 마을에서 파는 군밤 냄새가 어우러진다. 잿빛으로 물든 하늘에 가끔 살랑살랑 눈이 내리는 조선의 이 대도시도, 이렇게 겨울이 찾아오면 아무래도 무상한 정취가 쓸쓸히 흐른다. 특히 조선인 거리의 밤은, 다듬이질하는 소리만이 그저 주변의 으슥한 공기를 울릴 뿐이었다.

그 중 한 집에 서너 명의 그림자가 길에 드리워졌다. 두 명은 조선옷을 입었다. 한 명은 여자였다. 다른 한 명은 양복을 입은 남자였다.

"이제 잊은 것은 없지?"

유창한 일본어로 한 사람이 이렇게 말했다.

"네, 이제 분명히……."

여자가 답했다. 이 네 명 말고도, 짐이나 가방을 짊어진 지게꾼이 뒤를 따라왔다. 그들은 종로 쪽으로 나섰다. 여자는 바로 옥엽이었다. 남자 중에는 긴이치의 모습이 보였다. 안성식도 있었다. 안성식과 같이 기거하고 있는 집 주인인 이 군이라는 자도 있었다.

그들은 종로에서 전차에도 오르지 않고 남대문 길로 빠졌다.

"그쪽은 경성보다 더 추울 테니까, 상당히 주의하지 않으면 안 된다. 특히 가이노 군은 더 조심하지 않으면 안 돼."

---

28 58의 오기로 보임.

안성식은 옥엽에게 이렇게 말했다. 옥엽은 이를 듣고 슬픈 표정으로 다만 이렇게 말하며 입술을 깨물었다.

"네, 정말 고마워요. 조심해서 갈게요."

거리에 먼 바다에서부터 당도한 차가운 바람이 불어왔다. 뺨이나 코가 아플 정도로 차가웠다. 옥엽은 새로운 사랑을 확고히 거머쥐게 된 기쁨의 이면에, 마음속 깊이 사랑하는 오빠와의 이별을 깨닫고 슬픔이 가슴에 사무쳤다.

긴이치는 세간에서 여러 화려한 말로 수식하고 있는 결혼식이 치러질 전날 밤, 잠시 몸을 맡기고 있던 오무라 가문의 저택에서 태연하게 나와버렸다. 그리고 이렇게 생각했다.

"이제야 내가 사람다운 기분이 드는구나."

그리고 그는 옥엽의 집으로 향했다. 그에게 있어서 이 행동은 배수의 진과 같았다.

"그녀의 오빠가 만약 결혼을 반대한다면, 그걸로 끝이다. 나는 그때부터 조선의 산천을 방랑하며 살 뿐이다."

긴이치는 이렇게 결심했다. 그는 용기와 슬픔, 연약함 같은 여러 착종된 감정과 함께 어스레한 새벽을 헤치고 옥엽의 집으로 발걸음을 서둘렀다. 긴이치는 이십수 년의 과거를 돌아보며 새삼 인간은 참 불가사의한 존재라 생각했다. 자유나 행복, 정의 같은 것은 모두, 자신의 사정에 맞게 이용하는 에고이스틱한 변명 행위에 불과하다고도 생각했다. 인간은 결국 사리사욕 이외에, 아무것도 가진 것이 없는 것 같기도 했다. 그는 자신을 돌봐주던 어머니를 생각했다. 그리고 이러한 자신의 행동이, 그녀의 운명에 미칠 결과도 생각했다. 시로야마의 양부가, 어쨌든 간에 지금까지 잘 돌봐주었던 것도 결코 잊을 수 없었다. 사에코가 그에게 주었던 사랑도 결코 밉게 생각되지 않았다. 그럼에도 불구하고 지금 와 생각해 보니, 그는 처음부터 사에코란 여자를 사랑한 적이 없었다. 그녀에게 상냥하게 대한 것은 그저 어릴 때부터 같이 자랐기 때문에 생겨난 인간의 보편적인 감정일 뿐이었다. 그것은 사랑도 무엇도 아니었다. 따라서 약간의 동기만 있어도 금방 그녀의 곁을 떠날 수 있던 것이었다. 오히려 이를 구실로 이용했던 게 아닐까 하는 생각도 들었다. 혹시 그가 사에코와 결혼했다면, 그는 평생 사랑이 무언지 알지 못했을지도 모른다. 그래서 그는 이 나라의 소녀와 사랑에 빠진 게 꿈을 꾸는 것처럼 신기하게 느껴졌다.

(1922. 10. 7)

(60)

출도 2

긴이치가 안성식의 거처에 두 번째 방문한 날로부터 사흘 후, 옥엽과 그는 구색만 갖춘 결혼식을 올렸다. 그 자리에는 안성식의 친구 이 군이 초대를 받았다. 그리고 다시 며칠 후 이 군으로부터 소개장을 받은 젊은 부부는 평양을 향해 여행을 떠났다.

이는 부부에게 있어서 신혼여행과도 같았지만, 한편으로는 그들의 새로운 운명을 개척하기 위한 희망찬 출발이기도 했다.

남대문 역의 얼어붙을 것 같은 차가운 공기 속에서, 야간 열차를 타려는 사람들이 어깨를 움츠리고 출발 시각을 기다리고 있었다.

오누이의 대화는 끊임없이 이어졌다. 여동생은 그저 묵묵히 오빠의 말을 들으며 고개를 끄덕였고, 오빠는 마치 나이를 먹은 아버지처럼 이건 이렇고 저건 저렇다 하며 여러 가지 사항을 여동생에게 당부하였다. 긴이치는 외투의 깃을 세우고 시종일관 침묵하며 걸었다. 그리고 가끔 이 군과 이야기를 나눴다.

긴이치가 두 장의 파란색 표를 받아들고 왔다. 그리고 입장권을 마중을 나온 두 남자에게 나눠주었다.

"봉천행! 봉천행!"

역무원이 일, 이등 대합실에 들어와 이렇게 외쳤다. 가방이나 바구니를 든 사람들이 천천히 개찰구 쪽으로 다가갔다. 긴이치들도 그들 뒤를 따라 나갔다.

젊은 부부는 가끔 서로를 흘끗 바라볼 뿐, 말 수가 별로 없었다. 이 군이 짐짓 쾌활한 목소리를 내며 웃어 보이기도 했다.

플랫폼으로 나왔다. 그들은 그곳에서 춥다는 표정을 지으며 기차가 오기를 기다렸다. 긴이치의 마음에도, 옥엽의 마음에도, 지난 봄, 긴이치가 시로야마의 가주와 함께 이곳에 도착하던 광경이 떠올랐다. 그리고 그로부터 아직 일 년이 채 되지 않은 때, 이렇게 두 사람은 운명을 같이 하게 되었다. 이게 꿈일지도 모른다는 생각이 계속 들었다.

"그때는 아직 일이 이렇게 될 줄, 나도 생각지 못했는데."

긴이치는 옥엽 앞에서 그날의 일을 두세 마디 소곤거린 후, 감개무량한 듯이 이렇게 말했다.

"정말 그래요……."

옥엽도 그렇게 말하곤 조용히 긴이치 곁으로 바싹 다가갔다. 긴이치는 먼 여행을 떠나는 젊은 아내가 어떤 마음일지 생각하니, 아내를 보듬어주고 싶은 마음이 솟아올랐다. 긴이치는 앞으로 뜻을 품고 향할 곳의 하늘을 바라보았다. 구름이 낀 것인지 매우 어두웠다. 한편으로는 이곳 민족의 여자와 결혼하여, 이국땅을 여행하는 자신의 운명이 신기하게 생각되었다.

그는 화려한 도쿄의 불빛을 머릿속에 그렸다. 그리고 그러한 환락에 사로잡혀 살아가는 사람들을 생각했다. 그러자 그는 앞으로의 생활이 과연 계속 이어질 것인가에 대해 우려하지 않을 수 없었다.

플랫폼에 거대한 검은 기관차가 붉은 헤드라이트를 섬뜩하게 점멸하며 무언가를 위협하는 듯한 소리와 함께 들어왔다. 승객들이 어수선하게 하차를 시작했다. 그리고 그들 두 사람은 서둘러 열차에 올랐다. 이등실은 경성에서 내리는 사람이 많았기에 거의 비어있었다. 잠시 후, 열차의 기적 소리가 울렸다.

"잘 살펴 가거라."

안성식이 큰 소리로 말했다. 젊은 부부는 창문을 통해 얼굴을 내밀었다. 덜컹덜컹, 하고 열차가 움직였다. 그러자 돌연 안성식이 외쳤다.

"만세!"

어슴푸레한 전등 불빛 아래였지만, 얼굴에 눈물이 흐르고 있음을 부부는 잘 알 수 있었다. 부부도 자신들의 앞길을 축복하는 환호 앞에서, 뜻하지 않게 가슴이 조여왔다.

"만세!"

옆에 있던 이 군 역시 호응하듯 외치며 양손을 펼쳐 들었다.

(1922. 10. 10)

(61)

출도 3

부부가 탄 이등실 객차에는 두 그룹의 신사만 더 타고 있을 뿐이었다. 두 그룹 모두 조선인처럼 보였다. 어느 쪽도 양복 위에 털가죽으로 된 외투를 입고 있었다.

긴이치와 옥엽은 서로 마주 보고 앉았다. 광궤식(廣軌式)[29] 열차였기 때문에 편하게 누울 수 있었다. 옥엽이 조선 옷을 입고 있었기에 양복을 입은 긴이치 역시 조선인이라 생각한 옆좌석 손님은, 두 사람이 유창한 일본어로 대화하는 것을 듣고 의아한 얼굴로 바라보았다.

"이 기차는 아침 다섯 시에 평양에 도착할 터이니, 분명 매우 추울 것이야. 그러니 곧바로 근처의 여관에서 묵으라고 형님이 말씀하

---

29 표준 간격보다 넓은 철도를 일컬으며, 당시 조선에는 일본 본토에 있는 것보다 넓은 폭을 가진 기찻길을 만들었다.

셨어."

긴이치가 말했다.

"네, 저에게도 그런 비슷한 말씀을 하셨죠. 그래도 기차 안은 따듯
하네요."

옥엽은 지금까지 이런 여행을 경험한 적이 없었기에─평양에서 경
성으로 입양된 어린 시절의 기억은 거의 잊어버렸기에─신기하다는
눈으로 창밖을 바라보며 말했다.

"응, 무엇보다 딱 좋은 온도로 스팀이 나오니까. 내지와 다르게 좌
석도 이렇게 넓으니 마치 침대 같아."

긴이치도 이렇게 말하곤, 상쾌한 얼굴로 옥엽을 향해 상냥하게 웃
어 보였다.

"저는 잠이 오지 않을 것 같아요, 오늘 밤은. 너무 기뻐서……."

"자지 않아도 괜찮아. 마음껏 이야기를 나누자고. 내일 아침에 여
관에서 편히 자면 되니까."

긴이치가 말했다.

"아무리 친절하셔도, 형님 옆에서는 마음껏 이야기를 나누지 못하
겠더라니까."

그가 생글생글 웃으며 이렇게 덧붙였다.

"그렇네요."

옥엽도 무슨 말을 할지 몰라 이렇게 말하곤, 기쁜 마음으로 미소를
지었다.

"하지만 말이에요. 오라버니는 정말로 친절하지 않으세요? 당신에게

는 그런 말씀을 하지 않았지만, 당신을 얼마나 걱정하시는지 몰라요."

옥엽은 마치 앞서 얘기한 것에 단서를 붙이듯이 이렇게 말하며 긴 이치의 얼굴을 가만히 응시했다.

"그건 나도 충분히 느꼈어. 나는 대체 어떻게 형님께 감사를 표하는 것이 좋을지 생각하고 있어."

"아니에요. 오라버니는 딱히 감사 인사를 받지 않아도 괜찮다고 생각하실 거에요. 제가 오라버니를 처음 만난 지 겨우 수개월 밖에 안 지났는데, 마치 갓난아이 때부터 함께 했던 것처럼 아껴 준 걸요. 당신도 역시 마찬가지일 거에요."

"음, 정말로 그런 인물은 드물어. 도쿄에서 많은 고생을 하셨을 텐데. 나는 친형제를 얻은 것 같은 기분이 들어. 형님은 나이가 어떻게 되시지?"

"아마 올해 스물아홉일 거에요."

"그럼 나보다 세 살 위군. 조선에도 그런 인물은 드물 거야."

"에이, 그 정도까지는 아니에요. 그런데 그 집에 있는 이 선생님도, 오라버니를 매우 칭찬하세요. '안 군은 장래에는 매우 엄청난 인물이 될 것이야'라고. 그렇게 말하곤 했어요."

"아니, 정말 그럴지도 몰라. 그 두뇌에, 명석하다고 해야 할까 아니 대단히 날카롭다고 해야 할까. 거기에 대해서는 나도 많이 놀랐어. 나 같은 사람은 도저히 따라갈 수 없을 정도로……."

(1922. 10. 11)

62

출도 4

"오, 자네 가이노 군 아닌가."

긴이치가 옥엽 앞에 앉아 끊임없이 이야기를 나누고 있자, 식당에라도 다녀왔는지 이쑤시개를 입에 물고 지나가던 한 젊은 신사가 돌연, 그에게 말을 걸었다. 긴이치는 놀라서 그를 바라보았다. 거기에는 바로 얼마 전까지 같은 대학에서 공부하던 요시다(吉田)가 서 있었다.

"아니, 요시다 군······."

긴이치의 표정에 긴장감이 돌았다.

"자네, 어째서 이 열차를 타고 있나?"

요시다는 위스키 같은 것을 볼에 갖다 대며 물었다.

"자네는 근데 어디로 가는 중인가."

긴이치는 역으로 되물었다.

"나 말이지. 페트로그라드(Petrograd)[30]로 발령을 받아서. 쓰루가(敦賀)에서 배로 갈 예정이었는데, 아직 결빙기라서 시찰도 할 겸, 이쪽으로 건너왔지. 그래서 자네는 어디로 가는 길인가."

"나 말인가······."

긴이치는 대충 적당한 말로 둘러대곤 곧바로 말을 이었다.

"페트로그라드라니 꽤 먼 곳이군. 그래서 페트로그라드에 부임한

---

30 오늘날 상트페테르부르크(Sankt-Peterburg)의 옛 지명. 1914년부터 1924년까지 페트로그라드로 불렸다.

다는 말은, 어딘가에서 일을 하고 있다는 말이겠네."

"그게, 외무성(外務省)[31]에 들어갔거든. 그래서 이번에 그쪽에 있는 대사관에 근무하게 되었어. 그쪽에서 일 년 가까이 근무하면, 다시 베를린으로 전환배치를 해주겠다는 답을 받아냈지."

요시다가 득의양양한 표정으로 말했다.

"그래, 그건 참 잘된 일이군. 뭐, 건투를 빌겠네. 우리 동기 중에서 그런 행운아를 배출한 건 매우 경사스러운 일이니."

긴이치가 말했다.

"그래서 자네는……?"

요시다는 긴이치의 옆에 앉은 조선 옷을 입은 옥엽을 조금 전부터 유심히 바라보며, 그 수수께끼를 풀고 싶다는 듯이 이렇게 말했다.

"나 말이군……."

긴이치는 결국 자신의 이야기를 할 차례가 다가왔음을 느꼈다.

"나 같은 사람이야 자네들과 달라서, 어차피 이 사회라는 무대의 조연일 뿐이지."

긴이치가 자조하듯이 말했다. 옥엽은 고개를 숙였다.

"아니, 그럴 리가. 자네가 그럴 리 없어. 떡하니 재산도 있고, 아내가 될 사람은 미인에, 부러울 것 없는 신분도 있잖아. 나 같이 이 차가운 눈 쌓인 시베리아에 외화 벌이를 나올 필요도 없으니까 말이네."

그렇게 말하며 자꾸만 옥엽의 모습에 눈길을 주었다.

---

31 한국의 외교부에 해당하는 일본 정부 기관.

"그런 건 아무리 많아도 어차피 남의 것일세. 뭐, 막 대학을 졸업한 얼간이일 뿐이지. 그 대학이란 것도, 나와서 자네처럼 된다면 모를까, 그게 아니라면 대체 왜 그런 고생을 했는지 지금 생각해 보면 바보같이 생각될 뿐일세."

"흠……. 그래서 자네, 이 사람은?"

요시다가 끝내 이렇게 물었다.

"그렇군, 소개하지. 여기는 내 아내야."

긴이치는 이렇게 말하며 그때만큼은 생기가 도는 눈동자를 하고 요시다와 옥엽을 번갈아 보았다.

"……."

요시다는 말없이 눈을 끔뻑였다.

"야스코, 이쪽은 요시다라고 해. 올해 같은 대학을 졸업한 내 친구지."

긴이치는 이렇게 옥엽에게 말하고는 다시 요시다에게 말했다.

"자네, 여긴 야스코라고 해."

옥엽은 귓불까지 빨개져서 요시다에게 인사했다.

(1922. 10. 12)

63

출도 5

긴이치의 태도가 너무나 엄숙했기에, 요시다는 그 분위기에 휩쓸려 옥엽에게 인사를 건넸다.

"전 요시다라고 합니다."

"아무것도 모르는 사람입니다만, 부디 편하게 말씀 부탁드립니다."

시로야마 가에서 단련된 옥엽은 격식 있는 인사 정도야 익숙했다.

"자네……. 역시 아내는 일본 사람인 거지?"

요시다는 혼란스러운 듯이 말했다.

"아니, 조선인이네."

긴이치는 자랑스럽다는 듯이 답했다.

"흠……."

요시다는 아직 이해가 잘 안 된다는 표정을 짓고 있었다.

"그래서 자넨, 아직 시로야마 가에 있는 거고?"

그가 이렇게 물었다.

"아니, 이젠 그렇지 않아."

"뭐? 그렇지 않다니. 그럼 그 시로야마의 아가씨는……."

요시다는 여기까지 말하고는 갑자기 입을 다물어버렸다. 그리고는 갑자기 누그러진 어조로 물었다.

"……가이노 군, 그렇다면 그 후의 자네의 로맨스에 대해 좀 얘기해주지 않겠는가?"

그리고는 미소를 지었다.

"어떤가, 식당으로 가세. 아직 자기엔 이르지. 어떻습니까, 부인. 식당에 가서 같이 얘기하지 않겠습니까?"

요시다가 쾌활한 목소리로 이렇게 말했다. 옥엽이 '부인'이라는 말을 들은 것은 이번이 처음이었다.

"아니, 우리는 이제 막 올라온 참이라⋯⋯."

긴이치는 이렇게 말하고는 요시다에게 되물었다.

"자네의 부인은⋯⋯."

"이거 참, 반대로 공격하는 건가. 나야 뭐 아직 '총각'이니까."

"'총각'? 자네 그 말은 어디서 배웠나?"

"오늘 아침, 부산에서 같이 기차에 오른 조선인 대학생에게 배웠지. 하하하."

옥엽도 그 단어를 듣고는 웃음을 터트렸다.

"부인, 조선어로 '부인'은 어떻게 말합니까?"

요시다는 마치 이미 옥엽과 구면인 듯이 굴었다. 옥엽도 미소를 띠었다.

"과연 자네는 천성이 외교관이군. 그 모양새를 보니 장래 제국 외교의 실권은 자네 손에 달렸겠어."

긴이치가 요시다의 장래를 축복하듯 말했다.

"하하하, 아니 내가? 자네에겐 정말 감복했어. 제국의 외교는 오히려 자네 같은 자들에게 맡겨야 하네. 왜소하고 미미한 현재의 가스미

가세키(霞ヶ関)[32]로 하여금, 아마도 일본의 내외에 광영을 가져다주게 할 것이야."

요시다가 이렇게 말했다.

"그건 무슨 말인가? 자네처럼 선배들에게 사랑받으며 능숙하게 헤쳐나가는 능력을 지닌 이는 없네. 마치 무지렁이와 같이 평범한 생활을 보내고 있는 나에게, 자네가 그런 말을 하는 건 도저히 받아들이기 힘드네."

"아니, 그런 게 아니야. 난 자네에게 진심으로 감복했어. 뭐랄까, 자네는 앞으로 조선에서 분투하며 살아갈 것이라 각오하고 있지?"

"뭐, 그런 셈이지. 그러나 자네가 내게 그렇게 이야기한다면, 자네의 말도 전혀 일리가 없는 것은 아니라 생각하지만, 그래도 지금 나의 처지는 자네의 추측과는 전혀 다를 것이네."

"흠, 그런가. 어쩌면 그럴지도 모르겠군. 자네의 성격을 미루어보자면 말이지."

"자네는 나의 행동을, 어떠한 사업을 이루기 위한 외교적 정책 같은 것쯤으로 생각하고 있지?"

"음. 뭐, 그럴지도."

"자네, 그 부분이 완전히 다르다네. 나의 행동은 오히려 그 반대일세."

(1922. 10. 13)

---

32 일본 정부청사가 위치한 곳. 일본 정부의 대명사로 쓰인다.

(64)

출도 6

"과연. 역시 자네의 인격은 남다른 면이 있지. 그런 부분에서 로맨스를 꿈꾸는 사람이군."

요시다는 감탄하며 말했다.

"아니, 자네. 칭찬받을 정도는 아니지."

긴이치는 웃으며 이렇게 말했다.

"난 일체의 허위를 배제하고 순수하게 새로운 생활을 찾아가고 싶네."

"그렇군. 괜히 철학적이기까지 한데. 아무래도 자네와 나 같은 사람의 머리는 다를지도."

"그래서 말이지. 이번 일은 나에게도 거대한 모험과 같아. 그러니 한편은 매우 불안하기도 해. 다른 한편으로는 매우 창창한 앞길이 그려지기도 하지만."

"음, 그래도 우리가 하는 일보다는 그쪽이 훨씬 깊이가 있는 것으로 들리는군."

"아니, 뭘. 깊이 같은 게 있을 리가. 나 자신조차 이렇게 되리라고는 전혀 예상 못 했는걸. 자네가 고찰한 것만큼 섬세한 외교적 접근 같은 건 아니야."

긴이치는 감개무량하다는 듯이 말했다.

"그렇구먼. 어쨌든 자네의 로맨스가 그러한 결과를 불러일으키는 걸세. 그래서 이제부터 자네는 어디로 향하려는가?"

요시다가 물었다.

"평양에 있는 작은 전답으로 향할 작정이네."

"그곳에선 뭘 하려고?"

"응, 뭔가 계획은 세워두었지만, 잘 될지는 아직 모르겠어."

"그건 그렇겠지. 그런 미지수와 같은 부분이 좋은 거라네. 우리 동
기 중에 나와 같이 정석적인 사람들만 있으면 재미가 없지. 그렇다면
나도 한 번 러시아인을 아내로 삼아볼까. 하하하."

요시다는 호탕하게 입을 벌리고 웃었다.

"자네를 위해 건배하고 싶네. 부디 식당으로 같이 가주지 않겠나.
아직 시간은 많아."

요시다는 금시계를 꺼내어 보며 말했다.

"자, 부인. 이쪽으로."

이렇게 옥엽에게도 재촉했다.

"그럼 잠깐 가서 커피라도 한 잔 하지."

긴이치도 이렇게 아내에게 말하고는 셋이서 식당으로 향했다.

"누가 뭐라 해도 학우란 좋은 것이지."

요시다는 이렇게 말하며 메뉴를 보고 요리를 주문했다.

"그렇게 주고, 위스키도 한 병 가져다주게. 부인은 뭔가 단 것이 좋
겠군. 베어민(ベアミン)[33]이 괜찮을까."

---

33 혼합 비타민제.

"괜찮아. 아내는 아무것도 필요 없어."

긴이치는 요시다와 창 측에 나란히 앉았다. 유리창에 순백의 수증기가 얼어붙어서 원래 유리였던 것처럼 붙어 있었다. 스팀 덕분에 실내는 땀이 볼을 타고 흐를 정도로 따듯했지만, 창밖의 추위를 충분히 가늠할 수 있었다.

"이런 추위에 러시아 입국이라니 꽤 근성이 좋군."

긴이치는 살짝 애처로운 듯이 말했다.

"눈 덮인 모스크바를 보며 올해 모습을 그리겠지."

"그것도 좋겠지. 러시아의 원대한 극동 정책의 첨단에서, 자네는 앞으로 분투할 걸세. 나 같은 사람이야 자네들의 보호 아래, 삶을 영위할 수 있는 거고."

"하하하, 과장일세."

"아니, 그렇지 않아. 부디 잘 해주게. 자네가 윈터 팰리스[34]에서 극동의 평화를 논하고 있을 때, 나는 조선의 초야에서 농사 일을 하고 있을 거야. 하하하, 자네를 위해 건배하겠네."

(1922. 10. 14)

---

34 상트페테르부르크에 있는 제정 러시아 시절, 황제가 기거하던 겨울 궁전.

요람(搖籃) 1

긴이치 부부가 러시아 대사관에 부임하는 외교관 시보(試補)인 요시다와 평양역에서 굳은 악수를 교환하고 헤어진 지도 벌써 반 년이 지났다. 긴이치 부부의 사업도 어느 정도 실마리를 찾았다.

화창한 봄날이었다. 하늘은 산뜻하게 개어있고, 푸른 들판의 저 멀리에는 수평선처럼 대동강이 흐르고 있었다. 그리고 그 반대편에는 탁 트인 시야의 평야가 펼쳐져 있었다. 수백 리가 이어진 것처럼 보이는 평야의 끝에는, 수묵화와 같은 산맥이 이어졌다. 산맥의 정점은 눈으로 덮여 은은하게 빛나고 있었다.

귀를 기울이면 어느 예수회당에서 들려오는 찬송가가 하늘에 울려 퍼졌다.

붉은색으로 물든 풍요로운 토지를 밟으며, 긴이치는 서너 명의 주민과 함께 카키색 작업복을 입고 그곳에 심은 유실수에 열심히 물을 주었다. 주민들은 번갈아 가며 멀리서부터 석유통으로 만든 물통으로 물을 길어다 주었다. 그 후, 긴이치가 그것을 받아들고 먼저 심은 사과나무나 포도나무 묘목에 정해진 양의 비료를 섞어서 정성스레 한 그루 한 그루 뿌려주었다.

처음 묘목을 심었을 때는 마치 마른 나무처럼 비틀려져 있었다. 하지만 따뜻한 햇볕을 쬐고 풍부한 물과 비료를 주니 언제부터인가 새로운 생명이 피어올랐다. 그리고 최근에는 가는 줄기가 가지라고 생각되는 부분 안쪽부터 솟아올랐다. 그것을 바라보는 긴이치는 환희에 복받쳤다. 그리고 곧 아내 옥엽의 몸을 상상했다. 아내의 몸에도 때마침 그 나무 줄기와 같이, 그녀의 날씬한 몸매로부터 심상치 않은 조짐이 느껴졌다. 그렇다. 그 즈음 긴이치는 그녀의 몸 안에 새로운 생명을 깃들게 한 것이다. 긴이치는 그 모습을 바라보며 흡사 자신의 아내에 대한 사랑 같은 것을 그 묘목에게도 느끼게 되었다. 그리고 아내의 모습을 보면, 들판에 자란 묘목을 볼 때와 같은 희망을 느끼게 되었다. 그렇게 그의 인생은 새로운 창조의 기쁨으로 충만했다.

그러나 단 한 가지, 그의 마음을 어둡게 하는 것이 있었다. 다름 아닌 그가 도쿄에 남겨두고 온 어머니였다. 그는 자신의 가출 이후, 어머니의 신변이 어떠한지 매우 걱정스러웠다. 오욕으로 물든 그녀의 남은 생애의 삶이 참을 수 없을 만큼 긴이치의 마음을 괴롭혔다.

"어머니를 구해드리는 것 말고는 내게 다른 길이 없어."

그는 항상 이렇게 생각했다. 하지만 지금 그로서는 도저히 어떻게 할 수 없다는 것이 매우 분했다. 긴이치는 이 청아한 전답으로 어머니를 데려와 그녀의 남은 인생을 보내도록 하는 것이, 돌아가신 아버지에 대한 효도처럼 생각되었다.

"빨리 어머니를 이곳으로 모셔오지 않으면……."

그는 이렇게 생각했다.

문득 과수원으로부터 시야를 옮겨 반대편을 바라보니, 많은 조선 아이들과 함께 옥엽이 이쪽으로 걸어오고 있었다. 아이들의 귀여운 모습이 어린 양떼처럼 보였다.

'가을 하늘 맑은데, 높게 솟아서…….'

큰 목소리로 아이들과 노래하는 소리가 긴이치의 귀에 닿았다. 그는 무의식중에 미소를 지었다.

(1922. 10. 15)

(66)

요람 2

아이들은 아름다운 옥엽의 몸에 찰싹 달라붙어 긴이치 곁으로 다가갔다. 여러 가지로 떠들어댔지만, 아직 긴이치는 그들의 말을 잘 알아들을 수 없었다. 옥엽은 아이들의 말에 솜씨 좋게 답하며 시종일관 미소를 잃지 않았다.

긴이치와 같이 일하는 조선인 중에는, 그중 한 아이의 아버지도 있었다. 자신들의 무리에서 빠져나와 물통을 짊어진 아버지 곁으로 가서, 무언가를 이야기했다.

"참 잘됐네. 그거 참 잘됐어."

긴이치는 조선인 아버지가 아이에게 아마 이렇게 말하는 것이 아닐까 추측했다.

아이들은 그 과수원에 들어가 다시 시끄러운 목소리로 떠들며 소란을 피웠다. 그중에는 으앙, 하고 우는 녀석도 있었다. 묘목을 뛰어넘으며 서로 경쟁하는 녀석들도 있었다.

"이건 뭐 하는 거야?"

"다 자라면 버드나무가 돼."

"이렇게 마른 나무가 크게 자라?"

"물을 주면 크게 자라."

"마른 나무에다가 물을 준다고 해도 크게 자랄까?"

"마른 나무라고 해도 물을 주면 크게 자라."

"에이, 그런 바보 같은 말이 어디 있어. 거짓말하지 마."

"거짓말이 아니야. 네가 모르는 것일 뿐이야."

"그럼 선생님한테 물어볼까?"

"그래, 물어보자."

이런 얘기를 하며 옥엽한테 달려가는 애들도 있었다.

옥엽은 그런 아이들 앞에 서서 과일을 재배하는 방법을 이야기해 주었다. 그 가느다란 가지에 아름다운 꽃이 피고, 그 후에 크고 빨간 과실이 자라는 과정을 설명해주었다.

"와, 대단해요."

"신기하다."

아이들은 놀라워하며 이렇게 외쳤다.

"얘들아, 하지만 말이야. 그렇게 아름다운 꽃이 피거나, 과일이 열리는 건 바로 우리 인간이 세심한 주의를 기울여서 열심히 노동을 한 결과이기도 해요."

이런 얘기도 들려주었다.

"자라는 동안 따뜻한 해님이 햇볕을 비춰주고, 하늘에서 비가 내려 땅을 적셔주는 게 정말 중요해요. 하지만 그대로 방치해두면 무익한 잡초가 자라나서 귀중한 양분을 흡수해버리기도 하고, 해충이 생겨서 뿌리나 잎을 갉아 먹는다든지 하게 되면, 충분히 꽃을 피우지도 못하는 건 물론이고 열매가 맺지 못하게 될 수도 있어요. 그러니 아무리 기후가 좋고 아무리 넓은 토지를 가지고 있다고 해도, 우리가 열심히 일하지 않으면 크게 자라지 못한다는 것이죠. 여기서 일하고 계시는 아저씨들처럼 열심히 일하지 않으면 안 돼요."

옥엽은 미소와 함께 이런 말을 했다. 지금까지 소란스럽던 아이들도 갑자기 진지한 표정을 하고 신기하다는 듯이 들었다.

긴이치는 아내의 그러한 모습을 기분 좋게 바라보고 있었다. 시종일관 미소가 얼굴에서 떠나지 않았다. 반대편에서 무럭무럭 자라고 있는 포플러 나뭇가지에 까마귀가 내려앉아 울었다. 어느새 벌써 석양이 어슴푸레 걸렸다.

"아, 너무 배가 고프군."

긴이치는 벌떡 일어나 흙으로 더러워진 양 소매를 길게 뻗어 두세 번 털어내었다.

"저기 당신, 저녁밥 준비가 다 되었어요. 그래서 지금 마중을 온 참인데, 이렇게 떠들고만 있었네요."

옥엽이 이렇게 말했다.

(1922. 10. 17)

요람 3

긴이치 부부가 이곳에 와서 느낀 것은, 이 시골에는 조선인 아동에게 교육의 기회가 전혀 없다는 것이었다. 예전부터 서당이라는 옛 일본의 데라고야(寺子屋)[35] 같은 교육시설이 있기는 하지만, 그것조차 이러한 시골에는 거의 보이지 않았다. 그곳에서 좀 떨어진 한 일본인이 경영하는 연필 제조회사가 있는 마을에는, 일본인들로만 구성된 학교조합이 조직되어 정말 구색만 갖춘 소학교가 세워져 있었다. 하지만 두말할 것도 없이 거기에는 일본인 아이들만 다니고 있었다. 한편 총독부에서는 보통학교를 설립하긴 했지만, 이런 시골까지는 손이 미치지 않는 것 같았다. 게다가 서당이나 보통학교가 생긴다고 해도, 긴이치가 사는 시골의 조선 주민들은 도저히 아이들을 학교에 보낼 비용을 마련하기 힘들었다. 이러한 사정으로 인해 그 주변의 열 살 전후의 아이들은, 매일 하릴없이 빈둥빈둥 노는 데 정신이 팔려 있을 뿐이었다.

긴이치 부부는 의논 끝에 자신들을 위해 지은 가건물 한 채와 온돌방 한 채 중, 가건물 쪽을 학교로 사용하기로 했다. 겨울이 되면 가건물에서는 도저히 아동 교육을 할 수 없겠지만, 그건 그것대로 겨울이 되기 전에 학생들의 수가 늘면, 그곳에 다시 온돌방 한 채를 세울 작

---

35 절에서 아이를 가르치던 일본의 옛 서당과 같은 교육기관.

정이었다.

학교라고 해도 매우 부실한 곳이었다. 긴이치는 과수원에서 일하는 조선인들과 함께 온종일 칠판이나 걸상을 만들었다. 학생은 7~8명 정도 모였다. 그러나 그 7~8명조차 하루 이틀이 지나자 곧 등교하지 않게 되었다. 그러면 옥엽이 다시 근처의 가까운 마을로 찾아가 새로운 학생을 모집하여 데려오거나, 예전에 다녔던 학생을 다시 데려오곤 하였다. 그렇게 해도 역시 사흘 정도 지나면 또 오지 않았다. 이에 옥엽도 실망을 금할 수 없었다.

부부는 여러 가지 방법을 고안했다. 그래서 먼저 옥엽은 경성에 그림물감이나 도화지 같은 것을 주문했다. 그리고 아이들의 모습이나 동물, 꽃과 같은 그림을 그려서 그것을 아이들에게 나눠주었다. 그러자 아이들은 그 그림을 받기 위해 찾아오기 시작했다. 일주일을 결석 없이 등교한 아이들에게는 별도로 포상을 하기로 하였다. 그렇게 하자 얼마 간은 학교가 학생들로 붐비게 되었다.

하지만 그것도 오래 가지 못했다. 아이들은 그림이나 일주일 출석의 보상인 중고 그림책에도 금방 싫증을 내버렸다. 그리고 언제부터인지 점점 그 숫자가 줄어들어 버렸다. 부부의 인내심도 거의 바닥이나기 시작했다.

"얼마나 게으르고 무지한 아이들인가요."

옥엽은 눈물을 흘렸다.

"아니, 그렇기에 노력하는 거지. 그렇게 게으르고 무지하지 않다면 우리가 노력할 필요가 없을 테니. 그런 일로 낙담하면 어찌하나."

긴이치는 선교사처럼 눈빛을 번뜩였다.

"그건 그렇네요……. 약한 소리를 하다니, 이러면 안 되겠죠."

옥엽은 이렇게 말했지만, 앞으로 대체 어떻게 이 아이들을 잘 모아서 가르칠 수 있을지, 도저히 가늠이 가지 않았다.

(1922. 10. 19)

(68)

요람 4

긴이치 부부는, 재차 다음 수단에 대해 고민했다. 그러나 결국 수단을 생각하기 이전에 아이들의 가족을 연구하는 것이 매우 중요함을 부부는 깨달았다.

"아이들이 오지 않는 것은, 사실 아이들의 죄가 아니야. 분명 그 집안의 문제이지. 따라서 아이들의 집안 사정을 연구할 필요가 있겠어. 물이 더러워지는 이유는 상류에 원인이 있는 법이니까."

긴이치가 말했다.

"맞아요. 우리는 정말 그 부분을 간과하고 있었네요."

옥엽도 반성하듯이 말했다. 그런 이유로 긴이치도 가끔 농장 일을 쉬고 아이들의 가정 방문을 하기로 하였다.

아이들의 집은 여기저기 산재해 있었다. 대부분 농사를 짓는 집안이었다. 농부라고 해도 소작농들뿐이었다.

이곳도 저곳도, 두 평 남짓의 온돌방으로 마치 토굴 안에서 사는 것처럼 느껴질 정도였다. 흙으로 된 바닥 위에는 여기저기 검은 얼룩이 스며들어 있었고, 그곳에 때와 재로 더러워진 아기가 몇 명이나 뒹굴고 있었다.

그리고 그 집의 부인은 항상 그 아기를 집에 내버려 두고 근처에서 빨래를 하는 중이었다. 게다가 긴이치의 학교에 올 만한 아이들은 어느 집에서도 찾아볼 수 없었다.

가끔은 남편만 있었고 어떨 때는 부인만 있었다. 긴이치 부부는 아동 교육의 필요성에 대해 역설했다. 그러나 누구 하나 그런 것에는 흥미가 없다는 듯이 이야기를 들으려고도 하지 않았다. 정중하게 인사를 받거나 아이들에게 그림책을 준 것에 대해 감사 인사를 하는 사람도 있었지만, 그밖에는 어떤 이야기를 해도 요지부동이었다.

부부는 착잡한 마음이 되어 저녁 무렵에 지쳐 집으로 돌아왔다. 아이들의 가정 연구는 이렇게 실패로 돌아갔다. 무엇보다 부부에게는 교육에 대한 경험이 부족했기에, 이러한 부분을 연구하는 것이 맞는 것인지조차 의문이 들었다. 부부의 원래 생각은 아이들의 가정에서 부모들이 아동 교육에 대해 어떤 마음가짐인지에 대해 연구하려는 것이었다. 하지만 지금은 그런 연구를 하는 것이 전혀 의미가 없음을 그들은 깨달았다.

"우리 학교에 왔던 아이들의 부모들 역시 그렇게 자라왔으니 깊이 생각하지 않는 게 당연했어. 우리 생각이 너무 짧았군."

긴이치는 집에 돌아오자마자 이렇게 말했다. 옥엽은 깊은 한숨을 내쉬었다. 그런 후 호소하듯이 말했다.

"어떻게 하면 삼사 년 동안 계속 오게 만들 수 있을까요. 최근 두 달 동안은 얼굴을 비추는 애들도 없으니……."

"글쎄, 우리의 어린 시절을 돌아봐도 사실 그래. 학교 선생님의 말씀을 듣는 것보다 들판에 나가 뛰노는 것이 재미있었으니까. 인간은 그렇게 하는 편이 좋은 걸지도 몰라. 재미없는 학문이나 지식을 쌓기보다 있는 그대로 자라는 편이 오히려 인간다운 것일지도. 우리가 이렇게 인도적인 사상을 가지고 교육을 강요하는 것이 오히려 잘못된 것이 아닐까 하는 생각도 들어."

긴이치는 끝내 이런 말을 꺼내기도 했다.

"하지만 저는 그렇게 생각하지 않아요."

옥엽은 그때만큼은 남편의 의견을 따르지 않았다.

(1922. 10. 20)

(69)

요람 5

"저는 그렇게 어려운 얘기는 잘 모르겠지만, 학문이나 지식이란 인류 이외의 존재가 만들어낸 것이 아니 않나요. 역시 어디에서인가 위대한 인물이 만들어낸 것이고, 그 지식이 인류 전체의 행복으로 연결되기에 많은 사람들이 학교를 세워 지식을 널리 보급하는 것이겠죠. 저는 그 말이 틀리지 않았다고 믿어요."

옥엽은 전에 없이 남편을 설득했다.

"하하하. 그래, 알겠어. 난 그저 잠깐 떠오른 생각을 말했을 뿐이야. 당신에게 그렇게 강한 신념이 있다면 실망하지 말고 계속해봅시다."

"네 반드시 해낼 거에요. 당신이 비웃을지도 모르겠지만, 저는 큰 포부를 가지고 있으니까요……."

"포부? 그건 참 훌륭하군. 무슨 일을 하더라도 포부가 없으면 안 되지. 그런데 그 포부란 대체 어떤 것이오."

"호호호, 학생들조차 오지 않아서 슬퍼하고 있는 주제에 이런 얘기를 하면 당신도 분명 비웃을걸요?"

"비웃을 리가. 말해보시게."

"아뇨, 지금 그런 얘기를 하는 건 그만두죠. 제 마음속에서 결의를 다지기만 하면 되는 문제니."

"그래, 그걸로도 좋아. 하지만 아내의 큰 포부를 남편이라는 사람이 모른다면 도리에 안 맞지."

"됐어요. 너무 담대해서 공상에 가까운 얘기일지도 모르겠어요. 그래서 오히려 말하지 않는 것이 어쩐지 심오해 보여서 좋아요. 호호호."

이즈음에는 옥엽도 남편에게 익숙해져서 이런 말까지 서슴없이 할 수 있게 되었다.

"큰 포부라, 대체 무엇일까."

긴이치는 놀리듯이 말하며 아내가 내온 차를 마셨다.

"그럼 한 번 맞춰보세요."

"맞춰볼까?"

"네."

"조선의 대학 설립 아닐까."

"어머!"

"하하하, 맞췄지?"

"정말로 맞추셨네요. 제가 언제 그런 말을 당신에게 한 적이 있었나요?"

"하하하, 말을 한 적이 없더라도 대충 상상은 가."

"큰 포부죠?"

"응, 매우 크지."

"하지만 그 정도가 되지 않으면……."

"당신도 정말 열심이군. 그러니 얼마 안 가서 태어날 아기를 매우 총명하게 키워내겠지?"

"호호호, 뭔가 꿈 같은 얘기네요."

"아주 꿈 같은 얘기만은 아니야. 하지만 그런 대학을 설립하더라도, 역시 나 같은 녀석을 배출한다면 쓸모가 없겠지. 당신이 낳을 아기도 나와 같은 운명을 반복한다면 너무 불쌍해. 지금부터 잘 생각해 두지 않으면."

"……."

긴이치는 아내가 고개를 숙이고 기운 없이 무언가 생각에 잠긴 것을 눈치챘다.

"저기, 무슨 일이야."

긴이치는 아내의 안색을 살피고는 불안해하듯 말했다.

"……."

옥엽은 그래도 입을 열지 않았다.

"내가 방금 한 이야기가 당신의 신경을 건드린 걸까."

긴이치는 다시 이렇게 물었다.

(1922. 10. 21)

(70)

요람 6

"아니에요, 딱히 아무 일도……."

옥엽은 이렇게 말했지만 어쩐지 쓸쓸한 표정을 하며 남편의 시선으로부터 고개를 돌렸다.

"아무것도 아니라니. 그렇다고 하기엔 당신 상태가 이상해 보이는데. 무슨 일이야. 방금 내 말이 혹시 기분을 상하게 했을까?"

긴이치는 조금 곤란한 표정으로 상냥하게 말했다. 아내의 쓸쓸한 모습이 너무나 고통스러워 보여서 애처롭게 느껴졌다.

'이럴 때는 신경이 예민해진다고 하던데, 정말 맞는 말인 것 같군. 이 여자가 신경질적인 모습을 보인 건 지금까지 한 번도 없었는데…….'

긴이치는 어디에서인지 짐승이 어둠 속에서 울부짖는 소리를 들으며 이렇게 생각했다.

램프의 어슴푸레한 불빛이 하늘하늘 흔들리며 가만히 바닥을 내려다보고 있는 옥엽의 상반신을 비추고 있었다. 세 평 남짓 되는 온돌방에는 아까 먹은 저녁상이 한쪽에 치워져 있고, 그 위에 두 사람분의 다완(茶碗) 같은 것이 변변치 않게 올려져 있었다. 그리고 다른 한쪽 구석에는 커다란 짐이 두 개, 가방이 하나 있을 뿐이었다. 옥엽은 방금 남편의 말을 들었을 때, 문득 시로야마 저택의 저녁 풍경이 머릿속에 떠올랐다. 그곳에는 눈에 띄게 돋보이는 젊은이, 긴이치가 쾌활하게 이야기를 나누고 있었다. 항상 여왕과 같이 자유롭게 행동하는 사에코도 늘 고양이처럼 옆에 찰싹 달라붙어 있었다. 머지않아 새로운 권력자가 될 긴이치 앞에, 수많은 가문 사람들이 서번트처럼 영주 앞에 늘어서 있었다. 그런데 지금의 긴이치는 그 얼마나 초라한 모습인가.

옥엽은 새삼 새벽의 평양역에서 헤어진 긴이치의 친구가 떠올랐다. 같은 학과를 졸업한 친구는, 유럽의 대도시에서 근무하는 외교관으로 부임하여 떠났다. 아름다운 장식품을 몸에 두르고, 젊은 눈동자를 번뜩이며, 그 친구는 유럽으로 향했다. 그런데 조선 옷을 입은 부인과 함께 이 눈 덮인 시골에 낙향한 젊은 남편의 마음은 과연 어떠할까. 그녀는 마음속 깊이 남편의 사랑을 느끼고 있지만, 때로는 가슴에 불안의 싹이 커가는 것을 절실히 느꼈다. 아니, 싹트지 않는 것이 이상했다. 지금까지 아무런 걱정 없이 꿀처럼 단 신혼 생활만을 동경해왔다. 동시에 그 근저에 무서운 권태감이 싹 트는 것을 눈치채지 못했다. 옥엽은 여기까지 생각이 미치자, 마음이 캄캄해졌다.

"당신은 지금 임신 중이기도 하니 센티멘탈한 감정에 쉽게 휘말릴 수 있어. 하하하, 허나 아무것도 걱정할 것 없네. 우리만큼 세상에서 의식을 가지고 살아가는 사람도 없다고 난 생각해. 이게 바로 인간다운 생활이지. 세상 사람들이 자유라느니 행복이라느니 요란하게 떠들고 다니지만, 우리만큼 자유와 행복을 누리고 있는 사람은 없을 거야."

긴이치는 털썩하고 드러누웠다.

"만약 아기가 태어난다고 생각해봐. 이 지상의 모든 행복이 우리 부부에 찾아오는 것 같은 기쁨을 느낄 거야. 그러니까 몸 관리를 잘해서 건강한 아이를 낳아주게. 알겠지? 쓸데없는 생각은 하지 말고……."

그는 이렇게 말하곤 입을 다물었다. 그 말에는 옥엽의 몸과 마음을 진정시켜주는 사랑의 힘이 깃들어 있었다. 옥엽은 가만히 눈가를 훔쳤다.

(1922. 10. 22)

(71)

요람 7

작열하는 햇볕에 눌어붙을 것만 같은 더운 여름날에도 긴이치는 농장에서 일하고 있었다. 옥엽은 질리지도 않고 아이들을 모아서 간단한 산수를 가르치거나 조선어와 국어[36]를 비교하며 '닭'이라든지 '개' 같은 단어를 땀을 흘려가며 칠판에 적어 내려갔다. 그러나 역시 출석하는 아이들은 드물었다.

수의 개념이 아이들에게는 거의 뇌리에 박히지 않았다. 하나, 둘, 셋까지는 어떻게든 겨우 이해시켰지만, 그 이상 숫자가 올라가면 거의 손을 쓸 수가 없었다. '덧셈' 개념도 '뺄셈' 개념도, 이해시키는 것이 쉽지 않았다. 그녀는 아이 한 명에게 백까지의 숫자 개념을 이해시키기까지 상당한 날짜를 할애하지 않으면 안 된다는 것을 경험하였다.

그 와중에 처음부터 하루도 거르지 않고 학습한 남자아이가 있었다. 눈이 크고 얼굴이 동그란 귀여운 녀석이었다. 읽는 법과 쓰는 법은 알려주는 족족 이해했다. 산수는 처음 알려준 숫자만으로 만족하지 못하자, 옥엽은 사칙연산을 알려주었다. 그러자 그 아이는 곧바로 그것을 이해해냈다.

그 아이는 바로 근처의 농가에서 태어났다. 마치 방목된 짐승처럼 매일 밖으로 뛰쳐나가 아이들과 놀곤 했었는데, 옥엽의 학교에 들어오고 나서는 완전히 공부에 흥미를 느꼈는지 어떠한 날이라도 빠지지 않고 등교했다. 강봉준(康鳳俊)이라는 이름을 들었을 때, 옥엽은 참 이름값을 한다고 생각했다.

"이런 아이도 학교가 없어서 일개 야인으로 일생을 보낼 수밖에 없을 뻔했다니. 정말로 교육이란 없어선 안 될 고마운 것이야."

---

36 당시의 일본어.

옥엽은 이런 생각을 했다. 그리고 자신의 사명이 얼마나 무게가 있는 것인지 깊이 느꼈다. 학교는 이렇게 조금씩 발전해갔다.

긴이치의 사업은 꽤 곤란한 상태에 빠졌다. 그가 시로야마의 저택을 나설 때 들고 온 약간의 저금, 옥엽의 오빠인 안성식과 그 집 주인 이 군이 빌려준 돈을 합하여 이 사업의 자본금으로 활용했었는데, 과수원의 첫 수입을 올리기까지 그 돈이 계속 남아있을지는 미지수였기에, 그는 마음을 졸일 수밖에 없었다. 게다가 그 사이 옥엽이 사내아이를 출산했다. 집으로부터 70, 80리 떨어진 평양 시내의 산부인과 병원에 그녀를 입원시켰기에, 비용이 의외로 많이 들었다.

긴이치 부부는 혹시라도 내년 가을의 수입이 예상에 못 미칠지도 모른다는 생각에 실로 앞길이 막막했다. 그 즈음에는 일용품을 구입하는 것조차 슬슬 신경을 쓰지 않으면 안 되었다. 점점 귀여워지는 아이에게도, 어머니가 생각하는 것만큼 챙겨주기 힘들었다.

"내년 가을 수확기까지가 고비겠구나. 그때까지 충분히 검소하게 생활한다면 어떻게든 살아갈 수 있겠지. 뭐, 그렇게 걱정할 것까지는 없어."

긴이치는 아내를 격려하듯이 말했다. 분명 내년 가을에 수확을 거두게 되면 더 걱정할 필요가 없을 것이다. 하지만 만약 그렇지 않다면, 그때야말로 세 명의 가족은 이 조선의 변방에서 아사할 수도 있겠다는 생각이 그의 머리를 스쳤다.

사랑이 가득했던 긴이치 일가에게도 그때부터 옅은 우울의 그림자가 드리우고 있었다.

(1922. 10. 24)

72

현대좌(現代座) 1

사에코와 긴이치가 시로야마 가문의 새로운 상속자가 되어 사회에 진출하기 위한 의식이었던 결혼도, 꺼져버린 불꽃처럼 중지되고 말았다. 그날 초대받았던 사람들은 여우에 홀린 듯한 얼굴로, 연회가 열릴 예정이었던 산월(山月)이라는 곳의 현관 앞에서 타고 있던 인력거와 자동차의 말머리를 돌릴 수밖에 없었더. 집사 야마모토 노인은 그 내막을 외부 사람들에게 알리고 싶지 않았기에, 경성부 내의 신문사에 연달아 전화를 돌렸다. 하지만 그러한 노력도 물거품이 되어, 다음 날 조간신문은 신랑 신부의 실종을 흥미 위주의 기사로 보도하였다. 시로야마의 가주, 산조는 그날부터 침대에 앓아누웠다. 높은 베개에 달라붙어서 꺼이꺼이 울었다. 그리고 간호를 하던 하인들에게 불같이 화를 내곤 했다.

시로야마 합명회사(合名会社)에 속한 각 부서의 부장들은 돌아가며 문병을 왔다. 또한 이 회사에 은혜를 입고 있는 사람들도 병문안을 왔다. 그러나 종래부터 매우 긴밀하게 친교를 맺고 있었던 굴지의 실업가 한 명은 그 사건 이후, 시로야마 가문을 완전히 경원시하게 되었다. 최근에는 시로야마 합명회사에 흥신소의 직원이 빈번하게 드나들게 되었다. 회사와 거래했던 은행들은 일제히 경계하기 시작했다. 흥신소 직원들은 몇 번이고 비밀스러운 내용을 보고하러 왔다.

자신의 방에 틀어박힌 산조는 그때까지 그 일을 모르고 있었다. 다만 지배인만이 몹시 걱정에 빠져 있을 뿐이었다.

야마모토 노인은 조금 전에 도쿄에서 온 신문을 들고 저택 안에서 서성거리고 있었다. 산조가 누워있는 방 근처까지 다가갔으나, 복도에서 산조의 노성이 들리자 갑자기 무언가에 사로잡힌 것 같이 멈춰 섰다. 그리고 돋보기를 번뜩이며 놀란 듯이 다시 원래 있던 장소로 복도를 통해 돌아가 버렸다.

"이것 참 큰일이야."

야마모토 노인은 목소리를 조이며 중얼거렸다. 그는 현관 옆에 있는 자신의 방에 돌아가려고 현관 근처까지 다가갔다. 그곳에는 지배인인 무로키(室起)가 인력거를 타고 도착한 참이었다.

"오, 무로키 씨."

야마모토 노인은 강을 건너려고 할 때 배를 만난 것처럼 기뻐하며 외쳤다. 그리고 이렇게 말했다.

"아, 잠깐 제 방으로 와 주시겠습니까."

"사장님의 용태는 좀 어떻습니까."

이렇게 물은 무로키는, 차분한 표정이었지만 어딘가 침통한 기운이 흘렀다.

"사장님은 뭐, 아직 변함이 없으십니다. 그것도 큰일이지만, 지금 더 큰 일이 생기고 말았습니다."

야마모토 노인이 탄식을 내뱉었다.

"아니, 그 일은 저도 오늘 아침, 도쿄에서 온 신문을 보고 알았습니다만. 뭐, 어쩔 수 없는 일이겠죠."

아직 무로키는 침착했다.

"당신도 이미 알고 계십니까. 하지만 이런 얘기가 보도된다면, 시로야마 가문의 명예는 땅에 떨어집니다……."

야마모토 노인은 슬픈 목소리를 내었다.

"당신, 이건 어떻게 생각하십니까. 50만 엔의 사용처가 이것이었다니. '현대좌(現代座) 탄생하다. 이 극단의 스타는 부호, 시로야마 산조의 영애……'. 뭐, 여기까진 아직 괜찮다고 해도, '무대감독은 전 문예 협회의 패장으로 시로야마 가문의 식객이자 영애의 정부……'. 이건 대체 무슨 말일까요. 이런 식으로 보도된다면 시로야마 가문의 명예는 온전할 수 없게 됩니다!"

야마모토 노인은 머리끝까지 열을 내며 펄펄 뛰었다.

"참 곤란한 일이긴 합니다. 하지만 그렇게 분개해도 어쩔 수 없는 일이죠. 신문은 사실을 사실로써 보도한 것뿐이니……."

"당신까지 그런 말씀을 하시면 곤란합니다. 더욱이 그 감독이라는 자식이, 시로야마 가의 식객이었다는 건 사실이 아니란 말입니다."

"뭐, 그 정도의 오보는 있겠지요."

(1922. 10. 25)

73

현대좌 2

"무로키 씨, 아무튼 이쪽으로 들어와 주십시오. 급히 의논 드릴 것이 있습니다."

야마모토 노인은 안달이 나서 지배인 무로키를 자신의 방으로 잡아끌었다.

"사장님은 어떤 상태입니까."

무로키는 야마모토 노인에게 끌려가는 와중에도 그쪽이 더 신경쓰인다는 듯이 물었다.

"뭐, 사장님에 대해서는 나중에 말씀드리겠습니다. 정말이지, 이런 얘기가 사장님 귀에 들어간다면 시로야마 가문의 일을 맡아서 처리하고 있는 제 목이 달아나고도 남겠죠……."

야마모토 노인은 허리를 굽히고 걸어가면서 거친 목소리로 말했다.

커다란 책상이 하나 놓여있었다. 그 위에는 서류라든지 부기장(簿記帳), 신문 등이 놓여있었다. 야마모토 노인은 그 책상 앞에 털썩 주저앉고는, 손에 들고 있던 돋보기로 바스락바스락 소리를 내며 신문에 맞춰 읽어내려갔다.

"아이고, 이것 좀 읽어보십시오. 저는 이걸 읽고 아주 질겁을 했습니다. '……작년 가을, 제대 법과를 졸업한 시로야마 가문의 양자 긴이치 군을 내켜하지 않던 영애 사에코는, 동 가문의 식객으로 있던 전 문예협회 동인 도미이 하루오(富井春男) 씨와 사랑에 빠져, 가문 소유의 실물 주권 50만 엔을 훔쳐서 하루오 씨와 손잡고 상경한 후, 즉시 그 돈을 사용하여 달콤한 연애를 즐기며 허니 문의 꿈을 이루었다. 그 후, 전부터 계획한 극단 조직에 힘을 기울였고 작년, 현대 극협회 배우학교를 우시고메구(牛込区) 도미히사초(富久町)에 창립하여 배우를 양성하였는데, 그 학교 제1기생이 금번에 드디어 현대좌 전문배우가 되어 우에노 세이요켄(上野精養軒)³⁷에서 피로연을 열었다. 무엇보다 50만 엔이라는 비용을 써서 여는 것이니만큼, 얼마나 화려할지 상상이 된다. 이에 항상 분열이 끊이지 않았던 미래좌는 엄청난 적수와 만나게 되었다……' 무로키 씨. 이건 대체 어떻게 된 말일까요."

"글쎄……."

무로키도 곧바로 대답할 말이 떠오르지 않은 모양이다.

"그 50만 엔이라는 건 진짜입니까? 그렇게까지는 빼가지 않으셨겠죠?"

무로키는 이렇게 물었다.

"아뇨. 이건 거짓말입니다. 그 십 분의 일 정도입니다."

"그렇습니까……."

"저는 어떻게 해서든, 기사의 취소를 요청할 셈입니다."

"기사 취소를 요청한다고 해도, 역시 마찬가집니다. 그 때문에 떨어진 신용은 결코 회복하기 힘들겠죠."

---

37 일본에 있는 유서 깊은 프랑스 레스토랑으로 1872년 개업하여 오늘날에 이르고 있다.

"그럴까요……. 하지만 무로키 씨, 그렇다고 입을 다물고 가만히 있을 수는 없습니다. 어떻게든 신용 회복의 길을 강구하지 않으면."

"기사가 난 신문은 이곳뿐입니까?"

"아닙니다. 거의 모든 신문에 실려있습니다. 내용도 대동소이하고요."

"그렇다면 뭐, 놔둘 수밖에 없겠군요. 취소문 같은 걸 내면 도리어 이중으로 광고하는 것과 다름없으니까요."

"허허……."

야마모토 노인은 당혹해하며 무로키에게 물었다.

"어떡하지요. 사장님께 이런 말씀을 드릴 순 없습니다."

"그건 안 될 말이지 않습니까. 사장님이 병이 난 원인은 원래, 사에코 씨의 행방불명에서 비롯된 것이니. 뵙고 말씀드리는 것이 좋을지도 몰라요. 자고로 부모란 자식이 어떤 일을 하더라도, 살아 있기만 하면 안심할 수 있는 존재이니까요."

(1922. 10. 26)

(74)

현대좌 3

복도 연결부를 따라, 지배인 무로키와 집사 야마모토 노인이 산조의 방 앞으로 걸어갔다.

"기미 씨."

야마모토 노인은 장지문 바깥에서 작은 목소리로 그녀를 불렀다. 대답은 들려오지 않았다. 파랗게 질린 얼굴로 창백한 입술을 깨문 기미가 장지문 안쪽에서 살짝 문을 열고 나왔다.

"괜찮은가?"

야마모토 노인이 다시 물었다.

"저기, 지금 겨우 잠에 드셨어……."

기미가 속삭였다.

"그런가……."

야마모토 노인은 약간 주저하며 말했다.

"그렇다면 다음에 뵙는 것으로 할까."

이렇게 말하고 몸을 무로키 쪽으로 비틀자마자 잠든 줄만 알았던 산조가 눈을 뜨고 화난 목소리로 말했다.

"누구인가? 거기서 중얼거리지 말고 이리 들어들 오게."

세 사람은 얼굴을 마주 보았다.

"저기……, 야마모토 씨와 무로키 씨에요."

기미가 조용히 대답했다.

"야마모토랑 누구?"

"무로키 씨요."

"……용무가 있다면 들어오게."

산조가 번거롭다는 듯이 말했다.

세 사람은 아주 조용히 미끄러지듯 들어왔다.

"사장님. 용태는 어떠하신지요."

"음, 무로키인가. 난 누군가 했네."

"어떠십니까. 조금은 괜찮아지셨습니까."

"음. 뭐, 별로 차도는 없네."

"안타깝습니다. 열은 아직 있으십니까."

"……음, 무엇보다……."

여기까지 말하고는 곧 괴로운 듯이 신음 소리를 내었다.

"아무것도 안 드세요. 그래서 몸이 많이 약해지셨어요."

기미가 옆에서 이렇게 말했다.

"음식을 입에 안 대시는 건 정말 큰일이군요."

무로키는 걱정스러운 표정을 지었다.

"……그래서 무로키 군, 난 수일 내에, 자네와 차분히 남겨진 일에 대한 것을, 의논하려던 참이었네."

산조는 간신히 이렇게 말했다.

"네……."

무로키는 어떻게 답변해야 할지 몰라 곤혹스러웠다.

"그런 일보다 부디 하루라도 빨리 쾌차하셨으면 합니다. 그렇지 않으면……."

무로키는 그 말 뒤에 무슨 말인가 더 하려다가 입을 다물었다.

"난 이제, 가망이 없어."

산조가 절망한 듯이 말했다.

"그런 약한 말씀을 하시면 모두 곤란해집니다. 아직 사장님께서 앞으로 더 해주셔야 할 일들이 많습니다."

"아냐, 아냐. 이제 틀렸어……. 난 도쿄에 돌아가고 싶지만, 안 되겠지. 이 몸으로 여행은……."

산조가 다시 이렇게 말했다. 산조는 자신의 묘비를 세울 땅은 조선이라 말하고 다녔던 것을 이미 잊어버리고 있었다.

"그렇지는 않습니다……."

무로키는 이렇게 대답하며 야마모토 노인에게 눈짓을 하였다. 야마모토 노인은 그러자, 무언가 말하기 어렵다는 듯이 주저하다가, 결국 작심하고 벌벌 떨며 입을 열었다.

"가주님. 저기, 드릴 말씀이 있습니다……."

"무어냐?"

"……실은, 저기, 아가씨의 일로……."

"……."

"저기, 아가씨의 일인데……."

야마모토 노인은 산조의 귀에 들리지 않았을지 몰라 되풀이하여 말했다.

"……아가씨가, 뭐 어쨌다는 거냐. 한 번만 말해도 다 들린다."

산조는 갑자기 화가 난 듯이 노성을 내질렀다.

(1922. 10. 27)

현대좌 4

"……."

심약한 야마모토 노인은 산조가 별안간 노한 목소리를 내자 허둥 지둥했다.

"실은 말이죠, 사장님. 아가씨가 있는 곳을 알아냈습니다."

곁에서 무로키가 야마모토 노인을 대신해 말했다.

"뭐라? 사에코의 행방을 알아냈다고?"

산조는 상반신을 벌떡 일으키며 자신의 귀를 의심하듯이 말했다.

"네, 오늘 나온 신문을 통해 알았습니다."

"신문으로? 신문에 사에코의 소식이 적혀 있기라도 했단 말이냐!"

"어머나……."

기미도 옆에서 놀란 듯이 목소리를 높였다.

"아니, 그렇게 경악할 필요는 없으십니다. 아가씨의 신변은 안전하 다고 하니……."

무로키는 분명한 어조로 말했다.

"음, 그런가. 사에코의 용태가 확인되었다……. 그래, 그 신문을 빨 리 가져와라."

산조는 지금까지의 모습이 거짓말인 것처럼 활기를 띠었다.

"네, 가주님. 그 신문이 바로 이것이옵니다만, 제가 읽어드리겠습 니다."

야마모토 노인은 아직 불안한 듯한 태도를 보였다.

"됐다. 네가 굳이 읽어주지 않아도 돼. 내 쪽이 오히려 눈이 더 밝을 것이다."

산조는 낚아채듯이 야마모토 노인으로부터 신문을 들어 올렸다.

"어디냐, 야마모토. 기미, 안경 좀 가져다주게."

"그쪽의, 그……. 네, 그곳입니다."

야마모토 노인은 삼단으로 뺀, 커다란 활자가 박혀있는 곳을 손가락 끝으로 가리켰다.

"어디 보자. 좀 어둡구나. 기미야, 얼른 안경을 다오. 그리고 그 장지문 좀 열어두게……. 그래서 야마모토, 어디라고?"

"그, 여기입니다."

"뭐, 여기라고? 이건 그런 내용으로 보이지 않는데. 음……, 뭐라고? 50만 엔……? 현대좌……? 이건 대체 무슨 소리냐……."

"네, 그 부분이 맞습니다……."

"……스타는 부호 시로야마 산조 씨의 영애……. 이게? 야마모토……, 이게 맞지?"

"마, 맞습니다. 그게 확실합니다……."

야마모토 노인은 몇 번이고 산조의 머리맡에서 고개를 조아리며 송구한 표정을 지었다. 기미가 가지고 온 안경을 황급히 받아 쓴 산조는 가만히 그 신문 기사를 읽어 내려갔다.

"흠……, 흠……."

산조는 기사를 읽으며 가슴이 답답한 듯 신음 소리를 내었다. 산조의 그러한 신음 소리만이 다섯 평 남짓의 넓은 방을 떠돌았고, 나머지 사람들은 고개를 숙이고 있었다. 그들은 산조가 그 신문을 읽고 난 후에 찾아 올 폭풍우를 몹시 걱정했다. 하지만 여전히 신음 소리가 계속될 뿐, 예상했던 반응은 오랫동안 찾아오지 않았다.

산조가 양손으로 펼쳐 들고 있던 신문지가 펄럭, 하고 침상 근처의 다다미 위로 던져졌다. 남은 이들은 헉, 하고 놀랐다. 지금이라도 당장 폭군의 일갈이 떨어질 것 같은 불안감에 빠져있었다. 특히나 야마모토 노인은 자신이 당면한 일의 책임자처럼 느껴져 전율하였다.

하지만 그 예감은 아직 실현되지 않았다.

"하……."

돌연 큰 하품 소리 같은 것이 산조의 입에서 흘러나왔다.

"야마모토……, 넌 지금 바로 도쿄로 향하거라. 가서 사에코를 불러와……."

(1922. 10. 28)

(76)

현대좌 5

지금이라도 당장 폭풍우가 자신의 머리 위에 쏟아질 것 같은 두려움을 느끼고 있던 야마모토 노인은, 산조가 의외로 침착한 모습을 보이자 안심했다. 그렇게 도쿄에 가서 사에코를 불러오라는 사명을 부여받았다.

'하지만 이건 결코 쉬운 일이 아닐 것 같구나…….'

야마모토 노인은 속으로 이렇게 생각했다.

"사에코가, 여배우가 되었다고 하는 모양이더군……?"

산조는 침상 위에서 신음하며 말했다.

"그렇습니다……."

야마모토 노인은 방금 산조의 목소리가 생각보다 컸기에, 안도감이 거품처럼 사라지는 느낌을 받으며 두려워했다.

"시로야마의 식객이란, 대체 누구를 말하는 것이냐……?"

산조는 다시 굵은 목소리로 신음을 흘리며 물었다.

"네, 그것은……, 아무 근거도 없는 이야기입니다……."

"내가 내내 도쿄에 있을 때는, 사에코에 대한 것을 너희들에게 일임해 두었건만……."

산조가 힐문하듯이 말했다.

"이것 참, 확실히 일이 귀찮게 되었군!"

야마모토 노인은 곧 울음을 터트릴 것 같은 얼굴이 되었다.

"대체 도미이 하루오란 자식은 뭐 하는 놈이냐……. 야마모토, 자네는 알고 있는 것 같은데……?"

"아, 저는 아무래도 잘……, 모르는 일이라……."

야마모토 노인은 비참한 모습으로 고개를 숙였다.

"모르는 일이라고 하였다……? 그럴 리가 없을 터인데. 이렇게까지 자세히 적혀있는 사실을, 자네가 모를 것 같지 않은데."

산조는 심약한 야마모토 노인을 강하게 추궁했다. 노인의 이마에 땀이 송글송글 맺혔다.

"야마모토 씨, 어쨌든 빨리 아가씨를 만나러 도쿄에 가는 게 어떻습니까. 얼른 사장님께서 안심하실 수 있도록 하는 겁니다."

옆에 있던 무로키가 차마 두고 볼 수 없다는 듯이 입을 열었다.

"네, 그렇다면 지금 바로 향하도록 하겠습니다."

"그게 좋겠습니다. 사장님, 그럼 오늘 밤에 떠나게 하는 건 어떻습니까. 일각을 다투는 일이니 한시라도 빨리 보내는 게."

"음……, 빨리 다녀와 주게."

산조는 야마모토 노인을 추궁하던 기세가 무로키의 말에 꺾여버리자, 어쩔 수 없이 그렇게 말했다.

"네, 네. 지금 바로 준비하도록 하겠습니다."

야마모토 노인은 호랑이 굴에서 벗어난 것처럼 기뻐하며 허리를 몇 번이고 굽혔다.

"그럼 야마모토 씨, 얼른 방으로 가서 출장 준비를 하시지요."

무로키는 이렇게 말하고는 야마모토 노인을 재촉하여 내보냈다. 야마모토는 그렇게 방을 나갔다. 남겨진 세 사람은 잠시 침묵에 빠졌다. 그렇기는 하지만 산조는 마침내 사에코의 행방을 알아냈기에, 무언가 안심한 듯이 괜히 뱃속에서부터 쥐어 짜내는 듯한 신음소리는 내지 않게 되었다.

"무로키 군. 자식이 있으면, 편한 인생은 살 수 없구먼."

산조는 조용한 목소리로 마음속 깊이 느낀 듯이 이렇게 말했다.

"정말로 그렇지 말입니다……."

무로키도 동감이라는 듯이 장단을 맞췄다.

"……그래서 말이지, 무로키 군. 이번에 사에코가 돌아오게 되면, 그 녀석에게 완전히 가문을 잇게 하려고 하네. 나는 이제 은거할까 생각 중이야……. 그렇게 해서 조금 편해지고 싶어……."

산조는 의외의 말을 꺼냈다. 무로키도 예상하지 못한 듯, 멍해져서 곧바로 대답하지 못했다.

(1922. 10. 29)

(77)

현대좌 6

'과연, 그 대단한 사장님도 좀 쇠약해졌군.'

무로키는 이렇게 생각했다.

"네……, 그것도 괜찮겠지만, 먼저 아가씨와의 일이 잘 끝난 다음 이겠지요."

무로키는 단서를 달고 답했다. 산조는 이를 듣고 잠시간 생각에 잠겼다가, 다시 약한 목소리를 냈다.

"그것도 벌써 스물셋이나 됐으니, 나이 든 부모가 부탁한다면 잘 들어주겠지……."

"사장님, 아가씨는 앞으로 여배우라도 되어 일본의 극단에서 활약하고 싶은 모양입니다만. 어지간히 사장님께서 확고한 태도를 보이지 않으신다면, 역시 이전과 같은 소란이 반복되겠지요."

무로키는 이렇게 이야기했다. 하지만 산조는 말이 없었다.

"그래서 가문의 상속은, 아가씨가 돌아오시게 되면 바로 진행할 생각이신지요."

무로키는 약간 불안하다는 듯이 이렇게 말했다.

"음……."

산조가 다시 신음하듯이 말했다.

"사장님, 부디 잘 생각해주십시오. 회사 쪽도 현재 매우……."

무로키는 여기까지 말하고 문득 뭔가를 생각한 듯,

"……다망한 상태이오니……."

하고, 원래 생각했던 것과 다른 이야기를 하며 얼버무렸다. 자신이 밤낮으로 노심초사하며 전력을 다해 회사를 돌보고 있는 것이 왠지 바보같이 느껴졌다.

"이보게, 무로키 군. 사에코는 야마모토가 돌아가자고 하면, 순순히 돌아올까?"

산조는 방금 무로키의 말을 가볍게 받아들이곤, 자꾸 염려스러운 듯이 물었다.

"사장님께서 중병을 앓고 있다고 전해 들으신다면, 그야 돌아오시겠지요."

"그래, 그렇지? 그 아이에게 가문을 잇게 한다면, 더 이상 가출 같은 건 안 할 게야. 난 그렇게 생각하네, 무로키 군."

사에코에게 가문을 잇게 하는 것은 곧, 그녀의 발을 묶는 책략이기도 하다고 산조는 생각했다. 사에코가 가출한 뒤로부터 자식 사랑에 목마른 산조는, 만약 지금 사에코가 어떠한 모습으로라도 그저 자기 곁으로 돌아오기만 한다면 그것으로 족했다. 무로키는 이를 꿰뚫어 보고 있었다. 하지만 사에코가 지금 되돌아와서 이 가문을 자신의 손아귀에 넣게 된다면, 시로야마 합명회사의 운명은 이제 망하는 것 이외에 다른 미래가 없다고 생각했다. 그 상속이라는 것도 산조가 사에코를 사랑하는 마음에 맹목적으로 진행하려고 하는 것이나 다름없었다. 하지만 신인 여배우가 된 사에코와, 작은 잡화점의 일개 점원에서 시작해 천만 엔 이상의 거부가 된 산조의 사이라면, 분명 머지않아 다시 충돌할 것이 뻔했다. 무로키의 생각으로는, 외부의 적은 아직 건재한 부동산의 잠재력이 있기에 그렇게 걱정되지 않았다. 하지만 내부로부터의 동요는 무섭다. 사에코가 회사의 실권을 장악해버린 후, 아버지와 상반된 행보를 보이며 재차 아버지와의 인연을 끊어버린다면, 그때는 호랑이를 들판에 풀어놓는 것과 같은 셈이 된다. 시로야마 합명회사의 멸망은 그때부터 시작될 것이다. 무로키는 여기까지 생각이 미쳤다.

(1922. 10. 31)

문화의 여명(文化の曙) 1

음력 2월의 바람이 화창하게 불던 어느 날, 경성 거리에서 제일 눈에 잘 띄는 장소에,

민족문화 대강연회

(民族文化大講演會)

라고 하는 커다란 포스터가 빨간 라인으로 장식되어 붙어 있었다. 하늘색 혹은 백색의 두루마기를 입고 제모(制帽)를 쓴 학생들이나 검은 치마를 두른 여학생들이 그 포스터를 멈춰 서서 바라보고는 눈을 반짝였다. 포스터에는 강사 이름이 나란히 적혀 있었다. 그곳에는, 작년 준수한 성적으로 도쿄에 있는 대학을 졸업하고 현재 조선문화학회(朝鮮文化學會)의 리더를 맡고 있으며, 청년들의 존경을 한몸에 받는 안성식의 이름도 있었다. 잡지 『반도(半島)』의 주간으로 기골이 장대하며, 식객 삼천 명을 거느리고 있는 동양적 영웅의 풍모를 지닌 이병환[38]의 이름도 있었다. 다년간 미국, 프랑스 등을 방랑하며 구미의 문물을 연구해 온 박은석(朴殷錫)도 있었다. 즉, 당일 강연회에 출연하는 강사들은 조선 청년 지식인의 대표자임에 다름 없으며, 게다가 신문

---

38 앞에서 등장한 이 군이 바로 이 인물로, 본문에서는 동(東)병환으로 오기되어 있다.

화운동(新文化運動)을 이끌고 있는 선각자들이기도 했다.

많은 청년 남녀학생들은 그 포스터 앞에 서서 제각각 이 강연자에 대한 평을 했다. 그중에는 한 강사의 친구라고 칭하는 자도 있어서, 그 친구의 일상생활이나 박학다식함 같은 것을 득의양양하게 말하는 자도 있었다. 모여있는 사람들 사이에는, 볼품없는 상의와 정장 바지를 입은 삼십 전후의 조선인의 모습도 있었다. 그는 눈앞의 거대한 포스터를 냉소적인 눈으로 가만히 쳐다보고 있었다.

"하하하, 간사한 것들이 대체 무슨 일을 꾸미고 있는 건지. 우리를 이런 거대한 선전으로 놀라게 하여 속일 작정일 셈이군. 아무리 조선인이 머리가 나쁘다고 하더라도 이런 사기에 놀아날 줄 알아? 하하하."

그 남자는 방약무인하게 웃었다. 젊은 학생들은 일제히 그 꾀죄죄한 남자를 바라보았다.

"어처구니없는 너구리 같은 자들이야. 아니, 너구리도 아니지. 개야, 개. 이놈들은. 모두 개다. 하하하."

그렇게 그 남자는 질리지도 않고 매도해댔다. 학생들 사이에서 이십 세 전후로 보이는 긴 얼굴의 남자가 돌연 창백한 표정이 되어, 살기를 품고 성큼성큼 그 남자 곁으로 다가갔다.

"이봐, 당신 무슨 말을 하는 거야? 누가 개라는 말인가. 어디에 개가 있다고?"

그 학생이 이렇게 따지고 물었다. 그러자 그는 조롱하는 듯한 눈으로 학생을 바라보며 태연하게 말했다.

"뭐라, 어디에 개가 있냐고? 바로 여기에 있잖나."

그렇게 말하며 포스터에 강사의 이름이 적힌 부분을 손가락으로 가리켰다.

"뭐라고, 이게 개라고? 어째서 이들이 개란 말인가. 이중 그 누가 왜 그런 예의 없는 말을 들어야 한다는 거지?"

학생의 얼굴이 더욱 험악해졌다.

"하하하, 너희는 아직 철부지야. 대학을 나오고 서양에 갔다 왔다고 하면 그저 쉽게 훌륭한 사람이라고 생각해버리지. 이 자식들은 모두 개야. 하하하."

그 남자는 더욱 의기양양해져서 조소를 퍼부었다.

(1922. 11. 2)

(79)

문화의 여명 3

"분명한 증거도 있지."

이런 말까지 꺼내자 그에게 따지던 학생들도 멈칫하였다.

"뭐라고? 대체 무슨 증거냐."

학생은 이렇게 물을 수밖에 없었다.

"하하하, 그것도 모르고 이 내게 덤벼들다니 어이가 없군. 그러니 너희들은 철부지라고 하는 게다. 하하하."

그 남자는 완전히 득의양양해졌다.

"그 증거라고 하는 것은 대체 무엇이냐. 얼른 밝혀라!"

그 목소리는 앞에서 힐문하던 학생의 것이 아니었다. 뒤쪽의 학생 무리에서 나온 소리였다.

"흥, 얘기해 주마."

그 남자는 주머니에서 당시에 한 갑 2전에 파는 말덴 코스모스(マールデンコスモス)를 유유히 꺼내어 한 개비를 뽑았다. 그리고 다시 주머니에서 성냥을 찾았지만, 성냥은 아무 데도 없었다. 학생들은 그 남자의 방약무인한 태도에 질린 듯한 얼굴을 하고 묵묵히 이를 지켜보았다.

"어이, 너희들. 성냥 가진 사람은 없나?"

그 남자는 학생들을 향해 이렇게 물었다.

"성냥 같은 건 없다. 그것보다 빨리 말해 봐."

누군가가 이렇게 말했다. 처음 남자 앞에 다가섰던 학생이 주머니에서 성냥을 꺼내 그 남자에게 건넸다. 남자는 그것을 받아들곤 불을 켜서 담배에 붙이려 했지만, 바람에 금방 꺼져버렸다. 그래서 다시 불을 켰지만, 다시 꺼졌다. 그 남자가 손을 놀리는 모양이 너무나도 둔했기 때문이다. 학생들은 너도나도 킥킥거렸다. 겨우 담배에 불이 붙었는데, 남자는 그 성냥을 그대로 자신의 주머니에 넣어버렸다. 또 누군가가 웃음을 터트렸다.

"너희들은 이 안성식이라는 자를 잘 알고 있는가? 작년 일본에서 돌아온……."

남자는 대나무 파이프를 입 한쪽에 물고는 얄미운 면상을 입술 쪽으로 일그러트리며 말했다.

"알고 있지."

누군가가 대답했다.

"흥, 이름을 들어본 정도로 안다고 하면 누구나 다 알겠지. 하지만 이 남자의 여동생이 아주 오랫동안 일본인의 집에서 신세를 졌다는 사실을 아는 자는 있는가?"

남자가 이렇게 물었다. 하지만 아무도 몰랐는지 대답하는 이가 없었다.

"……이 사실은 아무도 몰랐겠지."

남자는 줄곧 득의양양한 표정을 보였다.

"그 부분이다. 이 안성식이란 자가 자신의 여동생을 일본인에게 보냈다. 일본인에게 자신의 여동생을 판 거야."

남자가 목소리를 높였다. 일동은 입을 다물었다.

"잘 들었는가. 그 여동생을 보낸 집안은 굉장한 자산가로, 조선에 있는 대부분의 큰 사업들을 한 손으로 쥐락펴락하고 있지. 물론 총독부와도 긴밀한 관계가 있고……."

이렇게 그곳에 있는 학생들을 교묘하게 선동하듯이 말했다. 학생들은 모두 침을 삼켰다.

"그런데 말이지. 그 여동생을 그냥 보내준 거라면 그럭저럭 괜찮겠지만, 여기에는 꽤 훌륭한 조건이 붙어 있었지. 그 안성식이란 남자는 상당히 합리적인 녀석이었으니. 하하하."

그 남자는 기분 나쁜 웃음을 흘렸다.

"무슨 조건이냐."

학생 중에 누군가가 나무라듯이 분개하며 말했다.

"무슨 조건……? 하하하, 그건 물론 알고 있지. 그런 건 설명할 필요도 없다."

그 남자는 이렇게 세상 물정 어두운 학생들의 모습을 비웃기라도 하는 듯한 어투로 말했다.

(1922. 11. 3)

(80)

문화의 여명 3
결호.[39]

(1922. 11. 4)

---

39 수상한 남자가 조선 학생들을 선동하는 장면이 묘사되었으리라 예상됨.

문화의 여명 4

상당한 시간이 흘렀다. 그날 밤의 출연 순서는 안성식이 끝에서 두 번째였다. 마지막은 박은석이 장식하기로 하였다. 박은석의 구미(歐美) 시찰에 대한 이야기가 꽤 인기를 끌기는 했지만 사실 그보다는 정열적인 달변가로 유명한 안성식이 더 청중의 주목의 대상이었다.

이병환(李秉煥)의 강연이라기보다는 연설에 가까운 우렁찬 목소리가 관람석 뒤쪽까지 울렸다. 격렬한 몸짓과 재치있는 해설, 가벼운 풍자가 젊은 사람들을 즐겁게 했다. 잠시 후, 이병환은 흥분한 얼굴로 강연자 대기실로 들어왔다. 안성식의 차례가 왔다. 그는 원고를 손에 들고 긴장감과 함께 대기실을 나섰다.

사회자가 소개를 위해 강단 앞으로 나오자, 안성식의 모습이 연단 위에 살짝 보였다. 그러자 청중들은 이미 소개가 끝나기도 전에 사회자의 말이 들리지 않을 정도로 환호성을 질렀다. 그리고 파도와 같이 박수를 보냈다.

사회자가 물러나고 안성식이 단상에 올랐다. 파도가 재차 밀려온 것처럼 다시 박수와 환호가 이어졌다. 휘파람을 부는 자도 있었고, 난간을 치는 자도 있었다. 이런 소리가 거대한 조화를 이루어, 마치 젊은 청년 지도자 안성식을 향한 찬미가처럼 느껴졌다.

"제군!"

청중의 환성이 줄어들기를 기다린 후, 장중하고 격한 목소리가 안성식의 큰 입에서 터져나왔다. 군중은 침을 삼켰다.

"지금 우리 조선 민족은 중세 시대에, 그리스를 본받아 옛 인습의 문을 열어젖히고 찬란하게 빛나는 인간성을 자각한, 축복과 같은 르네상스를 받아들이는 것을 목표로 하지 않으면 안 됩니다."

미성을 동반한 웅변이, 장내의 구석구석에 울렸다. 노도와 같은 찬사의 목소리와 박수가 이에 응하듯이 쏟아졌다. 그리고 다시 한 번 좌중이 진정되는 것을 기다렸다. 안성식은 숨을 크게 들이쉬자 사람들의 정열이 점점 가슴에 들이차는 것처럼 느껴졌다. 그와 동시에 다음에 준비한 구절을 이야기하려고 하는 순간, 한편에서 날카로운 목소리가 질풍과 같이 쏟아졌다.

"노, 노⋯⋯! 그 입 다물어라, 매국노!"

"무슨 소리를 하는 거야, 개! 꺼져라!"

안성식은 허를 찔린 듯이 말이 목에 걸렸다. 웬만한 야유와 반론에도 꿈쩍하지 않는 그였지만, 이렇게 열의를 다해 말하려고 하는 순간에 듣기에도 거북한 말들을 듣게 되자 심한 불쾌함과 모독감을 느꼈다. 그는 그 목소리가 터져 나온 곳을 분노한듯이 강하게 노려보았다.

"시끄럽다. 조용히 찌그러져 있어!"

"뭐 해, 얼른 끌어내!"

반대편에서 다시 여기에 대항하는 노성이 터졌다.

"질문 있소!"

한 학생이 이렇게 외치며 연단을 향해 뛰어들어가려고 했다.

"바보 같은 녀석, 조용히 해!"

"질문, 질문이라고!"

이렇게 야유가 터진 곳에서 그 학생을 응원하듯이 말했다.

"버릇없이, 지금은 그럴 때가 아니다!"

"쫓아 내버려!"

대여섯 걸음 떨어진 곳에 있던 한 관중이 그 학생에게 달려가 달라붙었다.

"개자식! 폭력을 쓰지 마!"

한쪽 무리가 일어섰다. 와, 하며 넓은 장내의 모든 사람이 일어섰다. 안성식은 매우 슬픈 얼굴을 하고 눈물을 흘리며 그저 단상에 멍하니 서 있었다.

(1922. 11. 5)

(82)

문화의 여명 5

기대를 받았던 민족문화 강연회는 혼란에 빠진 채, 임시 감찰을 나온 경찰관의 주의로 조용히 해산되었다. 강연회를 발기한 자의 얼굴에는 고민과 실망의 기색이 역력하였다.

예정보다 빨리 안성식과 이병환 등의 인물은 경성극장을 나왔다. 그들은 침묵이 유일한 방법인 것처럼 묵묵히 걸었다. 특히 안성식은 오늘 밤의 소란이 불가사의하여 마음이 진정되지 않았다. 그러한 비난이 왜 자신에게 퍼부어졌는지 매우 의문스러웠다. 그는 두말할 것 없이, 스스로에게 있어서 한 점 부끄러움은 없었다.

'매국노! 개! 그 얼마나 자신에 대한 꺼림칙한 모욕이었는가. 얼마나 모멸감을 느꼈던가?'

그는 입술을 깨물며 어둑어둑한 길을 걸었다. 그는 그렇게 더럽혀진 이름이 자신의 앞길에 놓인 운명을 어둠 속으로 끌어당기는 것 같은 느낌이 들었다. 조선 민족에 대한 자신의 헌신과 희생, 용기도 모두 그 일 때문에 사라진 것만 같았다. 그는 침묵을 지키며 다른 사람의 뒤를 따라 걸었다.

이병환과 박은석은 안성식의 그런 우울한 모습을 보니 마음이 아팠다. 그리고 그를 격려하기 위해 여러 위로의 말을 건넸다. 그렇지만 안성식에게는 전혀 위로가 되지 않았다.

"어딘가 좀 들려서, 술 한 잔 하지."

이렇게 이병환이 말을 꺼냈다. 하지만 안성식은 기분이 내키지 않았다.

"장부라면 언제나 세상의 품평을 받게 되지. 너무 신경쓰지 말고 한 잔 하세."

이병환이 재차 권유했다. 그래서 어쨌든 그 근처에서 차라도 한 잔 하기로 했다.

"오늘 밤 같은 일로, 안 군이 낙담하면 안 돼. 난 안 군이 좀 더 배포가 큰 줄 알았어."

한 조선음식점에 있는 별실에 자리한 후, 이병환이 이렇게 말했다.

"아니, 난 말이야. 오늘 밤에 있었던 직접적인 일에 대해서는 그렇게 낙담하지 않아. 하지만 그러한 일이 관중 사이에서 일어난 원인이 나를 고민에 빠지게 해."

안성식은 겨우 입을 떼었다.

"흠……."

이병환도 마음에 짚이는 것이 있는 듯 말했다.

"난 말이지. 그런 오해가 얼마나 피상적이고 품위 없는 것인가를 떠나서, 이 때문에 우리들의 순수한 운동이 저해되었다는 생각을 아무래도 떨칠 수가 없어."

안성식은 침통한 어조로 말한 후, 탄식을 했다.

"흠……."

이병환도 불안한 듯이 생각에 잠겼다.

"난 이제 결심했다네. 나는 단 하나 있는 여동생에 대한 사랑 때문에 희생양이 되었지만, 나는 미련 없이 그 희생을 감수하겠어. 하지만 자네, 나는 그 때문에 결코 내 문화 운동을 포기할 만큼 의지박약한 남자가 아니네."

안성식이 울 것 같은 표정으로 말했다.

"음……. 그런 결심을 했다면 우리도 마음이 든든하지. 그 소란이 얼토당토않은 망언이라는 것은 이제 와서 굳이 자네에게 설명할 필요도 없잖아. 선구자란 항상 어리석은 군중의 핍박을 받는 게지. 따라서 그런 일은 오히려 영광이야."

이병환은 흥분하며 이렇게 말했다. 안성식은 그로부터 얼마 후, 경성을 떠났다.

(1922. 11. 7)

(83)

순애(殉愛) 1

안성식이 경성을 떠난 그해 가을은, 긴이치 부부가 이제나저제나 수확을 기다리던 가을이었다.

차가운 바람이 조선반도 서쪽의 넓은 평야에 불어왔다. 참새 우는 소리가 완전히 마른 수풀 속으로부터 들려왔다. 읍내까지 솔잎을 등에 지고 나르는 산골 사람들이 몇 명이나 날마다 맨살을 드러내고는, 붉어가는 산기슭을 줄지어 걸어간다. 방목하여 기르는 당나귀가 싱싱한 풀이 그립다는 듯이 슬프게 울어대었다. 긴이치는 어쩐지 쓸쓸한 들판을 늘 입고 있던 카키색 작업복 차림으로 가만히 바라보고 있었다.

올해는 여름이 절반 정도 지나서 조선의 장마가 시작됐다. 매일 끊임 없이 비가 내렸다. 가끔 간신히 햇빛이 나서 근처의 땅이 밝아지려나 하면 곧바로 뒤따르듯이 가는 빗발이 내리쳤다. 긴이치 부부는 이를 지켜보면 앞이 깜깜해졌다. 그리고 일가족이 그 때문에 나락으로 떨어지는 것이 아닐까 생각했다. 꽃이 필 때는 참으로 아름답게 피었다. 복숭아와 배, 사과 같은 것들이 번갈아 가며 빨갛고 흰 꽃을 피웠다. 긴이치 부부는 그 모습을 바라보며 가족의 밝은 미래에 대한 꿈을 키웠다. 이제 여름에 과일이 열릴 시기가 되면, 성대한 수확을 할 수 있을 것이라 생각하며 열심히 일했다. 그때, 긴 우기가 찾아왔다. 그리고 벌써 60일 동안이나 태양은, 손톱만큼밖에 자라지 않은 푸른 열매 위에 따뜻한 볕을 내려주지 않았다. 그러는 동안 푸른 열매들은 모두 잿빛이 되었다. 폭풍우라도 들이닥치면 검게 변한 과일 알갱이가 황량한 땅바닥에 여기저기 떨어져 있었다. 긴이치는 그 모습을 발견하고는 그 알갱이보다 더 많은 눈물을 땅에 뿌렸다.

긴이치는 이미 절망의 심연에 빠졌다. 뼈를 깎고 살을 베는 3년간의 노력이 까닭도 없이 자연의 순리로 인해 무로 돌아갔다.

'우리 아이는 이렇게 조선의 황야에서 굶어 죽고 마는 것인가!'

긴이치는 목이 조여오는 심정이 되어 생각했다. 그는 이미 몇 개월을 이곳에서 몇 리나 떨어진 평양 시내에 가서 옷가지 같은 소지품을 전당포에 맡기며 생활을 이어오고 있었다. 하지만 이제 그런 생활도 계속할 수 없게 되었다. 조선반도 서쪽 지방에 결빙기가 시작을 알리는 겨울이 맹렬하게 다가오고 있었다. 그런데 세 가족은 지금 따뜻한 의복조차 준비하는 것이 힘들게 되었다. 혹여 굶어 죽지 않더라도 아마 동사하게 될 것이다.

사랑의 승리에 심취한 탓일까. 긴이치 부부는 그래서 만약 아사하거나 동사한다고 해도 후회는 없었다. 하지만 어떻게 해서라도 포기할 수 없었던 것은, 부부 사이에서 태어난 겐이치(健一)였다. 올해 벌써 네 살이 된 겐이치는, 부모의 사랑을 한 몸에 받으며 무럭무럭 자라났다. 자유로운 정열로 인해 맺어진 사랑하는 연인 사이에서 태어난 겐이치는 귀엽고 똑똑했다. 들판의 외딴집과 같은 이 조선의 시골에서, 장난감 하나 없이 조선 아이들과 한 데 어울려 뛰노는 겐이치의 모습을 바라보면, 부부는 참을 수 없이 즐거웠다. 하지만 최근에는 더 이상 그렇게 양육해나가는 것조차 힘들어지고 있었다. 바로 얼마 전에는, 처음으로 조밥을 지어 먹이려 했지만 한 입도 먹지 않고 울음을 터트렸다. 어머니는 겐이치를 품에 안고 울었다.

생각에 잠겨 있다가 문득 정신을 차리고 보니, 벌써 석양이 서쪽 하늘에서 어스름하게 빛났다. 겐이치는 그 빛을 한 몸에 받으며 옥엽의 제자인 강봉준의 손을 잡고 아장아장 그 주변을 돌아 다녔다. 석양도 그 모습을 보고 풍요로운 볼을 물들이며 사랑스러워하는 듯 보였다.

"아빠, 아빠."

겐이치는 크게 외쳤다. 강봉준은 긴이치의 얼굴을 보고 공손하게 인사를 했다.

"오, 겐이치인가……. 강 군, 잘 데려와 주었네."

긴이치는 근심으로 물든 얼굴에 애써 미소를 지어 보이며 이렇게 말했다.

(1922. 11. 8)

(84)

순애 2

"겐이치는 강 군과 정말 사이가 좋군⋯⋯."

두 사람이 앞에 다가오자 긴이치는 기뻐하며 말했다. 봉준은 겐이 치를 매우 귀여워했다. 긴이치는 그런 모습을 바라보는 것에 익숙해 져 있었다. 봉준은 마치 자신의 친동생처럼 겐이치를 잘 돌봐주었다.

"저렇게 괜찮은 아이를 겐이치가 본받을 수 있는 친구로 삼을 수 있다는 게 참 다행이군."

긴이치는 문득 겐이치가 가지고 있는 물건에 눈길이 갔다. 그것은 반쯤 남은 흰 조선 엿이었다. 긴이치 부부는 예전에 그것을 겐이치에 게 사 준 적이 있었다.

"오, 겐이치. 좋은 걸 가지고 있구나."

긴이치가 이를 바라보며 짐짓 놀란 척을 했다.

"그렇지?"

겐이치는 그것을 자랑스럽다는 듯이 아버지에게 보였다.

"응, 그건 참 좋은 것이구나. 누구한테 받았니?"

긴이치가 이렇게 물었다.

"에헴."

겐이치는 작은 손가락으로 봉준을 가리켜 보였다.

"허허, 강 군한테서 받았구나. 참 잘됐네."

이렇게 말하는 긴이치의 눈에는 살짝 눈물이 맺혔다. 가슴이 벅차

올랐다. 최근에는 이미 겐이치를 위해 비스킷을 살 용돈조차 마련하지 못하는 상황이었다. 오늘도 그곳으로 나오기 전,

"엄마, 과자⋯⋯."

하고 겐이치가 어머니를 조르고 있었다. 어머니는 눈물을 보였다. 그때 봉준이 근처에 있었다는 것을 긴이치는 이제야 눈치챘다. 봉준은 어린 마음에도 겐이치를 동정하여 자신이 부모에게 받은 동전으로 조선 엿을 사서 겐이치에게 준 것이었음을 짐작했다.

'어찌 이리도 아름다운 마음씨를 가진 아이란 말인가⋯⋯.'

긴이치는 이런 생각을 하지 않을 수 없었다.

'사랑이 전부다. 순수한 사랑 말이다. 의심과 편견, 질시와 같은 것도 전부 사랑으로 녹일 수 있을 것이다!'

긴이치는 넘쳐 흐르는 감격에 빠져 이렇게 생각했다.

아무것도 모르는 겐이치는 그 길고 흰 조선 엿을 끝에서부터 할짝할짝 핥았다. 둥글어진 끝에는 작은 이빨 자국이 나 있었다. 엿이 녹아서 침과 섞여 겐이치의 입술을 타고 두 갈래로 흘러내렸다. 그것이 석양빛을 받아 반짝반짝 빛났다. 긴이치는 그 모습을 언제까지나 바라보고 있었다.

"맛있지? 강 군이 참 잘 돌봐주는구나."

한참 후에 긴이치가, 총기 어린 눈빛으로 부자의 모습을 바라보고 있는 봉준에게 말했다. 봉준은 그 말을 듣고는 활짝 웃으며 긴이치를 올려다보았다.

"앞으로도 겐이치를 귀여워해 주었으면 좋겠어."

긴이치는 감상적인 목소리가 되어 말했다.

"나도, 선생님도, 언제 세상을 떠날지 모르니까 말이지. 네가 남은 겐이치를 잘 돌봐주었으면 해. 알겠니. 그렇게만 해준다면 나와 선생님은 네게 얼마나 감사할지……."

긴이치는 거기까지 말하고는 슬픔에 가슴이 미어져서 목소리가 나오지 않았다. 그리고 긴이치는 흙으로 더럽혀진 카키색 작업복의 소매로 얼굴을 훔쳤다. 그러자 봉준도 겐이치도 놀라서 긴이치를 바라보았다. 긴이치는 두 아이를 꼭 안았다. 석양이 반대편 평야 끝에서 떨어지고 있었다.

"여보, 겐 짱, 강 군……. 빨리 집으로 들어오세요……."

옥엽이 저 멀리에서 그렇게 말하며 다가왔다.

(1922. 11. 9)

(85)

순애 3

결호.[40]

(1922. 11. 10)

---

40 긴이치가 두 아이와 집으로 돌아오고, 최 씨가 방문하는 모습이 묘사되었으리라 추정됨.

순애 4

창문 밖으로 바람이 점점 세차게 불었다. 그리고 때때로 비가 온돌집 덧문을 내리치는 소리가 울렸다. 광야의 끝에 세워진 이 작은 집으로 바람이 끊임없이 몰아쳤다. 휘이잉, 하고 반대편 언덕 소나무에서 매서운 바람 소리가 들렸다. '겨울이 온다. 차가운 바람이 불어온다' 하고 마을 전체에서 그런 소리가 들려오는 듯했다. 그러는 사이, 귀뚜라미 우는 소리가 들려왔다. 원래 이런 쓸쓸한 가을밤이면 긴이치 부부는 분명 견딜 수 없이 불안한 마음이 되어 말없이 침묵하며 앉아있을 터이지만, 오늘 밤은 두 사람이 진심으로 친구라 생각하는 사람들이 손님으로 와 있기에 부부와 겐이치도 들떠있었다. 손님 방문은 이 집에서 꽤 오랫동안 없었던 일이기도 했다.

"자, 여러분. 식사하세요. 봉준이도, 최 선생님도, 이쪽으로 오시죠."

옥엽은 그곳으로 반상을 가져왔다. 항상 3인분을 준비했는데, 오늘 밤에는 5인분이 차려지니 작은 반상이 가득 차 보였다. 밥은 방금 최 씨가 좁쌀과 함께 가져다주었다. 명란젓과 삶은 배추가 반찬으로 곁들여졌다.

"손님께서 주신 선물로 만든 요리에요."

옥엽이 이렇게 말하며 웃음을 지었다.

"잠깐 기다려주기요……."

최 씨는 이렇게 말하고 그 토방 아래쪽에서 무언가를 뒤적이더니, 그을린 커다란 술병을 꺼냈다.

"어머, 최 선생님. 그건 뭔가요?"

옥엽이 눈길을 주었다.

"아뇨, 제가 사장님과 좀 한잔할까 생각했수다."

최 씨는 이렇게 말하고 실실 웃었다.

"제수씨, 번거롭지만 좀 데워주면 고맙겠구먼."

"정말로 참, 그런 것을……."

옥엽은 긴이치가 최근, 밤낚시도 그만둔 것을 알고 있었기에, 마음속으로 기뻤다.

"이건 뭐, 막걸리요."

최 씨는 이렇게 말하고 다시 걱정스레 물었다.

"사장님, 막걸리는 좀 하시우?"

"막걸리? 아, 아주 좋아하지."

긴이치는 이렇게 답했다. 그저 인사치레가 아니었다. 그는 평양에서 술을 사 가지고 돌아오지 못하게 되었을 때부터, 가끔 옥엽에게 근처의 주막에서 막걸리나 소주를 사다 달라고 부탁해서 그것으로 목을 축였다. 그는, 인간은 결핍된 것은 어떤 것이라도 존중하기 마련이라고 생각했다. 막걸리에 취미가 생긴 이후라, 오랜만에 맡는 막걸리 냄새가 긴이치의 몸에 스며들었다.

"오늘 밤은 참 고맙네."

긴이치는 진심으로 이렇게 말했다.

긴이치와 최 씨는 뜨겁게 데워진 막걸리를 잔에 부어 그것을 입으로 가져가기 시작했다. 두 사람은 매운 고춧가루를 뿌린 소금 간을 한 명란젓을 맛있게 집어 먹었다. 이를 옆에서 지켜보는 아이들도 조를 두어 노래진 밥을 먹었다. 옥엽은 다시 가슴이 벅차올랐다. 본인은 어떻게 생각하고 있을지 몰라도, 법학사라는 칭호를 가지고 있으며 더구나 수십만 원의 재산 상속을 받을 신분이었음에도, 조선의 농부에게 받은 막걸리를 마음속으로 기뻐하며 마시는 남편의 모습. 그녀는 그 모습이 존경받는 성자의 그것과 같이 보였다.

(1922. 11. 11)

(87)

순애 5

조선 서쪽의 평야에는 겨울이 빨리 찾아온다. 긴이치의 과수원은 그 넓은 면적에 심어진 나무들을 한 그루 한 그루, 방한 처리를 해야 했다. 하지만 긴이치에겐 역시나 이를 준비할 비용이 없었다. 혹시라도 그대로 놔두게 되면, 그때야말로 과수원 재배사업은 완전히 실패로 끝나게 될 것이다. 그리고 긴 세월을 가꾸어 온 과수원은 다시 원래의 황량한 대지로 돌아갈 것이다. 가을 수확에 실패를 해서 힘이 든 적은 있었지만, 이 정도로 곤란한 상황은 아니었다. 그는 아내와 얼굴을 맞대고 비통한 심정에 빠졌다.

추위는 점점 심해졌다. 먼 산에는 눈이 하얗게 쌓였다. 농가에는 벌써 김치를 담은 김장독이 늘어섰다. 그리고 들판에는 사람 그림자가 사라졌다. 세상 곳곳에 추위가 새겨지고 있었다. 긴이치 부부는 엄청나게 초조해졌다. 긴이치는 매일 황량한 들판에 나갔다. 그리고 얼어버린 땅을 바라보며 대지에 엎드려 울고 싶었다. 하지만 그는 그렇게 할 수도 없었다. 부부 사이에 탄식만이 흘렀다.

"전 다녀오리라 결심했어요."

어느 날 옥엽이 남편에게 이렇게 말했다.

"다녀온다니. 어딜 말이오?"

"경성에 다녀올게요."

"경성이라니, 형님이 계신 곳에?"

"네……."

긴이치는 말이 없었다. 형님인 안성식과 작별 인사를 나눈 지 벌써 삼 년이라는 시간이 흘렀다. 물론 형님은 동생 부부의 성공을 기대하고 있었을 터이다. 그런데 삼 년이 지나서 어떻게 다시 형님께 기댈 수 있겠는가. 이 난관을 헤쳐나갈 방법은 아무리 생각해도 아내의 말처럼 형님께 기대는 것 말고는 다른 방법이 없음을 잘 알고 있었다. 그럼에도 불구하고 자신의 입으로 아내에게 그 의견에 찬성한다는 말을 선뜻 할 수 없었다.

"이제 와 형님께 그런 말씀을 드리는 것도 좀 그렇지 않을까."

긴이치는 지금 염려하고 있는 것을 그대로 말했다. 말을 꺼낸 옥엽도 남편의 말을 듣고 나니 결심이 조금 무뎌지는 느낌이 들었다.

"하지만 말이죠. 이것으로 영원히 오라버니의 은혜를 갚지 못하게 되는 것보다는 나으니까요……. 분명 2~3년 안에 오라버니를 기쁘게 해드릴 소식이 생길 테니…….”

이렇게 남편의 의지를 바꿔볼 요량으로 말했다.

“음…….”

긴이치도 생각에 잠겼다. 옥엽이 다시 말했다.

“지금 이 상태에서 계속 방관한다면 오라버니의 호의도 모두 물거품이 되는걸요. 더구나 무엇보다도, 우리가 이대로 어떻게 겨울을 날 수 있을까요. 그런 생각이 들어서…….”

옥엽은 여기까지 말하고 목소리를 삼켰다.

“그러니까…….”

그녀가 다시 말을 이었다.

“부디 경성에 절 보내주세요. 오라버니에게는 정말 면목이 없지만, 겐이치가 잘 성장하고 있다는 소식도 있으니 분명 오라버니도 기뻐해 주실 거예요……. 전, 다녀올게요.”

가난에 지친 옥엽은, 한시라도 빨리 친오빠의 따뜻한 품에서 어리광을 부리고 싶었던 것일지도 모른다.

“그렇군…….”

긴이치도 조금 동의하는 마음이 들었다.

“그럼 한 번 가보는 게 좋을까……. 그래도 형님께 조금 송구하군 그래. …….”

이렇게 말은 했지만, 옥엽을 보낸다 해도 지금 상태로는 경성에 가는 편도 여비조차 마련하기 힘들 정도였다.

(1922. 11. 12)

순애 6

긴이치는 깊은 한숨을 쉬었다. 긴이치 일가는 이미 하루하루를 걱정할 정도로 가난했다. 흰쌀에 좁쌀을 6~7할 섞은 밥조차도 요즘에는 하루에 두 번만 먹어야 했다. 최근에야 겨우 겐이치가 조밥에 익숙해져서 맛있게 잘 먹게 되었는데, 이제는 그것조차 부족할 지경이었다. 예전 직원이었던 최 씨가 자주 이것저것을 가져다주었다. 그것이 지금 그들에게 있어서는 생활의 생명선과 같은 것이었다. 부부는 마음속으로 최 씨의 친절에 감사했다.

옥엽의 제자인 강봉준은, 부부와 겐이치에게 더욱 신경을 써주었다. 자신의 집도 가난한 농가일텐데 야채를 가져다주거나, 좁쌀이나 쌀을 가져오는가 하면, 겐이치에게 엿도 사다 주었다. 부부는 눈물로 그 기특한 마음을 기쁘게 받아들였다.

"강 군, 고맙구나……. 우리에게 너의 친절은 정말 잊을 수 없는 것이야. 언젠가 꼭 이 은혜를 갚도록 할게……."

옥엽은 이렇게 말하며 눈물을 보였다. 봉준은 그때 벌써 열두 살이 되어있었다. 국어는 결코 내지인에게 뒤지지 않았다. 작문도 훌륭했다. 아름다운 전원 풍경이나 농가의 생활 등을 기교 있는 문장으로 묘사하여 옥엽에게 보이곤 했다. 옥엽은 그 글을 정성스레 봐주었고, 글

---

41 88의 오기로 보임.

을 고쳐주거나 하였다.

봉준은 요즘, 긴이치로부터 수학과 영어를 배우기 시작했다. 그 학습 속도는 매우 빨랐다. 대수나 기하학 같은 꽤 어려운 관념들도, 봉준은 빠르게 이해했다.

"내가 중학교에 입학했을 때는 적어도 이 정도만큼은 해내지 못했어."

긴이치는 혀를 내둘렀다.

겐이치와 봉준은 부부가 어려운 삶의 와중에도 즐거울 수 있는 두 등불이었다. 그렇기는 하지만 그것이 가족의 생활을 지지해줄 수 있는 단서는 되지 않았다.

옥엽이 제안한 경성행은, 막다른 곳에 몰린 지금 상황을 타개할 단 하나의 길이었다. 하지만 이를 위해서는 어떻게 해서든 10원 정도의 돈이 필요했다. 지금 경제 사정으로는 엄두도 못낼 돈이었다. 긴이치는 아내의 말에 찬성은 했지만, 그 사실이 걸려서 곧바로 대답하지 못했다. 이 일을 굳이 아내에게 의논해봤자 소용없는 일이었다. 긴이치는 가만히 머리를 감싸고 골몰히 생각에 잠겼다. 그러자 옥엽도 고개를 숙이고 같이 생각에 잠겼다. 처마 밑에서 찬 기운을 맞으며 겐이치는 봉준과 놀고 있었다. 귀엽게 웃는 소리가 부부의 가슴에 날아와 꽂혔다.

문득 긴이치는 꿈에서 깬 듯이 고개를 들었다.

"그래, 그럼 당신이 다녀와 주게."

그가 결심한 듯이 말했다.

머리카락은 마치 까치집처럼 엉망이었고 수염도 덥수룩했다. 햇볕에 그을린 갈색 피부가 색이 바랜 카키색 옷과 슬프게도 잘 어울렸다. 유배를 당한 죄수와 같은 그 모습을, 옥엽은 가만히 바라보았다.

"네……. 하지만 그렇게 정했다고 해도, 역시 돈이 필요하겠죠……."

옥엽이 털어놓듯이 말했다.

"음, 그건 나도 생각 중이었어……. 그래서 대충 그 정도는 어떻게든 마련할 수 있다는 결론에 이르렀지."

"네……?"

옥엽은 자신의 귀를 의심했다.

"그 정도라면, 아마 괜찮을 거야."

긴이치가 다시 이렇게 말했다.

(1922. 11. 14)

(89)

순애 7

경성에서 이곳으로 돌아오는 여비는 오라버니에게 부탁드린다고 해도, 여기서 그쪽으로 가는 편도 여비가 필요했다. 하지만 현재 부부의 형편으로는 도저히 감당하기 힘들었다. 오라버니가 있는 곳으로 가보겠다고는 했지만, 이 부분에 생각이 미치자 옥엽은 가슴이 철렁했다. 그리고 암담한 마음으로 고민에 빠졌다. 남편도 그 부분을 염려

하고 있음이 틀림없다. 남편 역시 가만히 생각에 잠겨있었기 때문이다. 그런데 돌연, 남편이 생각지도 못한 말을 꺼냈다. 그 모습이 왠지 평상시와는 다르다고 옥엽은 생각했다. 남편의 어두운 안색이나 촉촉한 눈가를 살피던 찰나, 옥엽은 순간 묘한 예감에 빠져 생각지도 못하게 오싹한 느낌을 받았다. 마치 목덜미에 냉수를 끼얹은 것 같은 감각이었다. 그만큼 그 10원이라는 별 것 아닌 금액에도 이 가족은 벌벌 떨 정도로 가난에 허덕이고 있었다.

"무슨……?"

옥엽은 남편의 말에 되묻듯이 말했다.

"괜찮을 거 같다고. 내가 반드시 준비해 볼게. 걱정하지 않아도 돼."

남편은 확고한 자신이 있는 것처럼 말했다.

"……"

그 말투에서 그렇게 이상한 조짐이 보이진 않았기에 옥엽은 조금 안도했다.

"그렇군요……."

하지만 옥엽은 아직 마음속 깊이 신용하지는 못했다.

"뭐, 이것도 다 우리가 조밥 한 그릇조차 마련하기 쉬운 처지가 아니니, 당신이 걱정할 수밖에 없는 것도 당연해. 당신과 겐이치에게는 정말 면목이 없어."

긴이치가 온기가 하나도 없는 방에서 초연히 코를 훌쩍이며 말했다.

"어머, 당신. 그런 말은 하지 않으셔도……."

옥엽은 거듭 슬퍼졌다. 남편이 그 정도의 금액은 마련할 수 있다고 하는 말을 듣고 혹시 이 사람이 미치지 않았는가 하고 의심할 정도로, 지금은 피 흘리는 고통을 감내하는 생활을 하고 있기 때문이었다. 그러한 자신의 기색을 느끼고도 남편은 싫은 소리 하나 없이 오히려 자신과 겐이치를 위로하였다. 그건 모두 남편이 자신을 순애하고 있다는 엄밀한 증거였다. 자신은 그 순애를 위해서라면, 혹시라도 이 집에서 아사한다고 해도 후회하지 않을 것이다. 그녀는 이렇게 생각하며 뜨거운 감격의 눈물을 흘렸다.

"그럼 곧 떠날 준비를 하지."

긴이치가 이미 정해진 일이라는 듯 말했다.

"……그럼 그 여비를 당신은 어떻게 마련할 생각이세요?"

옥엽은 아직 불안했다.

"뭐, 괜찮아. 어떻게든 될 거라 생각해."

"……."

"분명 그 정도의 돈은 마련할 수 있어……. 어쩔 수 없는 일이니, 책을 팔 셈이야……."

"네? 책을 말이에요?"

"그래."

"이런 외진 곳이라 혹여 팔리지 않을지도 모르지만, 10원 정도라면 어떻게든 구할 수 있으리라 생각해."

(1922. 11. 15)

순애 8

옥엽은 책상 위에 정돈된 서양 서적을 가만히 바라보았다. 그리고 다시 시선을 남편 쪽으로 옮겼다. 그 책들은 입은 옷 말고는 아무것도 지니지 않고 가출한 긴이치가, 이곳에 와서 얼마 되지 않는 수입을 조금씩 아껴 경성의 마루젠(丸善)[42] 서점에서 주문한 것이었다. 열 권이 조금 안 되는 그 서적이야말로, 황량한 이곳에서 생활하는 데 둘도 없는 마음의 위안 같은 것이었다. 긴이치가 주경야독의 생활을 보낼 수 있는 유일한 친구였다. 긴이치에게는 아들인 겐이치 다음으로 소중한 보물이었다. 이를 알고 있는 아내는 매일 아침 청소할 때도 그 책들을 아주 소중하게 다루며 먼지를 털어주었다. 그 책들에는 남편의 혼이라도 담긴 것 같은 친근함이 배어있었다. 하지만 남편은 자신들을 생각하는 마음으로 그것을 팔려고 하는 것이다.

"하지만 당신, 그것만큼은 보전해두는 것이……. 아무리 그래도 ……."

"아니. 더 이상 그런 말을 할 때가 아니오. 그럴 때가 아니지."

긴이치가 말했다.

"하지만 그건, 너무나……."

옥엽은 또 눈물이 흐르려 했다. 그러한 아내의 애처로운 모습을 보

---

42 1869년에 창업하여 오늘날에 이르는 일본의 대형 서점.

자 긴이치는 자기도 모르는 새에 사랑스러운 마음이 넘쳐흐르는 것을 느꼈다.

'무슨 일이 있어도 이 모자를 위해서라면, 난관을 헤쳐 넘어 보이리라!'

이러한 용기가 그의 전신을 휘감는 것을 느꼈다.

"걱정하지 마. 언젠가는 이 넓은 평원에 대도서관을 세워 보일 테니까!"

긴이치는 엉겁결에 이렇게 소리쳤다.

"……."

아내는 별다른 말을 하지 않았지만, 그래도 남편의 자신 넘치는 말에 조금씩 밝은 기운을 되찾았다.

"그래서 그걸 가지고 갈 곳이라면……."

긴이치는 생각했다. 일본어 서적이라면 몰라도, 영문 서적 대여섯 권과 독문 서적 두세 권이 조선의 시골에서 돈이 될 수 있을까. 긴이치는 고민에 빠질 수밖에 없었다.

"곤란하군……."

긴이치는 다시 제2의 난관을 돌파해야 했다. 생각지도 않게 혼잣말로 중얼거렸다.

"……어쨌든, 평양까지는 가지고 가봐야겠어."

"그렇겠지요……."

이러한 일에 전혀 경험이 없는 옥엽은, 그저 남편의 판단에 맡길 수밖에 없었다.

"평양까지 나가면, 어떻게든 되겠지……."

긴이치는 다시 이렇게 말하며 가만히 그곳에 늘어서 있는, 금색으로 빛나는 제목이 새겨진 책들을 바라보았다. 어디선가 다듬이질을 하는 소리가 쓸쓸히 들려왔다. 타닥타닥, 하는 처량한 다듬이질 소리가 긴이치에게는 왠지 경이롭게 느껴졌다. 벌써 몇 년이나 이런 생활을 하며 익숙해진 긴이치이지만, 아직도 그 소리를 들으면, 자신이 먼 이국땅에서 방랑하고 있다는 사실을 실감할 수 있었다.

그는 문득, 도쿄의 다카기마치에서 혼고(本郷)에 있는 대학에 다닐 때, 매일 아침 전차 안에서 마주치던 귀여운 여학생의 모습이 떠올랐다. 벌써 몇 년이나 지났음에도 묘하게 실감이 날 정도로 그의 머릿속에 박혀있는 장면이었다.

갑자기 정신이 들었다. 여전히 타닥타닥, 하는 다듬이질 소리가 그의 귀에 맴돌았다. 그는 한 번 크게 숨을 몰아쉬었다.

(1922. 11. 16)

(91)

순애 9

결혼.[43]

(1922. 11. 17?)

(92)

순애 10

봉준의 그런 고마운 태도 앞에서, 그저 딱 잘라 종이봉투를 거절하는 것도 인정미 없는 노릇이었다. 부부는 평양에 가면 이에 대한 답례가 될 만한 것을 사서 보내기로 하고, 그것을 받기로 하였다. 봉준은 긴이치가 들고 있는 짐의 절반과 옥엽의 작은 짐꾸러미를 하나씩 자신의 등에 짊어졌다.

"어머나, 강 군. 그렇게 들어주면 너무 무겁지 않아요?"

옥엽은 걱정하듯이 강 군의 모습을 바라보았다.

"아뇨, 선생님. 이 정도는 저에게 아무것도 아니에요. 선생님, 전 이제 많이 컸으니 지게꾼[44]이라도 되어 선생님을 돌봐줄게요. 하하하."

---

43 92화의 내용을 미루어보아, 봉준이 없는 형편에 돈을 준비하여 긴이치 부부에게 건네는 부분이었으리라 추정됨.

44 원문에 치게쿤(ちげくん)이라고 병기되어 있다.

이런 농담을 하며 봉준은 걱정하는 옥엽을 안심시켰다.

"어머, 강 군. 말을 재미있게 하는군요."

옥엽 역시 그 말에 웃음을 터트렸다. 긴이치도 같이 따라 웃었다.

마을 밖으로 나오자, 시들어 버린 나무 뒤에서 최 씨가 소란스럽게 등장했다. 오래간만의 맑은 날씨로 초겨울 햇빛이 세상을 밝혔다. 맑은 날씨에 이끌리듯이 마을 사람들 몇 명이 산기슭 근처를 거닐고 있었다. 긴이치 일행처럼 짐을 지고 있거나, 낚은 물고기를 매달고 가는 이도 있었다. 그중에는 큰 대나무로 짠 삿갓을 쓴 자도 있었다. 하지만 긴이치와 같이 낡은 카키색 옷을 입고 아이를 데리고 가는 일행은 어디에도 없었다. 옥엽은 조선 옷을 입은 채로 짚신을 신고 있었다.

거의 날이 저물어서 평양에 도착했다. 옥엽은 매우 지쳐 있었다. 때문에 긴이치는 어느 국수 가게에 옥엽과 겐이치를 두고 혼자서 대로에 있는 고서점으로 가서 그 앞에 섰다. 그 가게는 별 볼 일 없는 강담집(講談本)이나 간행된 지 좀 된 신소설이 진열되어 있었다. 긴이치는, 자신이 관심을 가질만한 종류의 책은 도저히 찾을 수 없으리라 생각했다. 긴이치는 희미하게 실소를 머금었다.

그는 학창시절, 간다(神田)의 고서점에 자주 들려 발굴하듯이 책을 찾아 돌아다니던 일을 기억해냈다. 그는 때로는 고서적을 살 돈을 마련하기 위해 이미 읽은 책들을 팔곤 했다. 그 당시의 마음가짐을 떠올려보았다. 하지만 그때와 지금의 마음가짐은 전혀 다른 성질의 것이라는 사실을 그는 깨달았다. 그때는 독서가 그의 취미이자 놀이도구였다. 그것을 사고파는 것도, 취미의 측면에서 보자면 결국 같은 일이었다. 그는 어떤 고서점 앞에 설 때도 별다른 감흥은 없었다. 하지만 지금 이 작은 고서점 앞에 서 있는 그는 새삼 자신의 몰락을 의식하게 되었다. 그는 무의식중에 자신의 모습을 되돌아보았다. 카키색이 빠져 거의 흰색이 된 옷은 이미 실밥이 여기저기 튀어나와 있었다. 겨울이 다 됐는데 외투 한 벌 없었다. 게다가 지금 그 허름한 국수 가게 2층에서 자신을 걱정하며 돌아오는 것을 기다리는 처와 아들을 생각하니, 자신의 사명이 너무나 중대하게 느껴졌다. 그는 한편으로 가슴이 뛰었다. 그는 굴욕과 수치가 뒤얽힌 감정의 안쪽에 숨어있는 용기를 끌어내지 않으면 안 되었다. 긴이치는 책보따리를 안고 곧바로 그 좁은 고서점 안으로 들어갔다.

(1922. 11. 18)

(93)

순애 11

한쪽에는 옛날 잡지가 어수선하게 진열되어 있었다. 다른 한편에는 그나마 책장이 늘어서 있었다. 구석에 놓여 있어서인지 왠지 묘하게 습기 찬 냄새가 긴이치의 코끝을 찔렀다. 긴이치의 차림새는 완전히 농장 일꾼처럼 보였다.

"안녕하세요."

긴이치가 이렇게 인사를 했다. 올라가는 입구에 앉아 있는 주인 같은 자가, 긴이치의 얼굴을 가만히 바라보고 있었다. 긴이치는 살짝 겁에 질렸다.

"저기, 책을 좀 팔고 싶습니다만."

다시 긴이치가 말했다.

"음?"

그곳에 있는, 주인으로 보이는 사람이 잘못 들은 듯이 되물었다.

"저기, 책을 사 주지는 않습니까……?"

재차 긴이치가 물었다.

"뭐라고요……?"

주인은 긴이치의 풍모를 확인하고는 괴이하다는 표정을 지었다. 주인은 잠시 입을 다물고 있다가 또 물었다.

"어떤 책입니까?"

긴이치는 조금 안심했다.

"네, 이런 책입니다."

긴이치는 너무나 무거웠던 책들을 드디어 내려놓을 수 있게 되었다. 그리고 보자기를 풀어 주인에게 보였다.

"허허, 서양 서적이군요?"

주인은 다시 잠시간 그 책들을 살펴보다가 이렇게 말했다. 그리고 찬찬히 긴이치의 모습을 살폈다.

"네."

긴이치가 살짝 동요한 듯이 대답을 했다.

"여기선, 서양 서적은……."

이렇게 말하며 주인은 책에 손을 뻗으려고도 하지 않았다. 예상하지 못한 일도 아니었건만, 긴이치는 실망을 금할 수 없었다.

"얼마를 주셔도 상관없습니다만."

긴이치가 힘이 빠진 듯한 목소리를 냈다.

"음, 아무리 싼 가격이라도 이 근처에서 서양 서적은 취급하지 않을 거요."

주인은 이렇게 말하고는 그곳에 놓여있던 장부를 뒤적였다. 긴이치는 비참한 기분이 되어 멍하니 서 있었다.

"얼마를 주셔도 괜찮습니다만."

긴이치가 다시 같은 말을 되풀이했다. 하지만 주인은 미동도 하지 않았다.

긴이치의 마음에는 처와 아이의 모습이 처연하게 아른거렸다. 그리고 뭐라 형용할 수 없는 슬픔이 복받쳐 올랐다. 그는 자신이 고서점의 어두운 정원에 우두커니 서 있음을 거의 잊어버렸다. 마치 절망의 심연에 떨어진 것처럼 생각됐다.

"당신, 이 책들을 팔려고 하시는 겁니까?"

문득 정신을 차리자, 푹신해 보이는 낙타 가죽 외투를 입은 남자가 긴이치가 가지고 온 책 뒷면의 금색 수로 장식된 제목을 줄곧 바라보고 있었다.

"네……."

긴이치는 조금 놀란 얼굴로 그 사람의 행색을 살폈다. 오십 대는 되어 보이는 신사였다.

"파시는 거라면, 제가 사지요."

신사는 다시 이렇게 말했다.

"그게……."

그곳에는 주인도 있으니 긴이치는 어떻게 대답하는 게 좋을지 몰라서 일단 이렇게 말하고 다른 말은 덧붙이지 않았다.

"괜찮겠죠? 여기서 사는 것이니 이 서점에도 가격을 얼마 정도 지불해드리면……."

신사는 주인 쪽을 바라보며 말했다. 긴이치는 그 신사가 마치 자신의 혈연이라도 되는 것 같이 가까운 느낌을 받았다.

(1922. 11. 19)

(94)

순애 12

"얼마에 파시겠습니까?"

신사가 긴이치에게 물었다.

"아, 얼마든 괜찮습니다만……."

긴이치는 이렇게 말했지만, 이왕 팔 수 있다면 조금이라도 비싼 가격에 팔고 싶었다. 그것이 지금 그의 간절한 바람이었다.

"얼마라도 상관없다고 말씀하셔도 곤란하지요. 당신 쪽에서 말씀해주지 않으시면……."

신사는 이렇게 말하고는 재차 입을 열었다.

"책 한 권에 평균 얼마 정도가 괜찮을까요……. 3원 정도면 어떻습니까?"

"네, 그 가격이라면 괜찮습니다."

이렇게 긴이치가 답했다.

"모두 열한 권이군요. 그럼 33원이지요?"

신사가 이렇게 말하며 다음과 같이 덧붙였다.

"책을 사셨을 때는 아무리 그래도 그보다 더 나갔을 터이지만, 중고이니 조금 깎아주시지요."

이렇게 말하며 두꺼비 가죽으로 만든 지갑을 꺼내더니, 조선은행에서 발행한 10원권을 몇 장 꺼냈다.

"그럼 이걸로 지불하겠습니다."

이렇게 말하며 지폐를 건넸다. 네 장이었다. 긴이치는 약간 얼굴을 붉히고 이렇게 말했다.

"저, 거스름돈을 가지고 있지 않습니다만."

"그렇습니까……. 그렇다면 잔돈은 됐습니다."

신사가 이렇게 말했다.

"아닙니다. 그렇게는……, 그렇게 많이는 받을 수 없습니다. 그럼 이것으로 괜찮습니다."

긴이치는 이렇게 말하며 10원권 한 장을 돌려주려고 했다.

"아뇨, 그대로 두십시오. 이 책들을 사셨을 때의 가격은 그보다 더 비싸다는 걸 알고 있으니까요."

신사는 이렇게 말하며 1원짜리 지폐를 주인에게 내밀었다.

"서점 주인분에겐 이 정도로 괜찮을까요."

"아니, 뭐. 그야 당연히 좋지요."

주인이 역시 뭔가 겸연쩍은 듯이 말했다.

"그런데 당신, 역시 이곳에 거주하시는 겁니까?"

신사가 이렇게 말하며 그 책을 포개놓았다.

"곤란하군. 신문지나 그런 게 어디 없을까."

"부디 이 보자기를 가져가십시오."

신사의 말에 긴이치가 이렇게 말했다.

"신문지로 싸 드리죠."

주인이 1원의 답례를 하였다.

긴이치는 그 신사와 함께 고서점을 나왔다. 그는 마치 환생한 듯한 희열감에 사로잡혔다. 생각지도 못한 사람을 만나, 최근에는 만져보지도 못한 40원의 돈이 그의 품 안에 있는 것이다. 그는 40원의 은행권을 바탕으로 여러 가지를 상상해보았다. 아내가 안심하는 얼굴도 있었다. 겐이치의 더러워진 옷을 새것으로 갈아입혀 형님이 계신 곳으로 가는 모습도 있었다. 봉준의 기뻐하는 얼굴도 있었다. 그는 들뜬 마음으로 사랑스러운 이들이 초조하게 기다리고 있을 국수 가게 2층으로 향했다.

신사가 긴이치에게 말을 걸자, 그는 두세 마디 답을 하였다. 하지만 그의 영혼은 이미 국수 가게 2층에 있었다. 근처에 콘크리트로 된 멋진 건물이 있었다. 회사 사무실 같아 보였다. 신사는 긴이치와 그 앞까지 왔다.

"그럼 실례하겠소. 나는 여기에 있으니, 한가할 때 한 번 방문해주시죠."

신사는 긴이치에게 이렇게 말하고, 앞에 있는 건물의 돌계단을 올라 대문 안쪽으로 사라졌다. 긴이치는 정중하게 인사를 하였다. 긴이치의 다리는 이미 우주를 거닐고 있었다. 그런 망상에 몰두해 있는 자신의 모습을 문득 깨닫자 그는 자신의 가련한 처지에 눈물이 나왔다.

(1922. 11. 21)

(95)

붉은 빛(紅き爛) 1

가스 스토브가 붉은 빛을 발하며 타올랐다. 현란한 색의 단상 위에 놓인 소파에 도미이 하루오가 떡하니 드러누워 있었다. 그 바로 옆에는 사에코가 의자에 몸을 걸치고 있었다. 두 사람 모두 물이 오른 미모를 드러냈다. 숨 막힐 것 같은 향수와 분 냄새가 그 주변에서 진동하였다. 그 황홀한 모습에 어울리지 않게 두 사람의 사나운 눈초리가, 무언가에 저주받은 듯이 서로를 향해 물려 있었다. 남자는 궐련 연기를 짙은 보랏빛과 함께 뿜어냈다. 그 모습을 본 여자는 짜증 나고 귀찮다는 듯이 고개를 돌렸다. 그러자 남자는 매우 짓궂게도 다시 짙은 연기를 토했다.

"……그 정도의 일을 가지고, 당신은 내게 간섭하려고 하는군요."

지금까지의 적막을 깨끗이 사에코가 말을 꺼냈다.

"그 정도의 일로 치부할 게 아니라니깐……."

도미이는 불평을 늘어놓았다.

"그 정도의 일이에요……. 만약 그게 당신 말처럼 그런 일이라고 해도, 저는 예전부터 지금까지 당신과 결혼한 기억 따위는 없는 것으로 아는데요."

"결혼한 기억이라……."

"네."

사에코의 태도는 지극히 냉정했다. 도미이는 동요했다.

"물론 누군가는 그 인습적인 결혼이라는 제도의 형식을 따르겠지요. 하지만 저는 당신과 그 형식을 따르지 않았을 뿐이라는 걸, 당신이 굳이 설명하지 않아도 잘 알고 있습니다."

"형식뿐만이 아니죠. 실질적으로 그렇잖아요. 나는 누구에게도 그렇게 구속당하지 않을 셈이니까요."

"누구에게도 구속당하지 않는다……? 당신이 아무리 결혼이라는 형식을 따르지 않았다고 해도, 여자에게 정조라는 개념이 있다는 건 알고 있겠죠?"

"여자의 정조……? 호호호."

"뭐가 웃깁니까?"

"웃기죠. 게다가 당신에게는 어울리지 않는 말이야. 이제 와 당신이 그런 말을 꺼내다니. 아무리 여자의 정조를 중시하는 시대가 존재했다고 해도 당신 자신한테는 시대착오적인 말이잖아요."

"허, 거 참 재미있는 논법이군."

도미이가 조소하듯이 말하며, 후, 하고 궐련 연기를 천정에 뿜어냈다.

"네, 참 재미있죠."

사에코가 속이 빤히 들여다보인다는 표정으로 그 밉살스러운 도미이의 얼굴을 쩌려보았다.

"어째서 나 자신에게는 시대착오적인 겁니까?"

도미이가 그래도 조금은 기세에 밀린 듯이 말했다.

"그럼 하나 물어볼게요. 당신은 지난날을 돌이켜봤을 때, 여자에게 정조를 강요할 자신이 있나요?"

"하하하, 너무 정색하는구먼."

"무례하군요! 당신에게 그런 비꼬는 듯한 야유를 받을 이유는 없을 텐데요."

결국, 사에코가 폭발했다.

"아니, 별로 비꼬는 것은 아닌데."

여인의 기세에 도이미가 다시 움찔했다.

"비꼬는 거잖아요. 너무 정색한다던가 하는 말이 그렇지 않습니까. 난 이래 봬도 진지해요."

(1922. 11. 22)

96

붉은 빛 2

"저도 진지합니다. 진지하지 않으면 이런 대화를 계속하겠습니까?"

이렇게 도미이가 응수했다.

"당신, 정말 진지하다면 좀 일어나지 그래요? 엎드려 누워 얘기하면서 어떻게 진지하다고 말할 수 있나요."

사에코가 꾸짖듯이 말했다.

"시로야마 씨. 그런 지엽적인 얘기로 몰고 가는 건 비겁하지요. 고소에다(小副田)와의 일은 대체 어떻게 된 겁니까."

"고소에다가 어쨌는데요."

"어쨌다니, 지금 말하고 있지 않습니까. 동래온천(東萊溫泉)[45]에 관한 일 말입니다."

"내가 고소에다 씨랑 동래온천에 간 게 잘못 됐다는 거예요?"

"물론입니다."

"그래서 어쩌라는 말이죠?"

"……그러면 안 된다는 말입니다."

"그것뿐인가요? 그것뿐이라면, 그냥 당신이 안 된다고 생각하고 말면 되는 일이죠. 나는 나대로 된다고 생각하는 일을 하면 되는 거고요. 당신과 난, 서로 하고 싶은 일을 하는 것 이외에는 전혀 어떤 사이

---

45 부산시 동래구에 있는 온천.

도 아니니까……."

"어떤 사이도 아니다?"

"그래요."

"당신은 그런 말을 하고도 부끄럽지 않습니까?"

"도미이 씨. 당신은 대체 무슨 말을 하는 거죠. 당신은 나와 종래에 사회가 만든 제도인 부부 관계라도 맺었다고 착각하고 있는 건 아니겠지요? 나는 그런 자유롭지 않은 구속을 원해서 당신과 교제한 게 아니라고요. 그런 것쯤은 당신도 처음 시작할 때부터 잘 알고 있지 않았나요……?"

"하지만……."

"하지만 뭐요……? 호호호. 남자란 참 신기한 존재야. 타인이 자신과 같은 입장을 취하면, 결국 예전에 자신이 했던 말 같은 건 다 잊어버리고 타인이 자신의 행세를 못 하게 하다니. 이성적이지도 않고, 반성하지도 않는 태도로 마치 야수처럼 변해 버리는군요."

"야수라고?"

도미이가 분노했다.

"네, 야수이고 말고요. 지금 하는 태도가 이미 야수 같지 않아요? 그러고도 당신이 근대 지식인의 정서를 함양했다고 생각하나요?"

"좋아. 야수라고 하니, 야수처럼 해 주지!"

벌떡 일어난 도미이가 곧바로 자신의 손 근처에 있던 은제(銀製) 사자 장식 재떨이를 집어 들고, 느닷없이 사에코 앞으로 던졌다.

"어머나! 누군가 와줘!"

사에코가 이렇게 외치며 문 쪽으로 도망치려 하자, 그곳에 야마모토 노인이 놀란 표정으로 뛰어들어왔다.

"아이고, 이런. 진정, 진정하십시오."

도미이는 지쳤다는 듯이 원래 있던 소파에 털썩 쓰러져 앉았다. 지금이라도 뭔가 날아올 것 같은 분위기였기에, 야마모토 노인은 양손을 눈높이로 올려 틀어막고 엉거주춤한 자세로 방에 들어섰다.

"아이고, 도미이 씨. 그런 난폭한 짓을 하지 말고, 이야기를 잘 나누면 되지 않습니까."

야마모토 노인은 탄식을 한 뒤 다시 말을 이었다.

"……당신, 이제 아가씨는 시로야마 가문의 당주가 되었으니 매우 소중한 몸입니다. 당신이 혹시라도 폭력을 써서 조금이라도 상처를 입힌다면, 제가 큰 주인님을 뵐 면목이 없어집니다. 할복을 해야 할지도 몰라요……."

"하하하, 할아범. 아니, 할아범은 이제까지 말로는 몇 번이나 할복하지 않았는가. 어떤가, 배를 가르면. 피가 나와서 아프겠지?"

"도미이 씨. 당신, 그런 농담을 할 때가 아닙니다. 아가씨 말에 따르면, 종종 당신이 폭력을 쓴다지요. 아이고, 안타까워라……."

"안타깝다는 건, 저 사에코를 말하는 거요? 당신, 저건 말이오. 황금 똥을 갉아먹는 황금 벌레라오. 하하하."

(1922. 11. 23)

97

붉은 빛 3

"저기, 고소에다 씨. 난 이번만큼은 꼭 저 도미이를 쫓아내려고 마음먹었어. 아주 무례한 짓만 골라 한다니까. 이번에도 말이지, 내게 재떨이를 던지지 뭐야. 너무 난폭한 짓을 해서 문밖으로 도망쳐 나왔지. 그래서 그곳에 야마모토가 들어가 도미이에게 잔소리를 했어. 그런데 글쎄, 나를 황금 똥을 먹는 똥 벌레라고 욕을 퍼붓는 거 있지. 호호호. 뭐, 정말 무슨 말버릇인지. 그러니까 난 너무 열이 받아서……."

사에코는 그 말이 참으로 웃겨서 억지로 웃음을 참으며 말을 이었다.

"정말 참 그런 녀석도 없지. 그렇게 내게 신세를 져 놓고서는."

고소에다도 그 말이 웃긴지 그 잘생긴 얼굴에 미소를 띠었다.

고소에다는 17~8세 정도 되는 미소년이었다. 도쿄에서 현대좌를 만들 밑거름으로 현대 극협회 배우학교를 창립했을 때 1기생 모집에 지원하여 들어온 소년으로, 당시에는 와세다대학 예과의 학생이었다.

그곳은 경성에서 한 시간 정도 자동차로 달리면 도착할 수 있는 작은 온천장이었다. 남쪽에 있는 건물 2층의 네 평짜리 뒷방에는, 벌써 10월임에도 봄처럼 따뜻한 기운이 돌았다. 고요한 분위기 속에서 두 사람의 마음이 서로 어우러졌다. 도쿄의 제1회 공연을 시작으로 나고야(名古屋), 오사카(大阪), 히로시마(広島), 시모노세키(下関), 부산(釜山)을 거치며 현대좌는 대단히 인기를 끌었다. 경성에 도착했을 즈음에는 벌써 9월 하순이 다 되었다. 그때는 이미 시로야마 가의 실권이 사에코의 손에 들어가 있었다. 사에코는 경성에 들어온 이후 그 막대한 자금을 바탕으로 다양한 계획을 세워 마음껏 실행했다. 게다가 경성에서는 그녀의 연고지라는 관계에 힘입어 성대한 인기를 불러모았다. 3~4년 전에 미래좌가 경성에 방문했던 때를 기억하는 사람이라면, 이번 현대좌의 인기는 비교할 수 없을 정도로 대단한 것임을 알 수 있을 것이다. 그러한 풍문을 들은 사에코는, 아카시 하마코에게 설욕을 달성했다는 통쾌함에 활짝 웃음을 터트렸다. 하지만 그와 반대로 깊은 탄식을 토해내는 이도 있었다. 바로 시로야마 합자회사의 무로키 지배인이었다.

그녀는 가을 내내 지방 순회공연을 하였으니 경성에서 겨울을 날 계획을 세웠다. 그리고는 예전에 미래좌가 경비 문제로 무대감독인 무라야마 미즈카게와 아카시 하마코만 묵었던 여관에, 극단 전원을 숙박시켰다. 그런 호사가다운 처신에는 역시 사람들도 놀랄 수밖에 없었다.

승리 선언을 한 여왕은, 극단에서 마치 대리석으로 깎은 석상과도 같은 육체를 지닌 고소에다 이치로(小副田一郎)를 마음에 두고, 자신의 환락을 위한 희생양으로 삼았다. 처음에는 역시 사람 눈을 피해 바닷물이 따뜻한 부산에 있는 동래온천을 골랐다. 하지만 그녀는 이제 그런 것을 신경 쓸 정도로 약하지 않았다. 사에코는 햇볕이 잘 드는 객실에 더블 소파를 들여놓고 그 위에 몸을 누인 후, 옆에 이치로를 끼고 앉았다. 마치 뱀처럼 길게 몸을 꼬고 있는 사에코는 이치로의 무릎에 온천물로 따뜻하게 달궈진 부드러운 몸을 가만히 올려놓았다.

"저기, 고소에다 씨. 당신은 언제까지라도 이 극단에 있어 줘요. 내가 반드시 당신을 훌륭한 배우로 만들어 줄게요……. 난 말이죠. 당신을 위해서, 그리고 극단을 위해서, 이번에 엄청난 무대 감독을 초빙하려고 마음먹었어요. 그 도미이 같은 건 정말 지금까지 임시변통이었지. 당신, 누가 좋다고 생각해요? 당신이 추천하는 선생님을 제가 모실게요."

농염한 자태로 전신을 꼬며, 사에코는 이렇게 말했다.

"참, 일본인 선생님은 좀 그렇네……. 당신, 프랑스에 한 번 가보지 않을래요? 그게 좋겠어. 그쪽에서 유학을 해보는 건? 하지만 그곳엔 아름다운 여배우들이 많겠지. 바람피우면 안 돼요. 바람피우면 나, 정말 용서하지 않을 테니깐……."

그렇게 말하며 사에코는 자신의 몸을 뱀이 먹이를 휘감듯이 이치로의 몸에 포갰다.

(1922. 11. 25)

(98)

붉은 빛 4

사에코는 이미 주체할 수 없을 정도로 취했다. 어제 오후에 이 온천 여관에 이치로와 함께 당도하여, 오늘 아침부터 독한 양주를 따라 마시기 시작했다. 요리가 마음이 안 든다며 일부러 운전기사를 시켜 경성의 식당에서 요리를 해오도록 했다. 그녀는 거대한 식탁에 요리를 잔뜩 늘어놓고, 한쪽 무릎을 세워 앉고는 이치로와 하녀들에게 술을 따르게 하며 마셨다. 처음에는 이치로 등에게 어리광을 부리다가, 술기운이 돌면서 갑자기 큰소리로 꾸짖기도 하였다. 유순한 이치로는 묵묵히 사에코의 투정을 모두 받아주었다.

"고소에다 씨, 고소에다 씨도 참! 당신, 왜 그렇게 가만히 있어요. 좀 더 즐겨 보라고요. 뭐에요? 그렇게 여자처럼 얌전하기만 하고……. 호호호, 이렇게, 도미이처럼 해보라니까요."

사에코는 아름답게 혈색이 도는 긴 허벅지로, 옆에 있던 이치로의 손을 잡고 거칠게 당겼다. 이치로는 엉거주춤한 자세로 강한 사에코의 힘에 당겨져 질질 끌려갔다.

"호호호, 당신은 참 약하군요. 호호호."

사에코는 그 남자의 유약함에 마음속으로 쾌감을 느끼며 자신의 곁으로 끌어 당겨진 남자의 얼굴을 죽 바라보았다.

"어머, 당신은 정말 미소년이에요. 나, 완전히 반해 버렸어!"

옆에 하녀들이 있는 것도 잊어버린 듯이 사에코가 이렇게 말하며 농염한 눈빛으로 넋을 놓고 바라보았다. 그리고 남자의 몸을 더욱 자기 쪽으로 끌어당겼다. 남자는 상반신을 비틀거리며 한쪽 손으로 다다미를 짚었다.

"호호호, 당신 정말로 약하잖아. 이렇게 약하다니 너무 싫다. 남자는 강한 것이 좋아. 응, 강해야지. 의연하게 탄력 있는 남자가 난 좋더라. 그러니까 그 도미이한테 반해 버린 거지. 정말이지, 그 남자는 그야말로 탄력 있는 몸을 지녔어. 남자는 그렇지 않으면……."

이를 들은 이치로는 애처로울 정도로 불쾌한 얼굴이 되었다. 그리고 뾰로통한 표정을 지었다. 하녀들이 가엾다는 듯이 이치로를 몰래 쳐다보았다.

"어머, 당신. 화났어요? 나, 그렇게 화내는 모습이 좋아요. 왜냐면, 너무 귀여운 얼굴로 화내거든요. ……그래도 좀 건방지네. 당신, 나한테 어떤 자격으로 화를 낼 수가 있어요? 내가 당신을 상당히 돌봐주고 있지 않나요? 당신이 학교에 지원했을 때를 생각해봐요. 때가 묻어 꼬질꼬질해진 목면 옷을 입고, 나막신 끈이 끊어진 것을 수선해 신고 있는 완전히 볼품없는 모습이었죠. 그런데 지금은 어때요. 귀족 같은 옷을 입고 금시계에, 백금으로 된 장신구를 둘렀으니. 당신을 자유롭지 않게 매둔 것도 아니고. 그런데, 그런데 왜 당신은 이렇게 화를 내는 거야. 왜……, 고소에다 씨……."

사에코는 히스테릭한 모습으로 울음은 터트렸다. 그러자 지금까지 화난 채로 반대편을 쳐다보고 있던 이치로가 놀라 사에코를 돌아보았다.

"그래. 나도 좋아. 죽지 뭐. 나 죽어버릴 거야……."

사에코는 격렬한 말을 토해내며 갑자기 일어나 복도 쪽으로 달려나갔다.

"선생님, 선생님. 제가 잘못했습니다……."

이치로는 당황하여 뒤를 쫓으며 떨리는 목소리로 말했다. 하녀들도 참 바보 같다는 표정을 지었지만 어쨌든 뒤를 쫓아갔다.

(1922. 11. 26)

붉은 빛 5

"아니, 이제 됐어. 됐다니깐. 난 당신과 같은 사람, 완전히 싫어졌어."

사에코는 이치로가 눈물을 뚝뚝 흘리며 여관의 넓은 정원 구석에서 자신의 소매를 부여잡고 애원하는 것을 무시하며 다시 또 그 모양으로 소리쳤다.

"선생님, 제가 정말 잘못했으니까 부디 화를 풀어주세요. 앞으로 절대 선생님께 실례되는 행위는 하지 않도록 하겠습니다. 용서해주세요."

"아뇨. 이제 당신이 무슨 말로 내게 사과를 해도 안 풀릴 거에요. 나는 당신 같은 패기 없는 사람이 제일 싫어."

사에코는 나른해져 마른 잔디에 쓰러지듯이 엉덩방아를 찧었다.

"선생님, 어디 편찮으신가요. 물을 가져다 드릴 게요. 저기요, 선생님. 괜찮으세요?"

이치로는 술 냄새가 진동하는 얼굴 근처에 자신의 얼굴을 갖다 대며 이렇게 물었다. 사에코는 머리를 축 늘어트리고 마른 잔디에 누웠다.

"……난 말이죠. 긴이치 씨라는, 평생 죽을 때까지 잊을 수 없는 사람이 있어요……. 그런데 그 사람이요. 참 박정한 사람이었죠. 진짜 박정한 사람……. 그래서 내가요……."

여기까지 말했을 때 이미 사에코는 눈물을 흘리고 있었다.

"……하지만, 하지만 그건 아버지 잘못이니까요. 아버지 때문이었으니까……."

술에 취한 사에코는 완전히 늘어져서 미동도 없이 멍한 표정을 지었다. 그러자 하녀들이 당황한 듯 당황하지 않은 듯 그 근처에 있다가, 그럼에도 자신의 역할인 양 부리나케 다가왔다.

"어머, 어떻게 이런 곳에……."

하녀는 이렇게 말했다.

"당신, 부축해서 저쪽으로 옮겨주세요……."

다른 하녀가 사에코의 옆에 다가와 말했다.

"자, 저쪽으로 옮겨요. 이런 곳에 쓰러지시다니, 불쌍하셔라."

하녀가 옆으로 쓰러진 사에코의 몸을 만지자 손에 비단옷을 통해 부드러운 감촉이 느껴졌다.

그곳에 또 다른 하녀가 다가왔다. 미간에 성가시다는 듯이 주름을 모으고는, 앞에 와 있는 친구와 얼굴을 마주보며 냉소를 띠었다.

"어머나……. 어떻게 된 일인가요."

그 하녀는 이렇게 말하며 사에코의 모습을 가만히 바라보았다.

"아이 짱, 저쪽으로 데려가 주세요."

이렇게 말하고는 웅크리고 앉아 사에코의 겨드랑이 쪽에 손을 넣자, 사에코는 귀찮다는 듯이 몸을 틀었다.

"그냥 내버려 두세요……. 어쨌든 긴이치 씨, 당신은 왜 그렇게 박정한 사람일까요. 네? 왜 그렇게 제가 싫어진 건가요? 자, 괜찮으니 마음 쓰지 말고 말해 주세요. 네? 긴이치 씨……."

그녀가 이렇게 중얼거렸다.

"자, 나도 거들 테니까, 당신이 모시고 들어가 주세요."

이렇게 하녀 중 한 명이 말했다.

(1922. 11. 28)

(100)

붉은 빛 6

저녁이 되도록 사에코는 온천장의 바닥에서 숙면을 취했다. 그리고 악몽에서 깬 듯이 벌떡 일어나 술 때문에 파랗게 질린 얼굴을 하고 욕탕으로 들어갔다. 이치로가 옆에 있었지만 아무 말도 하지 않았다.

욕탕에는 따뜻한 물이 욕조에 넘쳐 흐르고 있었다. 그녀는 풍만하게 발달한 육체를, 찰랑찰랑한 온천물에 가만히 담갔다. 그리고 크게 한숨을 쉬었다. 잠시 눈을 감았다가 번쩍 뜨니, 그곳에 달린 색 유리 창으로 석양이 나무의 그림자를 그리며 비쳤다. 그림자가 소리도 없이 가만히 흔들렸다.

정신이 들긴 했지만, 아직 술기운이 약간 남은 채로 애상에 잠긴 사에코는, 그 석양에 비치는 그림자를 바라보았다. 뭐라 말할 수 없는 외로움이 그녀의 영혼에 깃들었다. 뭐라 말할 수 없는 의지할 곳 없는 감정이 자신의 근처에 맴돌았다. 그리고 이유 없이 나온 눈물이 언제부터였는지 그녀의 볼을 타고 뜨겁게 흘렀다.

그녀는 많은 극단원을 자신의 손에 거느리고, 멸시, 조소, 질투, 함정 등이 소용돌이치는 저주받은 사회 속에서 이를 악물고 돌파해 왔던 자신을 되돌아보았다. 인기, 그것은 마치 가느다란 줄 위를 위태위태하게 건너는 상황과 조금도 다를 게 없었다. 자신의 전 재산이 단 한 푼도 없이 바닥났을 때가, 그때가 바로 자신의 인기도 끝날 시기라는 것을 그녀는 알고 있었다. 그런 생각을 하니 앞으로 어떻게 이 극단의 인기를 유지하고, 현대 극협회의 사업을 계속 진행할 수 있을지 고민에 빠졌다. 그녀는 문득 생각했다.

"미안해……."

"도미이 씨에게 미안해……."

도미이에게는 지금까지 많은 돈을 썼다. 하지만 한편으로는 지금까지 모든 일을 진두지휘하여 온 것도 그였다. 재정적 경험이나 선전 방침의 수완에 대해서는 악마적 재능을 겸비한 그를 도저히 따라갈 수 없었다. 만약 그의 경험이 빈약했더라도, 선천적인 재능으로 충분히 이끌어 나갈 수 있었을 것이다. 앞으로 능력 있는 무대감독을 초빙한다고 해도 도미이는 이 극단에 필요한 매니저라고 사에코는 생각했다. 어쨌든 여기까지 해 온 건 도미이의 힘이 컸다고도 할 수 있었다.

"정말 도미이 씨한테 면목이 없어……."

사에코는 마음속 깊이 느낀 듯이 말했다.

"……이따가 심부름꾼을 보내서 이쪽으로 부를까."

그녀는 멍하니 색 유리창에 비치는 붉은 석양의 그림자를 바라보면서, 새삼 마음 둘 곳 없는 자신의 마음이 몸을 엄습하는 것을 느꼈다. 그리고 정신도 마음도 어딘가 강인하고, 단단한 힘을 가진 도미이가 그리워졌다.

"그래, 바로 도미이 씨를 부르자……."

사에코는 욕조에서 나와 물이 뚝뚝 떨어지는 몸에 두꺼운 프란넬로 된 가운을 휘감았다. 그리고 거울 앞에 섰다. 욕탕을 나와 복도 쪽으로 걸어갔다. 해는 완전히 기울었다. 어딘가에서 까마귀 우는 소리가 들렸다. 방에 돌아오니 불이 켜져 있었다. 그곳에 이치로가 멍하니 앉아있었다. 사에코를 보자 살짝 고개를 숙였다.

"고소에다 씨?"

"네."

"당신, 경성에 좀 다녀와 줘요."

"네……?"

"내 편지를 가지고, 도미이 씨에게……."

"네……?"

"그리고 당신은, 2~3일 뒤에 다시 이쪽으로 와 주세요."

(1922. 11. 29)

(101)

의절(義絶) 1

벌써 몸이 시릴 정도의 추위를 동반한 바람이 불어올 때임에도, 긴이치는 평양역에서 처인 옥엽이 경성에서 돌아오는 것을 기다리고 있었다.

평야의 한복판에 세워진 이 역사에, 바람은 용서 없이 거친 소리를 내며 불어왔다. 기차가 도착할 시간이 다가오자, 북쪽으로 향하는 승객들이 줄줄이 플랫폼으로 향했다. 모두 추운 표정들을 하고 있었다. 멜턴[46]으로 짠 외투를 입은 사람과 인버네스를 입은 사람이 종종걸음으로 반대편 플랫폼과 연결된 육교를 올랐다. 늘 입고 있던 카키색 옷을 고수하는 긴이치도 그 사람들의 뒤를 따라 육교를 올랐다.

플랫폼에 나오니 바람이 한층 거세졌다. 측풍이 모래 먼지와 함께 날아들었다.

기차가 도착하자, 쫓겨나듯 사람들이 우르르 내렸다. 하지만 긴이치가 찾는 그의 부인은 어디에도 없었다.

"분명 이 기차일 텐데."

긴이치는 플랫폼을 이리저리 돌아보았다. 부인과 닮은 백의를 입은 조선인 여자가 몇 명이나 있었다. 겐이치와 비슷한 또래의 아이를 데리고 있는 여자도 있었다. 하지만 옥엽의 모습은 아직 보이지 않았다.

"이 기차를 탄 게 아닌가?"

이런 생각이 든 긴이치는 실망과 함께 터덜터덜 발걸음을 돌렸다. 브릿지 쪽으로 발걸음을 향하자 기차는 그곳에서 급수를 하려는 것인지 기관차가 열차와 떨어져서 칙칙폭폭 하는 소리와 함께 반대편

---

46 방모사(紡毛絲)로 짠 모직물.

으로 사라졌다. 그것을 긴이치는 멍한 얼굴로 바라보았다.

"여보, 여보."

뒤에서 누군가를 부르는 소리가 들렸다. 뒤를 돌아보자, 옥엽이 있었다.

"오!"

긴이치는 발길을 돌려 다가갔다. 옥엽은 겐이치를 업고 종종걸음으로 남편 앞으로 다가왔다.

"당신 얼굴이 보이지 않아서 이 기차가 아니구나 하고 생각했지 뭐야……."

"아, 저 말이죠. 잠깐 현기증이 나서……, 그래서 좀 늦었어요."

"그건 안 될 말이지. 겐이치를 이리 건네주오."

긴이치가 말했다.

"겐이치, 잘 돌아왔구나. 외숙부와 만날 수 있어서 참 좋았겠구나 ……."

이렇게 말하며 눈을 가늘게 뜬 겐이치를 뒤에서부터 안아 들었다.

"그게, 그 외숙부가 말이죠……."

옥엽이 아연한 듯이 말했다.

"음? 외숙부가 어떻게 되었는데."

긴이치가 흠칫하며 말했다.

"네, 지금 경성에 안 계시는 것 같아요……."

"뭐라고? 안 계신다고……."

"네, 그래요. 저도 많이 실망했어요……."

"음……."

긴이치는 걱정스럽다는 듯이 중얼거렸다.

"그래서 어디에 있다 온 거요."

"그게 말이죠. 잠시 뒤에 제가 차분히 말씀드릴게요. 아직 현기증이 가시지 않아서."

바람이 한차례 불어오며 세 사람의 볼을 강하게 스쳤다. 잔혹한 계모의 손바닥처럼, 모래바람이 소용돌이치며 그곳에 서 있는 사람들 쪽으로 강하게 불어닥쳤다. 이를 몸으로 받아낸 부부는 슬픈 마음에 바람 소리가 마치 누군가 흐느끼는 것처럼 느껴졌다. 플랫폼에는 이미 사람 그림자를 찾아볼 수 없었다.

(1922. 11. 30)

(102)

의절 2

긴이치 부부는 그날 밤, 평양에 있는 저렴한 조선인 여관에 묵기로 하였다. 역을 나서니 바람이 한층 더 강하게 불어왔다.

옥엽은 바람에 날아갈 것만 같았다. 아버지와 만난 겐이치는 긴이치에게 안겼을 때만 해도,

"아빠, 아빠."

하고 기뻐했지만, 역 앞 광장에 나오자마자 추위에 떨며 울었다.

"벌써부터 추위를 타면 곤란한데."

긴이치도 이렇게 말하며 난색을 표했다. 역 앞에서 대로를 통해 두세 거리를 지나자, 왼편에 골목길이 나왔다. 그 골목에는 가끔 사람이 드문드문 보일 뿐으로 조선인 가옥이 쭉 이어져 있었다. 어느 집도 벌써 잠이 든 듯이 보였다.

긴이치 부부는 그 골목을 걸어들어갔다. 겐이치가 끊임없이 울어 댔다.

"자, 착하지. 금방 따뜻한 곳으로 들어갈 거야."

긴이치가 달래듯이 말했다.

"도시락을 팔고 있는 가게가 없을까요. 지금까지 갖고 온 과자만 먹었으니, 배가 고픈 것이겠죠……."

옥엽은 옆에서 걸으며 그에게 이렇게 말했다.

"그런가. 그것 참 가엾군. 좋아, 금방 맛있는 밥을 사 주마."

긴이치가 다시 이렇게 겐이치에게 말을 걸었다. 하지만 언제부터인지 그의 얼굴이 뜨겁게 달아오르고 있는 것을 느꼈다.

"맛있는 밥을 사 줄게……."

이렇게 말하는 자신의 품이나, 옥엽의 품에 있는 것을 전부 합해 보아도 아마 얼마 안 되는 돈일 것이다. 언제까지 그 '맛있는 밥'을 이 귀여운 아이에게 먹일 수 있을까. 긴이치는 생각에 잠겼다. 옥엽이 살짝 말했던 것처럼, 혹시 형님이 경성에 안 계신다고 한다면 이제 기댈 곳이 완전히 사라져버린 것이다. 이제는 과수원의 황량한 토지를 어떻게 할 것인지 생각할 단계가 지났다. 세 명의 가족에게 시시각각 다가올 굶주림이 문제였다. 긴이치는 생각이 여기까지 미치자, 자신의 다리가 점점 풀려가는 것을 느꼈다.

겐이치는 아직도 울음을 그치지 않았다.

"엄마, 엄마……."

이렇게 뒤에서 터벅터벅 걸어오는 옥엽 쪽으로 몸을 비틀며 울어 재꼈다. 그 소리를 들은 옥엽은 가슴이 미어졌다.

"겐 짱, 조금만 참아. 엄마는 속이 좀 안 좋아요. 엄마도 곧 여기서 쓰러질 것 같아……."

그녀가 이렇게 말했다. 부부는 벌써 갈림길을 다섯 번이나 지났다. 그러자 그곳에 조선 가옥이 죽 늘어선 것이 보였다. 지붕이 낮은 한 집에 '보행객주(步行客主)'라고 하는 여관 간판이 어두운 밤길에도 선명히 보였다. 그 근처에는 시든 버드나무가 병든 사람처럼 여기저기 늘어서 있었다. 그 그늘 아래에 여관이 있었다.

긴이치는 예전에 한 번 머문 적이 있었기에 그곳을 향해 걸어갔다.

한 건물의 대문을 똑똑, 하고 두드렸다. 하지만 문은 열리지 않았다. 물러나지 않고 다시 한 번 세게 두드렸다. 그러자 안에서 사람의 목소리가 들렸다. 그리고 곧 문이 열렸다. 부부는 어스름한 램프 불빛이 보이자 마음이 놓였다.

(1922. 12. 1)

의절 3

세 사람은 좁고 뜨뜻미지근한 온돌방으로 안내를 받았다. 그 방에는 먼저 들어온 한 사람이 이불을 뒤집어쓰고 자고 있었다. 옥엽은 놀라서 안에 들어가는 것을 주저하다가, 그래도 남편이 있으니 안으로 따라 들어갔다. 겐이치가 다시 울음을 터트렸기에, 먼저 자고 있던 남자도 놀라서 깨었다.

"누구요⋯⋯?"

남자가 이렇게 말했다.

"죄송합니다. 늦게 들어오게 되어서⋯⋯."

긴이치가 조선어로 말했다.

"손님인가?"

이렇게 말하곤, 그 남자는 다시 얇은 이불 속으로 들어갔다.

"자, 이제 울면 안 돼요. 네가 울면 저 아저씨가 잠을 못 자니까, 울면 안 돼요."

긴이치가 겐이치에게 말했다. 옥엽은 여독과 현기증으로 몸이 힘들었기에 아무 말도 하지 않았다.

이제는 저녁밥이 떨어지고 없다는 것을, 긴이치를 위해 무리하게 부탁하여 팥밥과 나물 반찬을 담은 쟁반을 받았다.

"어때? 현기증은 좀 사라졌소? 아직도 안 좋으면 약이라도 사 올게. 거리로 나가면 아직 하는 곳이 있을 테니까⋯⋯."

긴이치가 걱정스럽다는 듯이 말하며 옥엽의 안색을 살폈다.

"네, 조금 진정되었어요⋯⋯."

이렇게 말하고는, 머리를 손끝으로 문댔다.

"그래서 형님은 어떤 연유로 경성에 안 계신 건지."

긴이치는 지금까지 마음에 걸렸던 것을 물었다.

"⋯⋯저도 정말 어떻게 해야 할지 몰랐어요."

옥엽이 회상하기도 괴롭다는 듯 말했다.

"어떻든 간에 말씀을 드리지 않으면 안 되는 것이지만, 아무래도 이야기할 용기가 나지 않네요⋯⋯."

"괜찮아⋯⋯. 그냥 들어 봅시다."

"오라버니는⋯⋯, 올해 2월에 경성을 떠나신 모양입니다⋯⋯."

"허, 어디로?"

"그게 말이죠. 어디로 가셨는지 알 수 없었어요."

"그래? 어디에 가셨는지 모른다⋯⋯."

"네, 모르겠어요. 이 선생님에게 아무리 여쭤봐도 행방을 말씀해 주지 않으셨어요."

"흠⋯⋯, 그래서 이 선생님은 어쨌든 그곳에 계셨다는 거군."

"네, 하지만 이 선생님은 그저 오라버니가 경성에는 없다고만 말씀하셨어요."

"이 선생님이 없다고 말씀하셨다⋯⋯. 그런데 왜 형님의 행방을 알려주지 않는 것일까?"

"저도 그게 정말 마음에 걸려요. 어렸을 때 헤어진 뒤로 겨우 만날 수 있었는데, 다시 또 이렇게 행방을 모르게 돼서……."

옥엽은 이미 눈물을 떨어트리고 있었다.

"겐이치를 보여 드려서, 기뻐하시는 모습을 볼 수 있을까 했는데, 이미 안 계신다는 말을 듣게 되어서……. 전 이렇게 낙담해 본 적은 처음이에요."

"음……."

긴이치는 가만히 허공을 바라보며 생각에 잠겼다. 겐이치는 따듯함과 배부름에 못 이겨 그곳에 쓰러져서 쌕쌕 잠들었다.

"그리고 이 선생님이 저에게, 매우 슬픈 말씀을 하셨어요……."

옥엽은 잠시 뜸을 들이다가 더 견딜 수 없다는 듯이 말했다.

"음, 슬픈 말씀이라니……."

"네……."

옥엽은 이렇게 대답하곤 돌연 괜한 말을 한 것 같다는 생각이 들었다.

(1922. 12. 2)

(104)

의절 4

아내의 이런 말에 긴이치는 눈을 크게 떴다.

"대체 무슨 얘기를 이 선생님께 들었다는 말이오?"

"……."

옥엽은 입을 다물었다. 그녀는 새삼 이런 얘기를 남편에게 하는 것이 아니었다고 생각하며 자신의 경솔함을 탓했다.

"그래서 무슨 이야기요."

긴이치가 불안감에 휩싸여 다시 이렇게 물었다.

자신을 위해 행복이 보장된 미래를 포기한 지금의 남편에게, 자신이 당신에게 시집을 온 사실 때문에 오라버니가 사상에 대한 지조를 의심받고 망명자처럼 경성을 떠나게 되었다고 어찌 말할 수 있을까.

옥엽은 자신의 어리석음을 곱씹으며 후회했다.

"당신이 듣고 슬퍼졌다는 이야기를 왜 내게 들려주지 않으려고 하는 거요……?"

다시 긴이치가 아내에게 이렇게 말했다. 그건 정말로 그럴 법했다. 왜냐면 지금까지 기쁨도 슬픔도 함께 공유해 온 남편에게 자신의 슬픔을 비밀로 한다는 것은, 아내로서 도저히 불가능한 일이었다. 하지만 그렇다고 해도, 그런 얘기를 어떻게 남편에게 밝힐 수 있을까. 옥엽은 작은 가슴에 느껴지는 통증을 진정시키며 망설였다. 긴이치는 아내의 부자연스러운 행동을 보고 초조함과 묘한 불안감에 휩싸였다. 아내가 이러한 태도를 보인 적은 한 번도 없었기 때문이다.

"왜 당신은 평소와 달리 그 얘기를 내게 선뜻 못하는 거요."

남편의 말을 듣고 옥엽이 다시 흠칫했다.

"아니에요. 당신에게 무언가를 숨기는 그런 짓은 결코 안 해요……."

옥엽은 미안하다는 듯이 말했다.

"그럼 내게 말해 주시오."

"네……. 그럼 말씀드리겠습니다……."

옥엽은 잠깐 망설이다가, 결심했다는 듯이 말하곤 얼굴을 훔쳤다.

옥엽이 이병환과 대면하였을 때 그가 옥엽에게 한 이야기는, 다름 아닌 다시는 오빠와 만나는 것을 피해 달라는 것이었다. 차라리 깨끗이 남매의 연을 끊어 버리는 것이, 안성식의 의지를 이어나가게 할 수 있는 길이라고도 강조했다. 그리고 아무래도 여동생 쪽이 그렇게 말하는 편이, 사랑하는 오빠에게 은혜를 갚는 길이기도 하다고 말했다. '대의(大義)를 위해서라면 육친의 정도 끊을 수 있어야 한다'는 말은 바로 이를 두고 하는 말이라며, 이병환은 열심히 설득했다. 내지인에게 시집을 간 것이 절대 잘못되었다고 말하는 게 아니다. 양 민족 간에 서로 친밀해지고 결혼 관계를 맺는 것은 하늘의 뜻에 어긋남이 전혀 없다. 오히려 그건 이 세상의 민족들이 살아가야 할 올바른 방향이다. 그럼에도 불구하고 예전에 안성식이 긴이치에게 말했던 것처럼, 그 의지가 혹여 비슷하다고 해도 나아가는 길이 반드시 같은 방향인 것은 아니다. 안성식은 그렇게 다른 방향의 길로 나아가고 있다. 그리고 그 길은 반드시 양 민족의 진정한 행복을 추구하는 방법으로 합쳐질 것이 자명하지만, 대해(大海)로 만수조종(滿水朝宗)[47]하는 것과 같이 그 기원이 반드시 한 개의 물줄기만 있는 것은 아니다. 안성식은 지금 그 수만 개의 물줄기 중, 한 곳에 겨우 다다른 것이다. 오빠가 의지를 관철할 수 있도록 돕는 것 역시 여동생의 도리이기도 하다. 잠시 그때

---

47 모든 물이 한 곳을 향해 흐른다는 성어.

를 위해 오빠에게 시간을 주는 것이 오빠를 사랑하는 방법이기도 하다는, 그러한 말을 이병환은 친구를 생각하는 진심을 담아 전했다. 옥엽은 눈물과 함께 감사하며, 그 뜻에 따르기로 했다.

옥엽은 이렇게 말을 끝맺고 자신의 남은 생은 이제 남편의 사랑에만 의지할 수밖에 없을 것이라고 말하며 눈물을 삼켰다.

(1922. 12. 3)[48][49]

---

48 이후 연재분은 1922년 12월 4일부터 1923년 2월 22일까지의 『경성일보』가 소실되어 현재 미확인 상태이다.

49 〈경성일보〉 1923년 5월 4일자에 〈연재소설 「파도치는 반도」 개략-5월 10일부터 미쓰보 회에 의해 경성극장에서 상연〉이라는 기사가 있는데, 여기에 희극의 형식으로 대략적인 줄거리가 담겨있다. 소실된 소설 후반부의 내용도 담겨있어 이를 번역하여 소개한다.

서막=시로야마 저택
부호 시로야마 산조의 저택에는 어젯밤 돌아온 긴이치와 야스코가 정원 한편에 걸터앉아 대화에 탐닉하고 있다. 하녀들은 긴이치가 산조나 사에코 아가씨의 자동차에 오르지 않고 돌아왔기에 아가씨가 화가 난 것에 대해 수군거렸다. 긴이치는 숙부인 산조에 대한 보은과 의리로 인해 사에코와의 내키지 않는 결혼을 하는 것은 자신의 본의가 아니라고 말한다. 사에코는 보이지 않는 그늘에서 두 사람의 이야기를 엿듣는다. 긴이치는 야스코와 헤어져 산책을 나선다. 그 후, 산조와 경작 부장이 나타난다. 산조가 긴이치의 졸업 후에 관한 이야기를 하고 있자 사에코는 화가 나서 돌연 끼어든다. 방금 전에 벌어졌던 일을 토로하며 그녀는 야스코를 이 집에서 내보내야 한다고 주장한다. 사에코는 아버지가 과거에 저지른 죄를 책망하며 자신은 긴이치와 결혼할 것이라 선언한다. 아버지는 근시일 안에 야스코를 내보낼 것이라고 맹세한 뒤, 운전수를 불러 무언가를 속삭인다.
운전수 다카기(高木)가 야스코를 자동차에 태워 용산의 별장으로 향한다. 현관에서 이를 바라보던 사에코는 뭔가 수상하다고 여겨 뒤를 쫓는다. 자전거를 타고 집으로 돌아오던 긴이치는 자동차에 탄 야스코의 모습을 보고 방향을 돌려 이를 따라간다. 용산 별장 앞에 자동차가 멈춘다. 사에코는 몰래 그곳에 잠입한다. 산조는 술을 마시며 그곳에서 기다리고 있다. 산조는 야스코를 자기 뜻에 복종하도록 하려 했지만 야스코는 이에 응하지 않는다. 산조가 야스코의 뒤쪽에서 안아 덮치려고 하자 야스코가 저항하여 빠져나와 밖으로 나온다. 때마침 사에코가 그곳에 서 있었다. 그녀는 야스코를 보호하며 아버지의 불륜을 꾸짖는다. 안에서 벌어지고 있는 일이 신경쓰인 긴이치도 같은 장소에 등장한다. 긴이치는 야스코를 부축하여 그곳을 떠난다. 사에코는 같은 여성의 위기를 구했다는 희열과 빼앗긴 사랑에 대한 슬픔을 안고, 멀어져가는 두 사람의 뒷모습을 바라본다.

제2막=남산공원
결혼식 전날 밤, 긴이치와 사에코는 둘 다 저택을 빠져나온다. 시로야마의 집사와 긴이치를 무라키(村木) 등이 남산공원에서 마주친다. 둘 다 사라진 두 사람의 행방을 찾고 있는 중이었다. 그 뒤, 긴이치와 야스코가 나타나 긴이치가 야스코에게 오늘 가출을 했다고 고백하며 청혼한다. 야스코의 오빠 안성식이 여동생의 안위를 걱정하여 뒤를 따라 왔다가 그 이야기를 엿듣는다. 그 후 긴이치의 진정하고 뜨거운 마음에 감복하여 둘의 결혼을 승낙한다. 두 사람은 평양으로 사랑의 도피를 하기로 한다. 사에코는 한 통의 유서를 남기고 목사 도미이에게 부탁해 도쿄로 상경하여 그곳에서 배우를 위한 연기학교를 창립하기로 결심한다.
산조는 두 사람이 결혼으로 일단락이 되었다고 생각하여 요정에서 흥청망청하며 화려한 연회를 즐기고 있었다. 그러자 그곳에 사환이 사에코의 유서를 들고 나타난다. 이를 읽은 산조는 경악하며 실신한다. 새로운 인생을 시작하기로 한 긴이치와 야스코를 안성식이 경성역까지 배웅한다. 희망에 부푼 도미이와 야스코 역시 자동차를 타고 경성역으로 향한다.

제3막=동래온천
며칠간 경성에서 머물기로 한 현대좌 극단 일행을 이끌고 있는 사에코는 사랑에 지쳐 동래온천으로 가 극단의 한 단원에게 접대를 받고 있다. 옆방에는 상처를 입은 안성식이 요양을 하고 있다. 도미이는 사에코의 재산에 눈이 멀어 결혼을 강요한다. 사에코가 이에 응하지 않자 도미이 일당은 음험한 계획을 세운다. 안성식이 옆방에서 이를 엿듣는다. 도미이 일당은 억지로 권하여 사에코를 낡은 절로 유인한다. 안성식은 위험을 알리기 위해 아래로 내려간다. 숨을 헐떡이며 나타난 안성식은 마침 무대에 있는 헌병에게 이 사실을 고한다.

헌병은 자동차의 흔적을 쫓아 낡은 절에 당도했다. 격투가 시작되고 악당들의 손에서 벗어난 사에코는 상황을 살피다가 막 그곳에 다다른 안성식에게로 달아나 안긴다. 도미이와 안성식이 마주한다. 도미이는 결국 헌병에게 체포된다. 안성식이 사에코에게 연유를 묻자, 사에코는 지금까지의 일을 모두 털어놓는다. 안성식은 사에코가 자신의 매제인 긴이치의 정혼녀였다는 사실을 알게 되자 그녀를 평양으로 데려간다.

종막=평양 들판

식림사업에 실패하여 가난했지만, 그럼에도 청렴한 생활을 계속하고 있는 긴이치의 거처에 돌연 두 사람이 방문한다. 사에코는 인사를 하는 두 사람 사이에 선 아이를 보고, 열심히 자신의 인생을 살아온 오늘날까지도 잊지 못했던 긴이치를 단념하지 않으면 안 되겠다고 각오를 다진다. 그리고 자신이 이어받은 시로야마 가문의 재산 전부를 긴이치의 사업과 야스코의 바람인 조선대학 설립을 위한 자금으로 기부하기로 결심한다. 안성식은 재차 그의 신념인 민족문화의 부흥에 생애를 바치고자 길을 떠난다. 평양의 들판은 긴이치의 제자 봉춘(鳳春)이 부르는 「평화의 노래(平和の歌)」로 조용히 붉게 물든다.

반도의
자연과 사람
(半島の自然と人)

후지사와 게이코
(富士澤けい子)

36회

"그러면 어떤 식으로 한다는 말이지?"

모두 모여 있는 곳에서 다다에(忠枝)가 묻자, 도미(遠海) 오장(伍長)[01]은 전과 같은 열렬한 어조로 말했다.

"어쨌든 말입니다. 그들을 압박하는 것은 그만두어야 합니다. 그리고 점차 발효(醱酵)하고 있는 있는 그들의 사상을 선도해야 합니다. 예를 들면 좀 더 자유롭게 학술 방면이나 종교 방면, 경제방면으로 향하게 하여 정치 방면 말고도 다양한 방면에서 살아갈 수 있는 신천지가 있음을 알려줘야 합니다……. 어쨌든 그들이 고개를 들지 못하게 할 시기는 지났다고 생각합니다. 이제부터는 그들이 고개를 드는 것을

---

01 구(舊) 일본 육군 계급의 하나. 하사(下士)에 해당.

지켜봐 주는 것이 좋을 것 같습니다."

얼굴에 열정을 가득 드러내며 이렇게 말하자 분견(分遣) 소장이 혼자 말했다.

"아니, 하지만 나는 아직 그런 시기는 오지 않았다고 생각하네. 아직 이르다고 생각해. ……그들은 얼마나 게으르게 늘어져 있느냐 말이네. 그들의 뻔뻔스러움은 유전적으로 각인이 되어 있어서 도저히 일조일석에 고쳐지지는 않을 것이네. 만약 지금 그렇게 해서 그들에 대한 경계를 늦춰 보게. 우리들은 순식간에 믿는 도끼에 발등을 찍히는 우를 범하게 될 것이네. 그들의 머리는 지금보다 더 땅바닥에 대고 쿵쿵 찧어서 고개를 들지 못하게 해야 한단 말이네."

이 사람도 도미 오장 못지않게 열심히 반박을 하기 시작했다.

자리는 한층 더 긴장감으로 넘쳐 술자리 같지 않았다.

"이것 참 재미있군 그래!"

다른 사람들도 무의식중에 관심을 보이며 주의를 기울이기 시작했다.

"아니, 지금 이상으로 그들을 압박할 필요가 있나요? 그런 짓을 해 보세요. 그들 사이에 발효하고 있는 사상은 순식간에 분출구를 잃고 결국에는 폭발하는 수밖에 없을 것입니다."

도미 오장은 험악한 표정으로 더 반박을 했다.

"아니, 하지만 나는 조선인들 사이에 사상이 그렇게 악화하고 있다는 생각은 하지 못했네.

분견소장은 어느 정도 기세를 누그러뜨리며 말했다.

"아니, 악화하고 있습니다. 악화하고 있다기보다는 무엇보다 그들이 자각을 하고 있다는 것만큼은 확실한 사실인 것 같습니다."

도미 오장은 어디까지나 확신을 하는 듯 의연하게 말했다.

(1923.2.22)

37회

도미 오장이 어디까지나 자설(自說)을 주장하고는 입을 다물자 지금까지 침묵을 하고 있던 두세 명이 일시에 입을 열었다.

"아이쿠, 그것 참."

이를 보고 다다에가 말했다.

"알았네. 그럼 내가 의장이 되겠네."

그러자 일동은 좀 허를 찔린 듯 웃음을 터트렸다.

"오카바야시(岡林) 상등병은 어느 쪽인가? 야당인가, 관료인가?"

다다에가 가볍게 몸을 뒤로 젖히며 물었다.

"저는 관료입니다."

오카바야시는 마찬가지로 짐짓 허세를 부리며 대답했다.

"좋아. 오카바야시 상등병에게 발언을 허락하겠네."

다다에가 이렇게 말하자 오카바야시 상등병은 입을 떼려 했지만, 모두가 재미있다는 듯이 웃음을 터트리려는 표정들을 지었기 때문에 좀 쑥스러워하며 의견을 진술하기 시작했다.

"원래 그들은 너무 건방집니다. 화장실 갈 때 다르고 나올 때 다른 것이 그들입니다. 합병 전에 지나인이나 러시아인들에게 얼마나 호되게 당했는지 생각해 보세요. 지금은 조금이라도 불만이 있으면 거침없이 말을 할 수 있습니다. 그런데도 그들은 내지인은 조선인을 경멸한다느니 무시한다느니 해요. 그것은 요컨대 그들이 그 만큼 컸기 때문인 것입니다. 분수를 모르니까 그들에게 분수를 알게 해 줄 필요가 있다고 생각합니다."

이렇게 말하고 입을 다물자, 지금까지 말없이 뒤쪽에서 모두의 의견을 듣고 있던 야스코(保子)가 자기도 모르게 참견을 했다.

"어머나, 너무해요. 그건 너무해요……."

그 바람에 일동은 깜짝 놀라 야스코 쪽을 돌아보았다.

"뭐야, 당신도 자설(自說)을 주장하는 것인가? 그럼, 좋아. 오늘은 설날이기도 하니까 한 명의 의원으로 인정하고 발언권을 줄게."

다다에 자신도 재미있어 하며 이렇게 말했다.

"근청(謹聽), 근청."

모두는 점점 더 재미있어진다는 듯이 귀를 기울이기 시작했다.

"하지만, 오카바야시 씨 말씀은 너무 하지 않나요? 그것은 마치 조선인을 동물시하는 것과 같아요. 조선인도 똑같이 훌륭한 인간입니다. 내지인과 조금도 다르지 않아요. 다만 문화의 정도가 조금 낮을 뿐이죠. 그것도 조선인 모두의 잘못이 아니라 위정자의 잘못이잖아요. 많은 사람들은 딱할 뿐이죠. 그렇기 때문에 합병을 한 지금은 그 사람들을 압박하고 있던 모든 것을 제거하고 자유롭게 넓은 길을 걷게 해야 해요……."

야스코는 흥분을 하며 단숨에 이야기를 했다.

"그건 안 됩니다. 사모님처럼 그렇게 인도적인 입장에서만 보면, 일국의 정치는 성립할 수 없습니다."

반장이 반대 의견을 냈다.

(1923.2.23)

39회[02]

해가 바뀌고 나서 더 추워지는가 싶더니, 4일 오후부터 눈이 내렸다. 이제 손님도 없었다. 눈도 지금까지 두세 번 내리기는 했지만 살짝 오다가 바로 녹아버렸다. 하지만 이번 눈은 정말 대설이었다. 눈이 펑펑 내려 쌓이는데 좀처럼 그칠 기색이 없었다. 4일째는 7척 가까이나 쌓였다. 눈도 이 정도 쌓이면 아름다운 법이다. 떡하니 뒤로 젖혀진 관사의 지붕 모양 그대로 6,7척이나 쌓인 눈은 정말이지 장관이었다. 분대 뒷산의 노송(老松)에 가지가 부러져라 쌓인 눈은 비할 바 없이 아름다웠다.

"이게 바로 설중 소나무구나."

---

02 2월 24일 38회 유실.

야스코는 새하얀 눈 아래 살짝 비어져 나온 녹색 소나무 가지를 한 없이 들여다보며 설경에 정신이 팔려 중얼거렸다.

"지금 자연의 정령이 지상에 내려온 거야."

야스코는 이렇게 느꼈다. 그녀만큼 자연에 대해 민감하지는 않은 다다에 역시 감동을 하여 온돌방 장지문을 열며 대꾸했다.

"멋지군! 어때, 저 소나무 가지가 휘어진 모습. 눈구경을 하며 술이라도 한 잔 할까?"

눈이 내리고 나서는 이상하게 날씨도 따뜻해져서, 두 사람은 밥상을 산이 보이는 곳에 차려놓고 점심식사를 했다.

"어때, 한 잔 하지 않겠어?"

다다에가 잔을 내밀었다.

"그래요, 하지만 이상하지 않아요?"

야스코도 잔을 받아 잠깐 입에 대고는 아래에 내려 놓았다.

이번에 내린 대설로 인하여 교통도 완전히 두절되어 우편물도완 전히 끊기게 되었다. 신문도 볼 수 없게 되었다. 찾아오는 사람도 없고 나갈 수도 없었다. 매일 얼굴을 마주하는 사람이라고 하면, 남편과 아이, 마부로 고용한 조선인, 관사 안에 일을 도와주러 다니는 삼길 (三吉)이 정도였다.

"매일 매일 똑같은 사람들 얼굴만 보고 있으니 얼마나 한심하고 지루한가?"

야스코는 이렇게 생각했다. 정말로 견딜 수 없이 지루했다.

"아내하고 아이가 있어서 얼마나 다행인지. 정말 다행이야."

다다에는 이렇게 말하여 야스코를 웃게 했지만, 그것은 정말로 사실이었다.

"이런 상황에서 독신으로 지낸다면 정말이지 견딜 수 없을 거야. 상등병들이 갈보 뒤를 좇아다니는 것도 이해가 가. 가만히 있으면 신경쇠약에 걸려 버릴 거라구. 그런데 우치야마(內山) 군은 어떻게 지내고 있을까? 고독을 어떻게 견디고 있을까?"

다다에는 이렇게 친구를 걱정했다.

(1923.2.25.)

40회

그 친구 우치야마는 종종 외롭다며 소식을 전해왔다.

> 자네는 아내와 아이가 있어서 부럽다네. 나는 혼자라서 외로워서 견딜 수가 없어. 게다가 이렇게 산속에 있으니 우리들을 상대할 만한 여자도 없고 말이네……

"어머, 우치야마 씨가 그런 말을 하다니……"

야스코가 편지를 들여다보며 이야기한다.

"흐흠……"

다다에도 겸연쩍은 듯이 웃으며 말한다.

"그렇게나 고지식한 우치야마 군이 이런 말을 하게 되다니. 자연의 힘은 정말 엄청난 거야."

다다에는 단순히 웃고 넘길 일이 아니라는 표정이다.

우치야마는 친구들 중에서도 올곧고 융통성이 없는 것으로 유명해서 술도 마시지 않고 유흥도 전혀 즐기지 않는다. 너무 올곧아서 친구들 사이에는 은근히 싫어하는 사람들도 있을 정도다. 그런 우치야마조차 대자연의 포위는 견딜 수가 없어서 이런 편지를 쓰게 된 것이다. 그러니 자연이 인간을 위압하는 힘은 너무나 강하여 도저히 어찌할 수 없다는 사실을 절감하지 않을 수 없다.

찾아오는 사람도 없고 아이를 재워 놓고 나면 달리 할 일도 없는 긴 밤을, 다다에와 야스코는 화롯가에 손을 얹고 가까운 친척들 이야기를 하고 있다.

"쿠르르 쿵 쿵……."

뒷산에서 천지를 뒤흔드는 듯한 끔찍한 소리가 났다.

"아, …….무서워."

야스코는 큰 충격을 받은 듯 낯빛이 바뀌며 자기도 모르게 화로를 감싸듯 몸을 숙였다.

"눈사태야."

다다에는 애써 태연한 듯 말했지만, 일말의 두려움을 다 감추지는 못했다.

"무서워요."

야스코는 정말 무섭다는 듯이 눈이 휘둥그레지면서 말했다.

야스코는 자연 큰 위력을 피부로 느끼지 않을 수 없었다. 지금은 천지 간에 구석구석 폭위를 떨치는 자연의 위력을 두려워하지 않을 수 없었다. 그런 자연의 위력에 비하면 인간은 얼마나 왜소한 것일까 하는 생각을 하게 되었다.

"인간은 지금 자연의 포로가 되었어! 만약 조금이라도 자연의 뜻을 거스른다면 바로 단번에 자연에 삼켜 버려지고 말 거야."

야스코는 이렇게 생각하며 전율했다.

(1923.2.27)

41회

이렇게 폭설이 내리는 와중에 남쪽에서 유랑 나니와부시이야기(浪花節語)[03] 꾼이 찾아왔다. 다다에가 이미 분대에서 퇴근을 하고 난 후였다. 반장이 숨을 헐떡거리며 찾아와서 가벼운 흥분의 기색을 보이며 물었다.

"나니와부시이야기꾼이 찾아왔습니다만, 하나 시켜서 들어볼까요? 다들 심심해서 어쩔 줄 몰라 하고 있잖습니까?"

"좋겠군. 시켜 보게. 오늘 밤 집에서 하면 좋을 것 같네. 오랜만에 나니와부시이야기를 듣게 되는군."

---

03 메이지시대(明治時代) 초기에 시작된 것으로, 샤미센(三味線)을 반주로 독특한 가락으로 이야기를 하는 예능. 한 곡에 약 30분 정도.

다다에는 온돌방 문을 열고 문밖에 서 있는 반장에게 대답을 했다.

"그럼 그렇게 부탁을 하겠습니다."

반장이 돌아간 후에, 혼잣말을 하며 다다에는 마침 식사 준비를 하고 있는 아내를 돌아보았다.

"나니와부시이야기도 고맙지. 뭐든 들을 수 있으면 다행이야."

"그런데 이렇게 눈이 오는데 용케도 찾아왔네요."

야스코가 이렇게 대답하자 다다에는 또 말을 이었다.

"누가 아니래. 어쨌든 우리들에게는 천우신조지 뭐야. 무엇을 하려나……?"

"잘 할까요……?"

이런 대화를 나누면서도 두 사람은 흥분하지 않을 수 없었다. 그 정도로 두 사람은 변화에 굶주려 있었던 것이다. 식사도 여느 때보다 일찌감치 마치고 자리 준비에 착수했다. 벽장에서 화로나 방석을 꺼내 놓고 나니와부시이야기꾼이 오기를 기다렸다.

잠시 기다리자 반장과 함께 나니와부시이야기꾼이 찾아왔다.

"아이구, 처음 뵙겠습니다……."

나니와부시이야기꾼은 몹시 지쳐 있었지만 말투는 또박또박했다. 부채를 앞에 놓고 머리를 온돌바닥에 대며 인사를 했다. 길게 자란 머리카락 사이로 보이는 두피도, 지저분한 옷깃도 여행의 서글픔을 이야기하고 있었다.

분대(分隊) 사람들이나 그 아내들, 분대 근처 우편소장 부부나 공의(公醫), 학교 선생들이 초대에 응해 찾아왔다. 그럭저럭 스물대여섯 명이 모였을 것이다.

"그럼, 이제 슬슬 시작해 봅시다."

이윽고 나니와부시이야기꾼은 일어서서 다다에의 책상을 테이블 대신으로 삼았다. 그리고 그 위에 술잔도구들을 놓고 금사로 아름답게 자수를 놓은 테이블보를 깐 후, 앞에 섰다.

"음, 그럼 무슨 이야기를 하는 것이 좋을까요?"

그는 우선 물을 한 모금 마시면서 물었다.

"글쎄, 협객물이 재미있을까?"

"애정물이 좋겠네."

이런 주문이 여기저기서 들려왔다.

"그럼, 이렇게 합시다. 「오이시 야마시나의 폐거(大石山科の閑居)」라는 것을 잠깐 하고, 그 다음에는 「철없는 사랑의 복수(仇情恋の仇討)」라는 매우 매우 달콤한 애정물을 하기로 하죠."

이렇게 해서 마침내 그는 테이블 끝을 한손으로 꽉 잡은 후, 눈을 감고 머리를 흔들며 걸걸한 목소리로 이야기를 시작했다.

(1923.2.28)

42회

일동의 눈은 모두 그에게 쏠렸다. 가만히 귀를 기울이며, 한 마디라도 놓칠새라 열성적 표정으로 이야기에 정신이 팔려 있었다.

이야기는 복잡하고 황당무계하기 짝이 없는 것이었다. 하지만, 야스코는 이때만큼 이야기에 정신이 팔려 집중을 한 적은 태어나서 아마 처음일 것이라고 생각할 정도였다.

원래 야스코는 나니와이야기는 질색이었다. 내지에 있을 때는 뒹굴거리며 들어도 되는 것조차 싫다고 했었는데, 지금은 그렇지 않았다. 속악하다며 싫어하는 그 나니와부시이야기를 눈물을 글썽거릴 정도로 감격을 하며 들었다. 그 만큼 야스코는 정서적으로 굶주려 있었던 것이다.

그것은 딱히 야스코만 그런 것은 아니었다. 누구나 다 같았다. 청중들은 처음에는 나니와부시이야기꾼의 얼굴에 시선을 모으고 있었다. 그러더니 지금은 모두 입을 꼭 다물고 팔짱을 낀 채, 어떤 사람은 벽에 기대 황홀한 표정으로 듣고 있었다. 특히 마음을 잡아 끄는 듯한 더 없이 만족스런 온돌의 따뜻함은 청중의 마음을 더욱더 황홀하게 하며 감상의 세계로 이끌었다.

기침소리 하나 나지 않았다. 가까이 앉아 있는 손님이 살짝 내쉬는 숨이 야스코의 귀에 들어왔다. 옆에 앉은 사람이 슬그머니 소매로 눈물을 훔치는 것도 보였다.

이야기가 한 차례 끝나자 준비된 홍차를 내서 목을 축였다.

"아, 정말 재미있어요."

"상당히 재미있는 걸. 음……."

사람들은 꿈에서 깨어난 듯한 표정을 하며, 뜨거운 홍차를 홀짝였다.

"어쩌다 들으니 나니와부시이야기도 상당히 재미있군요."

"정말 그래. 대체 언제 듣고 안 들은 거지? 작년 이맘때 한 사람이 왔었지. 그리고는 한 번도 못 들었으니까……."

남자 손님들은 그런 이야기를 주고받으며 담배를 한 개비 꺼내 불을 붙이고는 맛있다는 듯이 천천히 한 모금 빨았다. 지금 들은 어떤 장면을 상상이라도 하듯이…….

이윽고 다시 이야기가 계속되었다. 방안은 다시 쥐죽은 듯 고요해 졌다. 문밖은 엄청나게 찬 바람 소리가 났다. 오늘 저녁 여기에 모인 사람들에게만큼은 아무리 끔찍한 자연의 시위도 아무 소용이 없었다. 방안은 그저 황홀한 분위기에 둘러싸여 있었고 현실세계는 저 멀리 사라진 것 같았다.

이야기가 끝이 났을 때는 상당히 늦은 시각이었다.

"에, 미숙한 저의 연기를 오랜 시간 동안, ……."

이렇게 말하며 나니와부시이야기꾼이, 문양이 누래 보이는 칠자직04 하오리(羽織)05를 벗어 간단히 개고 있었다.

"아, 벌써 끝인가? 조금 더 듣고 싶은데……."

손님들은 아쉬워 하며, 안도의 한숨을 쉬기도 하고 하품을 하기도 한다.

---

04 씨실, 날실에 7 가닥의 꼰사를 사용한데서 나온 이름이라 '칠자직(七子織)'이라고 한다. 표면이 생선알처럼 보여서 '어자직(魚子織)'이라 하기도 하고 실이 나란히 짜여져서 '병자직(並子織)'이라고도 한다.

05 일본옷의 위에 입는 짧은 겉옷.

"대단히 고마웠습니다. 덕분에 기분 전환 잘 했습니다."

손님들이 저마다 감사 인사를 하며 떠나는 것을, 야스코는 램프를 들고 와서 발밑을 환히 비추었다. 마침내 그것도 끝나자 문을 닫으며 말했다.

"재미있었어요. 정말로!"

야스코는 어질러진 방석들 사이에 있는 화로 앞에 웅크리고 앉아 기분 좋은 피로를 느끼며 황홀한 표정을 지었다.

(1923.3.1)

44[06]

매년 두세 명씩 찾아온다는 나니와부시이야기꾼들도 올해는 눈이 심하게 내린 탓인지 딱 한 명 찾아왔을 뿐, 그 뒤에는 한 번도 찾아오지 않았다.

"나니와부시이야기라도 좋으니 오면 좋겠는데……."

모두는 웃으면서 눈을 깊숙이 뒤집어쓰고 있는 지도와 저 멀리 언덕에 눈길을 주었지만, 그곳에는 아무런 인적도 않았다.

"아, 이제 겨울 내내 이렇게 처박혀 있는 것은 지겨워. 아무래도 너

---

06 43회(1923년 3월 2일) 유실.

무 따분해서 견딜 수가 없어……."

만나는 사람들마다 이런 이야기들을 반복했다. 그것은 정말이지 긴 밤의 잠이라는 말에 비유할 만한 따분하고 지루한 생활이었다.

"아, 또 술이나 마실까……."

이렇게 말하며 분대 사람들은 여기 저기 자주 모여 술을 마셨다. 그럴 때, 야스코나 다른 군속 아내들은 눈에 묻힌 방 안에서 무나 파, 마늘을 꺼내다가 그것을 잘게 다지거나 졸여서 남자들의 술안주를 만들어주었다.

야스코들의 관사가 주연의 장소로 사용될 때는 야스코는 늦게까지 그들을 위해 술주전자를 데우거나 술을 따라주거나 했다.

취기가 돌면 그들은 천진난만하게 소리 높여 노래를 불렀다. 어디서 누군가가 고장난 샤미센(三味線)을 하나 꺼내다가 띵 띵 아무렇게나 줄을 뜯는다.

"아아, 이거야, 이거. 하지만 역시 어쩐지 어딘가 아쉬워."

이렇게 그 고장난 샤미센은 술을 마실 때면 늘 정해 놓은 듯이 들려 나와 차례차례 돌아가며 사람들의 손에 건네지며 띵 띵 있는 힘껏 연주되었다. 마치 자신의 마음속 깊이 자리한 울적한 권태와 고독을 뜯어내듯, 떨쳐내듯, 취하면 취할수록 모두는 맥없이 소리에 맞춰 노래하고 춤을 추었다. 위아래 전혀 구별 없이 모두의 마음은 하나같이 부드럽게 녹아내렸다.

"우리는 외로워! 아. 우리들의 이 외로운 심정은 자네도 잘 알 거야. 나는 자네의 외로운 심정을 잘 알아. 정말 외로워. 견딜 수 없이 외로워……."

그들은 모두 그런 심정으로 술잔을 나누었다. 그렇게 술잔을 서로 주고받았다. 그들은 끓어오르는 듯한 목소리를 서로 맞춰 노래를 부르며 손뼉을 친다. 그럴 때면, 야스코도 어쩐지 가만히 있을 수 없는 기분이 들어 끌려 들어가듯이 가볍게 손뼉을 치며 그들과 어울리는 일도 있었다. 술을 마시고 취하면 노래를 부르는 그들의 심정은 야스코로서도 충분히 이해가 되었다. 정말이지 그들에게는 이것이 유일하게 울적한 마음을 푸는 길이었다.

(1923.3.3)

45

3월에 들어선 어느 날, 문득 야스코가 낙숫물 소리를 들은 것은, 지금까지 유례 없을 만큼 따뜻한 오후의 일이었다.

"어머! 낙숫물이네."

야스코는 하늘에서 내려온 복음이라도 들은 것처럼 눈을 크게 뜨고 긴장된 표정으로 가만히 귀를 기울였다.

"똑똑……또똑……."

처마 밑에서 느긋하게 낙숫물 소리가 나고 있었다. 그것은 확실했다. 야스코가 잘못 들은 것은 아니었다.

"정말이다, 정말이야!"

가만히 귀를 기울이며 듣고 있던 야스코는 그것이 확실히 낙숫물 소리라는 것을 알았다.

"아, 좋아라. 눈이 녹는 거야."

자기도 모르게 작은 목소리로 외쳤다. 뺨에는 억누를 수 없는 희색이 드러났다. 야스코는 벌떡 일어나서 오랫동안 잠겨 있던 온돌 창문의 자물쇠를 따고 팔에 힘을 주어 밖으로 밀었다. 먼지가 하얗게 쌓여 있는 장지문 창문이 끽 소리를 내며 양쪽으로 활짝 열렸다. 바깥은 이상하리만치 밝았고, 툭 튀어 나온 처마 끝 기와에서는 수정 같은 낙숫물이 뚝뚝 떨어지고 있었다. 낙숫물이 떨어지는 그 아래에는 눈이 조금 녹아 밥그릇으로 눌러서 뜬 것처럼 푹 들어가 있었다.

"벌써 이렇게 따뜻해졌나? 이제 봄이 오려는 것이야. 정말 얼마나 기다렸던지……."

야스코는 절절이 기쁨을 느꼈다. 오래고 오랜 시간 동안 가만히 납덩이처럼 갇혀 있던 야스코의 심장은 기분 좋게 두근거리며 파도치기 시작했다.

야스코는 문득 하늘로 눈길을 주었다. 그 때 야스코는 바로 얼마 전까지만 해도 차갑고 무겁게 얼음 같은 빛을 하고 있던 하늘 저편에 일찍이 보지 못했던 밝고 환한 것이 떠 있는 것을 얼핏 보았다.

"오, 하늘에도 봄이 오려 하는구나……."

야스코는 이렇게 외치지 않을 수 없었다. 정말이지 오래고 오랜 기간 힘껏 긁어모은 봄이 이제 드디어 오려는 것인데, 어찌 소리를 지르며 기뻐하지 않을 수 있겠는가?

하지만 야스코가 알아본 봄빛이라는 것은 정말이지 옅고 희미한, 있는 듯 없는 듯할 정도로 아주 미미한 것이었다. 야스코가 봄이 오고 있다고 생각한 것은 자신의 착각이 아니었나 라고 생각할 만큼 희미한 것이었다.

하지만 그런 염려는 기우에 지나지 않았다. 역시 봄은 확실히 다가오고 있는 것이 틀림없다. 야스코는 다시 한 번 가만히 햇볕을 보았다. 햇볕 안에는 바로 요 전까지만 하더라도 전혀 없었던 활기가 담겨 있었다. 봄은 틀림없이 다가오고 있었다. 야스코는 휴, 하고 안도의 한숨을 쉬며 다시 조용히 창문을 닫았다.

(1923.3.4)

46

그 무렵부터 다다에는 매일 바쁘게 지냈다. 종종 한 밤중에 전보가 오기도 했다. 다다에만이 아니라 분대 사람들은 모두 다망한 모습이었다. 누구의 얼굴에도 긴장의 빛이 보이며 일종의 활기를 띠게 되었다. 확실히 무슨 일인가 일어나는 것이 틀림없었다.

그날 밤에도 야스코는, 늦게 퇴근을 한 다다에게 봄의 빛을 확실히 보았다는 기쁨을 이야기하려 했다. 그러자 다다에는 다소 엄하게 나무라는 투로 야스코의 말을 막으며 말했다.

"이봐, 지금 그런 이야기하고 있을 때가 아니야. 뭔가 큰일이 벌어지고 있어. 큰일이야."

"뭐라구요? 어떻게 되었다는 거에요? 무슨 일 있어요?"

야스코는 다다에의 어조가 너무 강해서 깜짝 놀라 눈이 휘둥그레지며 물었다.

"폭동이 일어나고 있어. 조선인들이 독립운동을 하기 시작했어. 뭐, 밥을 먹으면서 천천히 이야기할게. 배가 엄청 고파……."

"폭동이라구요. 어머나……. 그게 정말이에요?"

야스코로서는 너무나 뜻밖이었다. 믿을 수 없다는 표정을 하고 식사준비를 하던 손을 멈추며 남편 쪽을 보았다.

"정말이고말고. 비밀에 부쳐져서 신문에도 전혀 나오지 않으니까 알 수가 없지만, 난리가 났다고. 경성이나 평양 같은 곳은 엄청나다고."

다다에는 이런 이야기를 하면서 식탁 앞으로 돌아왔다.

"대체 어쩌다 그런 일이 시작됐죠? 무엇을 위해서……."

야스코는 이렇게 묻지 않을 수 없었다.

다다에의 진지한 태도로 미루어 봐도 그것은 정말 사실 같았기 때문이다. 요 며칠 새 다다에가 바빠 보였던 것은 순전히 그 때문인 것 같았다.

"글쎄. 무엇 때문일까……?"

다다에는 그 진지한 얼굴을 가볍게 옆으로 저었다.

"윌슨이 평화회의에서 민족자결주의를 주창하자 조선인들은 일본인과는 인종이 다르니까 독립을 하겠다고 주장하기 시작한 거야. 하지만, 실제로는 그런 주장이 어디에서 나왔는지는 몰라……."

다다에는 야스코가 따른 술을 입으로 가지고 갔지만, 평소와 달리 맛이 없는 모양을 하고 있었다.

"그래서, 어떤 데요? 아주 난폭한가요?"

야스코는 열심히 물었다.

"아니, 난폭하지는 않아. 외국인들에게서 동정을 사야 하기 때문에 그래. 그저 시위운동을 할 뿐이야. 하지만 처음에는 그냥 나란히 걷기만 했는데, 점점 악화되는 것 같아. 단속이 너무 준엄해서 말야……."

"그래요……."

야스코는 드디어 우려하던 일이 찾아왔다는 생각이 들었다. 이런 일이 언젠가 오고야 말것이라고 생각했다. 내지인과 조선인 사이에 존재하는 커다란 마음의 격차는 언젠가 않으면 안 된다는 생각도 하고 있었다……. 하지만 야스코로서는 역시 뜻밖이었다. 온화하고 겸손한 그 조선인들이 등을 진다는 사실을 믿을 수 없었다. 무어라 말할 수 없는 쓸쓸함이 야스코를 덮쳐 왔다.

(1923.3.6)

47

조선인들이 독립운동을 일으키기 시작했다는 것은 야스코의 마음을 크게 위협하지 않을 수 없었다. 야스코가 조선인에게 품고 있던 호감……따뜻하고 온화하고 푸근하고 좋은 느낌은 뭔가 거친 용기에 담겨 심하게 흔들리는 것처럼 비뚤어지게 되었다. 물론 이런 감정은 지금 갑자기 시작된 것이 아니라 상당히 오래 전부터 야스코의 마음에서 싹터온 것이기는 하지만 말이다. 야스코는 요즘 자신이 조선인들을 좀 과대평가했다는 생각을 하기 시작했다.

조선인들의 마음속 깊은 곳에 뿌리를 내린 뻔뻔함, 교활함을 야스코는 어쩔 수 없이 부리고 있는 조선인들이나 총가(チョンガ)[07]들에게서 보고 있었다.

시킨 일은 대충 해 놓고 잡담을 하고 있기도 하고, 심부름을 가서도 오랫동안 돌아오지 않기도 하고, 야스코의 집 통장으로 마음대로 물건을 사기도 하고, 거스름돈을 돌려주지 않기도 하는 일들이 몇 번이나 있었다. 그것은 절대 유쾌한 일은 아니었다. 야스코는 이제 전처럼 무조건 조선인들 편을 들지는 않게 되었다. 조용히 냉정하게 그들의 현실을 바로잡고자 했다.

다다에에게서 조선인들이 독립운동을 일으키고 있다는 이야기를 들은 다음 날, 야스코는 부엌에 들어가서 바로 곤로 앞에 웅크리고 앉아 팔락팔락 부채질을 하며 불을 붙이고 있는 조선인 고용인의 얼굴을 마주하게 되었다. 그는 평소와 조금도 다름이 없는 무표정한 얼굴로 허리를 굽히며 정확하지 않은 발음으로 야스코에게 아침 인사를 했다.

"안녀세유."

---

07 '총각'의 일본식 발음. 대한제국 시기 조선인 미혼 남자를 경멸적으로 표현한 단어로, 일본에서는 모던 언어로 인식하기도 한다.

"안녕하세요······."

야스코도 평소와 다름없이 아무렇지 않게 대답을 했다. 하지만 그
녀는 자신의 마음이 어제까지하고는 전혀 다를 정도로 차갑고 딱딱
하고 엄해진 것을 느끼지 않을 수 없었다.

"이 조선인은 아무 것도 모르는데. 독립운동에 아무 관계도 없고
그런 운동이 동포들 사이에서 일어나리라고는 꿈에도 생각하지 못하
는데······."

야스코는 이렇게도 생각해 보았다. 하지만, 지금 그녀는 딱딱하고
엄해진 자신의 마음을 부드럽게 하고 싶은 생각은 조금도 들지 않았다.

"역시 나는 일본인이라서? 내지인이라서 그런 걸까? ······."

이렇게도 생각해 보았지만 딱딱해지는 자신의 마음을 부드럽게
할 수는 없었다.

(1923.3.7)

48

독립운동이 일어났다는 말을 한 번 듣고 나서는, 야스코는 그것이
어떤 식으로 전개되어 갈지 궁금해서 견딜 수가 없었다. 다다에가 점
심 때나 저녁 때 돌아오기를 기다렸다가 물어보곤 했다.

"어떻게 되었어요, 독립운동은? 어떻게 된 거예요?"

야스코는 다다에의 얼굴을 보자마자 다그치듯 물어보았다.

"점점 더 심해지는 것 같아. 게다가 점점 더 난폭해지는 것 같아. ×
××에서는 방화도 했대……."

다다에도 흥분한 표정으로 대답했다.

"어머, 너무하네. 방화라니……."

야스코는 자기도 모르게 말을 내뱉었지만, 그 순간 조선인에 대한
증오의 감정이 가슴으로 확 밀려오는 것 같았다.

"정말 너무해. 엉망진창이야."

다다에도 눈썹을 치켜 올리며 분노가 담긴 목소리로 대답했다.

"그렇게 난폭하게 굴기 시작하면 위험하지. 그런데 좀 진정이 될
것 같아요?"

야스코가 다소 불안한 기색으로 물었다.

"그게, 진정이 되기는커녕 점점 더 심해진다고. 엄청난 기세로 퍼
지고 있는 것 같아."

"그럼 이쪽도 오지 않으리라는 법이 없네요……."

야스코가 지금은 확실히 불안감을 드러내며 물었다.

"그야 물론 모르지. 조만간 찾아 올 거야, 아마. ……소동이 일어나
는 게 더 재미있을 것 같기도 하고 말야."

다다에는 이렇게 말하며 고개를 살짝 들고 눈빛을 반짝이며 웃었
다. 그 때 다다에의 눈은 일찍이 야스코가 본 적이 없는, 야성적인 광
폭한 빛을 발하고 있었다.

"무서워요, 저. 그런 일이 생기면……."

야스코는 거의 무의식 중에 이렇게 말했다.

"하하하하. 너무 심각하게 생각하고 약한 소리 마. 괜찮아. 안심하
고 있어……."

다다에는 큰 소리를 내며 웃기 시작했다.

"그럴까요……?"

야스코는 걱정스러운 듯이 재차 확인하며 어느 새 괜찮을 것이라
생각하게 되었다.

(1923.3.8)

49

당국에서는 독립운동의 확산을 염려하여 처음에는 그것을 극비에
부쳤다. 하지만 어찌 손바닥으로 하늘을 가리랴. 순식간에 전 조선으
로 알려지게 되었다. 그도 그럴 것이, 어딘가 신경에 문제가 생기면
전신(全身)에 전달이 되니까 말이다.

의식적 무의식적으로 내지인에 대해 쌓여 있던 그들 가슴 속 불만
에 점화가 된 것 같았다. 이윽고 신문에도 독립운동 기사가 게재되기
시작했다.

"어휴, 점점 더 심해지는군. 아까도 전화가 왔어. 국경의 ××라는
산속에 있는 파출소에 조선인들이 다수 몰려와서 돌을 던지기도 하고
불을 지르기도 했다는군. 상등병은 살해당했고 그 아내는 요보(ㅋㅊ)의

옷**08**을 입고 뒷문으로 빠져나와 피스톨을 팡팡 쏘며 간신히 내지인 인가가 있는 곳까지 도망을 쳐서 겨우 목숨만 건졌다고 하는군. ……."

점심 때 좀 늦게 돌아온 다다에는 앉지도 않고 선 채 흥분하여 얼굴이 빨개져서 말했다.

"어머나, 무서워라……,"

야스코는 화로 앞에 앉아서 공포로 가득 찬 얼굴을 기울이며 말했다.

"상황이 그렇게 심해지다니 정말 무섭네요. 여기는 괜찮을까요?"

야스코는 두려운 듯 눈을 크게 뜬 채 밥상을 차리는 것도 잊고 물었다.

"글쎄. 그건 알 수 없지……. 애초에 이번 소동에는 본부 같은 것이 있어서, 거기서 불령선인(不逞鮮人)을 보내 지방인들을 선동하고 있어. 독립선언서 같은 것도 거기에서 퍼진 거야. 그러니까 그런 놈들이 파고 들어오면 위험하지……."

다다에는 이렇게 말하며 생각에 잠겼다.

'불령선인이 파고들려면 남쪽이나 북쪽에서 해안선을 따라 파고드는 수밖에 길이 없어. 그곳만 확실히 단속을 하면 파고 들래야 파고 들 수가 없지.'

---

08 요보(ㅋボ)는 한국어 '여보'의 일본식 발음으로, 조선인을 가리키는 의미로 한일병합 전후 모멸감을 담아 일본인이 사용한 외래어. 따라서 '요보의 옷'이란 한복을 말함.

다다에는 무의식적으로 밥을 씹으며 열심히 생각을 하고 있었다. 그의 마음은 전쟁터를 향하는 병사처럼 긴장하고 있었다.

(1923.3.9)

52

관사에 있는 아낙네들 사이에서도 불안감은 하루하루 더해 갔다. 아낙네들은 따뜻해졌기 때문에 다시 원래대로 자주 왕래를 하고 있었다. 제각각 남편을 출근시키고 나면 아낙네들은 볕이 좋은 마루 끝에 모여 앉아 불안하게 얼굴을 찌푸리며 이야기를 나누었다. 야스코도 자주 그런 무리에 끼었다.

"어떻게 될까요. 정말이지, 이제 전 무서워서요, 너무 무서워서 아무것도 손에 잡히지 않아요……."

한 아낙네가 이렇게 말하자 다른 아낙네도 말을 거들었다.

"우리들은 아직 괜찮지만, 산 속 파출소에 있는 분들은 얼마나 무서울까요. 소요라고 하면, 일전(1907년)의 소요[09]가 생각나요. 그 때는 나도 산속 파출소에 있었는데, 얼마나 무서웠는지 지금 생각해도 소름이 끼쳐요."

---

09 정미의병(丁未義兵)을 말함. 정미의병은 1907~1910년간에 일어난 고종의 강제 퇴위·정미칠조약 체결·군대해산 등을 계기로 전개된 일련의 구국항일무력전의 총칭.

이렇게 당시 얼마나 무서웠는지를 이야기했다 .

"그 파출소라는 것이 산 속에 있는 집 한 채라서요. 집이라고 해도 그렇게 허름한 집은 없을 거예요. 집 한 채라고 해도 정말 딱 한 채로, 가까이에 조선인들 집도 한 채 없었어요. 아유, 그래도 낮 동안에는 그렇게 무섭지 않은데, 밤이 되면 아무래도 혼자서 집안에 있을 수가 없었어요. 누가 불이라도 지르면 어쩌나 해서요. 게다가 또 집이 초가 지붕이라서 불이라도 붙으면 단번에 타 버려서 빠져나올 수도 없다 니까요……. 저는 아무래도 너무 무서워 혼자 집에 있을 수 없었어요. 그래서 매일 밤 남편이 순찰 나갈 때 따라갔어요. 추적추적 비가 내리는 밤에 흠빡 젖으면서도 따라 갔어요. 그래도 혼자 집에 있고 싶지는 않았어요……. 불이 나면 돌아다닐 수도 없고 캄캄한 밤에 20리고 30리고 되는 길을 넘어지고 엎어지고 하면서 매일 밤 남편 뒤에 딱 달라 붙어서 다닌 것을 생각하면 지금은 재미있는 것 같아요. 하지만 그때는 그저 무서울 뿐이어서 다른 생각은 할 수도 없었죠……."

아주 옛날부터 조선에 와 있었다는 순사의 아내가 이렇게 이야기했다.

"정말이지 저번 소요는 또 얼마나 끔찍했던지요. 불은 지르고 총은 쏴대고, 집안에 있어도 방 한 가운데는 절대로 앉아 있을 수가 없었어요. 한 가운데 앉아 있으면 장지문 밖에서 마구잡이로 빵빵 쏴요. 내가 아는 분들 중에도 그런 식으로 총을 맞은 분들이 두세 명이나 되요.(원래 조선인들의 집은 방 중간에 창문이 있고 구석은 모두 벽으로 되어 있다.)"

이것 역시 아주 전부터 조선에 와 있었다는 아낙네의 맞장구였다.

(1923.3.13)

53

이렇게 끔찍한 이야기는 야스코는 처음 듣는 이야기였다. 야스코는 이야기만 들어도 머리카락이 쭈뼛쭈뼛 서는 느낌이었다.

"이번에는 어떨까요? 설마 그런 끔찍한 일은 없겠죠……?"

야스코는 두려운 표정을 하고 보장이라도 받고 싶다는 듯 물었다.

"글쎄요. 어떻게 될까요. 국경이나 남쪽에서는 꽤 심하다는 이야기가 있지 않아요? 정말로 그런 일은 없었으면 좋겠어요……."

옛날부터 와 있다는 아낙네는 걱정스러운 듯이 대답했다.

그녀들이 이런 식으로 불안한 표정으로 이야기를 하고 있는데, 그 앞으로 야스코의 집에서 쓰고 있는 조선인 삼길과 독신자로 취사 담당을 하고 있는 총가들이 볼일을 보느라 왔다갔다 하고 있었다. 그들이 옆으로 지나갈 때, 그녀들은 서로 입을 맞추기라도 한 듯 입을 꼭 다물고 차갑게 뭔가 탐색하는 듯 한 눈빛으로 그들을 보았다. 그들도 무엇 때문에 야스코들이 갑자기 입을 다물고 나무라는 듯한 눈빛으로 자신을 보고 있는지 너무나 잘 알고 있었다. 그런 경우 삼길들은 야스코들에게서 그런 식으로 취급당하는 것이 매우 마음 아파서 이상하게 쭈뼛쭈뼛하며 난처한 표정을 짓는다.

'저를 믿어 주세요. 저는 의심을 받을 만한 짓을 하는 사람이 아닙니다. 저는 그런 사람이 아닙니다. 제발 저를 믿어 주세요…….'

이런 눈빛을 하고 고개를 숙이고 지나가는 것이었다. 특히 삼길의 경우가 그러했다. 삼길이 분대로 온지도 벌써 10년 이상이나 되었다.

그가 얼마나 정직하고 온순한지는 누구나 다 잘 아는 사실이었다. 10년이라는 오랜 세월 동안, 삼길은 의심받을 짓은 한 번도 하지 않았다. 모두에게 사랑을 받았고 호감을 주었다. 그러니 아무리 일본 아낙네들이라도 삼길은 별로 의심하고 싶어하지 않는 눈치였다.

그러나 취사 총가만은 그렇지 않았다.

'당연하지 않습니까? 당연한 일을 하는 거 아닌가요? 우리 조선인들도 당연히 요구해야 할 것을 요구할 만큼의 용기쯤은 있습니다. 두고 보세요. 어떻게 되는지 한번 보세요.'

그는 영리한 눈으로 이렇게 이야기하듯이 당당한 모습으로 거칠게 게다 소리를 딱딱 내면서 달려갔다. 그러면 또 아낙네들은 밉살스럽다는 눈으로 그 뒷모습을 바라보았다. 사랑한 사람으로부터, 신뢰한 사람으로부터, 바로 내 수하에 있는 사람으로부터 배신을 당하는 쓸쓸함, 분노는 그 아낙네들이나 야스코들만 맛본 것이 아니다. 전 조선에 있는 내지인들은 모두 쓸쓸하게 이를 악물며 그 맛을 보아야만 했다.

(1923.3.14)

54

독립운동의 도화선에 불이 붙은 지 벌써 꼬박 한 달여의 시간이 흘렀다. 하지만 소요는 수그러들 기색이 전혀 보이지 않았다. 아니 그

뿐만 아니라 제 방면으로 불길이 번져서 지금은 웬만해서는 손도 대지 못하게 되어 버렸다. 드디어 군대 출동 명령이 발포되었다. 이 소요는 뒤에서 모 나라 사람이 조종을 하고 있는 듯하며, 선교사의 검은 그림자가 섞여 있는 것 같았다. 그 큰 소요도 교통이 불편한 북선(北鮮) 한쪽에 있는 고성(高城)에서는 어쩐지 강 건너 불구경하는 감이 있었다. 하지만 요즘에는 고성도 진지하게 불온의 빛을 띠게 되었다. 조선인 복장을 한 특무(特務) 상등병이나 하사들이 두루마기 속에 비밀 무기 지팡이를 감추고 조선인들 집으로 쳐들어갔지만, 그들은 늘 원하는 것을 이루지 못하고 돌아왔다.

읍내 집 담에 조선의 깃발이 펄럭이고 있거나 만세라는 글씨가 씌여진 것도 요즘의 일이었다.

"결국 여기서도 하는구나. 아마 할 거야……."

모두의 마음속에서 이런 예상이 자연스럽게 들끓었다.

어느 날 점심 때 달려서 돌아온 다다에는 방안으로 들어오자마자 앉지도 않고 선 채로 큰 소리로 말했다.

"여보, 지금 ××(인접 분대)에서 하고 있어. 아까 전화를 걸었는데 총소리가 탕탕 엄청나게 섞여서 들려왔어……."

"어머나, 그래요. 무서워라……."

앉아있던 야스코는 자기도 모르게 벌떡 일어섰다.

"여기는 어때요?"

야스코가 무의식적으로 물었다.

"여기에서도 할 거야. 분명히 할 거야………."

다다에는 힘차게 말했다. 지금 다다에는 그러기를 바라고 있었다. 그 순간 다다에의 마음은 피에 굶주린 야수처럼 투쟁을 바랐다. 인간성의 바닥에 깊이 뿌리를 내리고 있는 본연의 욕망이 격하게 고개를 든 것이다.

"저, 무서워요. 정말 어떻게 하면 좋죠……?"

야스코는 매달리기라도 하듯 이렇게 물었다.

"난 몰라. 내가 알 바 아냐……."

다다에는 마치 나무라기라도 하듯 이렇게 말하고, 갑자기 야스코 옆으로 휙 몸을 비켜 옆방으로 뛰어들었다.

"마누라가 달라붙으면 어떻게 해? 나에게는 전투가 있어. 전투가……."

다다에는 각인이 된 듯이 이렇게 생각했다. 그는 성큼성큼 다리에 힘을 주어 이리저리 뛰어다니듯 방안을 돌아다녔다.

(1923.3.15)

55

이러한 소요 가운데 가장 괴로운 입장에 처한 것은 헌병보조원들이었다. 그들은 자신을 어떤 입장에 두어야 할지 혼란스러웠다. 동포들로부터는 이단자로 백안시당하고 같은 직무에 있는 헌병들은 끊임없이 감시의 눈길을 보내며 아무 생각 없는 속마음을 떠보려 했기 때문이다.

그저 자신의 공명만을 위해 달리는 사람들은 그것으로 괜찮겠지만, 조금 의기가 있고 열정이 있는 사람은 괴로워하지 않을 수 없었다.

이 고통을 가장 통절하게 맛보고 있었던 것은 분대의 김 감독이었다. 그는 나이는 아직 얼마 되지 않았지만, 머리도 좋고 수완도 있어서 작년에 발탁되어 감독이 되었다. 아직 젊은 그는 열정도 있고 의기도 있었다. 어차피 결국은 실패로 끝날 것이 틀림없는 동포들의 독립운동에 대해, 그는 그렇게 냉담할 수만은 없었다. 깊이 공명을 했다. 자존심이 강한 그가 오늘날까지 내지인들에게 몇 번이나 당한 굴욕과 압제에 대한 분노는 불처럼 그의 가슴속에서 타오르기 시작했다. 실패로 끝난다 해도 그것은 그것대로 괜찮다고 그는 생각했다. 그는 이 소요를 스스로 진압할 생각은 없었다. 하지만 그렇게 하는 것은 그의 직업적 양심이 허락하지 않았다. 그는 괴로웠다.

분대 측에서도 보조원의 태도에는 늘 감시의 눈길을 보내고 있었다. 김 감독은 혜안의 도미 오장이 쏘는 듯한 날카로운 시선으로 늘 자신의 신변을 감시하고 있는 것을 잘 감지하고 있었다. 실제로 그는 이번 소요에서는 항상 수완을 발휘하려 들지 않았다. 다른 사건에 대한 그의 뛰어난 수완에 비하면, 둔한 것이었다. 그가 고의로 실력을 발휘하려 하지 않는 것은 다다에도 잘 알고 있었다.

퇴청시간이 되면 김 감독은 휴, 하고 안도의 한숨을 쉬었다. 그는 무거운 발걸음을 질질 끌며 퇴근을 하지만, 어쩐지 일찍이 느낀 적 없었던 피로감이 느껴졌다.

김 감독은 오늘도 여느 때와 다름없이 무거운 발걸음으로 자신의 몸을 억지로 질질 끌다시피 해서 집에 돌아왔다. 그리고 평소처럼 몹시 피곤해서 자기 방에 들어가서 옷도 벗지 않고 온돌방 바닥에 벌러덩 누워 있었다. 그런데 옆방에서 누군가가 소곤소곤 비밀 회의를 하고 있는 소리가 귀에 들어왔다.

(1923.3.16)

56

속삭이는 목소리의 주인공 중 한 명은 자신의 동생 춘영(春榮)임을 바로 알아차렸다. 목소리의 주인공 중 한 명이 동생임을 알고 나자, 문득 혹시나 하는 직감이 김 감독의 마음을 점령했다. 그래서 처음에는 아무 생각 없이 듣고 있던 그는 갑자기 귀를 쫑긋하고 조용히 이야기가 어떻게 되어 가고 있는지 살피고 있었다.

"꾸물거리고 있다가 시기를 놓쳐 버리는 것 아냐? 들어보니 여기에도 헌병대가 주둔한다는 이야기가 아니겠어? 그것도 2,3일 내에는 도착한대. 헌병대가 와 보라구. 아무리 발버둥쳐 봐도 소용없지 않겠어? 그러니까 하려면 지금 해야 해, 자네⋯⋯. 지금 시기를 놓쳐 버려 보라구. 다시는 일어설 수 없을 것 아닌가 말이네⋯⋯."

상대는 점점 더 흥분을 해서 처음에는 소곤소곤하더니 큰 목소리를 내고 말았다. 그러자 동생이 달래는 소리가 들렸다.

"이보게, 자네, 그렇게 목소리를 높이면 안 되지 않겠나? 형이 돌아온 것 같으니까 더 조용히 이야기하게. 형에게 들리면 안 되니까 말야……."

흥분을 한 상대는 좀처럼 말을 듣지 않는다.

"괜찮지 않나? 자네 형에게 들려 봤댔자 설마 자네 형이 나와 자네를 잡아서 ■■해서 공명을 세우려고는 하지 않을 거네. 적어도 자네 형님 아닌가? 눈을 감아 줄 정도의 용기는 있겠지. 있을 것 같지 않나? 나는 그렇게 믿네…….

상대는 누구인지 모르겠지만, 그가 돌아와 있다는 것을 알고 일부러 들으라는 듯이 더 흥분을 한 목소리로 말하는 것이었다. 그러자 또 동생의 목소리가 났다.

"이보게, 자네. 그런 끔찍한 말은 말게. 그 때문에 형은 엄청 괴로워하고 있어. 나는 그것을 너무 잘 알고 있네. 나는 형의 마음을 생각하면 딱해서 견딜 수가 없다고. 그러니까 이번 일도 형에게는 일체 비밀이네. 안다고 해도 말리거나 하지는 않겠지만, 일이 몹시 번거로워지니까 말이네. 보고도 일절 모르는 척 해 주는 거라네……."

이렇게 제지를 하듯이 빠른 말투로 속삭이는 것이었다.

이윽고 동생 춘영은 상대 남자와 함께 그에게 말 한 마디 없이 살금살금 나가 버렸다.

김 감독은 가만히 눈을 감은 채 죽은 듯이 움직이려 하지 않았다. 그는 동생을 원망했다. 가엾게 생각했다. 자신을 닮아서 열정가(熱情家)인 동생이 이번 독립운동에 공명하여 동지와 이야기를 해서 이곳에서 뭔가 일을 저지르려는 것을 처음으로 알게 된 것이었다. 그것은 있을 법한 일이었다. 그는 깊은 한숨을 내쉬었다. 그렇게 하는 것은 헛되이 불속으로 몸을 던지는 것과 같은 것이다. 단 하나 있는 사랑하는 동생은 과연 어떻게 될까? 그는 동생의 의지를 바꾸게 할 생각은 없었다. 그는 동생의 마음을 잘 알고 있기 때문에, 여전히 누운 채로 어두워진 방 안에서 조용히 눈물을 흘리고 있었다.

(1923.3.17)

57

마침 그 날 밤의 일이었다. 바람은 완전히 잠들어 조용한 밤이었음에도 불구하고 오랜만에 비어 있던 읍내의 집 한 채에서 불이 났다.

그날 밤 다다에는 고성에도 군대가 주둔하게 되었기 때문에 그 준비로 선발이 되어 온 젊은 사관을 위해 분대 근처 여관에서 술을 마시고 있었다. 무시무시했던 경성 방면의 폭동 이야기를 들으며 상당히 술을 마셨다고 생각할 무렵, 다다에는 유리문 너머로 읍내 쪽에 확하고 불길이 오르는 것을 알아차렸다.

"앗, 불이다. 결국 일이 터졌군……."

눈에 띄게 신경과민이 되어 있는 다다에는 바로 이렇게 직감하고 자리를 걷어차고 일어섰다.

"일이 터졌나요? 터진 것인가요? 정말이에요……?"

그 사관도 일어서서 툇마루로 달려갔다.

"실례합니다……."

다다에는 툇마루에서 뛰어내리더니 맨발로 쏜살같이 달리기 시작했다.

"터졌네. 터졌어. 결국 터지고 말았어……."

다다에는 이렇게 중얼거리며 쏜살같이 분대 쪽으로 달려갔다. 기다리고 기다리던 일이 드디어 벌어진 느낌이 들었다. 그의 가슴은 팔딱 팔딱 기세 좋게 큰 소리를 내며 고동쳤다.

다다에가 분대 근처까지 숨을 헐떡거리며 달려오자, 분대 마당에서 비상소집 경적이 어둠을 가르며 요란하게 울리고 있었다.

"아아, 불이 난 줄 알고 있군."

다다에는 그 말을 듣고 일종의 만족감을 느끼며 쏜살같이 달리면서도 긴장된 입가에 얼핏 희미한 미소를 띠었다.

"이보게, 누군가 당직병은……?"

다다에는 분대 문을 들어서자마자 자못 군인다운 엄연한 말투로 크게 물었다.

"접니다. 다자와(田沢) 상등병입니다."

다다에의 질문이 끝나기도 전에 어둠 속을 뚫고 핑하고 격앙된 큰 소리가 났다.

"알았네. 나는 이제부터 군복으로 갈아입고 올 테니까, 다자와 상등병은 누군가 올 때까지 이곳에 있으면서 누가 오면 바로 화재 현장으로 가서 정황을 보고 온다. 알았나? ……."

다다에는 서두르면서도 분명한 어조로 이 말만 하고 다시 쏜살같이 어둠을 뚫고 관사 쪽으로 달려갔다.

마구간 앞까지 오자, 이제 그곳에서도 후다닥후다닥 하는 구두 소리나 쟁쟁 하는 검 소리가 뒤섞여 들려왔다. 아직 잠자리에 들지 않은 헌병들이 경적을 듣고 달려온 것이다.

"분대장님입니까?"

"나다!"

"방화사건입니까? 아니면 단순 화재입니까?"

"뭔지 모른다. 다자와에게 바로 가 보라고 말해 두었다. 이제 옷을 갈아입고 올 테니까 보조원도 불러 모은다……."

놀랄 만큼 신속하고 활기차게 30초 정도 동안 이런 문답이 오갔다.

(1923.3.18)

58

그러자 이 때 문밖에서 쉰 목소리로 숨을 헐떡거리며 야스코를 부르는 소리가 났다.

"사모님, 사모님……."

"누구시죠? ……."

"저, 접니다. 방화사건이 났습니다. 빨리 도피하지 않으면, ……빨리요, 빨리."

반장의 아내가 어서 도피하라고 알려준 것이었다.

"네, 지금 바로 갈게요."

야스코는 이렇게 대답하면서 자신의 방으로 뛰어들어가서 새근새근 기분 좋게 자고 있는 아이를 갑자기 끌어안고 이불로 감쌌다.

"사모님, 그러면 바로 분대로 가 주세요. 나는 다른 분들을 데리러 갔다 올 테니까요……."

반장의 아내는 이 말만 휙 던지고 다른 관사 쪽으로 달리기 시작했다.

야스코는 아이를 안고 책장 위에 올려 둔 보따리를 꺼냈다. 그 안에는 이럴 때 언제든 들고 갈 수 있도록 아이의 기저귀가 담겨 있었다.

"돈을, …….

야스코는 또 서둘러 서랍을 열고 지갑을 꺼내 품에 찔러 넣었다. 어떨 때라도 지갑만큼은 가지고 가지 않으면 안 된다고 평소 각오하고 있던 것이 생각난 것이었다.

"불을!"

야스코는 불 생각이 나서 재빨리 쇠주전자를 들어 화로에 물을 좍 붓고 마지막으로 램프의 불을 훅 불어서 껐다.

이상하게도 야스코의 마음은 진정이 되었다. 부들부들 떨 정도로 무서운 생각이 드는 가운데에도 한편으로는 확실하게 자각을 하고 진정을 하게 된 것이다. 폭동! 이 말을 들은 순간, 울적해 있었기 때문에 화들짝 놀라서 뛰어 오르며 혼란스러워졌던 마음이 마침내 진정이 된 것이다.

그러는 동안에도 불길은 점점 더 타올라 하늘을 태우는 것 같았다.

엄청난 불똥이 시뻘겋게 불길 위로 날아다니는 것이 눈에 들어왔다.

"앗, 저기에도 불이. 마쓰에(松江) 씨는 없는 걸까? ……."

방을 나온 야스코는 곧장 분대 쪽으로 달려가려 했지만, 문득 별채에 램프를 그대로 켜 둔 것이 눈에 들어왔다.

"마쓰에 씨, 마쓰에 씨, 마부님."

야스코는 달려가서 불러 보았지만 아무도 없는지 아무 소리도 나지 않았다. 아무도 없다는 것을 알자 야스코는 바로 문을 열고 안으로 뛰어 들어가서 훅 하고 단숨에 램프의 불을 껐다. 램프가 켜져 있으면 폭도들의 표적의 대상이 될 염려가 있기 때문.

마부꾼 방의 램프도 끈 야스코는 이번에는 분대 쪽을 향해 마장(馬場)을 가로질러 어둠 속을 쏜살같이 달리기 시작했다.

아이를 꼭 끌어안고 어둠 속을 득달같이 달리면서도 이상하게 머리가 맑아진 야스코는 어떤 한 장면이 떠올랐다. 일찍이 읽은 적이 있는 러시아 소설의 어느 장면이 말이다. 그리고 잠시 후에 누군가는 죽임을 당하고 누군가는 사람을 죽이는 것 아닐까?……. 그리고 또 그 후에 한 사람은 패자로서 영원히 이 세계를 떠나고 또 한 사람은 승자로서 오래오래 이 세상에 남는 것이다……. 이런 생각들이 이어졌다.

"누가 죽임을 당하고 누가 사람을 죽이는 것일까? 대체! ……그런 것 알게 뭐야. 아 끔찍한 일이야……."

야스코는 달리면서 부들부들 몸을 떨기 시작했다.

(1923.3.21)

62

이윽고 도미 오장이 활기찬 모습으로 돌아왔다.

"괜찮습니다. 괜찮습니다. 이상 없습니다. 불도 거의 다 꺼졌습니다. 엄청난 인파로 어쩐지 불온한 기색이 보여서 보조원으로 하여금 극력 해산을 꾀하게 했습니다. 그래서 반 이상 해산을 했습니다. 아, 정말 엄청난 소동이 벌어졌습니다……."

이렇게 보고를 하며 도미 오장은 자신도 이제 비로소 안도했다는 식으로 웃었다. 그 웃음 소리는 살기를 띠며 극도로 긴장하고 있던 사무실의 공기를 단숨에 부드럽게 했다. 모두의 얼굴에 살았다는 안도의 빛이 떠올랐다.

"그런가, 아무 일도 없었나? 아, 다행이다……."

다다에도 어깨의 긴장을 약간 푸는 느낌으로 대답을 했지만, 젊은 상등병들의 얼굴에는 반대로 실망의 빛이 떠돌았다.

"뭐야, 단순한 화재야? 방화가 아니었던 거야? 바보가 된 느낌이네. 이렇게 야단 석을 떨고 말야……."

이렇게 불만스럽게 투덜거리는 것이었다.

그런데 또 전화가 걸려왔다. 도미 오장이 가장 가까이 있었기 때문에 바로 가서 수화기를 들었다.

"음, 그런가? 음, 그것 참 이상하군. 실은 이쪽에서도 방금 전 불이 나서 겨우 끄고 온 참이네……. 아니, 만세를 부른 사람은 딱히 없었는데. 음, 그래. 음, 음……."

뭔가 큰 사건을 통지받기라도 한 듯 전화를 받는데 열중했다. 전화를 끊고나서는 성큼성큼 다다에 앞으로 다가왔다.

"분대장님, 장전(長箭)에서 전화가 왔습니다만, 장전에서도 아까 이곳과 완전히 똑같은 시각에 불이 났다고 합니다. 게다가 여기와 똑같이 빈집에서 불이 났다고 합니다. 역시 엄청나게 많은 인파가 나왔고 만세를 부른 사람이 네다섯 명 있어서 붙잡았다고 합니다. 군중들은 분견소(分遣所)에서 즉시 출동을 했기 때문에 아무 일 없이 해산했다고 합니다……."

도미 오장은 흥분한 상태로 돌아와서 단숨에 늘어놓았다.

그 이야기를 들은 사람들의 눈은 다시 이상하게 빛나기 시작했다.

"음, 그래? 그것 참 이상하군. 어쩌면 장전하고 서로 기다렸다가 일을 함께 하려는 신호였는지도 모르겠군……."

다다에가 생각을 하면서 말을 했다.

"네, 분대장님 말씀 그대로 일 것입니다. 저도 그렇게 생각했습니다. 신호를 주고받기 위해서 빈집에 불을 지르고 사람들이 모인 것이 틀림없습니다. 그런데 이곳에서 즉시 현장으로 달려갔기 때문에 오히려 중지를 시킨 것처럼 된 것이겠죠……."

도미 오장은 이렇게 다다에의 말을 이었다.

(1923.3.25)

64

잠깐 동안 사람들 사이에 하릴없는 침묵이 흘렀다.

"그리고 김 감독이 결국 오지 않았습니다만, 분대장은 어떻게 생각하십니까? 나는 아무래도 이상하다고 생각합니다. 게다가 김 감독의 동생 춘영말인데요. 그 자에게 저는 오랫동안 주의를 기울이고 있었습니다만, 아무래도 좋지 않은 남자 같습니다. 오늘밤에도 김 감독이 찾아오지 않는 것을 보면, 동생 춘영이 주범 노릇을 하고 있기 때문에, 그것을 알고 있어서 찾아오지 않는 것이 아닌가 생각됩니다. 어떠세요? 내일은 한 번 꼭 동생 춘영을 강제로 연행해서 조사를 하려고 생각합니다……."

도미 오장은 소리를 약간 낮추면서 다다에게 이야기했다.

"좋아, 해 보게. 실은 나도 그 점을 주의하고 있었네."

다다에가 막 그런 이야기를 하는 참에, 반장과 무라야마 오장 등이 보조원들과 함께 활기차게 돌아왔다. 구두 소리, 검이 부딪히는 소리가 일시에 뒤섞여 들려왔다.

"어이쿠, 수고했네, 수고했어."

그곳에 머물러 있던 사람들은 일제히 일어서서 개선 병사들처럼 의기양양한 그들을 맞이했다.

"다녀왔습니다. 아, 너무 당치도 않게 소동을 일으켜서 죄송합니다."

반장은 역시 모자를 벗고 땀이 밴 이마를 손수건으로 닦았다.

"어이쿠, 수고했네. 별일 없어서 다행이야. 하지만 아무래도 그 화재는 납득이 가질 않는군……."

다다에가 이상한 듯이 말했다.

"예, 정말 이상한 화재였습니다. 정말 너무 의문입니다……."

반장도 머리를 흔들었다.

"장전에서도 있었다는군. 같은 시각에 빈집에서 불길이 일었다고 해. 만세를 부른 자들이 네다섯 명 있어서 포박했다고 방금 전에 전화가 왔었네."

옆에서 도미 오장이 이렇게 말했다.

"흐음……."

반장은 의심스럽다는 듯이 머리를 흔들었다. 다른 상등병이나 보조원들도 이상해서 견딜 수가 없었다. 오늘 저녁 화재에 대해 저마다 떠들고 있었다.

"정말이지 깜짝 놀랐어. 끔찍했다구……."

누구나 다 마음속으로는 이렇게 생각했다. 처음에 불을 보았을 때 너무 놀랐기 때문에 정신이 쏙 빠졌던 만큼, 아무 일도 없었던 것에 맥이 탁 풀린 것 같았고 모두는 어쩐지 희극 같다는 생각을 했다.

"젠장. 완전히 농락당했네. 바보 같이, ……."

젊은 상등병들은 혈기를 분출할 곳을 찾지 못해 애석해하며 유감스러운 듯이 바지런하게 무장을 했던 권총을 등 한 가운데로 돌리고 어슬렁거리며 말했다.

"자, 이제 괜찮으니까 여자들도 돌아가는 게 좋겠군. 대단히 수고들 많았네."

다다에의 이 말을 듣고서야 비로소 야스코들은 일어섰다.

"아유, 대단히 감사합니다. 너무 폐를 끼쳤습니다."

그 때까지 가만히 입을 다물고 있던 우편소장 부부도 좀 맥이 풀린 표정을 하면서도, 어휴 살았다 하는 식으로 모두를 앞에 놓고 인사를 하고 있었다.

여자들은 아직 희미하게 떨리는 마음을 꾹 참으면서 자신들이 얼마나 공포스러웠는지를 이야기하며 집 쪽으로 걸어갔다.

(1923.3.27.)

65

그 때 마침 정말이지 우연하게도 그슬린 천정 벽지에 어깨를 집어넣을 수 있는 정도로 찢어진 흔적이 있는 것이 발견되었다. 게다가 찢어진 그 부분은 아주 최근에 새로 생긴 것이 확실했다. 이것을 한 눈에 알아본 도미 오장은 자기도 모르게 소리를 질렀다.

"아, 아."

오장은 바로 이 찢어진 부분에 자신이 찾던 비밀이 숨겨져 있을 것이라고 직감했다.

"하늘의 뜻이네, 정말로!"

이럴 때면 그는 늘 느끼는 바이지만, 오늘 이런 자신을 하늘이 이끌어 주고 있다는 느낌이 분명하게 들었다. 오장은 몸을 돌려 옆에 있던 의자를 나는 새처럼 잽싸게 가지고 와서 그 위로 뛰어 올랐다. 그리고 바로 찢어진 입구 속으로 머리를 들이밀었다.

있다! 있어! 인쇄된 대여섯 장의 선전문이 둘둘 말려 천정 벽지 위에서 나뒹굴고 있었다.

둘둘 만 선전문을 손에 쥐고 찢어진 천정에서 머리를 빼려 할 때야 비로소 먼지 냄새가 코를 푹푹 찌르는 것을 알았다. 오장은 그것을 들고 의자에서 뛰어내리더니 감독의 머리맡으로 돌아와서 보여 주었다.

"있네. 김 감독. 이거네……."

"그래요?"

김 감독은 작은 목소리로 이 말 한 마디만 할 뿐, 슬쩍 보고 바로 눈을 감아버렸다.

"그래, 이거면 됐어……."

도미 오장은 자신도 어쩐지 말을 하고 싶어져서 그 선전문을 속주머니에 집어넣고 일어서려 했다.

"도미 오장님, 잠깐 기다려 주세요. 부탁이 좀 있습니다. ……."

갑자기 김 감독이 불렀다.

"왜 그러나? 뭔가 할 말이 있나?"

두세 걸음 가다가 뒤를 돌아보며 오장이 물었다.

"죄송합니다만, 이것을 분대장님께 제출해 주세요."

김 감독은 머리맡을 더듬더니 봉투를 하나 집어들었다.

"뭔가, 그것은……?"

오장이 이상스럽다는 듯이 받아들자 봉투 겉면에 '사직서'라고 적혀 있었다.

"이건 사직서가 아닌가? 어떻게 된 일인가!"

오장은, 그럼 혹시 라고 생각하면서 물었다.

"그렇습니다. 저는 사직을 결심했습니다. 오장님…… . 오장님께도 오랫동안 여러 가지로 신세 많이 졌습니다. 하지만, 일이 이렇게 되어서요…….."

그는 이렇게 말하고 잔뜩 찌푸린 얼굴에 희미하지만 차갑게 자신을 비웃는 듯한 미소를 띠었다.

"그런가……?"

오장은 감독의 얼굴에 가만히 눈길을 주면서 말했다. 하지만 자신의 가슴에서도 일종의 감개가 솟고 있고 있음을 알아차렸다.

오장은 받아 든 그 사직서도 한쪽 속주머니에 집어넣고는 말없이 일어섰다.

도미 오장은 지금 자신의 관찰이 훌륭하게 적중하여 공명을 달성하고 돌아가는 길이었지만, 어쩐지 오늘은 이럴 때 평소 느끼던 강한 자신감과 의기양양한 기분이 들지는 않았다. 이상하게 일종의 적막감과 비애감이 느껴졌다.

(1923.3.29)

66

그 날 저녁이었다. 춘영은 두세 명의 동지와 함께 집에 돌아왔다가 이유도 없이 체포를 당해 버렸다. 동생이 체포되어 가는 모습을 창문으로 보고 있던 김 감독의 얼굴에는 비할 데 없는 비통한 기색이 가득했다.

"불쌍한 녀석. 하지만, 춘영아 나는 네가 부럽구나……."

그의 눈에서는 뜨거운 눈물이 흘러내렸다. 역시 춘영들도 기죽는 모습 보이지 않고 순순히 체포되어 갔다.

그날 밤, 도미 오장은 밤새워 그들을 조사했다.

"대체 너희들은 무엇 때문에 선전문 같은 것을 가지고 돌아다니는 거냐? ……."

램프를 앞에 놓고 앉은 도미 오장은 그 앞의 딱딱한 의자에 나란히 앉아 있는 춘영들을 보며 조용히 친밀감을 가장하며 물었다.

아무도 대답하는 이가 없었다. 입을 굳게 다문 채 책상 위를 보고 있었다. 어느 누구의 눈에도 반항하는 기색은 없었다.

"그래, 말 못할 것 없잖아……. 독립운동을 하려는 이유를 말야. 무슨 필요가 있어서 그런 흉내를 내는 거지? 얻을 게 뭐가 있다고 그런 짓을 하려는 것인지 말을 해 보라구."

"자유를 얻기 위해서 했습니다……."

입술을 꽉 깨물고 조용히 고개를 숙이고 있던 춘영이 외쳤다.

"흥, 자유를 얻기 위해서 했다고? 독립운동을 하면 자유를 얻을 수 있다고 생각하는 건가? 그런 짓을 하는 것은 자유를 얻는 것이 아니라 오히려 자유를 잃는 것이라는 것을 모른단 말인가?"

도미 오장은 엄중하게 물었다.

"너희들은, 조선인들의 위치가 현실적으로 그 만큼 자유가 없다고 생각하는 건가?"

오장은 그들의 얼굴을 빤히 살피며 물었다.

"네, 그렇게 생각합니다. 조선인들의 현실 어디에 자유가 있습니까? 있는 것은 압박과 굴욕뿐으로, 우리들은 이제 더 이상 참을 수가 없습니다."

춘영은 다시 분연히 말을 내뱉었다.

"흠, 그러고보니 일면 그럴지도 모른다. 하지만, 너희들이 추구하는 그 자유를 독립운동을 하면 얻을 수 있다고 생각하는 거냐? 그렇게 간단한 방법으로 말이다……. 파리에서 윌슨 씨가 독립운동이 어쩌니 저쩌니 한 것 같지만, 너희들은 그런 외교지령에 성의가 있다고라도 생각하는 거냐? ……. 조선인들은 진정 자유를 얻고 싶으면 절대 그렇게 해서는 얻을 수 없다. 너희들은 그런 짓을 해서 자유를 얻을 생각이냐? 얻을 수 있다고 생각하냔 말이다."

도미 오장은 뭔가 윽박을 지르듯 이렇게 말했다.

(1923.3.30)

67

그러자 가만히 얼굴을 가리고 생각에 잠겨 있던 춘영이 조용히 고개를 들었다.

"아니 꼭 얻을 거라고 생각하지는 않지만, ……."

춘영은 이렇게 말하며 말꼬리를 흐렸다.

"음, 얻을 거라고 생각하지는 않았지만, 그래서 그게 어떻다는 것인가? 얻을 수 있다는 확신이 없는데 어떻게 선전문 같은 것을 가지고 돌아다니지?"

오장이 놓치지 않고 말꼬리를 잡으며 확인을 했다.

"…………."

춘영은 입을 다문 채 가만히 입술을 깨물고 있었다. 악물고 있는 입술이 부르르 떨렸다.

"어떠냐? 그 이유를 말 못할 것은 없지 않느냐 말이다. 말하는 게 좋지 않을까?"

오장은 바로 이때다 하는 식으로 더욱더 추격을 하며 몰아붙였다.

"그건, 하지 않을 수 없어서 한 것일 뿐입니다. 우리는 독립운동이 성공하지 못한다는 사실에 연연해 할 수 없었습니다. 성공하지 못 했을 때 그것이 우리에게 어떤 결과를 초래할지 계산할 여유가 없습니다……."

춘영은 결심을 한 듯이 결연히 대답했다. 그의 얼굴에는 살기가 가득했다.

"흠……. 성공을 하든 말든 염두에 없었단 말인가? ……. 그러면 너희들은 환영을 좇는다는 말이군……. 환영을 좇는 것으로 만족한다는 말이네……. 꿈을 꾸고 있으면 된다는 말인가? ……."

오장은 그들의 얼굴을 가만히 응시했다.

"어쩌면 그럴지도 모르죠. 저도 잘 모르겠지만 말입니다. ……."

춘영은 침통한 목소리로 이렇게 말하고, 잠시 고개를 숙였다. 무거운 침묵이 주위를 무겁게 감쌌다. 오장의 입에서도 춘영의 입에서도 희미한 한숨소리가 똑같이 흘러나왔다.

"좋아, 그럼 오늘 밤은 이 정도로 해 둘 테니, 저쪽에 가서 자."

오장은 이렇게 말하며 그들을 유치장에 집어넣고 자신도 관사로 돌아갔다.

사람들이 다니는 길은 이제 완전히 눈이 다 녹았다. 하지만, 밭이나 논두렁 여기저기에 남아 있는 하얀 눈을 보면서, 아직 밤에는 얼어붙는 길을 뚜벅뚜벅 구두소리를 내며 걸어갔다.

'조선인들은 말만 나오면 자유를 얻어야 하느니, 부당한 압박을 받느니 하면서, 그리고 압박을 향해 분연히 일어서기도 하면서, 대체 왜 더 철저히 목숨을 걸고 몸을 바치려 들지 않는 것일까? 아무래도 끝까지 뭔가를 하려는 인내가 결여되어 있는 것 같아. 역시 그들은 꿈을 좇는 국민들인 것일까?'

도미 오장은 이렇게 생각에 잠긴 채 길을 걸었다.

'게다가 애초에 조선놈들은 너무 남의 온정에 의지하려고 해. 사람만이 아니야. 자연의 은혜에 대해서도 마찬가지야. 산에 나무가 자라면 싸그리 다 베어버리지. 밭에는 씨를 뿌리고 수확을 할 줄은 알아도 전혀 거름을 하지 않아. 그러면 아무리 따뜻한 마음을 가진 사람이라도 그렇고, 자연이라도 그렇고, 참을 수가 없지.'

평소 그들에게 동정심도 갖고 이해심도 있는 도미 오장도 철저하지도 못하고 뻔뻔하기만 한 그들의 모습을 바로 눈앞에서 보자 이렇게 생각하지 않을 수 없었다. 조금 엄하게 대하면 바로 기세가 꺾여 버린다. 그렇다고 해서 조금 따뜻하게 대해주면 금방 기어올라서 손을 쓸 수가 없다. 정말이지 그들만큼 구제불능인 인간들도 없을 거야. ⋯⋯

'대체 저 녀석들은 뭐가 불평이고 뭐가 불만인지 자기들도 확실히 모르면서, 단지 자신들의 나쁜 버릇과 오랜 동안의 핍박으로 비뚤어진 마음으로 왠지 모르게 불평불만을 하고 싶어지는 거지. 그 허술함을 틈타서 선교사들 따위가 이리저리 부추기는 게 제일 나쁜 거야. ⋯⋯정치나 그런 방면에만 정신이 팔린 그들을 의술방면이나 실업방면으로 돌리도록 자리를 만들어 주는 것이 제일 좋을텐데 말야⋯⋯.'

그런 생각을 하면서 관사로 돌아왔다.

(1923.3.31)

68

읍내 빈집에서 발생한 이상한 불은 집합의 신호로 한 것임이 춘영들의 자백에 의해 밝혀졌다. 하지만, 그 때문에 거류민들의 불안은 더 한층 증폭되었다.

"언제 또 그런 일이 있을지 몰라. 이번에 또 그런 일이 일어나면 정말 끔찍해질 거야!"

누구나 이런 불안감을 느꼈다.

그 무렵 내지인은 모두 일도 손에 잡히지 않고 벌벌 떨며 하루라도 빨리 군대가 주둔하기만을 바라고 있었다.

야스코에게 가장 무서운 것은 아이와 함께 목욕을 할 때였다. 만약 그럴 때 폭도라도 몰려오면 어떻게 하지? 도망을 친다고 해도 아이에게도 옷을 입히고 자신도 옷을 입어야 한다. 그 사이에 무슨 일을 당할지 모른다. 그렇게 생각하면 야스코는 마음을 푹 놓고 있을 수도 없었다. 아이만 쓱 씻겨주면 야스코는 욕조에 한번 푹 들어갔다가 바로 나왔다. 그 얼마 안 되는 순간에도 딱 한 장 끼워져 있는 유리창에서 눈을 떼지 않고 분대에서 읍내 쪽으로 쭉 이어져 있는 외길을 살펴보았다. 만약 그 사이에도 네다섯 명 정도의 조선인들이 모여 있는 것 같으면, 야스코의 눈은 화들짝 놀라며 빛이 났다. 그러면 야스코는 아이를 씻기는 것이고 뭐고 다 잊어버리고, 그 사람은 누구일까, 혹시 폭도가 아닐까 하며 사람들이 다 흩어질 때까지 주의를 집중해서 살펴보았다. 그 만큼 야스코의 마음은 공포에 민감했다. 하지만 이는 비단 야스코만 그런 것은 아니었다. 모두가 그러했다.

기다리고 기다리던 수비대가 화재가 발생한지 나흘째 되던 날 드디어 소대 하나 정도의 규모로 도착했다.

"아아, 수비대가 왔다. 수비대가, ……."

거류민은 일제히 농성 병사가 저 멀리서 원군(援軍)을 보았을 때처럼, 환호를 하며 두 손을 들고 읍내 변두리까지 수비대 마중을 나갔다.

봄 햇살을 받아 반짝반짝 빛나는 총 끝에 달린 검, 용감한 구두소리, 힘이 넘치는 군가!

'이제야 비로소 내 생명은 안전지대에 놓인 거야.'

그들은 이렇게 생각함과 동시에 맥이 탁 풀리는 것 같은 안도감과 피로감을 일시에 느끼는 것이었다.

수비대는 어쨌든 본대를 분대 근처 여관에 두고 그곳에 투숙했다.

(1923.4.1)

69

수비대의 도착과 함께 전에는 의기양양했던 조선인들의 기세가 잠시 꺾인 것은 사실이었다. 원래 조금도 투철하지 않았던 그들의 불령(不逞)한 태도는 금방 모습을 감춰 버렸다.

"아, 이제 이것으로 완전 안심이다. 뭐니 뭐니 해도 역시 여차한 경우에는 군대가 나서지 않으면 안 된다니까. 고마운 일이야."

거류민은 누구나 병사들의 모습을 보고는 고마워 하며 안심을 하는데 반해, 저들 조선인들은 읍내의 크고 작은 길에 시위운동을 막기 위해 철포를 메고 배낭을 진 병사들이 엄연하게 발소리를 내며 네 명씩 혹은 여섯 명씩 대오를 짜서 지나가는 것을 보면 이상하게도 두려움을 느끼지 않을 수 없었다.

"아, 또 발자국 소리가 들려. 얼마나 무섭고 강한 발소리인가? 매일 매일, 하루에도 몇 번이고 저 끔찍한 발자국 소리를 들어야만 하다니, 얼마나 싫은지…………. 이렇게까지 우리를 감시해야 하는 것인가? 우리들은 그렇게까지 의심을 받고 있는 것일까? 신뢰받지 못하는 것일까? 대체 우리들이 무슨 잘못을 했다고 그러는 것일까? …………."

이렇게 생각하지 않을 수 없었다. 이제 그들은 이전처럼 집밖으로 나가려 들지 않게 되었다. 될 수 있는 한 온돌방 안에 숨어서 재미없다는 듯이 고개를 숙이고 웅크리고 앉아 쓸쓸한 듯 미덥지 못하게 어두운 표정으로 한숨을 쉬고 있었다.

마음 편히 일신을 맡길 수 있는 자신의 나라를 갖지 못 했다는 사실이, 자신의 나라를 잃어버렸다는 사실이 너무나도 슬프고 외롭게 느껴졌다. 그들의 이러한 심정은 실로 축축하고 검은 흙 위를 기어가는 연기처럼 음산하여 자업자득이기는 하지만 불쌍하기도 했다.

"전 조선에 수비대가 배치됨과 동시에 조선인들의 독립운동이나 불온한 폭동이 잦아들기 시작했고 마침내 표면적으로는 어쨌든 진정되었지만, 표면만을 보고 진정세를 보이고 있다고 생각하는 것은 그야말로 경박하고 성급한 시각에 지나지 않는 것이었다. 표면적으로 봐서 진정이 되었다고 생각하는 것은 위를 향해 폭발하려는 그들의 불평불만을 그냥 무력으로 마음대로 내리 누르려는 것에 불과한 것이다. 그냥 함부로 억눌러 두었다가는 더 큰 폭발을 초래하게 되지는 않을까? …….

게다가 지금까지 지극히 서서히이기는 하지만, 조금씩 조금씩 양쪽에서 서로 손을 내밀고 악수를 하려는 내선인(內鮮) 사이는 수비대가 주둔함으로써 완전히 실패했다고 할 수 있다. 아마 수비대가 주둔하는 이상 그들은 양쪽 모두 한번 움추린 손을 다시 내밀지는 않을 것이니 말이다.

조선인들이 여러 가지 사건에 대해 품고 있는 불평이나 불만을 그렇게 억지로 억누르지만 말고 좀 더 자유롭고 자연스럽게 발산하게 하는 것이 가장 좋을 텐데, ……."

야스코는 이런 생각을 해 보았지만, 물론 당국에서 그런 시도를 하려 할 리는 없었다.

(1923.4.3)

70

수비대가 주둔하자 헌병대는 휴, 하는 안도감으로 극도로 긴장하고 있던 신경이 일시에 이완되는 것을 느꼈다.

"이제 당분간 안심이다. 정말 여간 걱정이 아니었어."

다다에는 안심한 듯이 말했다. 그리고 오랜만에 만작(晩酌)을 하다가 자신의 팔을 바라보며 참으로 야윈 자신의 팔을 문지르며 말했다.

"살이 쏙 빠졌군……."

실제로 헌병들은 모두 거의 주야 구별 없는 심한 심로(心勞) 때문에 볼 살이 빠지고 눈은 움푹 들어갔다.

일단 숙소에서 안정을 취한 수비대는 온정리 쪽으로 네다섯 명씩 하루 동안 교대로 가기도 하고, 읍내 쪽을 하루에 두세 번씩 돌기도 했다. 하지만, 그 외에는 연병(練兵)을 하는 것도 아니고 행군을 하는 것도 아니라서 할 일이 없어 곤란한 듯, 다 같이 밥을 하거나 감자를 깎아서 식사 준비를 했다. 그도 아닐 때는 방 안에서 뒹굴거나 노래를 부르거나 장난을 치면서 시간을 때우고 있었다. 부대에 있을 때와는 달라서 귀찮게 상관으로부터 이런 저런 명령을 받지도 않고 싫은 연병이나 교련을 하지 않아도 됐다. 게다가 이곳 유지들이 물품 선물을 보내 먼 길을 오느라 고생한 것을 위로하기도 하여 병사들은 모두 기뻐하는 것 같았다.

수비대는 한동안 숙소에 진을 치고 있었는데, 마침 적절한 빈집이 있어서 그곳을 수선하여 이사를 갔다. 매일 아침 힘찬 나팔 소리가 읍내에서 들려왔다.

병사들은 이 지역에 좀 익숙해지자 젊은 아가씨들을 놀리거나 질이 좋지 않은 장난을 치게 되는 것 같았다. 왜냐하면, 어느 날 밤 다다에게 보통학교 교장이 찾아왔는데, 이런 저런 이야기 끝에 이런 이야기가 나왔다.

"아무래도 병사들이 읍내 젊은 아가씨들을 희롱하거나 수작을 걸어서 어쩔 수 없는 것 같습니다만, 참 난처합니다. 알고 계신가요? 조선인들의 풍속으로는 아가씨라고 하면 어느 집이나 매우 소중히 여겨 단속이 엄합니다. 조선인들 사이에서도 젊은 남자들도 젊은 아가씨에게는 절대로 함부로 말을 걸지 않고 하물며 수작을 거는 일은 없습니다. 그런데 내지인 병사들이 장난을 해서 조선인들의 감정을 많이 상하게 한다고 합니다. 정말로 곤란합니다……."

이런 이야기를 듣고서야 다다에는 비로소 그런 사실을 안 것이었다.

"그것 참 곤란하군요. 아무래도 병사들은 원래 그런 것이라서 말이에요……. 뭐, 어쨌든 중대장에게 이야기를 해 두지요……."

다다에는 교장과 이렇게 이야기를 하고 헤어졌지만, 정말 곤란한 일이라고 생각했다.

(1923.4.5)

71

이런 소요 속에서도 마침내 봄은 찾아왔다.

야스코의 방에서 늘 보이는 기복이 있는 야트막한 언덕은 봄 안개 속에서 아련한 것이 졸려워 보였다. 그런데 야스코의 기분 탓도 있겠지만, 걸핏하면 그 야트막한 언덕이 해삼이 꿈틀꿈틀 움직이듯이 조금씩 기어오는 것처럼 여겨질 만큼, 짙은 보라색 안개가 끼어 황홀해 보이는 것이었다.

어느 날의 일이다. 야스코는 소요 사태에 정신을 빼앗겨 오랫동안 소식을 전하지 못했던 지인에게 편지를 쓰려고 두루마리 종이를 펴놓고 있었다.

"아줌마, 아줌마, 잠깐 와 보세요. 저 있잖아요. 아줌마, 마장(馬場)에 질경이 싹이 났어요. 어서, 어서 와서 보세요⋯⋯."

늘 놀러 오는 관사의 어린아이가 창문 밑으로 와서 일대 사건이라도 난 듯 큰 소리로 불렀다.

"정말? 정말이야? ⋯⋯."

야스코도 그 목소리를 듣고 어린아이 못지않게 미친 듯이 소리를 지르며 쓰고 있던 편지를 내팽개치고 게다를 걸쳤다. 그리고 서둘러 마장 쪽으로 달려갔다.

"여기에요, 여기. 아줌마, 빨리 와 봐요⋯⋯."

그 아이는 야스코의 모습을 보더니 뛰어오르며 손짓을 해서 야스코를 불렀다.

"어디, 어디? ⋯⋯."

야스코도 어린아이처럼 신이 나서 쏜살같이 달려갔다. 아이가 손가락으로 가리키는 흙 위를 쭈그리고 앉아 두리번두리번 부지런히 찾아보았다. 그러자 그곳에 정말로 작은 질경이 싹이 삐죽 삐죽 대여섯 개 지상으로 고개를 들고 있는 것이 눈에 들어왔다.

"어머, 정말이네. 너무 예쁘구나. 어머 어쩜. ⋯⋯."

야스코는 작은 싹이 숨소리에 흔들릴 정도로 앞으로 몸을 기울이고 앉아 달려들 듯이 삐죽 돋은 그 작은 싹을 바라보며 말했다.

"드디어 봄이 왔구나. 드디어⋯⋯."

이렇게 생각하자, 야스코는 기쁨이 파도처럼 가슴속으로 밀려와 이제 가만히 앉아 있을 수 없었다.

"아아, 아아……."

야스코는 너무 기다리고 기다렸다는 듯이 단숨에 환희를 토해내듯 크게 한숨을 쉬었다.

(1923.4.6)

72

야스코는 스물셋인 오늘날까지 이 정도로 절실하게 봄을 기다린 적은 태어나서 처음이었다. 정말이지 가슴이 조여 올 정도로 절실하게 기다렸다. 그 정도로 기다리고 기다리던 봄이 지금 가까이에 온 것이다! 그렇게 기쁜 만큼 가슴이 두근두근 소리를 내며 파도를 치는 것 같았다.

"정말 봄이 되었구나. 드디어, 드디어 말이야……."

야스코는 다시 한 번 더 크게 숨을 내쉬었다. 촉촉하고 따사로운 봄 공기가 가슴 속 깊이 들어올 수 있도록 심호흡을 한 것이다.

봄을 맞이한 기쁨은 야스코의 가슴에 가득 차고 넘쳤다. 만약 이 아이가 없다면. '저 있잖아요. 분대장님 아주머니가 말이에요. 오늘 마장에서 맨발로 춤을 추었어요.' 이렇게 관사 여기 저기 떠들어 대며 돌아다니지만 않는다면, 야스코는 분명 부드럽고 촉촉한 땅을 맨발로 밟으며 춤을 추고 돌아다녔을 것이다. 야스코는 정말로 생기 있고 촉촉한 이 흙을 맨발로 꼭꼭 마음껏 밟으며 있는 힘껏 춤을 추며 돌아다니고 싶어 견딜 수가 없었다…….

그러다 야스코는 또 생각이 바뀌어 손바닥을 죽 내밀어 햇빛을 받으며 그것을 정신없이 바라보았다.

"저, 아줌마 산에 가면 벌써 꽃이 피었어요. 노란 꽃이요. 저 이번에 산에 가면 꺾어다 드릴게요……."

아이는 야스코의 얼굴을 옆에서 들여다보며 천진난만하게 말했다.

"그래, 꺾어다 줘. 벌써 꽃이 피었단 말이지? 정말 빠르구나……."

야스코도 비로소 제 정신으로 돌아와 기쁜 듯이 말했다.

"그리고 엄마가 그러는데요. 이제 눈이 녹아서 따뜻해졌으니까 씨를 뿌려야 한 대요……."

무슨 생각에서인지 이 아이는 어른스럽게 이런 이야기를 했다.

"씨를? 아, 그래. 씨를 뿌리는 거구나. 아줌마는 그런 걸 싹 잊고 있었네……."

야스코는 씨를 뿌려야 한다는 사실을 그제서야 처음으로 깨달은 것이었다.

"씨를 뿌리는 거구나. 씨를 언제 어떻게 뿌리는 걸까? ……."

이렇게 생각하니, 야스코는 이제 더 이상 가만히 있을 수 없었다. 야스코는 갑자기 아이의 손을 잡고 신이 나서 집 쪽으로 달리기 시작했다.

(1923.4.7)

73

집에 돌아온 야스코는 아이에게 과자를 주고, 자신은 벽장 속을 구석구석 뒤지기 시작했다. 겨울 동안 봄이 되면 뿌리려고 주문해 두었던 씨앗을 찾기 시작하는 것이다. 그것은 바로 찾을 수 있었다. 야스코는 그 봉지를 꺼내더니 마부의 집으로 달려갔다.

"마쓰에 씨, 계세요?"

야스코는 활기차게 소리를 질렀다.

"네, 있습니다."

평소처럼 맥없는 소리가 났다. 하지만, 야스코는 지금까지처럼 마쓰에의 맥없는 대답을 들었을 때 느꼈던 좀 싫은 느낌은 잊고 있었다. 그 정도로 야스코는 흥분해서 기분이 좋았던 것이다.

"저, 있잖아요. 다른 집에서는 벌써 씨를 뿌렸대요……. 그러니까 우리도 뿌려 주세요. 지금부터 뿌려도 돼요. 저 여기 가지고 왔으니까요. ……."

야스코는 상대의 기분을 살필 틈도 없이 단숨에 말해 버렸다. 그러자 정말이지 신기하게도 마부 쪽에서도 평소의 맥없어 보이는 목소리는 어디론가 사라진 것 같았다.

"아이쿠, 벌써 뿌렸어요? 그랬군요. 전혀 모르고 있었어요. 그럼, 우리도 빨리 뿌리지요. 지금 당장이라도 시작하죠."

이렇게 평소에 없는, 기세 좋은 목소리로 대답을 했다.

"그럼, 그렇게 해 주세요. 여기 씨앗 있어요."

야스코는 이렇게 말하며, 가지고 온 씨앗을 건네고 집에 돌아왔다. 그러자 얼마 안 있어서 마부가 어깨에 곡괭이를 메고 텃밭으로 내려가는 것이 눈에 들어왔다. 그 모습을 보자 야스코는 바로 뒤를 따라갔다.

봄 햇살을 받으며, 지금은 녹이 쓸어 끝부분만 하얗게 반짝이는 곡괭이가 위로 번쩍 들려졌다가는 콱 하고 힘차게 땅속을 내리찍었다. 그 때마다 한 아름 정도 되는 흙이 파헤쳐졌다.

야스코는 처음 얼마 동안은 옆에 서서 그것을 바라보고 있었다. 하지만 자신도 그 흙덩어리를 만지고 싶은 유혹을 이기지 못하고 집으로 돌아가서 작은 부삽을 들고 와서 밭으로 들어가 흙덩어리를 부수기 시작했다.

파헤쳐진 흙덩어리의 생생한 단면! 야스코는 그곳에서 수증기가 살짝 올라오는 것을 바라보았다. 야스코는 또 코를 킁킁거리며 흙냄새를 맡았다. 싱싱한 이 향기! 야스코는 마침내 부삽을 내던지고 맨손으로 흙덩어리를 부수고 있었다. 아아, 그리운 이 온기! 그것들은 야스코의 혼 깊은 곳까지 전해질 정도였다.

작은 지렁이가 여기저기 있었다. 긴 것이라면 모두 본능적으로 강한 혐오감을 품고 있는 야스코는 몇 번이고 펄쩍펄쩍 뛰어 올랐지만, 그래도 여전히 그곳을 떠날 수가 없었다.

(1923.4.8)

74

씨를 뿌린다는 것이, 야스코와 같은 처지에 놓인 사람이 씨를 뿌린다는 것이, 얼마나 즐거운 일인지는 누구나 상상할 수 있을 것이다. 아니, 아니, 한번 이런 경우를 당해보지 않으면, 사실 얼마나 즐거운 일인지 모를 것이다. 그것은 정말로 멋지고 즐겁고 행복한 일이다. 인간이 서로 맛보는 행복, 즐거움 중에서 가장 큰 것이다.

처음 가꾸는 작은 밭을 바로 한 차례 갈았다. 마부는 한 차례 갈아엎더니 이번에는 삽으로 더 잘게 부수면서 솜씨 좋게 작은 고랑을 만들어나갔다.

"에, 여기에는 무엇을 심을까요. 완두콩이나 팥을 심을까요? 아니면 시금치나 쑥갓이라도…….."

야스코는 의논을 했다.

"글쎄요. 뭐가 좋을까요? …….."

야스코도 무엇으로 할까 생각했지만, 곧 콩이 삐죽 싹을 틔운 예쁜 모습이 생각났다.

"콩으로 하죠. 완두콩이 좋겠어요. 내가 뿌리겠어요. 그냥 뿌리면 되겠죠? …….."

"그렇습니다. 씨를 뿌린 후에 위에 재 같은 것을 뿌리고 물을 주면 됩니다. 그럼, 사모님께서 뿌리세요."

이렇게 말하고 마부는 다시 다음 밭으로 들어가서 밭을 갈기 시작했다.

야스코는 자루에서 완두콩을 꺼내 두둑에 두세 치 씩 간격을 두고 뿌렸다.

"아, 얼마나 예쁜 모습인가?"

야스코는 이렇게 생각했다.

지금 인간의 손으로 자연 속에 뿌려진 이 콩들은 파르스름하고 동글동글한 모양을 하고 흙 위에 자리잡고 있었다. 야스코는 마부가 일러준 대로 재를 뿌리고 물을 주었다.

"언제쯤 되면 싹을 틔울까요? ……"

"글쎄요. 아무래도 2주간은 걸리겠죠? 그러니까 역시 먹을 수 있게 되는 것은 6월 초 무렵이 되어야 할 것 같아요."

하지만 야스코는 먹는 것은 어찌 되든 상관없었다. 그저 빨리 싹이 텄으면 좋겠다고 생각했다.

이렇게 한 번 밭에 씨를 뿌리고 나니, 씨를 뿌렸다는 사실 자체가 거의 스물네 시간 마음속에서 떠나지 않을 만큼 즐거운 일이었다. 쌀뜨물이 생기면 꼭 가지고 가서 주었다. 하루에 몇 번이고 밭에 내려가서 들여다보지 않을 수 없었다.

(1923.4.10.)

75

4월 중순 무렵에는 복숭아꽃이 피었다. 버드나무도 새싹이 나왔다. 야스코는 자주 따스하게 햇볕을 쬐러 집밖으로 나갔다. 문 앞에는 네 아름, 다섯 아름이나 되는 커다란 버드나무가 있었다. 야스코는 흙담에 기대어 웅크리고 앉아 무릎에 안은 아이의 포동포동 살이 찐 작은 발을 손바닥으로 찰싹찰싹 때리며, 문 앞에 있는 몇 십 길이나 되는 버드나무에서 가지가 축축 늘어져 살랑살랑 바람에 나부끼는 것을 바라보고 있었다.

야스코는 몇 십 길이나 되는지도 모르는 이 커다란 나무가 가느다란 나뭇가지를 한가로이 봄바람에 살랑살랑 나부끼는 것을 보는 동안, 어쩐지 그 가느다란 나뭇가지가 만드는 나긋나긋한 곡선이 젊은 여자가 보여주는 아름다운 허벅지처럼 여겨졌다……. 아아, 부드럽고 나긋나긋한, 휘감기는 듯한, 다가오는 듯한 이 곡선이 젊은 여자에게서 볼 수 있는 달콤하고 원한 섞인 듯한 아양을 떠는 듯한 곡선과 어찌 다르다 할 수 있겠는가? 전혀 다르지 않다! …………

야스코는 이런 생각이 들었다. 어느새 그렇게 생각하지 않을 수 없게 되었다.

정말이지 야스코는 몇십 년, 아니 몇백 년 전부터인지 모르겠지만, 오랫동안 나이를 먹으며 지금 이 세상에 살고 있는 이 버드나무 고목에는 초자연적인 정령이 깃들게 된 것이 아닌가 하는 생각을 하게 되었다. 그런 정령이 깃들게 하기 위해 버드나무는 가지로 부드러운 곡

선을 그려 젊은 여자의 모습을 하게 된 것은 아닐까 하고 생각하는
것이었다. 그 유명한 조루리(浄瑠璃)[10] 「삼십삼칸당(三十三間堂)」[11]에 나
오는 버드나무의 정령이 젊은 여자로 둔갑했다는 것이 전혀 근거 없
는 이야기가 아니라는 생각이 들었다……. 이런 생각이 들자 야스코
는 마치 등에 찬물을 끼얹은 것처럼 오싹한 기분이 들었다…….

　야스코는 문득 자신이 이런 생각을 하는 것은, 그러니까 다른 사람
은 아무도 느끼지 못하는데 자기 혼자만 이렇게 감지한다는 것은 어
쩌면 버드나무 정령에 홀려서 그런 것이 아닌가 하는 생각이 들었다.
야스코는 그런 생각이 들자 전신에 소름이 돋을 정도로 공포스러웠
다. 야스코는 부르르 떨며 일어나더니 주위를 두리번두리번 돌아보
았다. 그리고 주변이 원래하고 조금도 다름이 없다는 것을 확인하고
나서야 비로소 안도의 한숨을 내쉬었다.

(1923.4.11)

---

10 조루리(浄瑠璃). 일본의 가면 음악극의 대사를 영창(咏唱)하는 음곡에서 발생한, 음
　곡에 맞추어서 낭창(朗唱)하는 옛 이야기.

11 「삼십삼칸당동 유래(三十三間堂棟由来)」(1825)를 말함. 조루리 「기온 궁녀 구중 니시
　키(祇園女御九重錦)」의 세 번째 곡목인 〈헤이타로의 집(平太郎住家)〉의 단(段)을 독립
　적으로 부르는 말. 요코소네 헤이타로(横曽根平太郎)는 버드나무의 정령 오류(お柳)
　와 결혼하여 살고 있었으나, 시라카와 법황(白河法皇)의 병 치료를 비는 삼십삼칸
　당을 건립하기 위해 버드나무를 자르게 되고 그리하여 오류가 아들 미도리마루(緑
　丸)와 이별을 고하게 되는 장면을 다룬다.

76

　하지만 야스코는 아무래도 그 문 앞에 있는 버드나무 고목을 보는 일을 멈출 수가 없었다. 그 불가사의한 버드나무 가지가 드러내는 요염한 모습을, 원망하는 모습을 한 번 더 바라보고 싶다는 유혹을 도저히 뿌리칠 수가 없었다. 야스코는 다시 문밖으로 나가보았다. 야스코는 언젠가 이런 전율의 쾌감에 도취한 적이 있던 것이 기억났다.

　어느 날의 일이었다. 야스코는 늘 하던 대로 흙담에 쪼그리고 앉아 평소처럼 버드나무 고목 가지가 봄바람에 나부껴 나긋나긋 흔들리는 것을 정신없이 바라보고 있었다. 그런데 어느새 야스코는 이상하게도 몽환경(夢幻境)에 빨려 들어가는 느낌이 들었다. 뭔가 눈에 보이지 않는 끈적끈적한 무거운 액체 같은 것이 온 몸에 들러붙은 상태로 아주 깊은 늪 속으로 빨려 들어가는 기분이 들었다. 야스코는 왠지 그런 기분에 저항을 할 수가 없었다. 그것은 정말이지 불가항력이었다.

　야스코는 이렇게 황홀하게 빨려 들어가 몽롱하게 자기자신을 잃고 버드나무 가지에 휘감긴 듯한, 들러붙은 듯한 곡선을 정신없이 바라보고 있었다. 그러자 어느새 버드나무 아래에 조선 옷을 입은 한 미녀가 나타나 몽롱한 표정을 하고 생각에 잠겨 있는 것이었다. 이것을 본 순간 야스코는 펄쩍 뛰어오를 만큼 깜짝 놀랐다. 순간, '버드나무 정령이 미녀로 둔갑하여 나타났다'고 생각했기 때문이었다.

　야스코는 금세 몽환경에서 빠져나와 험악한 표정을 하고 버드나무 아래에 있는 미녀를 노려보았다.

"귀신이라면 어서 사려져 버려!"

야스코는 입속으로 이렇게 외치며 가만히 노려보았다. 하지만, 그 미녀는 3분, 5분, 10분이 되어도 사라지지 않았다. 그러더니 이윽고 슬슬 걷기 시작했다.

"그럼, 그냥 사람이었던 것인가?"

야스코는 그 미녀가 그냥 단순한 여인일 뿐, 버드나무 정령이 아니라는 것을 알고는 겨우 안심을 하고 안도의 한숨을 내쉬었다. 그리고 야스코는 이번에는 차분한 마음으로 미녀의 모습을 가만히 바라보았다. 그것은 정말로 아름다운 여인이었다. 첫째로는 버드나무 고목을 배경으로 하고 있었기 때문에 더 아름다워 보였겠지만, 야스코가 조선에 발을 들여놓고 나서 지금까지 한 번도 본 적이 없을 정도로 아름다웠다. 흰 저고리에 물색 스커트를 입고 있었는데, 너무나 조화가 잘 되었다. 야스코는 황홀한 기분으로 정신없이 바라보며, 조선인의 복장은 일본인의 그것보다 훨씬 멋지다고 생각했다. 물색이나 파란색 바탕, 연분홍은 자연의 배합으로 하늘이나 물, 초목의 색과 잘 어울리는 것 같았다. 그에 비해 일본인들은 특히 일본 여자들은 왜 자연의 색채와 조화를 이루는 배합의 복장을 하지 않는 것일까 하고 생각했다. 세상의 많은 미술가들 중에 한 명 정도는 자연의 모사를 그만두고 몇 억이나 되는 여자들을 위해 자연의 운율에 어울리는 모양과 색을 한 여성복을 고안하는 사람이 있어도 좋을 것 같다고 생각했다. 그렇게 된다면, 일본 여자들은 얼마나 기쁠까? 너무나 기쁜 나머지 그런 고안을 해준 사람을 하느님처럼 여길지도 모른다…….

77

야스코는 싫어도 다시 말을 보러 자주 나갔다. 다른 말은 모두 나가고 늘 다다에의 말만이 남아서 따각따각 바닥을 차는 것이었다. 다다에의 그 말은 말로서 품격이 있다고나 할까, 굉장히 멋지고 아름다운 말이었다. 콧등에 흰 줄이 하나 있고, 늘 머리를 반듯하게 들고 있었는데, 가끔 생각난 듯이 조금 고개를 갸우뚱하는 버릇이 있었다. 야스코는 평소 그 애마에게 설탕을 가지고 가서 먹여주기도 하고, 거친 한마(扞馬)라는 말을 들은 적도 있어서 흠칫흠칫 멀리 떨어져서 손을 내밀어 뺨을 쓰다듬어주기도 했다.

하지만 그저 바라보고 있을 때가 가장 많은 야스코는 입구 기둥에 기대어 상당히 오랫동안 말을 바라보았다. 그러면 말 쪽에서는 야스코의 얼굴을 빤히 바라보았다……. 그러면, 참으로 기괴한 일도 다 있는 것이, 야스코는 어느새 그 애마가 자신에게 흉측하게도 넘을 수 없는 인간인 자기 자신에게 애착(愛着)을 보여주고 있다고 느끼기 시작하는 것이었다.

처음으로 그런 느낌이 들었을 때는, 야스코는 너무나 놀래서 그만 그 자리에서 쓰러질 뻔 했다.

"얼마나 한심한 일인가? 흉측한 일이다. 나를 사모하는 것이 젊고 아름다운 청년이 아니라 전신이 털투성이인 네 발이 달린 짐승이라니……."

이렇게 생각하자 야스코는 너무 당혹스러워 울고 싶어도 목소리가 나오지 않았다. 게다가 야스코는 버드나무 정령의 유혹에 저항할 수 없음과 동시에 아무래도 마구간에 가고 싶은 생각을 접을 수가 없었다. 고삐에 끌려가듯이 매일 보러 가는 것이었다.

말은 여전히 야스코를 빤히 바라보았다. 그리고 때때로 생각이 났다는 듯이 고개를 갸우뚱거리거나 눈을 깜빡거렸다. 야스코는 그것이 아무래도 이렇게 생각되었다.

"나는 당신을 사랑합니다. 얼마나 깊이 사모하는지 모릅니다. 하지만 짐승인 탓에 슬프게도 인간과 소통할 수 있는 말을 할 수가 없습니다……. 부디 제 마음을 헤아려 주세요. 저는 고통스럽습니다. 슬픕니다."

이렇게 고개를 갸우뚱하며 눈물이 고인 눈을 껌뻑이며 자신에게 호소하고 애원하는 것 같았다…….

야스코는 너무 무서워서 마구간에서 도망치 듯 뛰쳐나오는 것이었다. 야스코는 얼굴을 가리고 쏜살같이 집쪽으로 달려오며 뒤에서 말이 쫓아오는 것 같아서 참을 수가 없었다.

(1923.4.13)

78

성격이 거친 한마, 다다에의 애마는 자주 묶여 있는 고삐를 물어뜯고는 마구간 밖으로 뛰쳐나왔다. 자유로운 세상으로 뛰쳐나온 말은, 꼴을 손에 들고 다가가면 순식간에 뛰어오르며 '천마(天馬) 하늘을 난다'는 말이 있듯이 확 몸을 돌려 달려 버리곤 했다.

어느 날 아침의 일이었다. 야스코가 아무 생각 없이 툇마루에 나오니, 맞은편 언덕 기슭에 큰 파도가 일렁이듯이 꼬리를 흔들어대며 뛰어 돌아다니는 말의 모습이 문득 눈에 들어왔다. 야스코는 어찌된 셈인지 말이 저렇게 고삐를 끊고서라도 마구간 밖으로 뛰쳐나오는 것은, 오로지 자신에 대한 순수한 연심 때문이 아닐까 하는 생각이 들었다. 이 밝은 태양 아래서 그런 바보 같은 일이, 그런 기괴한 일이 어찌 있을 수 있겠는가? 내 머리가 어떻게 된 거지. 하지만 아무리 뒤집어 생각해 보고 또 생각해 봐도 그런 생각이 드는 것을 어쩔 수 없었다.

오늘도 저렇게 마구간을 뛰쳐나왔으니, 필시 이제 나를 찾아올 것이다. 찾아오면, 그 다음엔 어떻게 되는 것일까? 가만히 고개를 숙이고 얌전히 있을까? 어쩌면 갑자기 앞발로 나를 끌어 끌어 안고 죽이지 말라는 법도 없다……. 생각이 여기까지 미친 야스코는 찬물을 뒤집어쓴 것처럼 얼굴이 새파래져서 황급히 툇마루에서 온돌방으로 도망을 치고는 문을 잠궈 버렸다. 그리고 방 한쪽 구석에서 수난을 기다리는 사람처럼 몸을 웅크리고 가만히 앉아 있었다.

그러자 어찌된 일일까? 말 발자국 소리가 점점 더 가까워지는 것이 아닌가?

"드디어 다 왔다. 아아, 어떻게 하지? ……."

이제 야스코는 부들부들 떨면서 자신도 모르게 외쳤다. 그런데 바로 그 때 하늘이 도왔는지 다다에가 돌아왔다.

다다에는, 어찌된 일인지 평소 같으면 바로 열리던 문이 열리지 않는 게 이상하여 문을 덜그럭덜그럭 흔들며 소리를 질렀다.

"여보, 어찌된 일이야? 안에 없어? 문 열어."

"아, 당신? 돌아왔어요? 저, 말이 안으로 들어오는 게 아닌가 해서 너무 너무 무서워서 어찌 해야 하나 하고 있었어요……."

야스코가 휴, 하고 살았다는 듯이 빗장을 벗기고 문을 여니 다다에가 들어왔다.

"뭐야, 빗장을 걸어서 문을 잠그고 있었어? 대체 어떻게 된 거야? 부들부들 떨고 있잖아?"

다다에는 야스코의 모습을 보며 어이가 없다는 듯이 물었다.

"말이 마구간에서 나왔잖아요. 그게 들어오기라도 하면 어쩌나 해서 잠궜어요."

야스코가 농담하는 기색도 전혀 없이 진지한 표정으로 이렇게 이야기하자, 다다에는 너무나 말도 안 되는 이야기라서 뭐라 할 말이 없다는 표정으로 대꾸했다.

"무슨 바보 같은 소리야. 말이 사람 방에 들어오다니 말이 돼?"

"하지만, 방금 전 마당까지 들어와 있었다구요."

야스코는 역시 말에 대해 품고 있는 자신의 이상한 망상을 다다에에게 다 터놓을 용기가 없어서 이 정도로 말을 했다. 하지만 얼굴에서 공포의 빛은 조금도 사라지지 않았다.

"그야 마당까지는 들어오겠지. 마당까지 들어온다고 해도 사람들이 사는 집안으로 들어오지는 않을 테니까 안심하라구. 게다가 아까 마부가 끌고 갔잖아."

다다에는 결국 무시하는 듯이 말했다. 야스코는 역시 말이 자신에 대한 애욕으로 인해 마구간을 도망쳐 나왔다가 오늘은 운 나쁘게 뜻을 이루지 못하고 마부에게 잡혀 돌아갔다고 밖에 생각되지 않았다.

(1923.4.14)

79

이것은 어느 날 한밤중의 일이었다. 문득 뭔가 소리가 나는 바람에 잠이 깬 야스코는 조용히 내리고 있는 빗속에서 따각따각 따각따각 하는 이상한 발자국 소리를 들었다. 그것은 틀림없이 말 발자국 소리였다. 말 발자국 소리를 얼핏 들은 야스코는 자기도 모르게 가슴이 철렁하여 잠자리에서 일어나 앉았다.

"아아, 또 말이, 이렇게 비가 내리는 한밤중에 나를 어쩌려는 거지? 무슨 짓을 하려는 거지? …."

야스코는 아무래도 역시 말이 이 빗속에서도 굴하지 않고 참담하게 고심을 하며 고삐를 물어뜯고 밖으로 뛰쳐나온 것은 모두 자신에 대한 끔찍한 애착으로 하는 짓이라고 밖에 생각되지 않았다.

말이 뛰어다니는 발자국 소리는 점점 가까워졌다. 마당으로 들어온 것 같았다.

"워, 워."

마부가 잡으러 왔는지 자꾸 말을 달래는 소리가 났다. 그리고 그 목소리가 가까워질 때마다 다가닥다가닥 말이 높이 뛰어오르는 소리가 났다.

"삼길아—빨리 와……."

마부가 부르자 삼길이 곧 왔는지 장지문 너머로 어둠 속에서 희미한 불빛이 보였다. 불을 보더니 말은 놀란 것 같았다.

"히히히힝."

이렇게 한 바탕 크게 울부짖으며 높이 뛰어 오르더니 달리기 시작했다. 초롱불은 그 뒤를 따라서 여기저기 말의 혼이라도 된 듯 따라서 움직였다.

야스코는 방바닥에 꼼짝 않고 앉아 있었지만, 얼굴을 감싼 손을 아무래도 뗄 수가 없었다. 오늘이야말로 말의 그 흉측한 애착의 희생이 되어야 한다는 기괴한 예감에 사로잡혀 있었다.

그러나 문득 야스코는 말의 발자국 소리가 매우 멀어졌다는 사실을 깨달았다.

"그렇다. 지금 남편한테 도망을 가자……."

야스코는 위기일발의 궁지에 빠진 사람이 순간적으로 목숨을 부지하기 위한 조치를 취하듯이, 지금 말이 멀어진 틈을 타서 옆방에 있는 남편에게로 도망을 치려고 생각했다. 옆방과의 사이에는 벽이 있어서 한번은 툇마루로 나가야만 갈 수 있었다. 그 사실을 깨닫자 야스코는 벌떡 일어나서 정말로 사지를 도망치는 사람의 각오로 장지문을 열고 툇마루로 나갔다. 툇마루로 나온 야스코는 옆방 입구까지 득달같이 달리기 시작했다. 달리기 시작했다고 해도 그것은 겨우 대여섯 걸음밖에 안 되었지만, 지금의 야스코에게는 2백 미터, 3백 미터는 되는 것 같았다. 입구 장지문을 홱 잡아당겨 열더니 마치 나는 새처럼 몸을 날려 방안으로 뛰어들어 갑자기 남편의 머리맡에 털썩 앉았다.

"여보, 여보. 지금 말이 나왔어요. 내 방으로 들어올까 봐 너무너무 무서워서요……."

야스코가 공포에 찬 목소리로 부들부들 몸을 떨면서 다다에의 머리에 매달리듯이 말했다.

"뭐라구? 말이? 또 나왔단 말야? ……. 음. 음. 그래? ……."

야스코의 목소리에 놀라서 잠깐 잠이 깼지만, 다다에는 곧 귀찮은 듯이 눈을 감아버렸다.

(1923.4.15)

80

"여보, 여보, 자지 말아요. 저 무서워 죽겠어요. 말이 들어오려 해서, ……."

야스코가 열심히 우는 소리를 내며 애원하듯이 말하자, 이번에는 남편도 확실히 눈을 크게 떴다.

"대체 말이 어떻게 집에 들어온단 말이야? 들어올 수 있을 리가 없잖아. 삼길이도 나간 것 같은데, 이제 잡은 것 같아. 발소리가 안 나니까 말야. 당신은 왜 또 그렇게 말을 무서워하는 거지? 무슨 일이 있었어? 이상하잖아."

이제 잠이 완전히 깬 다다에는 이상하다는 듯이 야스코의 얼굴을 뚫어지게 바라보았다.

남편이 물어보며 빤히 쳐다보자 야스코는 뭔가 마음속에 깃들어 있는 요상한 환영이라도 들킨 것처럼 어쩐지 남편의 시선이 꺼림칙하고 두려워 자기도 모르게 눈길을 피했다.

정말이지 요즘 이 이상한 심정을 야스코는 자신이 생각해도 어떻게 된 것 아닌가 하며 괴로워했다.

"정말로 나 좀 어떻게 된 것 같아. 이게 정말 '신이 들린다'는 것이 아닐까?"

야스코는 이렇게 생각했다.

그리고 그런 생각을 하면, 소름이 오싹 끼치고 몸이 부르르 떨렸다. 그리고는 자기도 모르게 긴장을 하며 자신을 살펴보지 않을 수 없었다.

"정말이지 왜 나는 짐승인 말이 사랑한다고 느끼거나 버드나무 가지가 그리는 곡선이 여자의 요염한 실루엣이라고 생각되는 것일까?"

야스코는 자기가 생각해도 이상해서 견딜 수가 없어서 몇 번이고 자문자답을 해 보았다. 하지만, 아무래도 그 의혹은 풀리지 않았다.

"자연의 의지가 내 마음속에 들어온 것일까? 그러니까 버드나무가 무의식적으로 만들어내는 달콤하고 요염한 대자연의 모습을 알 수 있는 것이 아닐까? ……."

야스코는 이렇게도 생각해 보았다.

"그럼 말이 내게 애착을 가지고 있다고 생각하는 것은 어찌된 일일까? ……. 내 마음이 인간과 동물의 경계를 넘어서 그들 속으로 녹아들었기 때문일까? ……."

야스코도 확실히 알 수는 없었다. 하지만 자연의 의지가 깊이 자신을 파고들고 있으며, 자연 혹은 동물에 대한 자신의 마음이 인간과 자연이나 동물의 문턱을 밀어내고 그들 안에 녹아들어 있다는 사실은 부정할 수 없을 것 같았다. 그렇게 생각하니 야스코는 일종의 전율이 느껴졌다.

(1923.4.17)

81

그렇다고는 해도 야스코는 그런 불건전한 환상 때문에 괴로워 하고 있는 것만은 아니었다. 건전한 기분으로 충분히 봄을 즐기고 있었다.

"이제 금강산의 눈은 녹았을까요?"

야스코는 자주 점심 식사 후 휴식 시간에 하릴 없이 햇볕을 쬐고 있는 상등병을 붙잡고 이렇게 물어보곤 했다. 분대 마당에서는 금강 준봉의 일부가 아득히 멀리 짙은 보라색 안개 위로 고개를 내밀고 있는 것이 보였다.

"글쎄요. 이제는 녹았겠지요. 4월 말이면 녹으니까요."

이렇게 말하며 상등병은 눈이 부신 듯 눈살을 찌푸리며 금강 준봉을 올려다보았지만, 그곳의 눈은 이미 남아 있지 않았다.

"하지만 봉우리 눈은 녹아도 골짜기에는 아직 남아 있겠죠. 그러니까 등산은 역시 5월 말이나 되어야 겠죠. 눈이 녹아서 물이 불어 도중에 물을 건널 수 없을 테니까요."

야스코가 금강산을 올라가고 싶어하는 것을 알고 있는 상등병은, 이렇게 말하면서 기대고 있던 흙담에서 몸을 일으켰다. 그리고는 인사를 했다.

"이제 근무 시간이 되어서 실례하겠습니다."

그러면 야스코는 이번에는 공동 목욕탕의 욕조 물을 끓이는 총가를 찾아가서 이야기를 하는 것이 보통이었다. 야스코는 자주 조선인들의 풍속에 대해 총가에게 여러 가지를 물어보았다.

"조선인들은 여자들을 처녀 동안에는 아주 소중히 합니다, 사모님. 길을 걸을 때도 부모가 뒤를 따라갈 정도로 소중히 해요. 밖에 나갈 때도 어지간히 형편이 어려운 집이 아니면 혼자서 나다니게 하지 않습니다. 게다가 가급적이면 밖에 나가지 않고, 젊은 남자에게 얼굴을 보이는 것을 수치로 여깁니다. 그러니까 남자 쪽에서도 젊은 아가씨가 혼자 있는 집에는 절대로 들어가지 않습니다. 그런 짓을 하는 놈은

예를 모르는 놈이라고 친구들 사이에서도 배척을 당하죠. 조선에서는 남자가 세 명 모이면 바로 남의 집 아내 이야기를 한다는 말이 있지만, 처녀들에 대해 이야기하는 일은 없습니다."

"그럼, 내지인들과는 반대네요. 내지인은 젊은 남자가 셋이 모이면 바로 아가씨들 품평을 해요. 아가씨들 품평을 해도 딱히 아무도 나쁜 짓이라고 생각하지는 않아요. 하지만 남의 아내가 된 사람에 대해서는 너무 이런 저런 이야기를 하는 것은 실례라고 여기죠."

야스코가 이렇게 설명하자 총가는 잠시 생각에 잠기는 표정을 지었다.

"그렇군요. 역시 습관이 다르니까요. 그래서 내지 사람들은 조선에 와도 역시 그럼 마음으로 아무렇지도 않게 젊은 조선 아가씨들을 놀리거나 하는 것이군요. 하지만, 조선인들 쪽에서는 그런 일을 당하면 큰 수치라고 생각합니다, 사모님. 조선인들은 절대로 그런 짓은 하지 않으니까……."

총가는 이렇게 말하고 웬일인지 말을 끊어 버렸다. 그는 이야기를 하다가 자신의 감정이 나올까봐 억지로 참으려고 애쓰는 것 같았다. 그래서 말도 중간에 끊어버린 것 같지만, 그의 가슴에 끓어오르는 분노는 감출 길이 없었다.

(1923.4.18)

82

이렇게까지 조선인들이 소중히 여기고 비밀스럽게 지키고 있는 젊은 아가씨들을 내지인들이 방약무인하게 놀리고 장난을 치고 있으니, 그들 조선인들에게는 얼마나 치욕이고 참을 수 없는 분노로 여겨졌을까? 듣고 보니 과연 그랬다. 젊은 아가씨 자신에게도 치욕이고 부모에게도 치욕이다. 그리고 그 젊은 아가씨를 경애하는 젊은 남자들에게도 제각각 의미는 조금씩 다르더라도 치욕인 것은 다름이 없을 것이다.

"병사들이 제일 잘 못 하는 거예요. 젊은 아가씨들을 뒤에서 따라다니잖아요. 병사들이란 내지에 가서도 똑같이 그런 짓을 아무렇지도 않게 하나요? ……."

잠시 후에 총가는 또 물었다.

"설마, 젊은 아가씨를 따라다니거나 하지는 않죠……."

야스코는 눈썹을 좀 찌푸려 보았지만, 도저히 웃지 않을 수 없다는 식으로 웃으며 이렇게 대답했다.

"그래요? 내지에 있을 때는 그런 짓을 하지 않는데, 조선에 오면 그런 짓을 하는 거군요……."

총가는 어쩐지 분연히 노기를 띠며 이렇게 대답을 하고는 담배를 피우던 손을 멈추며 입술을 깨물었다.

정말로 그들 조선인들이 승자로 여기는 내지인들에 의해 소중한 딸들이 희롱을 당하거나 수작의 대상이 되는 것은 얼마나 비통한 일일까? 이런 점에서 내지인들은 조금 더 신중하게 반성할 필요가 있을 것이다. 야스코는 이렇게 생각하지 않을 수 없었다.

"총가는 아직 아내는 없어요?"

야스코가 기분을 바꿀 요량으로 물었다.

"돈이 없어서 장가를 못 가요. 돈을 좀 더 모아야 해요. ……."

총가도 기분이 바뀌었는지 웃으며 대답을 했다.

"조선인들은 신부를 얻기 위해 돈을 가지고 간다면서요?"

"그렇습니다. 신부의 부모에게 돈을 주고 데리고 옵니다. 돈을 주지 않으면, 신부의 집에 가서 2년이고 3년이고 일을 해 주어야만 해요."

일종의 매매결혼이구나 하고 야스코는 생각했다.

"그럼, 돈이 없으면 평생 장가를 못 드는 거네요."

"그래요. 그러니까 평생 장가를 가지 못하는 사람이 많습니다. 삼길이도 이제 장가를 가야겠죠?"

"그 사람은 병이라도 나면 곤란하겠네요?"

야스코가 물었다.

"형이나 동생 집에 갈 테니까 별 문제 없습니다. 조선인들의 집에서는 내지인 가정처럼 제각각 혼자 살지 않으니까 자신이 태어난 집에서 보살펴 줘요."

총가는 이렇게 말하며 아무 의심 없이 부지런히 담배를 피웠다.

야스코도 그들이 어디까지나 자신들의 가족 제도를 고수하고 있는 것을 아름답게 생각했다. 또한 신기하기도 했다. 정말이지 그들은 가정에서는 자신의 의지의 눈을 자제하며 사는 것 같았다.

"어떻게 그렇게까지 자신을 숨기며 생활할 수 있지?"

신시대의 일본여성인 야스코로서는 이상해서 견딜 수가 없었다.

"하지만, 조선인들의 가족제도의 아름다움은 아마 그다지 길게 가지는 않을 거야. 결국 그들도 문명이 보급됨과 동시에 자아를 각성할 것이 틀림없어. 그리고 또 그곳에서 사상의 충돌이 일어나겠지! 그때야말로 그들이 얼마나 자각을 했는지, 그리고 자신이 살아야 할 곳은 어디에 있는지 알게 될 거야. 새로운 생활에 눈을 뜬 그들은 독립운동을 해 버린 어리석음을 스스로 비웃을 것이 틀림없어."

야스코는 따뜻한 햇볕을 등에 받으며 언젠가 이런 생각을 했다.

(1923.4.19)

83

"아, 정말 날씨가 좋아졌네요……."

언젠가 야스코가 자기도 모르게 이런저런 생각을 하고 있는데, 총가가 갑자기 큰 소리로 탄식을 하며 이렇게 말하는가 싶더니, 좋은 목청을 한껏 높여 노래를 부르기 시작했다. 한가롭고 느긋하게 호소하는 듯한 가락의 노래를 듣고 있자니, 야스코도 어쩐지 그 노래에 이끌리는 느낌이 들었다.

"총가, 그 노래는 무슨 노래야?"

야스코는 총가의 노래가 한 차례 끝나는 것을 기다렸다가 물었다.

"이 노래는요. 봄이 왔네. 봄이 왔네. 들판에 나가서 놀아나보세. 당신과 함께 즐겁게 놀려고 찾아 왔네. 이런 노래예요."

총가는 이렇게 설명해 주었다.

"그것 말고 조선 노래는 또 뭐가 있어? 가르쳐 줘."

야스코는 이렇게 부탁했다.

"그야, 조선에도 여러 가지 노래가 있죠. 내지인들에게 여러 가지 노래가 있는 것과 마찬가지예요. 예를 들어보면, 자, 마시자, 마시자, 이 술을 마시면 천 년 만 년 당신과 함께 살 수 있다네, 이런 흥겨운 노래도 있고, 산 넘고 물 건너 이렇게 멀리서 찾아온 것은 무엇 때문인가, 모두 당신과 놀고 싶어서 찾아 온 것이 아닌가? ……. 이렇게 술을 마시며 놀 때 부르는 노래도 있고 여러 가지 있어요. 시마자키(島崎) 씨나 마치다(町田) 씨가 있었을 때는 자주 불렀어요."

총가는 이렇게 어른스런 말투에 활발해 보이는 눈빛을 하고 좀 능글맞게 웃었다.

"총가, 술 마시지?"

"아니요, 저는 마시지 않아요."

총가는 왠지 반항하듯이 강하게 부정했다.

"삼길이는 잘 마셔요, 사모님. 월급은 다 술로 마셔 버리는데 그것도 모자라요. 관사 사모님들에게 장보기를 부탁받으면, 그 돈으로 다 술을 마셔버려서, 사모님들이 어떻게 하지, 어떻게 하지 하며 소동이 벌어지곤 해요. 그러면 술에 취해 얼굴이 새빨개져서 헬렐레하고 돌아오는 일이 자주 있어요. 한 번 술을 마시기 시작하면 아무도 못 말려요, 사모님."

이렇게 말하는 총가의 목소리에는 어딘지 진지한 구석이 있었다. 그들도 음주의 해악을 통감하게 된 것일까?

(1923.4.20)

84

야스코는 훨씬 이전부터 조선인으로서는 드물 정도로 똑똑하고 그 만큼 교활한 부분은 있었지만, 상당히 야무진 생각을 하고 있는 이 총가에 대해 조선인들의 속마음을, 억제할 수 없는 진실의 외침을 듣고 싶었다. 그런데, 오늘은 그러기에 딱 좋은 기회여서 자기도 모르게 이것저것 물어본 것이었다.

"총가는 어떻게 생각해? 조선이 일본과 합병을 하고 나서가 좋은 것 같아, 아니면 독립을 했을 때가 좋은 것 같아? ……."

야스코는 조심스럽게 물어보았다.

"글쎄요."

총가는 재빨리 야스코를 보았다.

"그야 합병이 되고 나서가 좋긴 좋죠. 안심하고 살 수 있으니까요. 합병이 되기 전에는 지나인이라든가 러시아인이 와서 정말 엉망진창이었잖아요. 돈도 모아 놓으면 갑자기 집안에 밀고 들어와서 빼앗아 가는 일이 자주 있었어요. 그러니까 지금도 산속에 들어가면 돈은 모두 마루 밑을 파고 흙속에 숨겨 놓는 사람들이 있어요. 그런 일도 합병이 되고 나서는 완전히 사라졌으니까요. 안심하고 살 수 있게 된 거죠. 게다가 학문을 잘 하거나 돈을 벌거나 하면 훌륭한 사람이 될 수 있으니까 좋죠."

총가는 이렇게 말을 하기는 했지만 가식적인 구석이 있었다.

"총가, 그럼 어떤 점이 안 좋다고 생각해? 어떻게 되면 좋겠어?"

"글쎄요. 어떤 식으로라고 해도 잘 모르겠지만요, ……."

여기까지 말하고 그 다음은 말을 할까 말까 주저하는 모양이었다. 아마 이렇게 상냥하게 질문을 하니, 진짜 불만을 호소하고 싶기도 하고 또 무섭기도 할 것이다.

"좋아지기는 좋아졌지만요……. 내지인은 조선인을 무시하니까요. 우리들은 그야 내지인에 비하면 지혜는 부족하죠. 지혜는 부족하지만, 그것도 가르쳐 주기만 하면 금방 이해를 하니까, 그렇게 무시를 당할 일은 없어요. 그런데 내지인들은 모두 조선인들이라고 하면 경멸하는 버릇이 있어서요……."

이렇게 말하는 그의 눈에는 분명히 분노의 빛이 타오르고 있었다. 총가가 그렇게 생각하는 것도 전혀 무리는 아니라고 야스코는 생각했다. 정말이지 내지인들도 조금 더 마음을 열고 그들의 인격을 존중해 줄 필요가 있다고 생각했다.

(1923.4.21)

85

"그럼, 총가는 이번 독립운동을 어떻게 생각해? 같이 하지 않았어? ……."

야스코는 농담처럼 물었다.

"아니, 저는 그런 일은 하지 않습니다."

총가는 갑자기 긴장된 표정을 하며 대답했다.

"실은 저도 동지가 되어 달라는 권유를 받았습니다. 김 감독 동생 춘영이 열심히 권유를 하러 왔습니다. 설욕을 해야 하지 않겠느냐, 자유를 얻어야 된다고 생각하지 않냐? …………. 그러면 네 이름도 동포들에게 인정을 받지 않겠느냐? …………. 하지만, 저는 거절했습니다. 그런 짓을 해 봤자 무슨 소용이 있나요? 설욕을 해 봤자 무슨 소용이 있을까요? 그런 경솔한 행동을 하게 되면 주어진 자유마저 빼앗기게 되니까요. 그리고 또 동포들에게 이름을 날려봤자 무슨 소용이 있나요?…………. 어차피 이번 독립운동은 성공할 리가 없습니다. 그야 솔직히 말하면, 조선인들이 독립운동을 일으켰다는 이야기를 들었을 때는 눈물이 펑펑 났습니다. 웬지 기뻐서 견딜 수 없었고 정말 어떻게 되는 게 아닐까 하는 생각이 들었습니다. 춘영에게서 동지가 되어 달라는 권유를 받았을 때는 한 때 같이 해 볼까 하는 생각도 들었습니다. …………. 하지만 저는 역시 생각했습니다. 생각을 바꿨습니다. 어차피 이번 독립운동은 성공하지 못할 것이라 생각했습니다. 요컨대, 그것은 일종의 아름다운 환상을 좇는 것일 뿐입니다. 저는 꿈을 좇는 것은 좋아하지 않습니다."

총가는 아주 자신 있게 고개를 들었다.

"설령, 만에 하나 성공을 해 봤자 어쩌겠냐 하는 생각이 들었기 때문입니다. 무엇을 할 수 있느냐는 말이지요. 지금 조선을 조선인의 것으로 해 봤자 무엇을 할 수 있을까요. 무엇을 얻을 수 있을까요. 결국 합병 전처럼 내란을 일으키고 지리멸렬한 상황에 빠져 열강이 번거롭게 하는 지경이 되는 결과가 되겠죠…….

우리들은 그렇게 되기에는 아직 인간이 글러 먹었습니다. 정말이지 우리들은 아직 한참 더 인간성을 구축해야 합니다. 무엇보다도 먼저 인간을 제대로 만들어야 한다고 저는 생각합니다……."

이와 같은 그의 말은 한 마디 한 마디 열성을 담고 있었다. 눈은 번득였다. 너무나 열심히 이야기를 하는 바람에, 그는 손에 들고 있던 상당히 굵은 나무를 부러트리고 말았지만 그 사실조차 의식하지 못할 정도였다.

"아, 그들도 진정 자각을 하고 있구나!"

이렇게 느낀 야스코는 동이 트기 전의 추위를 견디고 이제 막 여명의 빛을 목도하는 듯한 기분이 들었다.

(1923.4.22)

86

총가는 아직도 열심히 이야기를 계속했다.

"하지만 말은 그렇게 해도, 우리들의 나라가 없다는 것은 정말 슬 픕니다, 사모님……. 일본이라는 나라가 있지 않느냐 하면 그럴 수도 있겠지만, 그것은 핑계지요. 우리들은 역시 우리들의 나라가 없는 것 이니까요. 합병은 일선인(日鮮人)의 행복을 위해서라고 하지만, 그것 은 단지 입에 발린 말이니까요. 합병은 일본인을 위해서 한 것이지 조 선인을 위해서 한 것이 아니니까요. 우리들은 그날 벌어 그날 먹고 사 는 사람들이 되었으니까요……."

그는 깊은 원한을 삼키듯이 말하고는 입을 다물었다.

야스코도 이런 그들 조선인들의 심정을 잘 알고 있었다. 정말로 자 신의 나라라는 것을 잃은 그들의 심정은 얼마나 슬프고 원통할까 하 는 생각이 들었다. 게다가 잃어버린 자신의 나라가 그냥 멸망한 것이 아니라 일본이라는 나라에게 빼앗겨 이름만 바뀌고 옛날의 바다 그 대로 자신의 눈앞에서 일본의 신 영토가 되는 것을 보았을 때 그들은 얼마나 원망스러웠을까? 태어나기는 자신의 나라에서 태어났는데, 지금 내가 살고 있고 예전처럼 발을 딛고 있는 이 땅이 지금은 내 나 라가 아닌 것이다……. 그럴 때 그들의 심정은 얼마나 애절하고 슬플 까. 설령 비가 새고 기울어가는 집이라도 자신의 집에서 잠을 잘 수 있는 사람은 행복한 것이다. 나라를 잃은 그들 조선인들의 깊은 원망 은 면면히 이어져 언제까지고 계속될 것이다……. 어둠 속에서 남모르게 뺨을 타고 흐르는 눈물이 그들에게는 얼마나 차가울까?

"하지만, 총가, 정말로 인간이 살아가는 데는 자신의 나라가 있든 없든 아무 상관없지 않아?"

잠시 생각에 잠겨 있던 야스코가 조용히 물었다.

"그럴까요? 대체 왜 그렇게 생각을 하시죠?"

총가도 문득 마음이 바뀌었는지 야스코 쪽을 보았다.

"그렇잖아. 원래 조선인들은 지금까지 정치 방면으로만 생각해 왔지? 세상에는 정치만 있는 것은 아니야. 세상에는 그것 말고도 여러 가지가 있어. 학술도 있고 종교도 있고, 돈을 벌 곳도 넘쳐 날 만큼 많이 있어. 그렇지 않아? 정치 문제는 굳이 말하자면 별 볼일 없는 것 아냐?……."

야스코는 따뜻하게 가르치듯이 말했다.

"그래요? 그런 것일까요?……."

총가는 세상에 없는 신기한 것을 물어볼 때와 같은 표정을 하며 신뢰하듯이 야스코를 바라보았다. 그리고는 두세 번 고개를 갸우뚱하더니 뭔가 생각을 하기 시작했다.

(1923.4.24)

87

"그나저나 수비대는 쭉 주둔한다면서요."

잠시 후에 총가는 고개를 들고 다른 이야기를 하기 시작했다.

"그렇다네요. 병영을 세운대요. 언제쯤 세워질지 모르죠."

"벌써 땅을 다지고 있어요. 재목을 깊은 산에서 나르기 시작하고 있으니까요. 이제 곧 짓겠죠. 대체 수비대를 그렇게 주둔을 시켜서 어떻게 하려는 거죠?……."

총가는 끝을 자문자답하듯 말했지만, 그의 얼굴이 그늘져 있음을 야스코는 놓치지 않았다.

사실 수비대는 반영구적으로 이곳에 있게 된 것이었다. 아마 이번 독립운동과 같은 불상사가 다시 일어나지 않도록 하기 위한 당국의 경계에서 주둔하게 된 것일 것이다. 극히 느리기는 하지만 하나 하나 자각을 하고 그들은 이번 독립운동으로 정치 운동의 어리석음을 깨달았을 것이며, 이제 힘만 많이 들고 얻는 것은 얼마 안 되는 독립운동 같은 바보 짓을 하지 않을 것이라고 생각하는데 말이다!

그렇다면 대체 수비대의 영구주둔은 무엇 때문에 하는 것일까? 무엇을 하기 위해 하는 것일까? 야스코도 총가와 함께 그것을 이상하게 생각하지 않을 수 없었다. 수비대의 영구주둔이라는 것은 그들 조선인들이 일찍이 저질렀던 죄를, 옛날에 저지른 과실을 영원히 다그치기 위한 표상이 되는 것은 아닐까? …….

"내지인들은 조선인들이 또 독립운동을 하지는 않을까 하여 군대를 두는 것이겠죠? 폭동이라도 일어나면 바로 진압을 할 수 있도록 하기 위해 두는 것이겠지요?……. 하지만, 조선인들도 언제까지고 그렇게 바보 같은 짓만 하고 있지는 않을 겁니다. 지금 조선인들은 모두 그런 바보 같은 소동을 일으킨 것을 후회하고 있어요. 한 번 실수로 잘못을 했다고 해서 또 잘못을 저지른다는 법이 있는 것은 아니니까요…….”

총가는 끓어오르는 분노를 억누르기 어려운 듯 떨리는 목소리로 이야기했다.

야스코도 총가가 하는 말은 진심일 것이라고 생각했다. 아마 이 목소리는 총가 혼자만의 목소리는 아닐 것이다. 조선인들 전체의 진실한 외침일 것이다. 정말로 그들을 제어하기 위해, 감시하기 위해 설치된 수비대가 그들에게는 치욕이 아닐까?…….

야스코는 이런 식으로 따뜻한 양지에서 총가와 이야기를 나누는 동안, 일찍이 그들이 자신의 수하에서 벗어나 반역을 일으키고 떠났을 때 느꼈던 일단의 증오가 자신의 가슴 속에서 점점 옅어져 가는 것을 느꼈다. 지금이야말로 그들은 자신들이 저지른 잘못을 후회하고 있는 것이다. 큰 죄에 대해 떨고 있는 것이다. 몸을 던져 용서를 구하고 있는 것이다! 그들을 다그칠 필요가 어디에 있단 말인가! 돌아온 반항아를 좀 더 넓은 가슴으로 품어야 하지 않을까? 야스코의 가슴에서는 나라를 잃은 그들, 제대로 이해해 줄 수 있는 상대를 갖지 못한 그들에 대한 동정과 연민의 정이 샘솟았다.

(1923.4.25)

88

드디어 북조선 사람들은 봄을 맞이하였다. 그 무렵에는 어느 집이나 야채가 다 떨어졌다. 토광에 간수해 둔 것은 오랜 겨울 동안 다 먹어 치웠고 어쩌다 남아 있는 집에서도 썩어서 먹을 수가 없었다. 하지만 씨앗은 겨우 보름쯤 전에 뿌렸을 뿐으로 먹을 수 있기는커녕 싹도 트지 않았다. 어느 집에 가더라도 야채의 야자도 찾을 수 없었다. 이러다 보니 모두 여간 곤란한 것이 아니었다. 산 넘어 또 산이라는 것은 이런 때를 두고 하는 말일 것이다. 어느 집에서나 마찬가지로 아무 데서도 구할 수가 없었다.

"아, 싱싱한 야채가 먹고 싶어……."

야스코는 목구멍이 말라붙는 것 같았다. 바다가 가까워서 어류는 팔딱팔딱 뛰는 싱싱한 것이 척척 올라왔지만 쳐다보기도 싫었다.

언젠가 들은 적이 있는데, 전쟁 중에 농성을 하면서 병사들이 통조림으로 된 어류나 육류만 먹은 결과 괴혈병(壞血病)에 걸렸다는 이야기가 생각났다.

"정말 나도 그 병에 걸린 게 아닐까? ……."

야스코는 어쩐지 자신의 혈관을 돌고 있는 피가 끈적끈적 들러붙어 검게 변한 듯한 느낌이 들었다.

마침 그 무렵의 일이었다. 밭이란 밭은 모두, 이랑이란 이랑은 모두 조선의 어린이들이 작은 소쿠리를 들고 물새들이 먹이를 찾아 돌아다니듯이 돌아다니며, 끊임없이 땅을 파서는 뭔가를 캐내는 것을 하루에도 몇 번씩이나 보게 되었다.

"대체 뭘 캐고 있는 것일까?……."

야스코는 어느 날 이상한 생각이 들어 열심히 흙을 파헤치는 아이에게 다가가 말을 걸었다

"뭘 캐고 있는 거니?"

아이는 흠칫 땅을 파던 손을 멈추고 야스코를 보고 살짝 부끄러운 듯 파헤친 흙속에서 작고 하얀 파 같은 것을 꺼내 바구니에 담았다. 가지고 돌아가서 먹는 모양이다.

그들도 야채가 없어서 힘이 들었던 것이 틀림없다. 때로는 여자 어른들도 섞여서 열심히 밭이랑을 파는 것이 눈에 띄었다.

"저렇게 아직 흙 위로 나오지도 못하고 싹도 트지 않은 것까지 파헤쳐서 캐가지 않아도 될 텐데……."

야스코는 그들이 야채 부족으로 힘들어 한다는 것을 너무나 잘 알면서도, 가차 없이 아직 흙속에 있는 것까지 캐서 가지고 가는 것을 보고, 일종의 막연한 공분을 느끼지 않을 수 없었다.

'그들은 자연의 은혜를 너무 탐욕적으로 취한다. 너무 가차 없이 빼앗아 버린다. 저렇게 부끄러워하지도 않고 게걸스럽게 먹어 치운다면 자연의 입장에서도 싫을 것이다. 원래 조선인들은 다 그렇다! 자연에 대해서만 그런 것이 아니다. 인간에 대해서도 그렇다. 이 사람이 자신에게 동정심을 가지고 있다, 호의를 가지고 있다, 관대하다 이런 생각이 들면, 기어오른다. 뻔뻔스럽게 남들이 베풀어주는 온정을 바닥까지 핥아먹으려 한다. …… 이것이 조선인들의 본성이다. 그들 민

족의 마음속 깊은 곳에 뿌리를 내리고 있는 이런 악질(惡疾)을 스스로 자각하지 않는 한 구제받을 수 없을 것이다……'

야스코는 이런 생각이 들었다.

(1923.4.26)

89

이렇게 야스코는 야채 부족에 시달리면서, 일전에 뿌려둔 씨앗이 싹이 트지 않았을까 하여 하루에도 몇 번씩 밭에 내려가 보았다. 그러던 어느 날 언젠가 금강산에 대해 서서 이야기를 했던 상등병이 지나가다 말고 자신도 흥분한 듯이 말을 걸었다.

"사모님, 금강산에서 살인사건이 있었습니다. ……."

"어머나, ……."

야스코는 더 이상 말을 잇지 못할 정도로 깜짝 놀랐다.

"규슈연(九州淵) 안에서 당했대요. 내지인인데 찻집 주인입니다……."

상등병은 빠른 말투로 계속했다.

"그런데, 대체 왜 살해를 당한 거예요?……. 어떻게, 누구한테?……."

쪼그려 앉아 있던 야스코는 어느새 일어나서 눈썹을 치켜 올리며 물었다.

"방금 전에 온정리에서 보조원이 찾아와서 이야기했습니다만, 그 찻집 노인이라는 사람이 평소 규슈연 안에서 조선인들이 텅스텐을 도굴하는 것을 발견하고는 분견소에 밀고를 하는 바람에 도굴을 하는 조선인들로부터 상당히 원성을 사고 있었다고 합니다. 그러니까 아마 도굴을 하는 조선인들에게 당했을 것이라는 이야기입니다만, 실제로는 누구에게 당했는지 모르죠……."

"그래서 대체 누구에게 살해당한 거죠?……."

야스코는 묻지 않을 수 없었다.

"누군가 계곡에 밀어서 떨어트려 죽였답니다. 평소 호신용으로 단도를 가지고 있었다는데, 그 단도를 오른손에 쥔 채 찻집 바로 앞에 있는 계곡 밑에 떨어져서 죽어 있었다고 합니다……."

이렇게 말하며 세상 두려운 것 없는 듯 핏발이 선 눈을 한 상등병도 역시 천진난만하게 엷은 미소를 띠었다.

"그 노인네 혼자 살고 있었던 것일까요?"

"평소에는 할머니하고 같이 있었는데, 죽던 날은 할머니가 온정리에 장을 보러 가서 거기에서 하룻밤 잤고, 그 때 당했다고 해요. 다음 날이 되어서야 할머니는 장을 본 것을 조선인에게 지게 하고 찻집으로 돌아와 보니 어찌된 일인지 노인네는 없고 뭔가 집안 분위기가 이상하다 싶어 문득 집 앞 계곡을 살펴보았답니다. 그랬더니 할아버지가 마치 개구리를 던져 놓은 것처럼 숨이 끊어져 있었대요. 그래서 가슴이 철렁하여 장을 본 물건을 지고 온 조선인이고 뭐고 다 팽개쳐 두고 구르듯이 산에서 내려와 분견소로 달려갔다 합니다……."

"무섭네요. 이제 금강산에도 함부로 가지 못하겠네요……."

야스코가 공포심이 가시지 않은 목소리로 말했다.

"등산하는 사람들이 좀 생기면 괜찮겠지만, 아직 오늘까지는 한 명도 올라간 사람이 없다고 하니까, 이 노인네도 4,5일 전에 눈이 녹은 계곡물도 줄었고, 이제 슬슬 등산객이 오겠지 하며 찻집도 수선을 하고 손님을 맞이할 준비를 해야 한다고 했다 합니다. 참 마음이 아프네요……."

상등병은 이렇게 이야기를 마무리하는 듯 하고는 고개를 살짝 숙이며 인사를 했다.

"그럼 실례하겠습니다."

그리고 빠른 속도로 분대 쪽으로 달려갔다.

(1923.4.27)

90

상등병이 가 버린 후에도 야스코의 머리에는 지금 들은 끔찍한 이야기가 아직 남아 있었다.

"얼마나 무서운 이야기인가? 하지만 정말로 도굴을 하는 조선인들이 죽였을까?"

야스코로서는 그것이 의문이었다. 왠지 조선인이 죽인 것이 아닌 것 같은 느낌이 들었다. 죽인 것은 조선인이 아니라 자연이 아닐까 하는 생각이 들었다. 자연이 첫 등산에 대한 희생양으로 그 노인의 피를 제물로 빼앗은 것이 아닌가 하는 생각이 들었다…….

작년 말에 등산객의 발길이 끊기고 나서 오늘날까지 눈에 의해 정화되고 물에 의해 정화되어 완전히 청정한 상태로 돌아간 대자연이다. 그런데 찻집 노인은 그런 대자연 속으로 제일 먼저 인간의 발길을 맞이하기 위해 금강산에 올라갔기 때문에, 자연이 노하여 제일 먼저 인간에 의한 오염을 초래한 이 노인을 거부한 것이 아닐까? 저항한 것이 아닐까?…….

야스코는 이런 식으로 생각했다. 야스코는 눈에 보이지 않는 자연의 의지에 농락당해 깊은 산속 어두컴컴한 허름한 집에서 일어섰다 앉았다 넘어졌다 굴렀다 하면서 미친 사람처럼 이리저리 이끌려 돌아다녔을 할아버지의 모습을 떠올리며 자기도 모르게 부르르 일어섰다.

"자연에게도 의지가 있는 게 틀림없어. 틀림없이 인간을 거부하는 경우가 있을 거야. 반대하고 유혹하는 경우가 있는 게 틀림없어……."

생각이 여기까지 미치자, 야스코는 혼자서 밭에 서 있는 게 견딜 수 없을 만큼 무서워졌다.

야스코는 문득 고개를 들고는, 예의 그 버드나무가 그녀를 향해 손짓을 해서 부르는 것처럼, 아름답고 나긋나긋한 가죽 같은, 흰 팔 같은 가느다란 가지를 야스코 쪽을 향해 흔들고 있음을 알아차렸다.

"으악!"

이렇게 외치며 야스코는 새파래져서 밭에서 뛰어오르더니 쏜살같이 뒤도 돌아보지 않고 관사 쪽으로 달리기 시작했다.

(1923.4.28)

92

다음 날 날이 밝자 과연 신대리(新坐里)라는 산속 파출소에서 아침 일찍 보조원이 찾아와서 산불이 났다며 소방 지원을 부탁했다.

"불은 대체 어떻게 되었지. 불길은 좀 잡혔나?……."

다다에가 보조원을 자신의 방으로 불러서 책상 위에 몸을 쭉 내밀고 초조한 목소리로 물으니, 그 보조원은 초조하여 입속에서 웅얼거리며 대답했다.

"전혀 잡히지 않았습니다. 점점 더 심해질 뿐입니다. 아무래도 바람이 심해져서 도저히 손을 쓸 수 없습니다. 그래서 미야자키(宮崎) 상등병님께서 부락민들을 모아서 열심히 진압하려고 계시지만 좀처럼 진정이 되지 않습니다……."

이렇게 말하면서 몇 번이나 말을 웅얼거렸고, 그 때마다 얼굴이 새빨개졌다.

"대체 언제부터 산불이 난 거지?"

"오후 4시 무렵에 한 번 났었습니다만, 그것은 파출소에서 총출동해서 곧 껐습니다. 그런데 어둑어둑 해지고 나서 또 아까와는 다른 곳에서 타올랐습니다. 그래서 곧 부락민들을 불러서 끄라고 했습니다. 그런데, 벌써 주위는 깜깜해지기도 했고 또 그 무렵부터 바람이 엄청나게 불어서 전혀 손을 쓸 수가 없었습니다. 게다가 부락민들도 한밤중에 이렇게 심한 바람 속에서는 불을 끌 수 없으므로, 내일까지 기다려 달라, 내일이 되면 어떻게든 끄겠다 했습니다. 그래서 어젯밤은 아무 것도 하지 못하고 오늘 아침 새벽부터 부락민들을 모두 불러 모아 파출소가 총출동해서 지휘를 하고 있습니다."

"그래서 파출소는 괜찮은가?"

"괜찮습니다……."

"어제 하룻밤 새 얼마나 탔나?"

"다섯 계곡 정도 탔습니다……."

"다섯 계곡?……."

다다에는 자기도 모르게 어쩐지 나무라듯 큰 목소리로 말했다.

"네……."

그러자 보조원 쪽에서도 자신의 잘못을 질책당한 것처럼 송구해했다.

그러나 다다에는 한 차례 화재 상황을 들었기 때문에 마음이 좀 진정이 되어, 반장을 불러서 대응을 하러 갈 인원 선정 등에 대해 명령을 했다.

잠시 후에 대여섯 명의 헌병과 보조원들이 바지런히 채비를 하고 서둘러 고성분대의 문을 지나 나가는 것이 보였다.

(1923.5.1)

낮 동안에는 역시 하늘이 타는 것이 보이지 않았지만, 남쪽 하늘은 시커멓게 잔뜩 흐려서 검은 연기가 하늘을 덮고 있었다. 바람에 실려 와서 그런지 가끔씩 연기 냄새가 코를 찔렀다. 4,5십리나 되는 맞은 편 산속이 타고 있는 것이기 때문에, 애초부터 불은 보이지도 않았고 이곳에 있으면 전혀 위험할 리도 없지만, 야스코는 역시 무관심할 수 가 없었다.

'4,5십리 떨어진 곳에서는 지금 큰 불이 났다. 지금 모든 것이 타고 있다. 천 년이나 묵은 큰 고목도 작은 잡초들도 땅을 기어 다니는 벌 레들도 모두 재로 바뀌고 있다……. 그런데 숲속을 날아다니던 새들 은 대체 어떻게 되었을까? 도망친 것일까? 아니면…….'

야스코는 천 년 동안 도끼질 한 번 없었던 대삼림이 강풍을 맞아 하늘까지 닿을 듯 불길이 치솟게 된 모습을 상상해 보았다.

'…………'

상상을 하는 것만으로도 끔찍한 일이었다. 야스코는 침이 목구멍 에 콱 막혀서 소리가 나지 않았다.

'그보다 검은 연기에 갇혀 불똥이 날리는 숲속을 필사적으로 도망 치는 조수(鳥獸)들의 울음소리는 얼마나 고통스럽게 들릴까? 이게 바 로 지옥이 아니고 무엇인가?……. 불가항력이다…….'

야스코는 골똘히 이런 생각을 했다.

'정말로 이 우주에는 얼마나 많은 불가항력적인 끔찍한 힘들이

숨어 있는 것일까? 대체 이 불가항력에 누가 대항할 수 있단 말인가?…………아무도 없다! 아무것도…………'

야스코는 뭔가에 얻어맞은 것처럼 오싹했다. 야스코의 얼굴은 새파래졌다.

'오오, 하느님, …………'

야스코는 자기도 모르게 이렇게 내뱉었다. 낮고 쉰 목소리로 신음하듯이 두 손으로 얼굴을 감싸고 고개를 숙였다.

야스코가 입 밖으로 하느님을 부른 것은 이것이 처음이었다. 야스코는 신을 믿지는 않았지만, 두려워할 줄은 알았다…….

야스코는 잠시 동안 그곳에 몸을 던져버린 듯이 엎어져 있었다.

(1923.5.2)

94

밤이 되자 남쪽 하늘은 새빨갛게 타서 짓물러 보였다. 어젯밤부터 쭉 넓은 범위에 걸쳐 빨갛게 타고 있는, 피처럼 그렇게 새빨간 하늘 아래에서 가끔씩 검은 연기가 치솟았다. 뭉게뭉게 먹물을 뿌린 듯 소용돌이 쳤다. 죽 늘어서서 바라보고 있는 사람들의 얼굴도 뒤로 젖혀져서 불빛을 받는 바람에 이마가 빨갛게 빛나 보였다.

"아아, 대단한 기세로 타고 있네요. 여기에서 보고 있으면 그렇지 않은 것 같지만, 옆에서 보면 굉장할 거예요. 아아, 엄청나게 타고 있네요……."

"대체 얼마 동안 타고 있는 것일까? 재작년 화재 때는 사흘 동안 5천 정보 정도 탔다고 하는데, 그 때는 마침 비가 와서 다행이었지. 그런데 이번에는 어떻게 될지 모르겠네. 빨리 비가 와 주면 좋겠는데, 오지 않으면 큰일이야. 사람 손으로는 끌래야 끌 수가 없으니 말이야. 아아, 그래도 엄청나게 타네. 저 검은 연기 피어오르는 것 좀 봐. 굉장하네……."

"재작년에 화재가 났을 때는 나도 불을 끄러 갔는데, 저렇게 검은 연기가 날 때는 열 아름드리 나무도 스무 아름드리 나무도 휙휙 태풍 같은 소리를 내며 타오른다고. 얼마나 끔찍하던지. 도저히 눈을 뜨고 볼 수가 없었어. 검은 연기 속에서 불기둥이 치솟았지. 하늘에 떠 있다는 것은 바로 그런 모양을 말하는 거지. 아, 그건 정말 굉장했어. 아아, 그래도 엄청나게 타네. 아, 너무 심하게 타는군……."

불을 보러 나온 사람들도 너무 오랫동안 불을 볼 수는 없다는 식으로 얼마 후에는 제각각 돌아갔다.

야스코도 어젯밤처럼 처음에는 한동안 문 앞에 서서 바라보았지만, 결국에는 너무나 엄청나게 타는 기세에 이가 덜덜 떨려 왔기 때문에 결국 집안으로 들어와 버렸다.

그러자 다행히도 마침 화재가 발생한지 4일째 되는 날 정오 지나서 천우신조로 추적추적 비가 내리기 시작했다.

"아, 비다. 고마워라!"

그 차가운 빗방울을 한 방울, 두 방울 얼굴에 맞았을 때, 누구나 마음 깊은 곳에서 진심으로 그런 생각을 했을 것이다.

"고맙군!"

특히 다다에는 가슴을 쓸어내리며 말했다.

그날 저녁 분대에서 소방을 하러 간 네다섯 명이 비를 맞으며 돌아왔다. 누구의 눈을 봐도 모두 짓무른 듯이 새빨갛게 충혈이 되어 있고 군복은 군데군데 불똥이 튀는 바람에 구멍이 뚫려 있어서, 얼마나 고생을 했는지 자세히 이야기해 주고 있었다. 모두들 젖은 솜처럼 완전히 녹초가 되어 있었다.

(1923.5.3)

95

비가 내린 덕분에, 다행히도 산불이 꺼진지 4,5일 지나서의 일이었다. 신대리 파출소의 미야자키라는 상등병이 분대로 찾아와서, 노고를 위로하기 위해 다다에의 집에서도 상등병을 불러 술을 대접했다.

"정말 너무 심했네……."

다다에가 직접 상등병에게 술을 따라주며 위로하듯 말하자, 미야자키 상등병은 황송한 듯이 술잔을 받으면 말했다.

"아, 정말 심했습니다. 심하다는 말로는 도저히 표현할 수 없지만, 주변 일대 하늘을 뒤덮으며 검은 연기가 뭉게뭉게 피어올라서 눈이 아파 뜨고 있을 수 없었습니다. 저도 이제 겨우 나아서 통증과 붓기는 좀 빠졌습니다만, 이렇게 충혈된 눈은 아직 낫지 않았습니다.”

새빨갛게 충혈되어서 아파 보이는 눈에 손을 갖다 대면서 말했다.

“아이들은 정말 가여웠습니다. 연기로 목이 막혀서 아파아파 하며 울고 있었습니다. 그렇다고는 해도 1,2십리나 되는 면적이 탔기 때문에 아무 데도 도망칠 방법도 없었고, 집안으로도 연기가 가차 없이 들어오기도 했습니다.”

“해서, 파출소 사람들은 전혀 위험하지는 않았나?”

다다에는 술을 꽤나 마시는 상등병에게 또 술을 따라주며 물었다.

“아, 한 때는 정말이지 위험했습니다. 이틀째 되는 날 아침이었습니다만, 파출소 건물에서 3킬로도 떨어지지 않은 산이 타고 있었기 때문에, 역시 안 되겠다고 생각하고 서류와 상비 비품을 일시에 모두 밖으로 가지고 나왔습니다. 그래서 덕분에 파출소만 타지 않았습니다. 그런 곳까지 타버렸다면, 지금쯤 군복을 벗어야 했을 겁니다…….”

미야자키 상등병은 반쯤 농담으로 진지하게 말했다.

“그런 일은 없겠지만, 파출소가 타지 않아서 다행이군…….”

다다에는 자기도 모르게 그만 분위기에 말려 따라 웃으며 맞장구를 쳤다.

“산은 모두 대학 연습림뿐인가?”

“그렇습니다. 연습림 소장님도 찾아 와서 필사적으로 소방 지시를 하셨습니다만, 너무 당황해서 빨리 꺼, 빨리 끄라고 하며 조선인들에게 소리를 지를 뿐이었습니다. 하지만 평소 조선인들이 하는 말을 들어주지 않는 분이라서 전혀 소용이 없었습니다. 어쨌든 조선인들 쪽에서는 이렇게 심한 산불은 불을 내서 끄는 수 밖에 없다고 해서요. 불을 낸다는 것은 한쪽에서 불이 타면, 계곡을 하나 건너서 이쪽에서도 산에 불을 지르는 것입니다. 그러면 불과 불이 서로 만났을 때 신기하게도 불이 꺼지는 겁니다. 연습림 쪽은 그렇게 하면 안 된다고 해서요. 그래서 부락민들 쪽에서도 기분이 상해서 마지막 날에는 거의 아무것도 하지 않고 팔짱만 끼고 있었습니다."

(1923.5.4)

96

"하지만 불이 난 원인은 무엇인가? 자네는 어떻게 생각하나? ……."
다다에는 갑자기 진지한 표정으로 물었다.

"글쎄요, 그게 말입니다. 아무래도 저는 짐작이 가지 않습니다만, ……. 어쩌면……."

미야자키 상등병도 잔을 내려놓고 갑자기 고지식하게 목소리를 낮추며 몸을 조금 앞으로 내밀며 말했다.

"이것은 저 혼자만의 생각입니다만, 어쩌면 불령선인의 소행이 아닌가 생각합니다……. 그렇게 생각하지 않으면 불이 왜 났는지 알 수가 없습니다. 지금 이곳에서 완전히 불을 꺼 버리면 전혀 불이 옮겨 붙을 것 같지 않은 7,8백 미터나 떨어진 산자락에서도 불길이 활활 올라갑니다. 그곳을 끄면 또 다른 계곡에서 불이 타오르는 상황으로, 정말 이상했습니다. 확실히 방화임에는 틀림없습니다. 하지만 단순한 방화광이 아니라 뭔가 당국에 불만은 가진 자의 소행이 아닐까 저는 생각합니다……. 관림제(官林制)에 대해서는 조선인들 중에는 불평 불만이 있는 사람이 꽤 있는 것 같으니까요……."

"그래서 범인은 특정이 되었나?"

"대략 특정이 되었습니다. 특정된 남자는 누구냐 하면 열흘 정도 전에 찾아온 사람으로, 보조원의 이야기에 의하면, 온 날부터 산속을 어슬렁어슬렁 돌아다녔다고 하니까 아마 그 남자일 것이라 생각합니다. 그래서 어제 간성(杆城) 쪽으로 떠났다고 하여 마치다(町田) 군에게 추적을 하라고 해 두었습니다. 아마 체포해 올 것이라 생각합니다……."

"그런가? 그것 참 잘됐군……."

중요한 이야기였기 때문에 서로 자신도 모르게 몸에 힘이 들어가 긴장을 한 것을 알고 다다에는 말했다.

"어서 마시게. 술이 다 식지 않았나?………… 이봐, 야스코. 술 좀 다시 데워 와."

다다에는 손뼉을 쳐서 야스코를 부르며 말했다.

(1923.5.5)

97

"큰 불이 난 광경은 어떠했나? 대단했겠지? 여기에서 봐도 상당했다구."

자리의 분위기를 부드럽게 하기 위해 다다에가 편안한 말투로 물었다.

"굉장했습니다, 정말로……. 어쨌든 천 년 동안 사람의 손길이 닿지 않은 대삼림이 강풍을 맞아 활활 태풍 같은 소리를 내며 타올랐으니까요. 처참하다고밖에 할 수 없었습니다. 흔히 작은 불을 볼 때 안 됐다고 생각은 하면서도 굉장한 느낌이 드는 법입니다만, 이번처럼 큰불이 났을 때는 그런 느낌은 전혀 들지 않았습니다. 그저 공포스러울 뿐으로 인간의 힘이라는 것이 실로 보잘 것 없고 미미한 것임을 통감했습니다……."

미야자키 상등병은 굉장했던 산불의 광경이 생생하게 떠오른다는 식으로 눈썹을 치켜올리며 이야기했다. 야스코도 어느새 자리에 끼어 이야기를 듣고 있었지만, 끔찍한 대화재의 광경이 눈에 보이는 듯했다.

"어쨌든 공교롭게도 그 때 강풍이 불어서 지금 이곳이 타는가 싶으면 벌써 맞은편 계곡으로 불이 옮겨 붙어서 끌래야 끌 수가 없었습니다. 게다가 연습림이 얼마나 오래된 것인지. 예의 불을 놓아서 끄는 방법은 쓰면 안 된다고 하기도 하고요. 조선인들 쪽에서 산 하나나 두 개는 뻔한 것이 아닌가, 이대로 두었다가는 인가(人家)까지 위험하다……. 라고 하기도 하고요. 정말이지 말이 안 나왔습니다. 실제로 조선인들은 딱합니다. 3,4일 동안이나 강제적으로 불을 끄는데 동원이 되었는데, 한 푼이라도 돈을 받는 것도 아니고, 타는 산은 관림이고 하니까요……."

상등병은 동정을 하는 어조로 이야기를 하고 있었다.

"대체 얼마나 탄 걸까?"

"글쎄요. 연습림 쪽은 오늘까지 조사한 것 만해도 1만 정보니까 전부해서 2만 정보는 탔을 거라고 합니다만, 그렇게까지는 안 될 겁니다."

"상당히 많이 탔구먼. 2만 정보라니 대단해. 그렇게나 탔나? 음……."

다다에는 놀란 듯이 이렇게 말했지만, 어쩐지 마음이 무겁고 어깨가 결리는 것 같았다.

(1923.5.6)

98

"불을 끈 후에는 어땠나요? 꽤나 처참했겠지요?"

야스코가 술을 따르며 옆에서 끼어들어 물었다. 미야자키는 그것을 손을 들고는 잠깐 하며 이야기했다.

"그야, 정말 심했습니다. 이때가 되어서야 불에 탄 큰 나무들이 푹

푹 쓰러지기 시작했습니다……. 불이 났을 때는 탄다고는 해도 한 그루의 나무가 다 타는 것이 아니라 쫘하고 바람과 함께 불이 오면 잎이나 잔가지만 타오르는 정도입니다. 하지만, 불이 난 후에는 조금씩 조금씩 비가 내려도 언제까지고 피식피식 타들어갑니다. 그리고 오랫동안 시커멓게 타서 결국 서 있을 수가 없게 되면 쿵쿵하고 쓰러지는 겁니다. 낮 동안에는 그렇지도 않습니다만, 한밤중에 우르르 쿵 우르르 쿵하고 끔찍하게 땅이 울리면 무슨 일인지 잘 알고 있어도 나도 모르게 벌떡 일어나 앉는 일이 있습니다. 내 위로 쓰러지는 게 아닌가 해서요. 그래서 다음 날 아침 보러 가면 네 아름, 다섯 아름이나 되어 보이는 큰 나무들이 뿌리째 쓰러져 있습니다……."

상등병은 무섭다는 식으로 어깨를 들썩이며 말했다.

"무섭네요……."

야스코도 이렇게 말하지 않을 수 없었다. 심야에 불이 난 암담한 자리에서 타다 남은 잎도 가지도 없는 큰 나무들이 쿵쿵 큰 소리로 천지를 울리며 뿌리째 쓰러지는 모습을 상상하면 무서웠다.

"아, 정말 신대리에 오고나서는 끔찍한 일의 연속인 것 같습니다. 독립 소동이 진정이 되는가 싶더니 이번에는 산불입니다……."

미야자키 상등병은 참을 수 없다는 듯이 머리를 긁적거렸다.

"정말이지 독립 소동 때는 끔찍했겠죠. 산속에서는, …………."

야스코가 당시의 일을 떠올리며 물었다.

"끔찍했습니다, 사모님……."

미야자키는 야스코 쪽을 보며 말을 이었다.

"어쨌든 밤에는 아무도 잘 수가 없었습니다. 아내에게 괜찮으니까 자고 있으라고 해도 무서워서 못 자고 있었어요. 어쩔 수 없이 낮에 두세 시간씩 교대로 잤습니다만, 정말이지 그 때는 끔찍했죠. 특히 보조원들은 우리들보다 훨씬 더 무서워했던 것 같습니다. 보조원들의 숙사에 볼일이 있어서 가도 문을 꽉 잠그고 있어서 좀처럼 열 수가 없었어요. 나야 나야 라고 하며 문을 두드려도 누군가, 누구냐고 물었고, 네다섯 번이다 나야 나라고 해야 겨우 나인 줄 알고 아, 소장님이신가요 라고 하며 비로소 문을 열어주는 식이었습니다."

꽤 취기가 돌았는지 상등병은 얼굴이 빨개져서 웃으며 이야기를 했다.

"어쨌든 산속은 이제 지긋지긋합니다. 아무 일이 없어도 불편함과 외로움과 싸워야 하는데, ……. 산속은 정말로 외로워서요. 이렇게라도 저는 가끔씩 고성에 나오는 것이 무엇보다 큰 즐거움이니까요. 정말이지, 이쪽으로 올 때는 아무 생각 없이 마음이 내켜서 날 듯이 달려옵니다만, 돌아갈 때는, 아, 또 산속으로 돌아가서 같은 사람의 얼굴만 보고 살아야 하는구나 하는 생각이 들고, 가슴이 콱 막혀서 발걸음도 자연히 무거워지는 것 같습니다."

미야자키 상등병은 술김에 하는 소리일 것이다. 은근히 산속에서 근무해야 하는데 대한 불만을 털어놓고 있는 것이었다.

그러고보니, 야스코도 산속에서 근무하는 사람들이 분대에 이어지는 유일한 길을 쏜살같이 달리듯 다가오는 것을 몇 번이나 보았다.

'정말로 그럴 때는 오랜만에 많은 사람들을 만난다는 기쁨과 기대

로 그들의 가슴은 얼마나 설레었을까?……'

아마 눈물이 나올 만큼 설레었을 것이다.

(1923.5.8)

99

내지에 비하면 딱 한 달 늦어서 5월 말이면 봄이 한창이었다. 벚꽃도 여기저기 있었지만, 풍토의 영향일 것이다. 내지에 비하면 여러 가지가 담백했다. 마침내 벚꽃도 져버리니 나무에서 싹이라는 싹은 모두 일제히 돋기 시작했다.

하루 하루 무럭무럭 눈에 띄게 자라는 나뭇잎들과 새싹들. 천지에 가득 차서 흘러넘치는 강렬한 생명의 왕성한 기운에 신체가 별로 튼튼하지 않은 야스코는 참을 수 없이 즐거운 기분이 들었다.

"삶 그 자체와 같은 느낌이 나는 윤기 있고 반짝반짝 빛이 나는 어린 잎, 그것이 홍수처럼 가득 차고 넘치는 강한 태양 아래에서 반짝반짝 빛나는 것을 보면, 야스코는 현기증이 느껴졌다.

봄이 되고 나서 한층 더 진하고 파랗게 우거진, 저 멀리 보이는 나무들도 야스코의 기분을 그저 무겁게 할 뿐이었다.

야스코는 거의 매일 두통이 났다. 완전히 우울해져서 때때로 히스테리 발작에 걸린 사람처럼 창백한 얼굴을 하는 일이 있었다. 이제 슬슬 벽을 잡고 걷기 시작한 아이의 울음소리가 몸서리를 칠 정도로 거슬렸고, 그런 아이를 보살펴야 하는 것도 거슬렸다. 참을 수 없이 몸이 귀찮았다. 까닭도 없이 일마다 화를 내며 포동포동 살이 찐 다리를 꼬집거나 일부러 울리거나 했다.

"좀 어떻게 된 것 같아. 당신 공의에게 진찰을 한번 받아보면 어때?"

다다에가 이렇게 주의를 주었다.

"아니요, 그렇지 않아요. 아무데도 아픈 데는 없어요. 하지만 늘 봄 끝에는 이상하게 기분이 가라앉아요……."

의사에게 진찰을 받으려 하지 않았지만, 천지에 횡행하는 강렬한 이 대기의 압박을 야스코는 정말이지 견디기 힘들었다. 미치는 것이 아닐까 할 정도로 괴로운 기분이 들었다. 태탕[12]한 것이 기름처럼 진하고 질이 섬세한 만춘의 공기는 야스코를 질식시키고 그 때문에 신체가 쇠약해지는 것 같기도 했다. 강한 태양 아래를 지나갈 때면 혼절해서 쓰러질 것 같은 기분이 들었다. 야스코는 눈에 보이지 않는 손에 의해 시달리는 것처럼, 주야로 오뇌를 거듭하고 있었다.

하지만 이렇게 괴로운 봄도 갑자기 온 만큼, 짧게 금방 지나가 버리고 청신한 초여름이 찾아왔다. 그 무렵에는 야스코도 다시 살아난 듯이 밝은 표정이 되었다.

(1923.5.9)

---

12 춘풍태탕(春風駘蕩). 봄 경치가 화창하고 한가로운 모양. 흔히 온화한 인품의 뜻으로도 쓰임.

100

상쾌하게 맑은 초여름 어느 일요일 아침 다다에와 야스코는 갑자기 생각이 나서 해금강에 놀러 가기로 했다.

"그럼, 잠깐 기다리세요. 주먹밥을 하나 만들어 올게요. 배가 고프면 안 되니까요."

야스코는 아이를 다다에에게 맡겨 놓고 서둘러 부엌으로 들어갔다.

준비를 다 하고 두 사람이 집을 나왔을 때는 해가 훨씬 높이 떠 있었지만, 바람이 살랑살랑 불어 더울 정도는 아니었다. 두 사람은 아이를 서로 번갈아 안으며 걸었다.

읍내에서 멀어지자 구릉도 쭉 좌우로 멀어지고 바다가 펼쳐졌다. 눈앞에는 푸른 바다가 바로 보이고 흰 돛도 보였다.

"어머, 좋아라, 예쁘네요! ……."

야스코는 자기도 모르게 소리를 지를 정도였다.

상쾌한 바람, 청신한 초여름 일광, 먼지가 나지 않을 정도로 마른 평탄한 길, 푸른 바다! 그리고 팔에는 사랑하는 아이가 안겨 있고, 돌아보면 믿음직스런 남편이 있었다……. 야스코는 소리 높여 노래하지 않을 수 없었다. 야스코의 가슴에는 이 청신한 초여름 일광과도 비슷한 행복이 가득 차서 흘러넘칠 지경이었다.

"조선에 오길 잘 했어. 이곳에 오길 잘 했어……."

이런 생각이 절절했다. 모진 추위와 싸우고 불편을 견딘 것도 절대 헛수고가 아니었다. 지금은 남편이 남기고 온, 과거의 불길한 족적에서 완전히 해방되어 전혀 불안하지 않았다. 남편의 마음은 자신의 손에 꽉 잡혀 있었다. 두 사람의 마음은 아무런 응어리도 없이 딱 맞았다. 이렇게 해 준 것은 누구인가? 모두 자연이 베풀어 준 것이라 해야할 것이다……. 자연 속에 있기 때문에, 적막하고 고독한 자연 속에 놓였기 때문에, 두 사람은 필연적으로 서로 손을 맞잡고 마음을 터놓게 된 것이다. 좋은 생활이 싹트고 뿌리를 내려 그 결실을 맺어야 한다고 야스코는 생각하는 것이었다. 이역만리 남편을 따라온 보람이 있다는 것이다. 정말로 이 추운 북 조선의 벌판으로 이주를 온 내지인들은 누구나 남편은 아내를, 아내는 남편을 유일한 생활의 상대로 손을 맞잡고 마음과 마음으로 서로 끌어안고 돈독하게 살고 있었다.

지금 야스코의 심정은 자연으로부터 받은 기괴한 유혹 외에는 조금도 어두운 그림자가 없었다. 마음은 행복으로 크게 부풀어 있었다.

"아, 무거워! 잠깐 아이 좀 받아 줘요……."

야스코는 아이를 다다에게 맡기더니 양산을 펴고 소리 높여 노래를 부르기 시작했다.

바다에 가까워지자 바람이 세져서 촉촉하게 젖은 뺨을 기분 좋게 닦아 주었다.

"누군가 오고 있네. 아아, 그렇군. 우편소장님하고 스기모토(杉本)씨군. 사모님하고 아이도 오고 있어……."

다다에는 낮은 구릉 위로 올라가더니, 바다 가까이에서 둥글게 둘러앉아 식사를 하고 있는 사람들을 발견하고 말했다.

(1923.5.10.)

101

그쪽 사람들도 두 사람의 모습이 곧 눈에 들어왔는지, 뭔가 속삭이는가 싶더니 한 사람이 일어서서 손짓을 하며 불렀다.

"분대장님, 이리 오세요……."

야스코는 좀 당혹스런 기분이 들었지만 다다에는 재미있어 했다.

"가 볼래?"

이렇게 물어보고는 빠른 걸음으로 모래 위를 사각사각 걷기 시작했다. 야스코도 할 수 없이 그 뒤를 쫓아서 사람들 가까이에 갔다.

"어이쿠, 모두들 모여 계시네요……."

다다에는 싹싹하게 말을 건네며 다가갔다.

"아이쿠, 어서 이쪽으로 오세요. 보시다시피 대거 찾아 왔습니다."

우편소장은 말려 올라가는 모포를 모래 바닥에 쭉쭉 펴면서 말했다. 그렇게 말하는 소장의 얼굴과 손은 어지간히 마셨는지 빨갛게 부어오른 것 같았다.

"이야, 분대장님, 한 잔 어떠세요? 이런 걸로 실례하는 것 같지만, ……."

다다에가 그곳에 앉자, 소장은 눈앞에 있는 찻잔과 맥주병을 집어들고 다다에에게 따라 주었다.

"이것 참, 잘 먹겠습니다. 그럼 염치없이 받겠습니다."

다다에는 바로 찻잔을 받아들고 맥주가 찰랑찰랑 차자 단숨에 마셨다.

"역시 이럴 때는 술을 마셔야 맛이 나네요. 실은 말입니다. 저도 집을 나설 때 술을 가지고 올까 하는 생각을 했지만, 목이 마르면 안 될 것 같아서 차를 담아 왔는데, 큰 실책이었군요……."

다다에는 이렇게 활기찬 목소리로 말하며 어깨에서 차를 담은 보온병을 내려놓았다.

"누가 아니랍니까? 뭐니 뭐니 해도 우리들은 이게 아니면 이야기가 안 된다니까요."

우편소장은 동감을 하겠다는 듯이 말했다.

야스코도 아직 별로 식욕은 없었지만 모두와 함께 보따리를 풀고 식사를 했다. 파리가 귀찮게 음식에 들러붙었다. 요보의 아이들도 신기한 듯이 쫓아내도 쫓아내도 자꾸만 보러 왔기 때문에 야단을 쳐야만 했다.

"갓소, 갓소[13]……."

이렇게 야단을 쳐서 보냈지만, 해금강의 경치는 야스코의 기대에 딱 부응했다. 새파란 바다는 한 장의 함석판처럼 평탄하게 빛나고 있었고, 박아 놓은 듯한 수많은 작은 섬들은 파도 위에 올라탄 것 같아 종이 장난감처럼 가벼워 보였다.

떠들썩한 웃음소리를 내며 두 시간 가까이 걸려 점심 식사를 마치고, 그곳에서 10리 정도 떨어져 있는 수원(水源)의 끝에 있는 등대를 보러 가기로 했다.

---

13 '갓소'는 '갔소'의 일본식 발음. '가라'라고 해야 할 것을, 대충 어근만 살려 한 말.

"그럼 출발합시다."

다다에는 가볍게 일어서서 야스코의 무릎에서 아이를 받아 안았지만, 우편소장은 이것저것 도구를 많이 가지고 왔기 때문에 그것들을 정리하여 고용해온 총가의 지게에 싣느라 한 바탕 소동이 일었다.

(1923.5.11)

102

"자자, 출발하자구. ………."

겨우 짐을 정리하고서 열 명 남짓 되는 사람들은 줄줄이 모래길 위를 앞서거니 뒤서거니 하며 걸었다. 바람이 상당히 불었다. 하얗게 이는 파도의 머리가 보였다. 바다에 움직임이 없을 때는 덮쳐오는 것처럼 보이는 작은 섬들도 파도가 몰려오면 뿌리가 있는 것처럼 보였다. 일행은 구불구불한 바닷가 오솔길을, 어떨 때는 야트막한 언덕을, 어떨 때는 바닷가를 따라 걸었다.

이윽고 툭 튀어 나온 곳 끄트머리에 등대가 보였다.

"아, 등대가 보인다, 등대가 보여."

빨간 기와의 색을 발견하자 아이들은 거센 바람을 안고 득달같이 언덕 위를 내달렸다.

낮은 담을 둘러친 등대지기의 사택 문을 들어섰다.

"이무라(井村) 군 여럿이 왔네. 손님이 왔네. ………."

술에 취한 우편소장은 큰 소리로 불러댔지만, 바람이 강해서 반쯤은 소리가 날아가 버렸다.

"이무라 군, 놀러왔네. ………."

소장은 중간부터 위는 유리로 되어 있고 아래는 벽돌로 되어 있는 복도 같은 곳으로 고개를 들이밀고 한 번 더 불렀다.

"오오, ………."

안에서 장지문이 열리고 사람 얼굴이 나타났다.

"어이쿠, 이게 웬일인가? 참 잘 왔네. 자, 어서 들어오게, 들어 와 ……."

신년에 다니러 와서 본 적이 있는 그 사람은 바로 일어서서 아주 귀한 손님을 맞이하는 것처럼 문을 활짝 열어 주었다. 일동은 우르르 안으로 몰려 들어갔다. 안에는 시멘트 바닥으로 되어 있는데, 이 등대에 근무하는 세 명의 주택이 있어서 복도 안으로만 왔다 갔다 할 수 있게 되어 있었다.

"잘 오셨습니다. 이 외진 곳에 무슨 바람이 불어서, ………."

주인은 너무 뜻밖이라 당황스러워 하면서 모두에게 차를 따라 주기도 하고 방석을 내주기도 했다.

등대지기의 주택은 거의 다 벽돌, 회반죽, 유리 등으로 바람이 아무리 강하게 불어도 끄떡 없게 단층으로 튼튼하게 지어졌지만, 바람이 워낙 세서 창문 유리가 덜커덩덜커덩 흔들리고 옥상의 풍차는 끊임없이 돌아가는 바람에 아무도 마음 편히 앉아 있을 수가 없었다. 특히 신경질적으로 무엇보다 바람을 싫어하는 야스코는 신체 어딘가에

급소라도 찔린 듯이, 말도 제대로 할 수 없을 정도였다. 관리소장이라는 이무라는, 등대지기라는 일은 쓸쓸하고 힘들다며, 끝없이 호소하듯 이야기했다.

"벌써 이렇게 더워졌지만 아무 문제없습니다. 이곳에서는 더운 줄 모르니까요. 하지만 긴 겨울에는 정말 힘들었습니다. 눈은 8척이고 9척이고 쌓이고 밖에는 한 발자국도 나가지 못하니 그야말로 농성(籠城)인 거죠. 쌀은 떨어지고 신탄(薪炭)도 떨어지고 야채도 떨어졌는데, 눈은 조금도 녹지 않아서요. ……. 그럴 때는 정말이지 불안합니다. 인가가 있는 곳까지는 10리나 떨어져 있기도 하고요. 그 때는 얼마나 불안하고 외로웠는지. …………."

주인은, 당신들은 도저히 그런 심정을 모를 것이라는 식으로 이야기했다.

(1923.5.12)

103

절해고도(絶海孤島)나 다름없는 인가(人家)에서 뚝 떨어진 곳 끄트머리에 겨우 세 가족만 모여 적막하게 대자연의 위협에 시달리며 살아가는 외로운 심정은, 야스코도 전혀 모르는 것은 아니었다. 소녀 시절에 읽은 책에는 등대지기라고 하면 어쩐지 재미있고 용감한 일을 하는 것처럼 쓰여 있지만, 실제로 이 사람들의 생활을 보면 전혀 재미있는 일이 아닐 뿐만 아니라, 다른 직업에 비하면 훨씬 더 힘이 드는 일이라고 생각했다. 게다가 이 사람들이 모두 판임관(判任官)[14]이라는 사실을 알았을 때는 일종의 환멸을 느끼지 않을 수 없었다.

"어린이들이 등대 안을 보여 주었으면 합니다만, 어떻게 할까요?……."

우편소장이 이야기가 잠시 끊긴 틈을 타서 이렇게 물었다.

"물론 좋구 말구요. 무라야마 군……. 있나? 등대를 보고 싶어들 하는데, 한 번 보여 드리게."

처마가 이어진 옆집을 향해 큰 소리로 부르자, 머리를 깔끔하게 양쪽으로 가른 젊은 등대지기가 나왔다.

"아, 어서 오세요. 등대를 보여드릴까요? 그럼 이쪽으로……."

이렇게 안내를 해 주자 야스코도 아이들과 어울려 보기로 했다.

우선 경적을 울리지 않고 사용하는 공기 압착기를 보았다.

"이렇게 해서 공기를 압축하는 것입니다. 지금은 증기를 끓이고 있어서 안 됩니다만."

이렇게 말하며 젊은 관리자는 있는 힘껏 손으로 수레를 돌려서 보여주었다.

"한번 경적을 울려 볼까요?"

---

14 1871년 8월 관등(官等)을 개정했을 때 8등 이하를 의미하는 것으로 메이지헌법(明治憲法) 하의 하급관리의 등급. 고등관 아래 위치. 제2차 세계대전 후에는 3급관으로 개정.

이렇게 말하고 핸들을 휙 돌렸다.

"부웅…………."

엄청난 음향이 일었다.

"와! ……."

어린이들은 일제히 귀에 손을 댔다.

"자, 이번에는 등대로 올라갑시다."

등대지기가 앞장섰기 때문에 모두 그 뒤를 따라서 가파른 나선형 사다리를 빙글빙글 돌아서 올라갔다. 끝 쪽으로 올라갈수록 사다리는 좁고 가팔라져서 대여섯 번에 걸쳐 나누어서 올라가야 했다.

"위험해요. 위는 좁으니까 아래쪽에서 기다리다가 한 명씩 올라와 주세요. 한 명씩……."

꼭대기로 올라간 관리자는 아래쪽을 내려다보며 이렇게 말했는데, 그 목소리가 엄청나게 크게 울렸다.

사다리 도중에서 기다리다가 몇 명째인지 순서가 되어 야스코가 두려워하며 올라가 보니, 꼭대기에는 겨우 한 명이 의자에 앉을 수 있는 정도의 방으로 전면이 유리창으로 되어 있고, 큰 조명이 설치되어 있었다. 방 밖에 철책을 둘러친 좁은 발코니 같은 것도 있었다.

"밖으로 나가서 보지 않겠습니까? 전망이 좋습니다."

하지만 야스코는 물론 밖으로 나갈 용기가 나지 않았다. 부들부들 떨며 유리문 안에서 아래를 내려다보았지만 너무나 무시무시한 경치에 가슴이 철렁해서, '으악'하고 소리를 지르며 옆에 있던 책상을 붙잡았을 정도였다.

하지만 야스코는 바로 그곳을 떠날 수는 없었다. 얼굴이 새파래져서 부들부들 떨면서 가만히 아래 경치를 바라보았다. 칼날 위에 올라섰다는 것은 바로 이런 상황을 말하는 것일 것이다. 거친 파도는 미친 듯이 칼날과 같은 바위를 물어뜯었고 칼날 같은 바위는 바위대로 필사적으로 노도(怒濤)를 뿌리치고 있었다.

"산과 물의 싸움이다!"

야스코는 벼락같았다.

"만약, 어느 쪽이 패하여 한 걸음이라도 퇴보한다면, 천지간에 대 참극이 일어날 것이 틀림없다……. 그렇게 되면 아무리 견고하게 지어졌다고 해도 이 등대는 나뭇잎처럼 부숴질 것이다. 사람의 생명도……."

야스코는 자기도 모르게 몸을 부르르 떨었다.

"자연이여, 영원히 투쟁을 계속하라. 절대 영원히 승부를 가르지 마라!"

이렇게 기도하고 싶을 정도였다.

(1923.5.13)

104

해질녘이 되어서 모두는 그곳에 작별을 고하기로 했다.

"그래요? 이제 돌아가시게요? 아직 너무 이르지 않나요?……. 그럼 또 생각나실 때 오세요……. 저희는 언제든 환영이니까요……."

관리소장은 아쉽다는 듯이 문 앞까지 나와서 전송을 해 주었다. 아직 저녁햇살이 비치고 있는 숙사 옆에는 아이들의 작은 옷이나 기저귀 등을 널어놓은 것이 보였다. 문 앞에 있는 얼마 안 되는 땅을 일궈 만들어 놓은 조그마한 밭에는 파나 콩 같은 것이 조금씩 심어져 있었다.

그것들의 쓸쓸한 모습을 보고 야스코는 어쩐지 눈물을 글썽거리고 말았다.

"작은 삶, 작은 인간의 삶, ……. 자연 속에 살아가는 외로운 인간의 삶! ……."

야스코는 그런 절절한 기분이 되어 눈물을 글썽거릴 정도로 인간애를 느꼈다.

"안녕히, …………. "

모두는 제각각 인사를 하며, 구릉 위에 일렬로 나란히 서서 뒤를 돌아보고 또 돌아보며 귀도에 올랐다…….

어린이들은 다시 활기차게 거센 바람을 안고 구릉 위를 쏜살같이 달리며 경주를 했다.

"불평을 할 수가 없네요. 등대를 지키는 사람들의 불편한 삶을 보면 우리는 정말 편히 살고 있는 거예요. 무 하나 먹고 싶어도 10리를 가지 않으면 손에 넣을 수 없으니까요……. 아니, 정말 잘 살고 있는 겁니다. 그런 생각을 하면 고성에 살면서 불편하다고 하면 벌을 받겠어요……."

우편 소장은 돌아가는 길에 참으로 그런 생각을 떨칠 수 없다는 식으로 몇 번이고 되풀이 되풀이 말하는 것이었다.

"누가 아니래요. 그렇게 사람들이 없는 곳 끄트머리에서 1년을 살았다니 나는 상상도 안 됩니다. 나는 이제 솔직하게 말하자면, 고성에도 꽤 질렸습니다. 어딘가 좀 더 활기찬 곳으로 바꿔 주었으면 하고 빌고 있습니다……."

다다에가 그 뒤를 이어 말을 더했다.

"뭐, 분대장님 1년도 채 안 되지 않았나요? 그렇게 빨리 질리면 안 돼죠. 고성은 원래 여름이 좋으니까요. 이제부터가 정말 좋습니다……."

우편소장은 달래듯이 말했다.

"그래도 등대를 지키는 사람들은 용케 견디고 있군요. 게다가 그 세 가족이 함께 같은 곳에 산다는 것은 너무 지루하잖아요. 별 것 아닌 일에 신경을 쓰거나 기분이 나빠지거나 하면서요……."

소장은 어느새 이야기를 다시 등대지기에게 돌렸다.

야스코도 그 생각을 하고 있었다. 자연의 한 복판에 놓인 세 가족은 어떤 식으로 자기편을 선택하고 어떤 식으로 적을 선택할까? 어떤 경우에도 인간은 적과 자기편을 만들지 않으면 안 되니까 말이다……. 그런 경우에 처한 사람들은 얼마나 진지하게 자기편을 돕고 얼마나 필사적으로 적과 싸울까? 그런 진지함은 필시 바로 눈 아래에서 미쳐 날뛰고 있는 바위와 물의 필사적인 싸움보다 더 격할 것임이 틀림없다.

야스코는 이제 저녁 어둠 때문에 발밑도 확실히 구별을 할 수 없게 되어 몸서리를 쳤다.

(1923.5.15)

105

어느새 6월에 들어섰다. 온정리 분견소 사람이 와서 야스코에게 등산을 하실 거면 지금이 가장 좋은 시기라며 권장을 해서 야스코는 오랜 동안의 숙원이었던 금강산 등산을 드디어 실행하기로 했다. 그래도 혼자서는 마음이 놓이지 않아 누군가 함께 갈 사람이 없을까 하며 찾아보았다. 마침 분대의 어느 독신 상등병의 아주머니라는 사람이 경성에서 금강산을 구경하고 싶다고 하며 찾아왔다고 해서 그 아주머니와 함께 산을 오르기로 했다. 아이도 데리고 갔다가 그쪽 숙소에서 좀 봐 달라고 부탁을 하기로 하고, 부재중 식사 준비는 근처 숙소의 아주머니에게 부탁을 해 두었다. 그리고 어느 화창한 날 아침 일찍 온정리에서 데리러 온 수레를 타고 아주머니와 둘이서 고성을 출발했다.

온정리에 도착했을 때는 9시가 넘어서였다. 일단 숙소에서 한숨 돌리고 나서 그 다음날 중으로 만물상을 구경하기로 했다.

"이제 가도 괜찮을까요? 돌아올 때 어두워지지 않을까요?……. 야스코가 걱정을 하며 물었다.

"괜찮고 말고요. 해가 길어서요. 아직 밝을 동안에 돌아올 수 있습니다."

여주인이 도시락을 싸면서 보증을 해 주었기 때문에 안심을 하고, 분견소에서 일부러 와 준 보조원의 뒤를 따라 숙소를 나섰다.

메린스 홑옷에 가벼운 허리띠를 멘 야스코는 등나무 덩굴로 만든 금강지팡이를 짚었다 들었다 하며 노송나무 가죽으로 만든 챙이 넓은 모자를 쓰고 아주 약간 경사가 있는 산 입구의 길을 아주머니와 이야기를 하며 걸었다.

등산을 하는 것은 야스코로서는 오랜만의 일이었다. 시골에서 태어나서 시골에서 자란 야스코는 어렸을 때는 남자아이들과 섞여서 거의 매일 산에 올랐다. 봉우리에서 봉우리로 산기슭에서 기슭으로 뛰어다니는 것은 참을 수 없을 만큼 기분 좋은 일이었다. 어린 시절의 추억에 잠겨 있는 동안, 야스코는 차차 아주머니와 평범한 세상살이 이야기를 하는 것이 싫어졌다. 길이 가팔라졌기 때문에 어느새 아주머니도 입을 다물어 버렸다. 제일 앞에는 보조원이, 그 다음에는 야스코가, 맨 뒤가 아주머니의 순서로 세 사람은 4,5백 미터 정도 씩 간격을 두고 묵묵히 가파른 길을 올랐다.

자꾸 땀이 흘러내렸다. 두 시간이나 오르니 상당히 힘이 들어서 나무그늘을 찾아 앉았다가 쉬엄쉬엄 갔다.

"아주머니, ……."

야스코가 널찍한 바위에 앉아 소리를 질러서 불렀다.

"네, ……."

훨씬 뒤에서 대답이 들려왔다.

(1923.5.16)

106

숲속으로 갈수록 단풍나무가 늘었다. 숲이 어두울 정도로 우거진 나뭇가지는 지상에 자잘한 그림자를 떨어뜨리고 있었다. 바람이 부는지 여기저기에서 잔잔하게 움직인다. 짙은 나무 그늘을 야스코는 가만히 시선을 고정하고 정신없이 바라보았다. 발 아래 가까이에서 졸졸졸 계곡 물소리가 들려왔다. 야스코는 정신이 나간 듯 가만히 그 소리를 듣고 있었다.

"자연 속에 깊이 들어왔어."

야스코는 이렇게 생각했다. 그러나 지금 야스코의 주위에 있는 자연은 일찍이 상상하거나 사람들에게서 들은 만큼 험악한 것은 아니었다. 어디까지나 유원(幽遠)한 것이었다. 야스코는 혼자 산속으로 어디까지고 들어가고 싶었다.

만물상으로 가는 이 길은 장안사(長安寺)로도 연결이 되어 있기 때문에 통행인들도 좀 있었다. 따릉따릉 정겨운 벨소리가 들리더니, '네, 네'하며 나귀를 탄 조선인 나그네가 모퉁이에서 나타났다. 미소를 짓지 않을 수 없었다. 멈춰 서서 보내 주었다. 자연의 한 가운데에서 만나는 인간은 너무나 반가웠다. 나귀가 떨어뜨리고 간 똥마저 정겨웠다.

길이 엄청나게 험하고 가팔라져서 올라가는 게 너무 힘들어졌다. 야스코는 열심히 금강 지팡이를 의지하며 올라갔다. 다리에 묶은 조리는 발꿈치 쪽으로 흘러내린 채 제 자리로 돌아갈 생각을 하지 않는다.

그러는 사이 야스코는 공복을 느끼기 시작했다.

"아주머니, 도시락 먹을까요? 아직 배 안 고프세요?……."

아래쪽을 향해 큰 소리로 묻자, 의외로 가까운 곳에서 아주머니의 대답이 들려왔다.

"네-에. 먹어요. 나도 배가 고파요."

"보조원 님, 점심 식사해요. 도시락 가지고 내려와 주세요……."

야스코는 이번에는 위를 향해서 불렀다. 그러자 보조원이 터덜터덜 내려왔다. 세 사람은 계곡 가에서 식사를 했다. 어쨌든 몹시 배가 고팠기 때문에 깨끗이 먹어 치웠다. 목이 마르면 계곡 물을 떠서 먹으면 됐다.

"이제 얼마나 온 것일까요?"

"글쎄요. 4부 정도 왔어요."

보조원이 대답했다. 시계를 꺼내 보니, 벌써 2시였다. 다 올라가면 4시쯤 될까? 구경을 하고 돌아오면 도중에 해가 져버리지는 않을까 하고 걱정이 되었다. 하지만 더 이상 서둘러 올라갈 수는 없었다.

벌떡 일어선 야스코가 아무 생각 없이 자신이 앉아 있던 바위 아래를 들여다보니, 맥주병이 하나 숨겨져 있는 것이 보였다.

"어머, 이런 곳에 맥주병이 숨겨져 있네."

야스코가 말하자, 아주머니도 들여다보았다.

"뭔가 들어 있어요."

재미있다는 듯이 손에 들고 흔들어 보였다. 속에 든 액체는 찰랑찰랑 소리를 내며 흔들렸다. 세 사람은 문득 웃음을 터뜨렸다. 속에 든 것은 술 같았다.

"종종 이곳을 지나는 조선인들이 쉴 때 마시려고 숨겨둔 것이겠죠."

보조원은 웃으며 말했다.

이 대자연 속에서도 여전히 물건을 숨겨두려고 하는 인간의 나약함과 왜소함이 야스코는 매우 재미있고 흥미로웠다. 세 사람은 또 함께 슬슬 올라가기 시작했다.

(1923.5.17)

107

처음 한 동안 세 사람은 함께 걸었지만, 또 어느새 한 명 한 명 간격이 3, 4백 미터씩 떨어지게 되었다. 가장 앞에 가는 보조원이 때때로 돌을 던져 뱀을 쫓는 소리가 들려왔다. 정상에 가까워질수록 길바닥의 큰 돌에 김 누구누구, 이 누구누구 몇 년 몇 월 며칠 등산 기념을 위해 라는 식으로 정성껏 새겨 놓은 것이 많이 눈에 띄었다. 그 중에는 발판도 없고 아무 것도 없는 어마어마한 벼랑 끝에 있는 돌에 새겨 놓은 것도 많아서, 어떻게 저렇게 새길 수가 있을까 하는 생각이 들기도 했다.

대략 두 시간 가까이 올라갔을 무렵 갑자기 머리 위쪽에서 '꼬꼬댁 꼬꼬'하며 닭이 우는 소리가 들렸다. 그 소리를 들은 순간 야스코는 뛰어오를 듯이 기뻤다. 일찍이 들어서 알고 있던 만물상 아래 찻집이 가까워졌음을 알게 되었기 때문이다.

"아주머니, 찻집까지 온 것 같아요. 빨리 오세요……."

야스코가 기쁜 듯이 큰 소리를 질러 불렀다.

"네—에."

훨씬 아래 쪽에서 희미한 대답이 들렸다. 야스코는 그 대답이 너무 불안하게 들려서 조금 걱정이 되었다. 나이든 아주머니를 혼자 내버려 두고 온 것이 매우 딱하게 여겨져서 그 자리에 잠시 앉아서 기다리기로 했다.

얼마 후, 별 걱정할 것도 없이 아주머니가 숨을 헐떡거리며 올라왔다.

"사모님, 정말로 다리가 튼튼하네요."

자못 감탄한 듯이 말했지만, 야스코는 야스코 대로 쉰흔을 훨씬 넘었을 것으로 생각되는 아주머니가 젊은 사람과 같이 등산을 할 정도로 활력이 있다는 것에 감탄을 했다.

이윽고 찻집의 작은 지붕이 보이기 시작했다. 찻집 앞에 여주인으로 보이는 여자가 서 있는 것도 보였다. 여주인 쪽에서도 야스코들의 모습을 발견했는지 집 앞에 있는 계단을 내려와 돌투성이 길을 종종걸음으로 다가왔다.

"분대장님 사모님이신가요? 아유, 어서 오세요. 많이 힘드시죠? 어서 차라도 드시면서 쉬세요."

가까이 다가가니, 여주인은 아주 싹싹하게 몹시 기다렸다는 식으로 손이라도 잡을 듯 말을 해 주었다. 야스코들도 역시 기뻤다.

어쨌든 한번 찻집에서 쉬기로 했다. 두꺼운 널빤지로 지붕을 잇고 그 위에 여기 저기 커다란 돌을 올려놓은, 원주민의 매립식 집 같은 찻집 툇마루에 앉아 차로 목을 축이며 잣이 들어간 양갱을 집어 먹고 있자니, 여주인은 약삭빠르게 그림엽서를 가지고 왔다.

"만물상 전경입니다. 이것을 보고 실물을 보시면 더 재미있습니다."

"이것은 어떠세요? 다카키 하이스이(高木背水) 씨가 그린 그림입니다."

이런 말을 늘어놓으며 몇 묶음이나 되는 그림엽서를 가지고 와서 잇따라 권하는 것이었다. 이렇게 하는 데는 야스코는 완전히 실망을 하고 말았다. 일종의 환멸을 맛본 것이었다.

"이렇게 유원하기 짝이 없는 대자연 속에서 그림엽서 강매를 당하다니, ……."

이렇게 생각하니 참을 수가 없었다. 증오와 모독감을 느끼지 않을 수 없었다. 게다가 서른을 넘은 여주인이 몹시 바지런한 것도 야스코의 마음에 들지 않았다. 역시 이런 찻집에는 늙고 쇠약하여 현세에 집착이 없는 할아버지나 할머니, 아니면 아직 세상을 잘 모르는 젊은 아가씨가 어울리는 것 같았다. 한창 일을 하거나 욕심이 많은 여주인은 절대 금물이라는 생각이 들었다.

(1923.5.18)

108

세 사람은 차를 마시는 둥 마는 둥 하고 찻집을 나왔다. 그곳에서 만물상 입구까지는 바로였다. 도중에 철책을 치거나 철조망을 친 곳이 있었지만, 어렸을 때부터 산에 익숙하고 몸이 가벼운 야스코에게는 그렇게 힘들지는 않았다.

"이것이 삼귀암(三鬼岩)이라는 것입니다⋯⋯."

기괴한 모습을 한 세 개의 바위가 나란히 솟아 있는 옆에까지 오자 보조원은 그곳에 앉았다.

삼귀암이라는 바위는 야스코에게는 전혀 감흥을 불러일으키지 않았지만, 그곳에서 조망하는 목하 광경은 너무나 좋았다. 지극히 호장(豪莊)하여 사람의 심금을 울리는 구석이 있었다.

"가을에 이곳에 단풍이 들면 정말로 아름다워요."

새파란 계곡을 내려다보며 보조원도 말을 했다.

야스코는 더 안에까지 들어갈 생각이었지만, 보조원은 앉아서 일어날 생각을 하지 않았다. 게다가 아주머니는 아주머니대로 더 이상 안으로 들어갈 생각은 없는 것처럼 말했다.

"이 정도 봤으면 충분합니다. 여기까지 왔으면 만물상을 보았다고 할 수 있으니까요. 경성에 돌아가도 이야기 거리는 충분합니다."

이런 식으로 이야기하니, 야스코는 뭔가 걱정이 되었다.

"여기서 더 가려면 어디로 가는 거죠? 길은 험한가요?"

이런 식으로 은연 중에 더 들어가고 싶다는 뜻을 비쳤다. 보조원은 조금 당혹스러워 하는 듯 했다.

"이 벼랑으로 해서 내려갑니다만, 길은 상당히 험하고, 또 오늘은 너무 늦어서 도중에 해가 저물어버려서요……."

보조원 자신도 어쩐지 가고 싶어 하지 않는 모양이니, 야스코도 억지로 가자고 할 수도 없었다. 게다가 첫째로 도중에 날이 저물어 버리기라도 한다면 큰일이라 아쉽기는 하지만, 그곳에서 내려와 귀로에 오르기로 했다.

이제는 찻집에도 들리고 싶지 않았다. 하지만 돌아가는 길에 들리겠다고 했기 때문에 들리지 않을 수도 없었다. 그래서 아주머니도 야스코도 엽서를 억지로 세 묶음씩 살 수밖에 없었다. 스탬프를 찍자 두 사람은 도망치듯이 찻집을 나왔다.

어쩐지 기분이 이상했다. 재미가 없었다. 뭔가 소화가 안 되는 음식을 먹은 심정이었다. 삼귀암에서 바라본 만물상도 지나치게 호장스러워 여성의 마음에는 잘 와 닿지 않았다. 야스코는 오히려 도중에 있는 청류(淸流)의 소경(小景)에 마음이 끌렸다.

내려가는 길은 올라가는 길 만큼 힘들지는 않았지만, 다리가 후들거리고 이상하게 옆구리가 자극이 되어서 기분이 나빴다.

피곤한 탓인지, 야스코는 올라갈 때는 그렇게나 신이 났는데, 돌아오는 길은 어쩐지 힘이 쭉 빠지는 것이 어쩔 수 없었다. 첫째로 산의 인상이 생각만 못했고, 둘째는 마음먹은 대로 볼 수 없어서 실망을 해서 그런 것이기도 했다.

(1923.5.19)

109

여관에 도착했을 무렵에는 이미 주변은 어둑어둑해졌다. 역시 보조원의 말대로 삼귀암에서 돌아오길 잘 했다. 안에까지 갔더라면 정말 큰일 났을 것이다.

풀이 푹 죽어서 여관 툇마루에 앉아 있자, 여주인과 조추(女中)[15]들이 허둥지둥 달려 나왔다.

"어서 오세요. 많이 힘드시죠?……."

이렇게 제각각 환영을 해 주었다. 조추 중 한 사람에게 안겨온 아이는 야스코의 얼굴을 보자 달려들며 좋아했다. 걱정했던 만큼 울지도 않았다고 한다.

야스코는 조추에게서 아이를 받아 안고 복도를 절둑거리며 자기 방으로 돌아왔다. 그리고 바로 다다미 바닥에 털썩 앉아버렸다.

"아아."

자기도 모르게 입에서 탄식이 흘러나왔다.

조추가 시키는 대로 탕에 들어갔다. 탕에 몸을 담그자 하루 동안 험한 산길을 오르내린 피로가 일시에 몰려와서 탕에서 나와 복도로 돌아오는데 아이를 안고 있는 것도 너무나 힘이 들었다. 하지만 식사는 배가 고파서 아주머니도 그렇고 야스코도 그렇고 조추가 재미있어 할 만큼 많이 먹었다.

---

15 일반 가정집, 여관, 음식점 등의 하녀나 종업원.

이윽고 잠자리에 들었다. 하루의 피로로 앞뒤 분간 없이 푹 잠이 들어 버렸다. 그리고 몇 시 무렵이었을까? 문득 눈을 떠 보니 똑똑 빗방울이 떨어지는 소리가 났다. 어머 하고 야스코는 자기도 모르게 베개에서 머리를 떼고 귀를 쫑긋 세웠다. 자신의 귀를 의심한 것이었다. 잘 들어보니 역시 빗물 소리였다. 잘 못 들은 것이 아니었다. 하지만 어찌된 일일까? 저녁에는 그렇게나 맑았는데. 별이 그렇게나 총총 떠 있었는데. 이렇게 되면 내일 가기로 한 구룡연은 연기를 하는 수밖에 없다……. 이렇게 생각하자 실망을 하지 않을 수 없었다. 하지만 한편으로는 결국 그것은 잘된 것이었다. 내일 하루는 탕에 몸을 담그고 푹 쉬어서 오늘 쌓인 피로를 풀자. 그렇게라도 하지 않으면 도저히 등산은 하지 못할 것이다. 이렇게 생각하자 실망은 일종의 안도감으로 바뀌고 다시 깊은 잠에 푹 빠져들었다.

(1923.5.20)

110

다음날 아침 눈을 떴을 때는 머리맡 복도에서 조추들이 왔다갔다 하고 있었다.

아주머니의 모습도 잠자리에서는 보이지 않았다. 유리문 너머로 밖을 보니, 상당한 기세로 비가 내리고 있다. 역시 어젯밤 빗소리는 잘못 들은 것이 아니었다. 그런 생각을 하면서 일어나려고 다리에 힘을 탁 주자, 우지끈 소리가 날 정도로 아팠다. '아야야야'하며 자기도 모르게 얼굴을 찌푸리며 다시 이불 위에 주저앉았다.

그러자 마침 아주머니가 세수를 했는지 수건을 들고 들어왔다.

"일어나려고 하는데, 다리가 아파서 일어설 수가 없어요."

야스코가 말했다.

"나도 아파요. 여기가 너무너무 아파서."

이렇게 말하며 아주머니는 장딴지를 문지르고 있다.

"오늘은 비가 와서 차라리 잘 되었어요. 하루 정도 푹 쉬지 않으면, 도저히."

아주머니도 공감이 되는지 똑같은 말을 해 주었다.

하지만 역시 바깥에는 나가지 못하고 탕에 들어갔다 나왔다 하며 빈둥거리는 것은 정말이지 하릴없는 짓이었다. 손님이 별로 없는지 조추들도 별로 바빠 보이지 않았다. 식사를 한 후 밥상을 치우고 나서는 야스코의 아이를 상대로 놀고 있었다. 야스코도 하릴 없이 물었다.

"언니는 금강산에 가 봤어요?"

"아니요, 아직이요. 저는 아직 이곳에 온지 얼마 안돼요. 멀리서 와서……."

어쩐지 자신의 신상 이야기라도 하고 싶은 눈치였다.

"그래요? 어디에서?"

야스코도 그만 분위기에 말려, 통통하니 딱히 눈에 띌 만큼 예쁘지는 않지만 피부만은 확실히 흰 얼굴에 갑자기 흥미가 생겨 물었다.

"대구에서 왔어요. 좀 사정이 있어서……. 얼마 전부터 집에서 돌아오라고 돌아오라고 귀찮게 굴어서 돌아갈지도 모르지만요…….”

조추는 어쩐지 뭔가 깊은 사정이 있는 듯 좀 어두워진 얼굴로 말했다. 그래서 야스코도 좀 딱한 생각에 무슨 말인가 하려는데, 다른 손님 자리에서 손뼉을 딱딱 치며 부르는 소리가 났다. 조추는 ‘네에’ 하며 후다닥 달려갔다.

밤에 들어서서 빗발이 좀 잦아들었지만, 하늘은 무겁게 회색 구름에 가려져 금방 개일 것 같지가 않았다.

“이런 상황이라면 내일도 안 되겠네. 난처하군…….”

옆방에서도 어지간히 심심한 모양이다. 선하품을 하는 소리가 들려왔다.

(1923.5.22)

111

다음날도 역시 비가 내렸다. 지루해서 어쩔 줄 몰라 하고 있는데, 점심 때가 지나서 여주인이 얼굴을 내밀고 부르러 와 주었다.

“사모님 지루해서 힘드시죠? 이제부터 고토(琴)[16]하고 샤미센(三味線)[17]을 좀 맞춰볼까 합니다. 저쪽으로 오시겠어요?”

---

16 일본의 고전 악기 칠현금(七絃琴).

17 일본 고유의 음악에 사용하는, 세 개의 줄이 있는 현악기, 삼현금.

야스코도 전부터 이곳 여주인이 고토나 샤미센을 매우 잘 탄다는 이야기는 들어서 알고 있었기 때문에, 아주머니와 함께 가 보기로 했다. 온돌 같은 화문석을 깐 방에 가자, 넓은 방 안에는 화로, 밥상, 술을 데우는 냄비 같은 것들이 복닥복닥 들어서 있다. 그 안에서 여주인과 조금 나이를 먹은 듯 하지만, 얼굴은 흠잡을 데가 없고 탐스러운 머리를 이초가에시(銀杏返し)[18]로 묶은 게이샤 같은 세련된 여자가 음을 맞추고 있었다.

처음에는 「에치고 사자(越後獅子)」[19]와 「물떼새(千鳥)」를 합주하고, 그 다음에 여주인 혼자 「고고(小督)」[20]를 들려주었다. 지금까지 합주를 한 적이 있는지 상당히 잘 맞았다. 목소리는 여주인이 좋았다. 게이샤 쪽은 목이 쉰 듯한 어쩐지 윤기가 없는 목소리로 가끔 갈라져서 들리지 않았다. 야스코는 고토에는 별로 취미가 없었지만, 처녀 시절에 한번 배운 적이 있기 때문에 매우 재미있었다. 때때로 생각난 듯이 무릎 위에서 연주하는 흉내를 내기도 했다.

"사모님도 연습해 보세요. 어떠세요?……."

여주인이 자꾸 권하였지만, 야스코는 그럴 생각이 조금도 일지 않

---

18 여자의 속발(束髮)의 하나. 뒤꼭지에서 묶은 머리채를 좌우로 갈라, 반달 모양으로 둥글려서 은행잎 모양으로 틀어 붙임.

19 니가타현(新潟県)을 발상지로 하는 가요곡의 하나.

20 고고(小督, 1157-몰년 미상). 헤이안시대(平安時代) 말기의 여성. 다카쿠라(高倉) 천황의 후궁. 여기에서는 그녀를 소재로 한 노(能)의 악곡.

았다.

(1923.5.23)

112

야스코는 자기 방에 돌아오고 나서도 아까 여주인과 샤미센을 맞춘 멋진 여자가 잊혀지지 않았다.

"아주머니, 아까 샤미센 연주한 사람 있잖아요. 예쁘죠. 게이샤일까요?"

야스코가 물었다.

"여자가 참 예뻐요. 게이샤일 거예요. 필시. 이런 시골에 두기는 아깝네요."

아주머니도 아주 흥미가 있는 듯이 말했다. 그래서 저녁 때 아까 대구에서 왔다는 조추에게 그 일에 대해 물어보았다.

"그 분이요? 그 분은 오사카(大阪) 분이에요. 아마 사랑의 도피행각을 한 모양이에요. 남자도 같이요. 만주라던가 갈 생각으로 원산까지 왔는데, 돈이 떨어졌다던가 해요. 그래서 원산의 숙소에서 주인에게 신세를 지고 한 달 정도 전에 이곳 화월(花月)에 와서 게이샤로 나가고 있어요. 그런데, 남자가 옆에 찰싹 달라붙어 있어서 손님이 영 붙지 않는 대요. 그래서 그분이 남자 분에게 고향으로 돌아가 달라고 했대요. 하지만, 남자는 질투를 해서 돌아가지 않아 매일 싸움만 하고 있다네요."

조추는 주위를 신경을 쓰듯이 목소리를 낮추며 자기도 호기심으로 눈을 반짝거리며 이야기를 했다. 야스코는 언젠가 교시(虛子)[21]의 소품 속에 있던 문구가 떠올랐다. 전후 문장은 어떤 것이었는지 완전히 잊어버려서 기억이 나지 않았다. 하지만 이런 문구가 적혀 있던 것만은 기억이 난다.

"북으로 북으로 일본 여자가 간다, 옷자락을 걷어올려 붉은 속치마를 드러내고 흰 장딴지를 살짝살짝 내보이며, 또각또각 철도 선로를 따라 국경을 향해 걸어간다……."

과연 그렇다고 야스코는 짐작을 했다. 이 조추든 그 게이샤든 북쪽을 향해 온 것이다. 한 번 걸려 넘어질 때마다 한 번 구를 때마다 북쪽을 향해 찾아온 것이다. 이제부터라도 북쪽을 향해 갈 것임에 틀림이 없다. 그리고 언젠가 국경을 넘어버리는 것은 아닐까?…….

이렇게 생각하자 야스코는 슬펐다. 특히 이렇게 비가 내려 꼼짝 못하고 온천 숙소에 갇혀 있으면서 어리마리 그런 여자들의 신상 이야기를 생각하는 것은 쓸쓸했다.

(1923.5.24)

---

21 다카하마 교시(高浜虛, 1874.2.22.-1959.4.8.). 메이지, 다이쇼(大正), 쇼와(昭和) 3대에 걸친 하이쿠(俳句) 시인. 소설가. 『호토토기스(ホトトギス)』의 이념인 '객관묘사(客観写生)'와 '화조풍영(花鳥諷詠)'을 제창. 대표작에 『교시 구집(虛子句集)』.

113

비는 그 다음날도 집요하게 계속 내렸다. 이렇게 내리다가는 구룡연 행은 단념하는 수밖에 없었다. 분견소장도 일부러 와서 말해 주었다.

"이렇게 비가 내리면 구룡연은 도저히 갈 수 없습니다. 만약 지금 비가 걷힌다 해도 물이 엄청나게 불어서 계곡을 건널 수 없으니까요. 비가 좀 잦아들면 일단 댁으로 돌아가셨다가 다시 오시는 게 어떻겠습니까?"

하는 수 없이 그렇게 하기로 했지만, 돌아가려 해도 이렇게 비가 와서는 그것도 방법이 없었다.

"여기저기 물이 엄청 불었습니다만, 고성까지는 아마 괜찮겠지요?"

분견소장은 아무렇지도 않은 말투로 이렇게 말해 주었다. 하지만, 야스코는 그런 말을 듣자 갑자기 돌아가는 길이 걱정이 되었다. 지금까지는 그런 생각은 전혀 하지도 않았다.

"물이 그렇게 불었으리라고는 생각도 못했어요. 그런데 도중에 다리는 괜찮을까요?"

야스코가 갑자기 불안한 기색을 보이며 빠른 말투로 물었다.

"괜찮을 것이라 생각합니다. 어제 보조원이 고성에 갔다가 돌아올 때는 물이 다리 아래 한두 치 정도까지 찼다고 했습니다만, 다리는 괜찮았다고 하니까요. 물론 그리고나서 어젯밤 계속 내려서…… 어쩌면 다리가 넘쳤을 수도 있지만, 괜찮겠지요. 하지만 오늘이라도 돌아가시겠다면 전화로 상황을 알아봐 드릴게요."

이렇게 친절하게 이야기를 해주면 해줄수록 야스코는 점점 더 불안해졌다. 이제 금강산 구경 같은 것은 아무래도 상관없었다. 한시라도 빨리 남편 곁으로 돌아가고 싶었다.

다행히 점심 때 지나서는 잠시 비가 걷혔기 때문에 어쨌든 일단 돌아가기로 하고 분견소에 길 상황을 물어봐 달라고 부탁을 했다. 전화를 받은 다다에는, 괜찮다, 다리가 한두 개 떠내려 가기는 했으나 모두 임시다리를 설치했다고 했다. 그래서 곧 수레를 불러 달라고 해서 돌아가기로 했다.

"정말이지 참, 모처럼 오셨는데 이렇게 공교롭게도 비가 와서요. 날씨가 좋아지면 꼭 다시 오세요. 기다리고 있을게요……."

정든 여주인이나 조추들은 이렇게 아쉬워하며 전송해 주었다.

수레는 비를 맞으며 돌이 많아 울퉁불퉁한 길을 천천히 달렸다. 늘 깨끗하고 맑던 물이 강바닥을 씻어내듯이 흐르던 온정리 입구 계곡 물도 오늘은 흙탕물이 어마어마한 소리를 내며 근처 벌판까지 뒤덮고 굉장한 기세로 흐르고 있었다. 이 개울물을 보니 새삼 정말 큰 비가 내렸다는 생각이 들었다.

(1923.5.25)

114

수레가 차츰 앞으로 나아가니 평소에는 다리도 필요 없는 정말 작은 도랑도 오늘은 다갈색 물이 소용돌이를 치며 흘러서 수레바퀴가 절반 이상은 잠기는 곳이 여기저기 있었다. 그 때마다 야스코는 저절로 수명이 단축되는 것 같아서 가슴이 철렁철렁 했다. 야스코는 자기도 모르게 아이를 꼭 끌어안고 발판 위에서 조리를 신은 발에 힘을 주며 버티고 있었다. 게다가 시골길이라서 충분히 땅을 다지지 않아 뜻하지 않은 곳에서 흙이 패여나간 곳이 있어 수레가 한쪽으로 위험하게 쏠리거나 하여 흥분을 한 곳도 종종 있었다.

마침내 가장 가까이 있는 다리 앞까지 오니, 과연 가교가 설치되어 있기는 하지만 그야말로 이름 뿐이라서 폭 다섯 치 정도 밖에 안 되는 얄팍한 판대기 두 장이 거의 떠내려갈 듯이 놓여 있었다.

야스코도 아주머니도 어쨌든 수레에서 내렸지만, 자기도 모르게 얼굴을 마주보았다.

"어떻게 하죠?……"

"사모님, 건널 수 있겠어요?"

두 사람이 서로 얼굴을 마주보고 풀이 죽어 서 있는 동안 요보는 수레를 둘이서 한쪽씩 둘러 메고 맞은 편 기슭에 옮겨 놓았다.

"사모님, 제가 업어서 건네 드릴게요……"

여보는 다시 이쪽으로 건너와서 말을 했지만, 야스코는 도저히 기름때에 젖어 온몸에 찰싹 달라붙을 것 같은 요보의 등에 올라탈 용기가 없었다.

"아주머니는 어떠세요?"

야스코가 물어보자 아주머니는 의외로 과감하게 말했다.

"사모님, 저는 업힐래요. 발을 잘못 디디면 큰일이니까요. 사모님도 업어서 건네 달라 하세요. 만약 물속에 빠지기라도 하면 그것이야말로 큰일일 거예요……."

아주머니는 이렇게 말하면서 자신은 벌써 요보의 등에 업혔다.

"그래요, 사모님, 제가 업어드릴 테니까요."

또 한 명의 요보는 넓데데한 얼굴에 지저분하고 기분 나쁜 미소를 띠며 야스코 앞에 웅크리고 앉아 있었다. 하지만 야스코는 아무래도 그 넓데데한 요보의 등에 손을 대고 싶은 기분이 들지 않았다.

"알았어요. 저 혼자 건널 테니, 이 아이만 요보 씨가 안아서 건네 줘요."

야스코가 꼭 안고 있던 아이를 요보에게 건네주려 하자 요보는 진지한 표정을 하고 말했다.

"어이쿠, 사모님 그건 위험하세요. 만약 물속에 빠지기라도 하면 목숨은 없는 거니까요."

그래도 야스코는 업힐 기분이 나지 않았다.

"괜찮아, 나 잘 건널게. 이 아이만 부탁해."

야스코가 다리를 팔딱팔딱 움직이는 아이를 요보의 손에 건네자, 요보는 이제 할 수 없다고 생각하는 것 같았다.

"그래요? 조심하세요."

요보는 걱정이 된다는 듯이 아이를 안아올렸다.

(1923.5.26)

115

문득 보니, 아주머니는 조선인의 등에 달라붙어 다리 중간 정도까지 가 있었다. 조선인이 한 발짝 뗄 때마다 그렇지 않아도 임시로 놓인 다리의 널빤지는 어른 두 명의 무게를 견디기 힘든지 출렁출렁 아래로 빠지지는 않을까 걱정이 될 만큼 심하게 들썩거리는 것이었다. 야스코는 기슭에서 그 모습을 보고 있었는데, 남일로 여겨지지 않는 만큼 흠칫흠칫 하는 기분이 들었다. 보니 아주머니는, 몸도 자기 몸이 아닌 듯 조선인의 등에 찰싹 달라붙어 고개를 묻고 있었다.

이윽고 아주머니는 무사히 맞은 편 기슭에 도착했고, 조선인의 등에서 내려 휴하고 살았다는 듯이 한숨을 쉬었다.

"사모님, 어서 오세요."

그리고는 이렇게 말하며 손짓을 했다.

"네, 곧 가요……."

야스코는 이렇게 대답을 하기는 했지만, 가슴이 떨리는 것을 억지로 억누르려 해서 더 흥분을 하는 바람에 제대로 소리가 나지 않았다.

한 발짝 다리 위에 발을 올려놓자 다리 아래로 두세 치 떨어져서 흐르는 수많은 탁류의 물결이 마치 부표처럼 발밑으로 휙 떠오르는 바람에 머리가 어질어질하여 야스코는 자기도 모르게 멈춰 섰다. 그 때 야스코의 마음에 공포에 반항하고자 하는 일념이 타올랐다. 가득한 그 반항심으로 야스코는 타박타박 평탄한 길을 걷는 것처럼 건넜다…….

일종의 모험적인 기분에 이끌려 가는 상쾌함. 전율과 도취를 섞은 듯한 쾌감이었다. 그것은 야스코가 버드나무나 말에게서 받은 유혹에서 느낀 기괴한 쾌락과도 비슷했다…….

다리를 건너는 도중에 한두 번 다리와 물이 하나로 보여 발을 잘못 디딜 뻔 한 멍한 기분이 엄습해 왔지만, 어쨌든 외견으로 봐서는 아무런 고통도 없는 듯 가뿐하게 건너 버렸다.

"사모님, 정말 대단하시네요……."

아주머니는 정말이지 감탄했다는 식으로 말했다.

"정말 훌륭해요."

조선인은 오히려 질렸다는 듯이 말했다.

이렇게 해서 어쨌든 첫 다리는 넘었지만, 그 다음 다리에 가 보니 다리는 이미 떠내려가고 임시다리도 놓이지 않은 상태였다. 어찌된 일인가 해서 근처 조선인 집에 가서 물어보니, 겨우 한 시간 전에 떠내려갔다고 한다. 이 다리만 넘으면 고성까지는 5리도 안 되는데 어찌할 도리가 없었다. 그래서 할 수 없이 5리 정도 상류에 있는 다리로 크게 우회하여 엄청 고생을 한 후에 저녁 때쯤 관사에 돌아왔다.

이렇게 해서 야스코의 오랜 숙원인 금강산 등산은 결국 실패로 끝나고 말았다.

(1923.5.27)

116

마침 그 무렵의 일이었다. 분대 사람들 사이에 낚시가 엄청 유행했다. 고성읍 남쪽 4, 5백 미터 되는 곳에 큰 늪이 있고 그 늪은 2,3정보의 육지를 사이에 두고 바다와는 떨어져 있는데 1년에 두세 번 홍수가 났을 때는 바다와 이어져서 고기는 바다고기와 민물고기가 섞인다. 그런데 그 무렵은 마침 감성돔이 엄청 많이 잡혔다.

사모님도 어서 나오라며 아낙네들이 자꾸 권해서 야스코도 가 보기로 했다.

"저도 낚을 수 있을까요?"

야스코는 아직 낚시 경험은 없었기 때문에 위험하다는 듯이 물었다.

"낚을 수 있고 말고요. 누구나 낚을 수 있어요. 강 바닥이 보이지 않을 만큼 많아요. 어쨌든 가서 경험을 해 보세요. 그게 정말로 재미있어요. 모든 근심 걱정이 싹 사라져요."

아낙네들은 서둘러 낚시 도구를 준비하며 말했다.

아낙네들의 말은 거짓이 아니었다. 낚시의 재미는 야스코를 완전히 미칠 듯이 기쁘게 만들었다. 팔딱팔딱 뛰는 민물새우를 낚시 끝에 꿰어 휙 당겼다가 실을 수면에 던질 때의 심정은 무어라 표현할 수 없었다. 자기도 모르게 입가에 미소가 지어졌다.

물은 그렇게 깊지는 않고 아름답고 맑아서 강바닥이 훤히 다 보였다. 잘 보면 물의 바닥에는 무수한 감성돔이 쓱쓱 헤엄을 치고 있었다. 때때로 몸을 뒤집는지 배가 반짝반짝 빛났다. 상쾌한 바람이 수면을 건너는지 잔잔한 물결이 무수히 일었다.

야스코는 자신의 머리가 갑자기 텅 빈 것 같았다. '웃샤'하며 수면에 자신의 몸을 던지고 싶은 기분이 들었다. 물고기가 처음 걸렸다.

"앗 걸렸다, 걸렸어."

야스코는 호들갑스럽게 환희의 탄성을 지르며 아이처럼 춤을 추듯 뛰어 오르며 기뻐했다. 물속에서 공중으로 휙 낚아 올려져서 필사적으로 팔딱팔딱 뛰는 낚시 끝 물고기 말고는 다른 것은 일절 잊어버렸다.

(1923.5.29)

117

이렇게 해서 한번 낚시의 맛을 본 야스코는 하루에 한번은 어떻게든 낚싯대를 잡지 않고는 못 배기게 되었다. 그래서 매일 관사 아낙네들에게 이야기를 해서 낚시를 하러 갔다. 고용을 하고 있는 조선인들도 낚시를 좋아했기 때문에 자주 같이 다녔다. 아이들을 업은 조선인들과 낚싯대를 맨 야스코는 같은 흥미에 정신이 팔려 군데군데 소똥이 떨어져 있는 산길을 즐겁게 노는 기분으로 달려갔다.

하지만 어느 정도 시간이 지나자 야스코는 자신의 진정한 흥미가 낚시를 하는 것이 아니라 늪의 물을 대하는 것에 있다는 사실을 깨닫게 되었다. 어느새인가 물고기가 낚이든 낚이지 않든 상관이 없다고 생각하게 된 것이었다. 그저 가만히 수면을 바라보고 있는 것이 무엇보다 유쾌했다. 가만히 한 군데 쭈그리고 앉아 수면을 정신없이 바라보고 있노라면 뭔가 자신의 혼이 늪속으로 빨려들어 가는 게 아닌가 하여 신기하게 여겨졌다…….

물에 들어간도 해도 그것은 녹아들어가는 것이 아니라, 마치 잠자리가 수면을 가를 때처럼 쓰윽 들어가는 것 같았다. 아니 들어간다기보다는 돌아간다고 해야 할 것 같았다. 야스코는 어렸을 때 읽은 이야기 책이 생각났다. 주워다 키운 딸아이가 혼기가 되었다. 어느 날 멀리 떨어진 산속에 있는 신사에 참배를 하게 되어 부모가 데리고 가는 도중, 커다란 늪이 나타났다. 그러자, 나는 이 늪의 요정입니다, 이제 늪으로 돌아가겠습니다 하며, 울며 말리는 양부모의 손을 뿌리치고 늪속으로 들어갔다……. 이런 이야기가 생각났다. 그리고 자신이 이렇게 물속으로 들어가고 싶은 마음이 드는 것은 어쩌면 혼의 고향이 늪속이기 때문은 아닐까 하는 생각이 얼핏 들었기 때문이다. 이렇게 생각하니 야스코는 온몸에 소름이 쫙 끼쳤다. 그리고 자기가 생각해도 너무 요상한 환각에 어이가 없었다.

하지만 일단 그런 느낌이 들어서 환각은 쉽게 야스코의 마음을 떠나지 않았다. 떠나기는커녕 점점 더 깊이 파고들어 결국에는 도저히 어찌 할 수 없을 정도로 강력하게 요시코의 마음에 깃들게 되었다.

야스코는 낚시에 몰두하고 있는 척 하며, 일부러 바늘을 물고기가 물지 않도록 바늘을 꺼내 떡밥을 붙이며 가만히 넋이 빨려 들어가는 것처럼 수면을 바라보고 있었다. 그리고 늪에서 받는 이상한 유혹……. 혼이 마비되는 듯한 황홀한 쾌락을 마음껏 맛보았다. 그러자 어느새 야스코는 자신이 늪가에 쭈그려 앉아 있다는 자각이 없어지고 자신의 몸이 물속에 있는 것처럼 느껴졌다……. 야스코도 역시 이 지경이 되자 으스스 무서워져서 깜짝 놀라 자기도 모르게 뒤로 물러나서 꿈에서 깬 듯이 두리번두리번 당혹스러워하며 주변을 둘러본다. 그리고 지금 자신이 있는 곳은 물속이 아니라 인간 세계라고 알고서는 안심을 하며 가슴을 쓸어내리는 것이었다.

또 가끔씩 고기가 걸려들어 그것을 당기려는 바람에 발판이 무너지거나 할 때는 깜짝 놀라 죽어라 하고 미친 사람처럼 소리를 질렀다. 야스코는 발이 미끄러져서 늪으로 빠진다는 것은 늪의 주인이 자신을 잡아당기는 것이라고 생각되어 견딜 수가 없었다. 집 앞의 버드나무도 그렇고 다다에의 말도 그렇고 그리고 또 이 늪도 그렇고 너무나 기괴한 일 뿐이라서 야스코는 꺼림칙했다. 자기 혼자만 자연으로부터 이런 유혹을 받는다는 것은 자연의 의지가 자신을 그 만큼 파고들었다는 것이라고밖에 생각이 들지 않았다.

(1923.5.30)

118

올봄의 소요가 끝나갈 무렵부터, 헌병제도가 불가능하다는 의견이 식자들에 의해 저명한 신문, 잡지 상에 자주 오르내렸다. 그러자 당국에서도 시세의 추이를 감안해서인지 결국 헌병제도 폐지를 천명하기에 이르렀다. '헌병제도폐지', 이 말은 몇 천 명이나 되는 헌병들의 마음을 철렁하게 했다. 이 소식이 전해지고나자 고성분대 안에서도 불안한 기색이 역력해졌다.

"대체 어떻게 될까!"

이제 낚시를 즐길 계제가 아니었다. 생활을 위협받으니 한가롭게 낚시를 상대로 하고 있을 수는 없었다. 서로 말을 맞추기라도 한 듯 모두 어두운 표정을 짓고 모이기만 하면 그 이야기를 하고 있었다.

이윽고 잉여헌병을 경찰관으로 전용한다는 말이 명시되고 이어서 상등병은 순사, 오장은 순사부장, 특무조장은 경부 혹은 경무보로, 각각 희망에 따라 채용된다는 것을 알게 되었다. 이것으로 불안감은 일소되었지만, 그와 동시에 공황이 모두의 마음을 덮쳤다.

"자네는 무엇을 지원하나?"

"글쎄, 무엇을 하면 좋을까? 자네는 뭔가?……."

이제 햇볕이 쨍쨍 내리쬐는 여름이 되었건만 그 뜨거운 태양 아래에서도 그들은 더위를 잊고 서로 이야기를 했다.

이윽고 지원서를 본부에 송부하는 날이 왔다.

"제1지망, 제2지망, 제3지망……."

이런 식으로 적는 것인데, 막상 이 지원서가 그대로 본부에 전달되어 자신의 생활의 운명이 결정된다고 생각하자, 미리 결심을 해 두었지만 또 마음이 흔들려서 모두는 고민을 하기 시작했다. 아내가 있는 사람은 모두 아내를 곁에 불러다 놓고 의논을 하며 적었다.

"그럼, 그렇게 적을게. 괜찮지? 제1지망은, ………."

남편이 이렇게 말하면서 지망부서를 적으면 아내도 열심히 그것을 살펴보는 것이었다.

의논상대가 없는 독신자들은 모두 다다에에게 의논을 하러 왔다.

"분대장님, 무엇을 지망하면 좋을까요?……."

상등병은 생각다 못해 물었다.

"글쎄. 자네는 무엇이 좋겠나?……. 하지만 내가 무엇이 좋다고 이야기를 해봤자 자네가 좋아하는 것이 아니라면 어쩔 수 없으니 말이네……."

다다에는 사람 좋은 표정으로 웃으며 말했다.

"그건 그렇습니다만, 분대장님 의견은……."

상등병은 상당히 다다에를 신뢰한다는 듯이 다다에의 얼굴을 가만히 바라보았다. 그 말을 듣고 보니 다다에도 상등병의 마음이 기특했다. 고향은 멀리 떨어져 있고, 의논 상대는 아무도 없고, 나이도 젊어 세상 경험이 없는 그들이 갑자기 자신의 직업을 바꾸어야 하는 처지에 놓인 것이다. 외롭고 의지할 곳 없는 심정이 잘 이해가 되었다.

"그러나 자네, 자네가 지망한 방면으로 꼭 채용되리라는 보장은 없어서 말이네. 본부 상황에 따라 바뀌는 것이니까 말이네. 지망대로 되지 않는다고 해서 실망해서는 안 되네."

그들 심정을 생각해서 다다에는 그만 노파심에 이런 말을 하고 말았다.

(1923.5.31)

119

한참 고민을 한 끝에 겨우 지원서를 다다에의 손에 넘겼지만, 모두는 그래도 여전히 고민이 되었다.

"지원서는 아직 분대장님 수중에 있다. 오늘까지는 그 손에 있다. 지금이라면 아직 지원을 바꿀 수 있다. 지금이라면, ……."

이런 생각을 하게 되면 그들의 마음은 새삼 몹시 혼란스러워 졌다.

지원자를 모은 어느 날 저녁의 일이었다. 다다에는 탕에 들어가서 느긋하게 쉬고 있었다.

"분대장님, 분대장님."

누군가 허겁지겁 외치는 소리가 났다.

"무슨 일인가, 누구야?"

다다에는 다소 짜증이 나는 듯한 목소리로 대답을 했다.

"접니다. ……. 이런 곳에서 실례입니다만, ……."

반장의 목소리였다.

"지원서를 좀 바꾸고 싶습니다만, ……."

"아, 그러면 다시 쓰게. 내 책상 서랍 안에 있으니까 말이네."

"아, 그러면, ……."

반장은 황송스런 목소리로 인사를 하고 발걸음을 서둘렀다.

다음날, 다다에는 드디어 봉투를 봉하려 했다.

"분대장님, 잠깐 기다려 주세요. 정말 모처럼 부탁드립니다만, 지원서를 조금 더 바꾸고 싶습니다만, ……."

어제 고쳐 쓴 반장이 또 찾아왔다.

"그런가, 그럼 고쳐 쓰게……."

다다에가 싫은 표정도 짓지 않고 봉투째 반장 앞에 내밀었다.

"아니, 역시 그대로 두죠……."

머릿속이 몹시 혼란스러운 모양으로 두세 번 머리를 갸우뚱했다.

"하지만, ……. 아니, 역시 그냥 이대로 두겠습니다. 이게 더 좋으니
까요……."

봉투를 두세 번이나 책상 위에 놓았다 들었다 하며 망설였지만, 간
신히 다다에에게 돌려준 것은 2, 3분이나 지나서였다.

하지만, 아직 지원서가 수중에 있는 동안 바꿔 쓰는 것은 일도 아
니었다. 하지만 본부에 송부를 해 버리고 나자, 다다에도 이야기를 해
주기가 어려웠다. 그러나 다다에는 그 때마다 장문의 전보로 의뢰를
해 주었다.

(1923.6.1)

120

이렇게 해서 부하들의 일이 일단락되자, 이번에는 자신의 신변을
정리해야 했다. 장교는 경시(警視)로 채용되는 것이었지만, 다다에는
원래 전직을 하고 싶은 마음은 전혀 없었다.

"시베리아로 가고 싶은 사람은 지원을 하라고 하는데, 난 지원하

려고 생각해……."

다다에는 의논을 한다기보다는 그냥 알고 있으라는 식으로 야스코에게 말했다.

"시베리아요?"

야스코는 남편의 얼굴을 가만히 지켜보며 되물었다.

"음, ……. 나 이제 어쨌든 이런 시골구석에 처박혀서 우물안 개구리 같은 일만 하는 것은 정말이지 지긋지긋하고 갑갑해서 말이야."

다다에는 탄식을 하듯이 말했다.

야스코도 어쨌든 남편의 심정이 납득이 되었다.

"그래도 시베리아로 가게 되면, 저랑 아이는 고향으로 돌아가게 되겠네요. 언제쯤이 될까요?"

"그래? 나도 모르겠지만, 아마 9월쯤 될 거야. 그러나 지원을 했다고 해서 다 된다는 것은 아니니까 그렇게 서두를 것은 없어……."

두 사람은 아이를 재워 놓은 모기장 옆에서 도란도란 이런 이야기를 나누었다. 그 날 밤은 유례없이 더운 밤이었다. 평소에는 바람도 살랑살랑 불었지만, 그 날 밤은 바람 한 점 없었다.

너무나 더워서 두 사람은 램프와 의자를 가지고 나와 바람을 쐬었다. 나무 가지에 매단 램프에는 날벌레들이 무수히 모여들어 지직지직 소리가 끊이지 않았다.

"그래서 결국 제도 개정이 되면 고성 분대는 어떻게 되는 거죠? 없어지는 거예요?"

"아니, 없어지지는 않아. 분견소가 되는 거지. 그리고 군정(軍政)만하게 되는 거야. 재향군인이 많으니까, 그것을 관리하는 거지."

"그럼, 앞으로는 상당히 한가해 지는 거군요."

"그렇지. 그야말로 낚시만 하고 있어도 되게 되는 거지……."

다다에는 이렇게 아무렇지도 않게 단언했지만, 가슴속에서는 일종의 감개무량이 차고 넘치는 것을 느꼈다.

"내가 1년 동안 열심히 한 일도 제도가 개정이 되면 흔적도 없이 사라져 버리는 것이다……. 아무에게도 인정받지 못하고! 정말 바보 같군!"

외로운 것인지 슬픈 것인지 뭐라 딱 집어 표현할 수 없는 기분이 되었다. 문득 하늘을 올려다보니, 어두운 하늘에는 커다란 별들만 여기저기에서 거세게 호흡을 하듯이 반짝반짝 빛나고 있었다.

"시베리아, 시베리아, 시베리아에 가서 큰일을 한 번 해야지. 큰 활약을 할 거야."

다다에는 이렇게 말을 하며 분연히 일어서서 걷기 시작했다. 명예와 공명을 생명으로 여기는 그였다. 피비린내 나는 시베리아 벌판을 생각하면, 오랫동안 잠들어 있던 피가 가슴 저 깊은 곳에서 끓어오르는 것을 느꼈다.

(1923.6.2)

121

시베리아행을 지원한 날부터 다다에는 매일 출정 통지를 기다렸지만, 본부에서는 아무 소식도 없이 어느새 9월에 들어서 버렸다.

어느 날 밤의 일이었다. 다다에가 이미 자려고 하는데 마당에서 뚜벅뚜벅 구두소리가 들렸다.

"전보인가?"

다다에는 닫다 만 문에 손을 올려놓은 채로 기다리고 있었다. 과연 전보였다. 당직 보조원이 전보를 가지고 온 것이었다.

"분대장님, 전보입니다."

보조원은 희미한 램프 불빛 속에서 경례를 하며 다다에에게 전보를 건넸다.

"아, 그런가?"

다다에는 아무렇지도 않게 그것을 받아들었다. 제도 개정에 관한 세목 전보를 하루에도 몇 번 씩 받고 있기 때문에 전보에 대한 다다에의 신경은 아주 둔감해져 있었다.

다다에는 오히려 귀찮은 듯이 전보 봉투를 뜯었다.

"앗, 고마워, 고마워."

갑자기 미친 듯이 기뻐하며 소리를 지르며 뛰어 올랐다.

사령부 부관(副官)에 보함. 잔무(殘務)는 부하에게 맡기고 급거 내임하라.

이렇게 적힌 것이었다.

"여보, 일어나. 큰일 났어. 큰일 났어."

다다에는 전보를 손에 쥔 채, 옆방 모기장 안에서 아이에게 젖을 물리고 있는 야스코의 머리맡에 와서 불러댔다.

"무슨 일이예요?⋯⋯."

야스코는 남편이 너무나 야단스럽게 굴자, 혹시 출정 명령이라도 온 것이 아닌가 하여 불안스럽게 고개를 들고 물었다.

"낭보야, 낭보⋯⋯. 전임이야. 전임이라구. 경성에 가는 거야⋯⋯."

다다에는 좋아서 춤이라도 추는 듯이 방안을 이리저리 돌아다녔다.

"엣? 경성으로요? 정말?⋯⋯."

야스코도 자기도 모르게 소리를 지르며 일어나 방바닥에 앉았다. 그리고 서둘러 모기장을 젖히고 밖으로 나왔다.

"어디, 보여 줘요."

야스코는 앉는 것도 잊은 채, 다다에 앞에 손을 내밀었다.

"사령부 부관에 보함. 잔무는 부하에게 부탁하고 급거 내임하라, 이렇게 쓰여 있어."

다다에도 선 채로 전보를 램프에 비쳐가며 야스코에게 건넸다. 그리고 아까부터 전보에 정신이 팔려 보조원을 돌려보내는 것을 잊고 있었음을 비로소 깨달았다.

"이보게, 이제 돌아가도 되네. 수고했어. 아까부터 들어서 알고 있 겠지만, 나는 경성에 가게 되었는데, 조만가 내가 모두에게 말을 할 테니 그 때까지는 말하지 말아주게."

이렇게 웃으면서 말을 하고 보조원을 돌려보냈다.

(1923.6.3)

122

다다에도 야스코도 생각지도 못한 영전의 낭보로 인해 완전히 생각이 바뀌어 버렸다.

"고맙군, 고마워."

다다에는 자신의 뺨을 손바닥으로 아무렇게나 때리며 몇 번이나 말했다.

"정말로 좋아요. 경성에 갈 수 있다니. 저 시베리아에 가시나 생각했어요."

"나도 완전히 뜻밖이었다구……."

다다에는 사령부에 갈수 있다면 시베리아 같은 것은 아무래도 좋다고 생각했다. 두 사람은 가슴이 기쁨으로 가득차서 무슨 말을 해야 좋을지 몰라 서로 얼굴을 빤히 바라보고 있었다.

"그러면, …………. 먼저 날짜를 잡아야 하지 않을까. 언제 출발해야 할지 말야. 될 수 있으면 빨리 가지 않겠어?"

다다에가 겨우 이야기거리를 찾아서 이야기했다.

"네, 그렇게 해요. 서두르는 게 좋겠어요. 배만 있으면요."

"내일 바로 배편을 문의해 봐야지. 그리고 짐은 언제 쌀까?………….

야스코도 억지로 장단을 맞춰 보았지만, 어쨌든 예상치 못한 환희에 마음이 혼란스러웠기 때문에, 그런 사무적인 일을 차분하게 생각할 수가 없었다. 그래서 이렇게 말했다.

"그런 것은 내일 생각해도 되잖아요? 저는 지금 그런 생각은 하고 싶지 않아요."

그러자 다다에도 동의했다.

"그것도 그렇지, 그럼 내일 일로 하지. 그리고 이제 자지 않겠어?"

이윽고 두 사람은 모기장 안으로 들어갔지만, 진심으로 감사하고 있는 두 사람은 새벽 3시까지 잠을 자지 못했다.

"경성은 좋은 곳이죠?……."

야스코는 만 1년 가까이 보지 못한 도회의 화려한 불빛이나 소음을 가슴에 그리며 말했다.

"그렇겠지. 어쨌든 이 시골에서 벗어나는 것 자체가 고마운 일이지. 그렇다면 말야……. 꼬박 1년이었네. 그래, 헛되이 어리석은 짓을 한 것은 아니군."

다다에는 내던지듯이 말했다.

"정말로 더 이상 이곳에 있으면 그야말로 작은 새가 하는 말까지 알아들을 수 있게 될 거야. 아마."

야스코도 신이 나서 이런 말을 했다. 정말 야스코는 요즘 작은 새들이 나뭇가지에 앉아 서로 우는 몸짓을 보고 있으면, 어쩐지 그 울음소리의 의미를 자신이 이해할 수 있는 것 같았다. 이제 훨씬 전의 일로 야스코가 어렸을 때의 일이었다. 어떤 동북 사람이 까마귀 울음소리를 이해한다고 하여 신문지상에서 떠들썩한 일이 있었는데, 그런 일도 있을 수 있겠구나 하는 생각을 야스코는 했다.

(1923.6.5)

123

다음날 다다에는 점호를 한 후에 부하들에게 전임 명령을 전했다. 다다에가 자신의 방에 들어가자 부하가 차례로 축하를 하러 왔다.

"분대장님 영전 축하드립니다."

"어이쿠, 고맙네."

다다에도 일어서서 일일이 그에 대해 답례를 했다. 평소 같으면 상당히 귀찮았을 한 명 한 명에 대한 답례도 오늘은 전혀 그런 생각이 들지 않았다. 처음부터 끝까지 활기차게 답례를 했다.

다다에는 오전 중에 반장에게 사무 인수인계를 다 하고 나서, 배편을 알아본 후에 서둘러 집으로 돌아왔다. 배는 어젯밤에 나갔고, 다음 배는 5일 후에 있다고 한다. 야스코에게 그 이야기를 하니 야스코도 신이 나서 큰 소리로 맞장구를 쳤다.

"그럼, 내일하고 모레 짐을 싸야겠네요. 그렇게 해서 짐만 먼저 보내요."

다음날부터는 짐을 싸기 시작했다. 옷가지만 야스코가 직접 괘에 담고 나머지 자질구레한 것은 다다에가 마부나 조선인 일꾼들, 삼길이

들을 지휘하여 상자에 담았다. 원래 살림살이도 많지 않았지만, 이제 이것으로 끝이라고 생각하고 상자 뚜껑을 닫은 후에도 여기저기 생각 지도 못한 곳에서 찔끔찔끔 자질구레한 살림살이들이 나와서 곤란했 다. 게다가 다다에는 읍내 사람들이 전임 소식을 듣고 축하를 해 주러 오는 바람에 인사를 하느라 정신없이 바빴다.

"여보, 이제 차 도구도 집어넣었나? 홍차 찻잔도? 그래? 그럼, 할 수 없군. 이것이라도 드세요."

이렇게 말하며 구석에 있는 장에서 위스키 병에 접이식 일회용 컵 을 더해 손님들 앞에 내밀고 자신도 옆에 있던 큰 컵에 위스키를 조 금만 따라 조금씩 마셨다.

"이야, 감사합니다. 솔직히 저도 사령부로 갈 수 있을 거라곤 생각 지 못했습니다. 하하하……."

넉살 좋게 축하인사를 하는 기분 좋은 손님의 인사말에 몹시 신이 나서 활기찬 목소리로 가끔씩 큰 소리로 웃으며, 이렇게 응대를 하고 있었다.

이런 상황이니, 다다에는 짐 싸는 것을 봐 줄 수가 없어서 생각처 럼 일이 진척이 되지 않아 난처했다. 그러자 이틀째에는 분대에서 상 등병이 한 명 와서 봐 주었고, 그 덕분에 일이 척척 진척되었다. 그래 서 이틀째 점심이 지났을 무렵에는 짐이 다 꾸려져서 장전 운송회사 에서 보낸 소달구지에 짐을 실을 수 있었다.

"아유, 힘들어라. 겨우 짐을 정리했네."

아카시아 가로수 길 사이로 보였다 말다 하며 말에게 끌려 멀어져

가는 소달구지를 바라보며, 야스코는 갑자기 피로가 몰려옴을 느꼈다.

"자, 그럼, 이제 내일은 인사를 하러 돌아야겠네. 나는 오전 중에 돌아 버릴 테니까, 당신은 오후부터 도는 게 좋을 거야."

다다에는 전혀 피곤한 기색도 없이 여전히 신이 나서 좀이 쑤신다는 듯이 근처에 흩어진 짐을 싸고 남은 지푸라기나 나무조각을 직접 발로 툭툭 차며 긁어모으고 있었다.

(1923.6.6)

124

드디어 내일이면 출발하기로 된 날 밤, 야스코가 늦게까지 걸려 자신과 아이가 내일 입고 갈 옷을 준비하고 있는데, 다다에가 위세 좋게 게다 소리를 내며, 분대측과 지역 친구들이 합동으로 마련해 준 송별연회에서 돌아왔다.

"다녀왔어. 오늘 밤은 정말 유쾌했어."

흔연한 표정으로 야스코가 기모노를 펼쳐 놓은 앞에 책상다리를 하고 앉아서 말했다.

"조선인들이 많이 와 주어서 기뻤어. ……. 어쨌든 술자리가 꽉 차서 앉을 곳이 없어서 복도에까지 들어찼어. 고성이 생긴 이래 이렇게 성공한 연회는 없을 정도라고들 해……."

이 이야기를 들은 야스코 역시 기쁘지 않을 수 없었다.

"잘 됐어요."

야스코도 바느질 하던 손을 멈추고, 남편의 얼굴을 보며 말했다.

드디어 출발하는 날 아침, 야스코는 조금 일찌감치 채비를 하고 집 밖으로 나갔다. 오랫동안 정든 집 주변의 풍물을 마지막으로 천천히 봐 두고 싶어서였다.

야스코가 마루에서 조리를 신고 있자, 공동 취사 총가가 성큼성큼 다가왔다. 지금까지 야스코가 나오기를 기다렸던 것 같았다.

"사모님, 드디어 가시는 군요……."

긴장된 표정을 하며 총가는 순순한 목소리로 말했다.

"사모님이 가시면 쓸쓸해서 어쩌죠."

총가는 땅바닥 위로 눈길을 떨구며 말했다.

"정말이지 이별은 슬프군 그래. ……. 몸조심하고 잘 살아야 해. …… ……."

야스코는 자신도 모르게 친근한 목소리로 말했다.

"네에, …………."

총가는 우울한 얼굴을 더 숙이고 대답했다.

"총가, 착실하게 살아야 해. 쓸데없이 운동하는 데 끼어들거나 하지 말고 말이야."

"네, 착실하게 살겠습니다. 공부를 할 생각입니다. 사모님, …… ……."

총가는 문득 맹세를 하듯이 반짝이는 눈을 들어 야스코를 보았다.

"아직 시간이 좀 있죠? 제 일을 좀 마무리하고 와서 사모님 가시는 것을 봐 드릴게요."

이렇게 말하며 인사를 하더니, 총가는 다시 취사장 쪽으로 게다 소리를 따각따각 내며 가 버렸다 .

'깨어 있는 혼이여! 새로운 운동의 첫발이여. 이것이야말로 있는 힘을 다해 최선의 노력을 하여 양성해야 할 사상이 아니던가?…………'

야스코는 그곳에 가만히 멈추어 선 채, 총가가 달려가는 게다 소리가 들리지 않을 때까지 귀를 기울이고 있었다.

만 1년 동안 불편한과 추위와 외로움에 위협을 받는 생활을 했지만, 그것은 총가가 지닌 '깨어 있는 혼'을 발견한 것만으로도 충분히 보상받을 수 있다고 야스코는 생각했다.

(1923.6.7)

125

야스코는 마구간 쪽으로 걸어갔다. 마침 지금 청소가 끝난 듯 주변이 깔끔했다. 야스코는 마구간 입구에 서자, 하야카제(隼風, 다다에의 말)는 네다섯 마리 늘어서 있는 가운데 가장 먼저 야스코를 슬쩍 보았다.

"봤다. …………."

이렇게 생각하자 야스코는 곧 몸에 전기가 통하는 느낌이었다. 하지만 오늘 야스코는 평소의 야스코와는 달랐다.

'나는 튼튼한 발판에 발을 디디고 있어.'

이런 자신이 있었다.

야스코는 2,3척 가까이까지 하야카제에게 다가갔다.

'너는 결국 나를 포로로 만들지 못했어. 유혹하지 못한 거야. ……
…….'

야스코는 승자의 표정으로 하야카제를 바라보았다. 그러자 말은
눈을 뻐끔뻐끔하며 고개를 좀 갸우뚱하고는 야스코의 목을 빤히 바
라보는 것이었다.

'나는 당신을 사랑합니다. 하지만 제 사랑은 이루지 못했습니다
……. 저는 슬픕니다. 외롭습니다. 괴롭습니다. 제 마음을 헤아려 주세
요. 헤아려 주세요.'

야스코는 어쩐지 이렇게 기괴한 눈빛으로밖에는 여겨지지 않았다.
그러는 사이 뭔가 눈에 보이지 않는 힘으로 그곳에 빨려 들어가는 느낌
조차 들었다. ……. 야스코는 무서워져서 서둘러 마구간을 뛰쳐나왔다.

그리고 이번에는 문 앞에 있는 버드나무를 바라보았다. 버드나무
가지에는 파란 잎이 울창했고, 그 가지들은 서로 겹쳐서 굵은 나무줄
기 근처에는 일종의 음영이 드리워져 있었다. 초봄에 부드러운 새싹
을 틔우고 온화한 봄바람에 긴 나뭇가지를 나부끼고 있었을 때처럼,
아양을 떠는 듯한, 원망을 하는 듯한 젊은 여자의 미태를 방불케 하는
구석은 이제 없었지만, 나무줄기 근처에 떠돌고 있는 음영은 보는 이
의 마음에까지 어두운 음영을 드리웠다. 이 음영에야말로 인간과 식
물 사이를 자유롭게 왕래할 수 있는 초자연적인 영혼이 깃들어 있는
것이 아닐까?…….

야스코는 역시 그렇게 생각하지 않을 수 없었다. 야스코는 자신도 모르게 부들부들 떨었다.

'하지만, 나는 역시 이겨냈어. 나는 강자였어. 기괴하기 짝이 없는 너희들의 유혹에 넘어가지 않았다고. 너도 말도 늪도 내 생명을 앗아 가지는 못했어…….'

야스코는 승자의 심정이 되어 혼자 중얼거렸다.

'나는 네 가지에 목을 매달지도 않았고, 늪으로 끌려 들어가서 익사하지도 않았어. 하야카제의 앞발에 안기지도 않았어……. 이렇게 해서 나는 오늘 부로 이곳을 떠날 거야. 그러면 집요한 너희들의 유혹도 미치지 못하겠지. …… 그럼, 안녕히. 잘 지내…….'

야스코는 목숨이라도 건진 듯이 행복의 기쁨에 잠겨 생각했다.

(1923.6.8)

126

그러는 사이 출발 시간이 다가왔고, 전송을 하는 사람들은 줄줄이 읍내 입구까지 나와 있었다. 야스코도 관사 아낙네들에게 둘러싸여 길을 걸었다. 아낙네들은 제각각 아이를 업거나 안고 줄줄 따라오며 아쉬워했다. 반장 할머니는 예의 동북 사투리를 그대로 드러내며 인사를 했다.

"내는 이제 이 나이가 되었으이, 두 번 다시 사모님은 뵙지 못하겠지라요. 부디 몸조심하면서 사시라요……."

이런 말을 듣자 야스코는 어쩐지 눈물이 핑 돌았다. 바로 지금까지는 생각지도 못한 영전의 기쁨에만 정신없이 날뛰느라 별리의 슬픔은 전혀 안중에도 없었는데, 이렇게 나이가 들어 앞날도 길지 않은 할머니가 절절이 아쉬움을 토로하니 야스코의 마음도 역시 촉촉해 지는 것이었다.

"대장님이 가버리시면 그 뒤에는 어떻게 되는 것이지라? 우리네는 외롭고 불안해 지겄제……."

할머니는 또 이렇게 말하며 코를 훌쩍거렸다. 야스코는 대답을 할 수가 없었다.

늘 헤어지는 곳으로 정해진 곳까지 오자, 다다에와 야스코는 한 명한 명 다시 짧은 인사를 반복했다.

"자네들 위치가 정해지면 즉시 알려들 주게. 나도 미력하나마 걱정을 하고 있으니 말이네."

다다에는 일렬로 늘어서 있는 부하들 앞에 서서 이렇게 말했다. 어느 쪽인가 하면 정직하고 소심한 다다에였기 때문에 부하들은 아직 신병이 정해지지 않아 불안해 하고 있는데 자기 혼자만 좋은 자리를 얻어 출발을 하는 것이 너무나 괴로워 견딜 수 없는 것이었다 .

"그럼, 이제 실례하고 수레를 타기로 하지……."

다다에가 미리 대기해 두었던 수레에 탔기 때문에 야스코도 이어서 탔다.

"안녕히 가세요."

"건강히 잘 지내세요."

사람들은 수레 주변으로 웅성웅성 몰려 들며 이별의 인사를 반복했다.

"여러분, 안녕히!"

야스코도 절절한 심정으로 말했다. 어쩐지 눈물이 날 것 같은 기분까지 들었다. 이렇게 절절한 이별을 야스코는 아직 해 본 적이 없었다. 기차나 자동차처럼 부웅하고 가버리면 뒤에 남은 사람은 멍해지는 그런 맥없는 이별이 아니었다. 뒤쪽으로 서운해 하는 총가의 얼굴이 보였다.

(1923.6.9)

127

꽤 긴 시간 동안 두 사람은 수레에 나란히 앉아 묵묵히 달렸다. 별리의 광경이 상당히 깊숙하게 두 사람의 마음에 충격을 준 것 같았다.

"딱 만 1년이 되었군."

다다에가 갑자기 아주 감개무량한 듯이 말했고 야스코도 갑자기 꿈에서 깨어난 것 같았다.

"정말 그래요. 나 딱 작년 모레 되는 날 여기 왔어요. 오늘이 9월 18일이죠?……."

"그랬나? 빠르네."

다다에는 깊은 생각에 잠겨 혼자 수긍을 했다. 온정리로 가는 갈림 길까지 오자 온정리 분견소 사람들과 지방 유지들이 일부러 나와 주어서 두 사람은 또 수레에서 내려 인사를 했다.

장전에 도착한 것은 점심 조금 지나서였다. 천천히 점심식사를 마치고 나서 조금 쉬기로 했다. 짐을 싸거나 하느라 야스코는 상당히 지쳐 있었다.

배는 8시부터 탄다고 했다. 하지만 승선 직전이 되자 지인들이 인사를 하러 와 주어서 두 사람은 또 차분히 있을 수가 없게 되었다.

"승선은 가급적 빠른 것이 좋습니다. 파도가 좀 치는데다 배가 좀 작아서요."

숙소 주인은 이렇게 말을 해 주었지만, 차분히 있을 수도 없고 해서 빨리 승선을 하기로 햇다.

이제 사방은 어둑어둑해졌다. 초롱불을 든 숙소 주인의 뒤를 따라 바람이 부는 부두로 가 보니, 초롱불을 하나 켠 거룻배가 어둠 속에서 삐이, 삐이 하고 기적을 울리고 있었다. 그렇게 자주 나는 소리를 듣고만 있어도 거룻배가 격하게 흔들리고 있음을 알 수 있었다.

"상당히 흔들리고 있네. 위험해. 잠깐 기다려. 내가 아이를 안아줄게."

다다에가 검 손잡이를 잡고 앞으로 펄쩍 뛰어서 탔다.

"자, 이리 줘."

이렇게 아이를 안아 주자, 야스코는 간신히 거룻배로 옮겨 탔다. 그 때 전송을 하러 온 대여섯 명의 사람들이 떠들썩하게 찾아왔다. 이제 여기까지로 괜찮다고, 다다에는 극구 사양을 하는데도 불구하고,

'아이쿠, 아이쿠' 하는 소리를 내며 거룻배로 옮겨 탔다.

이윽고 거룻배는 저 멀리 난 바다에 정박되어 있는 본선을 향해 움직이기 시작했다. 세루[22] 기모노에 같은 하오리를 걸치고 있었지만, 으스스 추웠다. 거룻배는 심하게 흔들려서 가끔씩 차가운 물보라가 얼굴에 튀었다.

작년에 남편의 뒤를 따라 오빠와 함께 이 거룻배를 탔을 때는 공허와 초조감으로 가득했는데 지금은 이렇게 행복하고 기쁜 마음을 품고 같은 거룻배를 타고 있는 것이었다. 이렇게 생각하니 야스코는 자신도 모르게 감상적 기분이 되었다.

"인생이란……."

드문드문 별이 뜬 하늘을 올려다보는 야스코는 이렇게 절절한 생각이 들었다. 어느새 눈두덩이에서 눈물이 흘러 나왔다.

(1923.6.10)

128

본선 갑판에 오르자 이상한 냄새가 코를 확 덮쳤다. 휘발유 냄새인지 무엇인지 알 수 없는 냄새가 가슴 속까지 확 밀고 들어왔다.

---

22 세루. 모직물의 한 가지. 양털을 원료로 한 방모사(紡毛絲) 또는 소모사(梳毛絲)로 짠 견모(絹毛) 교직물.

"아, 이것 참 안 되겠군. 안 되겠어……."

배를 아주 싫어하는 다다에는 짐을 운반하며 잠깐 선실을 들여다보았지만 서둘러 밖으로 뛰쳐나왔다.

"이런 상황이라면 오늘 밤에는 상당히 흔들릴 겁니다."

이렇게 전송을 하러 와 준 사람들은 좁은 갑판에서 바람을 맞으며 이야기를 하다가 이윽고 거룻배로 돌아가 버렸다.

"아, 이제 내 몸이 내 몸이 되었군. 전송을 하러 와 준 사람들도 보통일이 아니지만, 전송을 받는 사람 쪽도 보통일이 아니군. 아아……."

다다에는 맥이 탁 풀린 듯이 윗옷을 입고 침대로 올라갔다.

배는 9시 조금 전에야 겨우 닻을 풀었다. 배는 과연 흔들렸다. 잘못하다가는 안고 자는 아이의 위로 자신의 몸이 겹쳐질 지경이었다. 그래도 배를 싫어하는 편은 아닌 야스코는 어느새 잠이 들어 버렸다.

다음날 아침 배가 원산에 도착했을 때는 바다는 완전히 잔잔해졌고, 아침 해는 파도 속까지 기분 좋게 파고 들어 비쳤다. 게다가 원산항은 장전항과는 달리 물도 깊은 것 같고 얼핏 봐도 기분이 좋았다.

배에서 내려 뭍으로 올랐지만, 기차 시간까지는 두세 시간이나 여유가 있어서 두 사람은 '에히메'라는 여관에 들어가서 식사를 하기로 했다. 안내를 받은 여관 방이라는 것은 화양(和洋) 절충의 방으로 장식은 상당히 정성을 들였음에도 불구하고 창문 때문인지 마루 때문인지 네 평정도 되는 방이 그 절반 정도로 밖에 느껴지지 않아, 끝내 느긋하고 편안한 기분은 들지 않았다.

"왜 그럴까요. 조선식 방이 오히려 안정이 될 정도네요."

신경질적인 야스코가 방이 편안하지 않다고 신경을 쓰기 시작하면 한도 끝도 없기 때문에, 다다에는 일부러 상대를 하지 않기로 했다.

기차 안에서 아이가 짜증을 내지 않을까 걱정을 했지만 걱정했던 만큼은 아니었고, 저녁 때는 무사히 경성에 도착할 수 있었다.

"자, 이번에는 경성이다. 드디어 왔어⋯⋯."

다다에가 이렇게 주의를 주자 야스코는 뭔가 아득한 기분이 들어 때때로 갑자기 가슴이 두근거렸다.

(1923.6.12)

130

야스코는 1년 동안의 시골생활로 자신의 물건에 구석구석 촌스러움이 깊이 배어 있음을 느끼지 않을 수 없었다.

"나 완전히 촌뜨기가 되어 버렸네."

이렇게 살짝 한숨을 쉬었을 정도였다. 그리고 하루라도 빨리 자신에게 배어 있는 촌스러움을 떨쳐 내고 도회의 맛을 익혀야 한다고 생각했다. 하지만, 역시 그런 생각을 하는 것도 왠지 마음이 개운치는 않았다.

다음날은 바로 왜성대 관사에 들어갔다.

"어머, 관사가 좋네요. 상당히 넓어요. 게다가 수도도 있고 개스도 있고 전기도 다 갖추어져 있어요⋯⋯."

관사에 도착하자 곧 집안을 한번 휘 둘러본 야스코는 집안이 구석구석 과학적으로 완비되어 있는 것에 만족하고 감탄했다.

"좋네요. 정말 좋아요."

다다에도 좋아서 어쩔 줄 몰라 하며 아직 간 지 얼마 안 되어서 자리가 제대로 잡히지 않은 새 다다미 위를 여기저기 돌아다니고 있었다.

두 사람이 툇마루 가까이 앉아서 신혼 기분을 내고 있을 때였다. 마부 부부가 차를 끓여 가져다주었다. 모두 마흔 전후로 지극히 정직하고 성실해 보이는 사람들이었다.

"그런데 주인어른, 서두르는 것 같습니다만, 수하물을 가지고 올 테니까 상환증을 좀 주세요."

마부는 한 차례 인사를 마치고는 바로 다다에에게 이렇게 말했다. 그런 민첩함은 역시 도회에서 오래 생활한 인간이니 만큼, 시골 마부가 따라가지 못할 점이었다.

차를 마시고 한 숨 돌리자, 같은 문 안에 있는 관사에만 두세 집 인사를 하러 갔다. 어느 부인도 모두 도회 생활에 아주 익숙한 듯, 얌전하면서도 빠릿빠릿한 태도로 응대를 해서 야스코는 기가 죽지 않을수 없었다. 게다가 그녀들은 모두 고참들이기도 했다.

"시골뜨기이니, 부디 잘 부탁드립니다……."

야스코는 이런 식으로 입안에서 말을 웅얼거리며 인사를 하고 왔는데, 돌아와 보니 겨드랑이 아래에 땀이 흥건했다.

(1923.6.14)

131

짐도 완전히 다 정리가 되어서 일단 안정이 되자, 두 사람은 거의 매일 밤 가까운 본정 거리로 나가 화려한 장식 유리 앞에서 신기한 표정을 하고 서 있었다.

"상당히 많은 인파네요."

야스코는 오히려 무섭다는 듯이 상가 처마에 멈춰 서서 왁자지껄 끊임없이 이어지는 인파를 정신없이 바라보며 말했다.

사람들은 모두 서둘러서 걷고 있었다. 어깨를 부딪칠 정도의 인파인데, 누구 한 명 부딪히는 사람도 없는가 하면, 발을 밟는 사람도 없었다. 모두 하나 같이 정말 서두르고 있었다. 마음을 잡아 끄는 사람이 있는 듯, 기다리는 사람이라도 있는 듯 뒤도 돌아보지 않고 지나가는 것이었다.

"마치 빙하 같아!"

야스코는 문득 이런 생각을 했다.

게다가 자신은 아직 그 아름다운 빙하가 되어 흘러 갈 수 있는 사람이 아니라는 생각이 들었다. 역시 이 아름다운 인파들과 자신 사이에는 유리가 한 장 가로막고 있어서 그 사람들은 그쪽 편에서만 흘러가는 사람들 같았다.

그래도 도회라는 것은 얼마나 신기한 매력을 지닌 것인가! 골목의 저녁 어둠 속에서 볼을 굴리며 노는 소년들의 준마와 같은 민첩한 몸과 시선도 그렇고, 거리에서 문득 흘러나오는 샤미센 소리도 그렇고,

거리를 질주하는 손수레 위에서 얼핏 본 뚝뚝 떨어질 듯한 검은 머리카락이나 요염한 모습도 그렇고, 이런 것들은 도저히 시골에서는 볼 수도 없고 추구할 수도 없는 것들이었다. 도회의 매력이라 할 수 있는 것들이었다. 야스코는 자꾸 자신을 잊은 듯 멈춰 서서는 넋이 나간 듯 그 도회의 매력과 달콤한 유혹을 맛보았다.

하지만, 야스코는 다다에가 자기 이상으로 더 이 도회의 매력에 마음이 끌리고 유혹에 넘어가고 있다는 것을 곧 깨달았다.

실제로 다다에는 혼자서 외출하는 일이 점점 많아졌다. 전속 부관이라는 상당히 다망하고 화려한 직무가 그렇게 하게 하는 것이겠지만, 그 이상으로 화려하고 밝은 불빛이나 피부를 얇은 견으로 감싼 듯한 샤미센 소리가 그의 마음을 강하게 잡아 끌기 때문임은 말할 것도 없었다.

남편의 몸이 도회의 유혹에 넘어가고 있다는 것을 야스코는 아플 만큼 분명히 느낄 수 있었다.

(1923.6.15)

132

하지만 다다에 자신으로서는 이러한 세계가 무엇보다도 바람직한 것이었다. 이러한 세계에 몸을 두었을 때야말로 모든 속박을 벗어나 진정으로 자유로운 몸이 되어 마음껏 손을 뻗고 발을 디디며 자기 자신을 쑥쑥 성장시킬 수 있을 것 같은 기분이 들었다. 야스코도 어렴풋하기는 하지만, 그런 느낌이 들기는 했다. 연회에 나갈 때 남편이 허둥지둥하는 태도는 어딘가 병속에 담겨 있던 작은 물고기가 넓은 연못에 풀려 자유롭게 헤엄칠 수 있는 장소를 얻었다는 기쁨 때문에 꼬리를 흔들고 튀어 오르며 헤엄을 치는, …….어딘가 바로 그런 환희가 있는 것 같았다.

이런 생각이 드는 것은 야스코로서는 상당히 외롭고 슬픈 일임에 틀림이 없다. 단순한 질투만이 아니었다. …….

"이제 겨우 내가 자연의 기괴한 유혹의 손에서 벗어났다 싶었는데 바로 얼마 안 있어서 이번에는 남편이 도회의 유혹에 넘어가려 하고 있다…….

이런 생각을 할 때는, 야스코는 이상하게 외로워져서 자기도 모르게 눈물을 흘리곤 했다.

"만 1년 동안의 기간을 북선(北鮮) 미개지에서 불편함과 외로움과 추위를 견딘 보람이 있어서 남편의 마음을 자신의 것으로 할 수 있었다. 자신의 손에 꽉 잡았다고 생각했는데, 그것도 거짓이었던가? 남편이 남기고 온 과거의 꺼림칙한 족적에서 완전히 멀어져서 벗어났다고 생각했는데 그것도 잘못이었던가?…….

그 사람은 역시 새로운 모래 위에 새로운 족적을 남기려 하는 것은 아닐까? 나는 이제 어찌해야 하나? 영원히 남편이 남기고 가는 족적 때문에 괴로워해야 하나?…….

이렇게 생각하자 야스코는 무어라 말할 수 없는 불안한 기분에 엄습당하는 것이었다.

야스코는 어느새 불편하고 외로웠던 시골생활이 그리워졌다.

(1923.6.16)

133

저녁을 먹은 후에 야스코가 아이한테 정신이 팔려 있는 사이에 다다에는 살금살금 발소리를 죽이며 자신의 방으로 들어가 옷장에서 바지를 꺼내 입고 있었다.

"여보……."

늘 주의를 기울이고 있는 야스코가 바로 알아차리고 이렇게 불렀다.

"…………."

다다에는 일부러 들리지 않는 척 하고 대답을 하지 않았지만, 뭔가 싸한 느낌이 들어서 자기도 모르게 끈을 묶던 손을 멈추고 어깨를 살짝 움츠렸다.

"여보, 외출?"

이어서 물어보는 야스코의 목소리에는 확실히 기분이 나쁜 듯한, 나무라는 듯한 기분이 담겨 있었다.

"흠. ……."

다다에는 끈을 묶던 손을 멈춘 채로 나왔다. 이마에는 희미하게 어두운 빛이 보였다.

"뭔가 볼일이 있어요?……."

"음, 잠깐 나갈 일이 있어서. 뭐 좀 볼일이……."

다다에는 용기를 내서 바지 허리끈을 묶어 버리고 말했다.

"금방 돌아올 테니까. 잠깐이면 돼……."

안절부절 도망치듯이 직접 모자를 들고 신발장에서 게다를 꺼내 신고는 나가버렸다.

'끝내, …….'

뒤늦게나마 현관으로 나가 손을 짚고 엎드린 야스코는 거칠게 닫힌 유리문 너머로, 허둥지둥 뭔가에 끌려가듯이 후다닥 자기 집에서 멀어져 가는 남편의 뒷모습을 외로운 듯이 조용히 바라보았다.

'남편을 도회에 빼앗겼어. …….'

야스코는 이렇게 생각했다. 알 수 없는 공포가 자꾸만 야스코의 가슴을 덮쳤다.

야스코가 그런 공포에 전율하고 있을 때, 정해진 듯이 가톨릭 교회의 종이 땡 땡 울리기 시작했다.

'아, 또 종소리가…….'

야스코는 그것에 억지로 끌려가듯이 차가운 리놀륨 바닥 위를 짚은 손을 들고 거실로 돌아왔다. 종은 여전히 끊임없이 울려 퍼지고 있었다. 마치 잡아끌듯이 유혹하듯이 계속해서 울렸다. 이 종소리는 아무리 무심한 사람의 마음속에도 와 닿는 구석이 있었다. 뭐라 할 수 없는 기분 좋은 소리가 나는 종이다.

야스코는 무릎에 아이를 안은 채 가만히 눈을 감고 종소리에 정신이 팔려 있었다. 하지만, 결국은 왠지 모르게 눈물이 나오고 말았다.

'정말이지 인생이라는 것은 얼마나 알 수 없는 것이냐?……'

야스코는 깊은 한숨을 내쉬며 눈물을 흘리고 있었다. 그리고 내 아이의 뺨에 흘러내린 눈물을 소매로 살짝 닦아 주었다.

(1923.6.17)

134

거리를 오가는 사람들은 어느새 오버코트를 걸치는 계절이 되었지만, 당국의 헌병제도 개혁 실시는 지지부진하여 진척이 되지 않고, 애매한 위치에 놓인 채 불안하고 초조한 나날을 보내는 사람들도 많았다. 작년에 함께 조선에 건너온 다다에의 친구 우치야마(內山) 대위도 그런 사람 중의 한 명이었다. 그런 우치야마 대위에게서 다다에 앞으로, 2,3일 안에 출경(出京)을 한다는 사정을 간단히 적은 엽서가 왔다.

"여보, 우치야마 군이 온대."

손에 엽서를 든 다다에는 역시 반가운 듯 짧은 엽서의 편지를 한글자 한 글자 살펴보며 야스코에게 물었다.

"우치야마 씨가요? 아, 그래요?"

야스코도 반가운 듯 말했다.

"우치야마 군이 오면 집에서 재워 주고 크게 한 번 환대해 줄까? 우치야마 군도 오랜 동안 시골 생활을 하느라 힘이 빠졌을 거야……."

다다에는 이렇게 의기에 넘쳐 말했다. 친구의 신상이 신경 쓰이지 않는 것은 아니지만, 다망하고 화려한 도회생활 때문에 그만 친구도 잊어버리고 마음도 쓰지 못했다는 사실이 문득 마음에 걸린 것이다.

하지만, 두 사람이 기다리고 기다리던 2,3일도 지났고, 오겠다고 한 지 벌써 1주일이나 지났는데 우치야마 대위의 모습은 보이지 않았다.

"우치야마 씨 안 오세요?"

"그러게. 안 오네. 어찌된 일까? 엽서라도 한번 보내볼까?"

두 사람이 이런 이야기를 하는 동안 우치야마 대위의 전임사령이 발표가 되고 말았다.

"우치야마 군이 오카야마(岡山) 부대의 부관이 되었군 그래."

"어머, 잘 됐네요. 우치야마 씨에게 빨리 알려 주세요."

"알리려고 전화를 걸었어. 그런데 우치야마 군이 이제 없대. 5일 전에 나한테 오겠다고 전임지를 출발했다는군."

"어머, 그렇게 출발을 해서 어디로 갔을까요?"

"글쎄……. 하지만 뭐, 어린아이도 아니고. 설마 길을 잃지도 않았을 테니까 그렇게 염려하지 않아도 돼.

"그야 그렇죠."

관청에서 돌아온 지 얼마 안 되는 다다에와 부엌에서 서둘러 맞이 하러 나온 야스코는 거실에서 서서 이런 이야기를 하다 결국은 웃고 말았다. 그리고 두 사람의 마음에는 이상하게 뭔지 알 수는 없지만 마음에 걸리는 것이 있었다.

(1923.6.19)

이윽고 아침 식사 준비가 다 되어서 모두 같이 젓가락을 들었다.

"어떤가, 시골 생활은? 자네 상대할 여자가 없다고 하며 크게 비관하고 있지 않았나? 그 후에 마땅한 여자라도 찾았나?"

다다에가 국을 마시며 물었다.

"후후후."

우치야마 대위는 입 끝으로 살짝 웃었지만, 이상하게 이런 이야기는 하고 싶지 않은 것 같았다.

"정말이지 시골 생활은 지겨워졌어. 뭐니 뭐니 해도 젊었을 때는 도회가 좋지. 자네도 이번에 오카야마에게 가면 인생을 실컷 즐기게."

이렇게 말하며 야스코를 슬쩍 보고 웃더니 곧 어조를 바꾸었다.

"그런데, 자네는 이제 ××에 돌아가지 않아도 되나? 짐은 어떻게 했나?"

다다에가 좀 진지하게 물었다.

"완전히 다 정리하고 와서 돌아갈 필요는 없네. 짐도 다 같이 가지고 왔으니까……. 어쨌든 이제 일은 완전히 경찰 쪽에서 하고 있기도 하고 일은 없고, 솔직히 말하자면 그냥 있을 래야 있을 수 없는 곳에서 조만간 명령이 내릴 것이라 생각해서 도망을 친 거라네."

우치야마 대위는 이상하게 신경질적인 눈동자를 깜빡거리며 대답

---

23 6월 20일 135회분 소실.

을 했다.

그러다 곧 출근시간이 되었기 때문에 다다에는 관청에 나가고 우치야마 대위도 여관을 정리한 후에 다다에의 집으로 오겠다며 돌아갔다. 하지만, 점심때가 되어도 저녁때가 되어도 끝내 돌아오지 않았다.

"대체 어찌된 일일까?"

다다에는 좀이 쑤실 정도로 우치야마의 일이 신경이 쓰여 볼일이 있는데도 나가지도 않고 기다리고 있다가 이제 도저히 오지 않을 것 같다며 잠자리에 들려고 했다. 그런데 바로 그 때 우치야마가 휑하니 돌아왔다.

"자네, 실은 말이네. 나 동행이 있어서 좀 어울려 줄 겸 여기저기 돌아다니다가 이렇게 늦어졌네. 부디 용서해 주게……."

다다에가 뭔가 말을 하려고 하면, 그저 사과에 사과를 해서 자고 가려 하나 했지만 그렇지도 않은 것 같았다.

"동행이 있어서 같이 숙소를 잡아 두어서 말이네."

"그렇다면, 들어와서 이야기라도 하고 가게. 오랜만에 만나지 않았나? 나도 하고 싶은 말이 산더미 같다네. 시골에서 분투를 한 고심담도 좀 들어보지 않겠나?"

이렇게 말하며 소매를 잡아끌고 들어오라고 했다.

"동행이 있어서 말이네. 기다리는 사람 생각도 해야지."

이런 식으로 평소 성격과는 달리 이상한 말만 하면서 결국 들어오지도 않고 서둘러 도망치듯이 돌아가 버렸다.

"바보 같은 소리 하고 있네. 기다리는 사람 생각을 하라니, 그게 무슨 말이야. 대체 누구를 데리고 왔단 말이야. 한심한 놈……."

이렇게 되니 정직하고 단순한 다다에니만큼, 버럭버럭 화를 내고 그 이후로는 우치야마 군에 대해서는 말도 꺼내지 않게 되어 버렸다.

(1923.6.21)

137

다음날 아침 다다에가 출근을 하려는데 전보가 한 장 도착했다. 그것은 우치야마 대위에게서 온 것이었다.

"5분 후에 당지 출발. 자네의 후의에 감사하네."

이렇게 적혀 있었다. 과연 이 전보는 다다에를 깜짝 놀라게 했지만, 놀래킨 이상으로 화를 나게 한 것도 사실이었다.

"마음대로 하라지……."

다다에는 아무렇게나 내뱉으며 전보를 봉당에 내던지며 버럭버럭 화를 내고는 박차를 가하며 나가 버렸다.

그런데 그 다음날 오후가 되어 실로 생각지도 못한 의외의 사건이 귀에 들어왔다.

그것은 이런 것이었다. 우치야마 대위가 전임지 ××를 출발할 때 그 곳에 딱 한 채 있는 여관 여주인을 유괴하여 출발을 했고 본 남편의 고소가 있어서 취조를 하고 싶다는 뜻을, ××경찰서에서 사령부에 전해왔다는 것이었다.

다다에는 이 이야기를 듣자 아무 말도 할 수 없었을 정도였다. 도저히 그것이 사실이라고는 믿지 않았다. 그러나 물론 그것은 허위 보도가 아니었다.

상관이나 동료들은 군인의 체면을 상하게 한 파렴치한이라고 있는 대로 우치야마의 욕을 했다. 장교의 지조와 체면을 깎아 먹은 것을 통렬하게 개탄했지만, 다다에만은 입을 꼭 다문 채 비통한 기색을 드러내며 묵묵히 있었다.

다다에는 아무래도 우치야마 대위가 그런 부끄러운 행위를 하리라고는 생각되지 않았다. 그런데 그것이 의심할 여지가 없는 것이라는 사실을 알게 되자 점점 더 우울해졌다.

저녁 때 집에 돌아온 다다에는 평소와는 사람이 달라진 듯한 어둡고 침통한 표정을 짓고 있었다. 평소대로 목욕을 한 후 식탁에 앉았지만, 팔짱을 낀 채 좀처럼 젓가락을 들려 하지 않았다.

"무슨 일 있어요?"

아까부터 남편의 태도가 평소와 다르다는 것을 알아차린 야스코가 마음에 걸린다는 듯이 물었다.

"흠······."

우울한 듯 손으로 얼굴을 한 번 어루만지고 나서 말했다.

"실은 아까부터 당신에게 이야기할까 말까 고민을 하고 있는데 말이야. 당신이 절대로 비밀을 지키겠다고 하면 이야기를 해도 되기는 되는데······."

낮고 침울한 목소리로 이를 악물고 떠듬떠듬 이야기하는 것이었다.

(1923.6.22)

138

"그게 대체 무슨 일이에요?……."

야스코도 지금까지 본 적도 없는, 뭔가 걱정거리가 있는 남편의 모습에 새삼 눈을 크게 뜨며 물었다.

"실은 말이야. 우치야마 군 말인데. 곤란한 짓을 저질렀네……."

"우치먀마 씨가……."

야스코는 숨을 삼키며 가만히 다다에의 얼굴을 바라보았다.

"그게 실은 난처한 일이야. ……. 다른 일이라면 몰라도 ××를 출발할 때 여관 여주인을 유괴했다는 거야. 게다가 그 남편이 고소를 해서 ××에서 체포를 의뢰했다고……."

이 이야기를 들으니, 야스코도 말이 나오지 않았다. 눈이 휘둥그레진 채 다다에의 눈동자를 가만히 바라보다가 잠시 후에 물었다.

"그게 정말일까요?"

"정말이라고. 나도 정말 믿을 수가 없어……."

다다에는 말끝을 흐리며 한탄하듯이 말했다.

"우리 집에 왔을 때, 이 집에 오기 전에 평양인지 어딘지 놀러갔다 왔다고 했어. 그게 여자하고 같이 갔던 것 같아. 여자의 오빠가 그곳에 있어서 앞으로 몸을 어디에 두어야 할지 의논을 하러 간 모양이야……. 그래서 ××에서도 우치야마가 여관 여주인하고 같이 있다는 것을 알고는 바로 조장(曹長)이 뒤를 따라서 평양까지 갔대. 하지만 그때는 이미 경성으로 온 후였다고 해. 그 조장도 내가 퇴근하기 바로 전에 평양에서 곧 뒤를 쫓아 왔다고 하며 사령부로 찾아 왔어. 그래서 여러 가지 자세한 이야기를 듣고 왔어……."

다다에는 여기까지 말을 하고는 잠시 말을 끊었다.

"그렇다면, 우치야마 씨와 그 여주인은 상당히 오래전부터 관계를 했던 것이군요."

야스코가 본의 아니게 말을 내뱉으니 다다에는 뭐라 표현할 수 없는 싫은 표정을 하고 입을 다물어 버렸다.

둘은 이윽고 제각각 다른 생각을 하면서 식사를 마쳤다.

(1923.6.23)

139

두 사람이 막 식사를 마칠 무렵 기세 좋게 현관문을 열고 누군가 들어왔다. 보니 동료인 소노다(園田) 대위였다.

"아아, 식사 중인가? 천천히 드시게. 내가 이렇게 실례를 무릅쓰고 들어왔네."

소노다는 친한 사이이기 때문에 응접실로 슥슥 들어갔다.

식사를 하고 상을 치운 후에 야스코는 아이를 안고 이야기에 같이 끼려고 가 보니, 지금까지 다다에와 열심히 뭔가를 의논하고 있던 소노다 대위는 갑자기 말을 뚝 끊고 야스코 쪽을 돌아보았다.

"부인, 우치야마 군 이야기 들었죠? 부인은 대체 이 사건을 어떻게 해석하세요?"

이렇게 털어놓듯이 말을 하며 묻는 것이었다. 야스코는 너무나 갑작스러워서 바로는 뭐라 답하기 어려워 우물쭈물하고 있으니 다다에가 옆에서 참견을 했다.

"나는 역시 여자가 돈을 노린 것이라고 생각해. 어쨌든 우치야마라는 남자가 얼마나 맺고 끊는 게 확실한 남자냐 말이야. 연대에 같이 있던 무렵에도 연회에는 한 번도 나온 적이 없다고. 술도 마시지 않을 정도니까 말이야. 만사 그렇지. 그 무렵부터 뭐든 상당히 ■[24]하고 있다는 이야기였어. 조선에 오고 나서도 빈틈없이 돈을 저축했을 거야. 얼마 되지 않는 그 돈을 여자가 눈독을 들인 게 아닌가 나는 생각해."

다다에가 이렇게 자신 있게 말을 맺자, 소노다 대위는 바로 반박하는 말투로 대답했다.

"하지만, 자네. 그 여자는 우치야마 군에게, 나는 당신의 직함 같은 것에 반한 것이 아닙니다. 분대장 같은 것 언제 면직이 되어도 상관없어요. 이랬다는 거네. 관등을 박탈당해도 상관없다고 할 정도라면, 2천 엔이나 3천 엔 정도의 작은 돈에 눈독을 들일 거라는 생각은 들지

---

24 원문에 복자(伏字) 표시.

않아. 나는 역시 여자가 우치야마 군의 어딘가 좋은 점을 발견하고 그것에 홀딱 반했다고 생각해. ……."

소탈한 소노다 대위는 마치 자신이 그 분야의 통인 양 말했다.

"좋은 점이라니, 그렇게 아주 좋은 점 같은 것 없는 남자인데. 첫째 그렇게 눈에 띄게 좋은 점이 있는 남자라면 지금까지 반한 여자가 있었겠지. 물론 우치야마가 지금까지 여자한테 접근한 일은 별로 없었지만……."

"그럼 그 어리숙한 점에 반한 것인가?…….어쨌든 우치야마의 여복이 나는 엄청 부럽네. 나도 지금까지 상당히 여러 여자들에게 접근해 보았지만, 단 한 번도 그런 일을 겪은 적은 없네. 어떤가? 자네는 그런 일을 겪은 적이 있나? 여자가 자네에게 진심으로 반한 적이 있느냐 말이네."

소노다 대위가 엄청나게 웅변조가 되어 단숨에 이야기를 하며 다다에 쪽을 돌아보니, 다다에도 겸연쩍은 듯한 표정으로 대답했다.

"아니, 없네."

이렇게 대답을 하며 뺨을 쓰다듬었다.

(1923.6.24)

본서는 『경성일보』 5000호 간행 기념 현상문학 당선작 바바 아키
라(馬場明) 작 「파도치는 반도(潮鳴る半島)」, 후지사와 게이코(富士澤けい
子) 작 「반도의 자연과 사람(半島の自然と人)」을 번역 간행한 것이다.

식민지 문화정치와 현상문학

일제강점기 조선총독부 기관지이자 일본어 일간지인 『경성일보
(京城日報)』(1906.9~1945.10)는 창간초기부터 건축, 산업, 미술, 문학 등
다양한 분야에서 현상사업을 실시했다. 현상사업은 그 사업을 실시
하는 주체의 의도나 목적을 보급, 구현하는 매우 효과적인 방법이라
할 수 있다. 그런 점에서 『경성일보』의 현상사업은 식민주체인 총독
부의 문화정책의 의도와 목적을 달성하는데 매우 적당한 수단이었
다 할 수 있다. 따라서 『경성일보』에는 1910년 2월 17일의 이른 시기
부터 「하이쿠 현상모집(俳句懸賞募集)」 기사가 보이고 시작했고, 1918
년부터는 현상소설 당선 1등작 오카다 비시우(岡田美紫雨)의 「어두운

먼지(暗い埃)」(1918.11.16.2(부록)), 2등작 미와 유리코(三輪百合子)의 「기로(岐路)」(1918.11.17.3(부록)), 시노자키 조지(篠崎潮二)의 「타루(舵楼)」(1918.11.18.3(부록)), 3등작 오다테 사다오(大舘節男)의 「생각에 잠겨(沈思して)」(1918.11.20.2(부록)), 에지마 나미오(繪島波雄)의 「영겁의 적막으로(永劫の寂寞へ)」(1918.11.22.3(부록)), 무라카미 도모유키(村上知行)의 「그림자(影)」 등이 게재된 이후 많은 현상문학이 지면에 소개되었다. 그러나 문학작품은 현상사업의 목적과 의도에 부응하는 한편, 살아 있는 개인의 내면을 그린다는 점에서 그 내용이 반드시 균일한 양상을 띤다고는 할 수 없다. 더욱이 그 문학작품이 이후 다른 장르로 변용되어 활용되는 과정에서 원작의 의도와는 다른 방향으로 각색되거나 수용될 가능성도 충분히 있다.

이와 같은 의미에서 본서는 1922년 『경성일보』 5000호 간행 기념으로 실시한 현상문학 당선작을 번역한 것이다. 1920년대 식민지 조선의 총독부는 성공적 내선융화와 식민정책의 성과를 식민본국과 국제사회에 알림으로써 본국의 정부로부터 더 많은 지원을 이끌어내고 국제사회에 식민지배의 정당성을 주장하고자 하였다. 이와 같은 조선총독부에 있어 1923년 개최된 평화기념박람회는 절호의 기회였고, 기관지인 『경성일보』는 그와 같은 문화정치의 취지에 맞춰 현상문학과 현상포스터를 실시하였다. 현상포스터 당선 작품은 평화기념박람회에 전시되었으며, 현상문학 작품 역시 내선융화와 조선의 평화적 발전상을 주제로 실시되었다. 현상응모 결과 포스터는 예정대로 1922년 3월 28일 입선작이 발표되나, 소설은 마감일이 2월말에서 4

월말로 연장되는 등 예정보다 늦게 7월 25일이나 되어서야 심사결과가 고지된다. 결과는 심사위원 시마자키 도손(島崎藤村)은 후지사와 게이코 작 「반도의 자연과 사람」을, 혼마 히사오(本間久雄)는 바바 아키라 작 「파도치는 반도」를 추천하여 의견이 갈렸다. 이에 스기모리 고지로(杉森孝次郞)의 의견에 따라, '1등, 2등을 폐하고 두 편을 당선'시키기로 하고 '상금은 이등분하여 증정'하며 '근시일부터 순차게재'하는 것으로 결정되었다. 선외(選外) 가작으로 경상남도 김해군 기타바타케 슈쿠(北畠祝)의 『숲으로 돌아간 사람(林に帰す人)』, 교토시 신마치도오리(新町通) 마쓰바라(松原)의 오후지 에이이치(大藤栄一)의 『빛으로(光へ)』가 게시되었다.

「파도치는 반도」와 자유연애, 내선결혼, 조선문화의 가능성

「파도치는 반도」는 위와 같은 1922년 현상소설 당선작 중 하나로, 「당선자의 감상」에 의하면 저자 바바 아키라는 당시 도쿄 니혼바시(日本橋)의 제작회사에서 근무하는 35세의 남성으로, 그전에는 조선에 오랫동안 거주한 바 있었다. 이러한 연유로 평소에도 '조선적인 것'에 관심이 많았던 그는, 당시 한일 관계에 대한 지식을 바탕으로 조선에서 살았던 경험을 살려 단기간에 집필, 완성하여 공모 마감일인 4월 30일 저녁에야 『경성일보』 도쿄 지국에 직접 제출하였다고 하나, 이후의 행적에 대해서는 알려진 바가 없다.

저자는 이 소설에 대한 특징으로 두 가지를 언급했는데, 하나는 연재소설의 형식이기에 독자의 흥미를 유발할 수 있도록 이야기의 연결 마디 간에 긴장을 고조시키는 것은 당연하나, 되도록 작위적으로 느껴지지 않기 위해 고심했다는 점이다. 다른 하나는 예술이란 개인의 표현이지만 이에 더해 도의적 임무를 다할 수 있어야 새로운 예술을 창조할 수 있으리라는 그의 생각에서 비롯된 것으로, 도의적 임무란 '새로운 사회의식의 배양'이며, 이 작품이 대단한 경지에 이른 것은 아니나 적어도 새로운 사회의식을 배양할 수 있도록 힘썼다고 밝혔다는 점이다. 따라서 이 소설에는 대중의 흥미를 되도록 유발하고자 하는 통속소설의 면모와 작품을 통해 새로운 사회의식을 배양하고자 하는 문예물의 면모를 동시에 갖추려고 했던 작가의 노력이 들어가 있다고 말할 수 있다.

이 작품은 1922년 8월 1일부터 연재가 시작되어 1922년 12월 말까지 경성일보 문예란에 실렸다. 안타깝게도 1922년 12월 4일 이후의 『경성일보』가 소실되었기에 1화부터 104화까지만 확인할 수 있으며 105화부터 종장까지의 텍스트는 현재 미확인 상태이다. 다만 불행 중 다행으로 소설을 원작으로 한 희곡이 1923년 5월 10일부터 경성극장에서 상연된 바 있고, 그 줄거리를 1923년 5월 4일 자 『경성일보』에서 확인할 수 있기에 대략적인 결말을 추측할 수 있다. 희곡의 줄거리에 대해서는 번역의 마지막에 전문을 번역하여 실어놓았다.

작품의 내용을 소개하기 전에 주요 등장인물을 정리하자면 다음과 같다. 작품의 주인공은 가이노 긴이치(改野謹一)로 도쿄제국대학 법학과를 다니는 수재로, 조선 굴지의 기업인 시로야마 합명회사의 사장인 시로야마 산조(城山三造)의 양자이다. 시로야마는 조선에서 일군 명예와 재산을 긴이치와 외동딸 사에코(明子)를 결혼시켜 잇게 하려고 한다. 그러나 긴이치는 풍족한 삶이 보장된 시로야마 가문의 후계자의 삶을 벗어나, 조선인 여성 옥엽과의 결혼을 선택하고 그녀와 함께 조선 민족을 위한 산업개발과 민중의 계몽·교육에 도전한다. 시로야마 사에코(朗子)는 시로야마의 딸이자 긴이치의 정혼녀이지만, 틀어진 긴이치와의 관계와 아버지에 대한 불만으로 갈등하던 중, 경성에 찾아온 유명 극단 미래좌(未来座)의 무대에 감명하여 배우의 꿈을 꾸게 된다. 안옥엽(安玉葉)은 천애고아였으나 시로야마 가문에 거두어들여져 야스코(安子)라 불리는 조선인 하녀이다. 긴이치와 사랑의 도피행각을 한 후 그와 함께 조선인 아동 계몽 운동을 하며 언젠가 조선에 대학을 설립하겠다는 꿈을 가지고 있다. 안성식(安成植)은 20대 후반의 조선인 청년으로, 어렸을 때 이별한 옥엽의 친오빠이며 와세다대학 정치경제과를 졸업한 후 경성에 돌아와 조선문화학회(朝鮮文化學會)를 조직한다. 대학 재학 시절, 일본인 여자와 연애하다가 실패한 기억을 가지고 있다. 이와 같은 등장인물의 면면에서 보이듯이 이 작품에는 조선과 일본의 네 청춘 남녀가 이야기를 이끌어간다. 그 중심에는 반동 인물로 설정된 시로야마 산조가 존재하고, 저마다 자신의 의지를 관철하기 위해 노력하면서 이야기가 전개된다. 이 소설을 관통하는 주제, 그러니까 작가의 말을 빌리자면 '새로운 사회의식의 배양'을 위하여 작품을 통해 시사하고 있는 부분은 크게 세 가지가 존재한다.

하나는 민족융화의 가능성이다. 그런데 단순히 내선결혼(內鮮結婚)을 통한 융화의 가능성을 문화통치라는 정부 시책의 관점에서 제시하기보다, 내선결혼에 대한 조선 민중의 생각이나 내선연애 경험자의 비관적 사례, 재조일본인 2세와 조선인과의 관계 등 다양한 측면에서 관조적인 자세로 묘사하고 있다. 이러한 서술 방식은 작위적인 내용을 피하기 위해 고심했다고 하는 작가의 말을 그대로 반증하는 듯하다. 다른 하나는 자유연애의 가능성이다. 물론 이야기의 중심축 중 하나가 내선결혼인 것은 분명하지만, 그러한 전환을 이끈 생각은 바로 자유연애 사상이다. 긴이치가 옥엽을 선택한 것도, 사에코가 결혼 제도에 얽매이려 하지 않은 것도 모두 본인의 삶을 선택하는 과정에서 이루어진다. 다만 그에 따른 책임이 어떠한 것인지 또한, 두 플롯에 여실히 드러나고 있다. 마지막으로 조선 문화의 발전 가능성이다. 작가는 '조선'에 대한 이해도가 상당했다고 보이는데, 한 가지 예로 조선 '신문화운동'의 언급을 들 수 있다. 작중에서 조선문화학회가 이끄는 '신문화운동', 그리고 조선의 잡지 『반도』가 등장하는데, 이는 1920년에 천도교를 주축으로 일어난 '신문화운동'과 그들이 발간한 최초의 종합 잡지 『개벽(開闢)』을 모티프로 한 것이 분명하다. 안성식은 일본 유학을 끝내고 조선에 돌아와 조선 문화의 향상을 이끌던 청년 지식 계급을 대표하며, 이들은 조선과 일본 양쪽에 접점을 가지기에 이로 인해서 발생할 수 있는 문제 또한 이 작품에서 드러나고 있다. 더불어 옥엽 역시 시로야마 가문에서 민족적, 계급적 차별(성 계급을 포함하여)을 겪는 묘사가 등장하며, 이를 강봉준과 같은 차세대 조선인에게 물려주지 않기 위해 조선에 학교를 설립하려고 한다. 이 또한 1920년에 활발하게 전개되었던 조선 민립대학 설립 운동과 깊은 연관을 가진다. 이와 같이 조선 민족의 문화 계발 의식을 조선 지식인 계급에 대한 구체적인 정황 묘사를 통해 작중에서 제시하고 있다.

위와 같은 세 가지 시사점을 주목하여 본 작품을 읽는다면, 보다 흥미롭게 이야기를 독해할 수 있으리라고 생각하는 바이다. 그동안 알려진 '내선결혼' 모티프의 일본어 소설 가운데에서도 작가의 주제 의식이나 조선 사정에 대한 이해가 돋보이는 작품이기에, 이 작품을 한국어로 번역하여 한국인 독자의 접근성을 높이는 것은 그 나름의 의미를 지닌다고 할 수 있겠다.

아울러 「파도치는 반도」는 연재 종료 4개월 만인 1923년 5월, 극단 미쓰보회(ミツボ會)가 희곡으로 개작하여 경성극장에 상연하였고, 1935년에는 나카니시 이노스케(中西伊之助)에 의해 번안되어 영화 극본으로도 만들어졌을 만큼, 당시 재조일본인들에게 상당한 반향을 일으켰다. 조선총독부의 어용 언론기관이었던 『경성일보』에서 당시의 시국에 부합하는 작품으로 선정하여 연재한 것이기에 당시 일제의 문화통치 정책과 연관이 깊고, 내선일체론과 민족융화 사상이 교묘하게 밑바탕에 깔린 작품이라고 평할 수 있지만, 한편으로는 조선 지식인 계급의 근간을 이루고 있는 민족문화 의식의 향상과 교육 발전에 대한 열망을 당시 조선에서 일어난 문화 운동의 적확한 변용을 통해 묘사하고 있다는 점에서 주목할 만하다. 작중 조선 지식인 청년

안성식이 와세다대 정치경제학 학사라는 학력을 살려 손쉽게 취업을 할 수 있었음에도 불구하고 '대망(大望)'을 위해 그저 때를 기다린다고 하며 조선 신문화운동에 매진하는 모습은, 당시 독립을 갈망하던 조선인들의 모습을 목도하였던 진짜 '조선' 사정을 아는 일본인의 눈에 비친 생생한 조선의 모습과 다름없었다.

재조일본인 여성의 눈에 비친 3.1운동과 「반도의 자연과 사람」

후지사와 게이코의 「반도의 자연과 사람」은 강원도에 주둔하는 일본인 군속 가족들의 일상생활과 그들이 경험하는 3.1운동 당시 조선의 상황을 그린 작품으로, 무엇보다 3.1운동 직후 그것을 다루고 있는 유일한 작품이라는 점에서 매우 주목할 만한 작품이라 할 수 있다. 참고로 3.1운동을 그린 한국작가의 작품은 1946년 2월 26일부터 조선 연극동맹이 서울신문과 공동으로 개최한 3.1절 기념 연극대회에 참가한 함세덕의 「기미년 3월 1일」, 유치진의 「조국」, 김남천의 「3.1운동」 등 해방 후의 작품이 있을 뿐, 식민지 시기에 3.1절을 그린 작품은 관견 상 없다. (곽병창 「세 편의 3.1절 기념 희곡에 대한 비교 고찰-함세덕의 「기미년 3월 1일」, 유치진의 「조국」, 김남천의 「3.1운동」을 중심으로-」현대문학이론학회 『현대문학이론연구』제5권, 1995) 게다가, 일본군인의 아내로서 조선으로 이주한 일본인 여성의 눈으로 3.1운동 당시 조선 민중들의 심리를 조선의 자연과 결부지어 그리고 있다는 점, 또한 그것을 최대한 조선인 민중들의 심리와 지배자로서의 일본인들의 마음 자세를 입체적으로 식민지 정책과 관련지어 생동감 있게 재현하고자 했다는 점에서 매우 이색적이고 주목할 만한 작품이다. 다만, 1923년 2월 23일 37회로 게재되어, 1월 초부터 게재가 시작되었을 것으로 추정되나, 1922년 12월 4일부터 1923년 2월 22일까지의 『경성일보』가 소실된 관계로 36회까지의 초반부의 내용은 확인이 불가능하며, 1922년 6월 24일 139회로 끝이 난다. 또한 저자인 후지사와 게이코가 누구인지, 집필 배경이나 이후의 행적에 대해서는 전혀 확인을 할 수 없다.

이와 같은 「반도의 자연과 사람」은, 시마자키 도손(島崎藤村)이 '문단의 대수확'이자 '대단한 발굴'이라고 높이 평가했듯이, 강원도 고성(古城)이라는 북선(北鮮)에 주둔하는 군속(軍属)의 아내이자 신여성으로 자부하는 재조일본인 여성의 시선으로 3.1독립운동에 대응하는 조선인과 재조일본인의 심리를 조선의 자연에 빗대어 그린다. 작품은 첫 부분이 소실되어 전모를 확인할 수는 없지만, 3.1운동이 일어나기 전해인 1918년 늦가을(11월로 추측) 다다에(忠枝) 분대장과 그의 아내 야스코(保子)가 강원도 고성의 분대로 부임해 오면서 시작되었을 것으로 추측된다. 야스코는 혹독한 식민지 조선 고성의 겨울을 견디며 봄을 기다리는 가운데 차츰차츰 자연은 싹을 틔우고 꽃을 피우며 봄기운을 드러내지만 그녀가 믿었던 조선인 총각의 동생은 폭동과 방화를 꾸미다가 체포된다. 이러한 상황에 대응하여 일본은 주둔군을 증가시키고 3.1운동은 일단락된다. 그녀는 5월이 되어서야 숙원이었던 금강산 구경을 가지만 너무 험한 산세에 도중에 돌아오다가 홍수를 만나 위험에 처한다. 일행은 조선인의 도움을 받아 무사히 귀가하고 계절은 6월로 접어들며 안정된 생활을 하게 된다. 여름이 끝날 무렵 헌병제도가 폐지됨으로써 분대장인 그녀의 남편 다다에를 비롯 그의 부하들은 혼란스럽고 불안한 상황에 처한다. 다다에는 자포자기의 심정으로 시베리아행을 결심하지만 다행히 경성에서 영전 소식이 오고 기쁜 마음으로 경성으로 간다. 그러나 다다에의 친한 동료는 불안 감을 이기지 못하고 여관의 유부녀와 달아나 경찰의 체포대상이 된다. 마지막회는 이야기가 마무리되지 않고 뭔가 다른 사건이 전개될 듯한 상황에서 끝이 나지만, 이야기의 큰 흐름상으로는 다다에 부부가 고성으로 부임한 11월에서 시작하여 다음해 같은 시기 그 고성을 떠나며 안정을 찾는 데서 이야기가 끝나 나름대로 소설의 결말 부분의 체재를 갖추고 있다.

이와 같은 「반도의 자연과 사람」은 3.1운동을 몸으로 현장에서 체험한 재조일본인의 시각으로 조선의 사람과 자연을 다루고 있다. 예를 들어 오카바야시(岡林)는 3.1운동을 문화의 정도가 낮은 조선인들이 합병전에 중국인이나 러시아인들로부터 괴롭힘을 당한 사실을 잊고, 윌슨의 민족자결주의에 편승하여 외국인들의 동정을 사서 독립운동을 하고자 하는 행위로 인식한다. 그러나 이는 3.1운동이후 약 3년이 지난 시점에서 사이토(斎藤) 총독의 문화정책의 일환으로 실시된 현상소설인 만큼 작가 후지사와 게이코는 그와 같은 3.1운동을 상대화하는 시각을 드러내며, 주인공 야스코는 조선의 위정자와 대중을 구별하여 잘 못된 것은 위정자이지 대중이 아니라고 하며 조선인들에게 호의와 신뢰를 드러낸다. 그러나 이와 같은 야스코의 호의와 신뢰는 조선인들의 방화와 폭동을 경험하며 품게 된 공포와 불신, 거부감으로 혼란에 빠지게 된다. 이와 같은 야스코의 조선인에 대한 감정의 혼란은 그녀의 남편이 속한 군부대가 주둔한 강원도 고성의 대자연에 대한 감정과도 같은 양상을 띠고 있다. 그녀에게 있어 북선(北鮮) 고성의 대자연은 춥고 불편하고 외로운 곳임과 동시에 한 남자의 아내로서 남편을 자신에게 붙들어 두어 정신적 안도감을 주는 곳이기도 하다. 아울러 작품의 뒷부분에서는 3.1운동이 일단락되어 헌병제도가 폐지되며 하급 군속들이 느끼는 혼란스럽고 불안한 심리가 그려지고 그 결과 일부 군인의 일탈행위가 발생하는 상황도 그려지고 있다.

이와 같이 본 작품은 3.1운동 이후 식민정책의 원활한 실시를 위해 내지 일본과 국제사회를 대상으로 내선융합과 조선의 평화발달 상황을 선전하는 것을 목적으로 하는 현상소설의 취지에 부응하고 식민지 문화정책의 의도를 반영하여 3.1운동과 이를 수행하는 조선인, 조선의 자연에 최대한 호의와 신뢰를 보이고자 했다고 할 수 있다. 그러나 결과적으로는 총독부의 식민정책을 말단에서 실시하는 군속, 혹은 그의 가족 특히 여성의 입장에서는 조선의 사람과 자연은 일방적으로 호의와 신뢰만으로 일관할 수만은 없는 공포와 불신의 대상으로 거부감을 갖을 수 밖에 없는 착종된 심리를 드러내고 있다. 특히 총독으로서 일본내지와 국제사회에 강조하고 싶은 문화정책의 실시는 말단에서 그 정책을 실현하는 일본 군속들에게는 혼란스럽고 불안한 것으로 받아들여졌음을 알 수 있었다.

이와 같은 3.1운동 전후의 재조일본인들의 심리와 조선의 사람, 자연 표상은 일본 상층의 식민정책 실시 주체나 그 지배의 대상이 되었던 조선인들의 시각에서 바라본 3.1운동의 모습과는 다른 측면에서 3.1운동을 바라볼 수 있는 시좌를 제공하는 귀중한 자료라 할 수 있다.

　　이상과 같이 본서는 『경성일보』에서 식민정책의 일환으로 실시했던 수많은 현상사업 중 그와 같은 현상사업으로 구현된 식민지 문화정책의 가장 전형적인 케이스라 할 수 있는 5000호 간행 현상문학 작품 당선작을 소개한 것이다. 이로써, 이 시기 문학에 관심을 갖는 연구자나 일반 독자들이 식민지 시기 문학과 문화에 내재된 문화 정치의 다층적 양상의 일면을 엿볼 수 있다면 역자로서 더 없는 기쁨이라 생각한다.

2020년 5월

역자 김효순, 김욱

파도치는 반도

지은이 **바바 아키라**(馬場明, 1887~?)

　상세한 정보는 아직 밝혀지지 않았으나 1922년 경성일보 현상소설공모전에서 「파도치는 반도(潮鳴る半島)」가 당선작으로 선정된 당시 도쿄(東京)의 모 제조회사에서 근무하는 35세의 남성이었으며, 조선에 오랫동안 거주한 바 있었다고 알려져 있다. 동명이인일 가능성이 있지만 1928년부터 1933년까지 조선총독부 직속 기관 철도국 평양역 사무소에서 서기로 근무하였고, 1934년부터는 철도국 본부 영업과로 소속을 옮겨 1940년까지 근속했다는 기록이 있다.

옮긴이 **김욱**

　고려대학교 졸업 후 동대학원에서 『식민지 이중언어문학과 유진오의 일본어 소설 연구』로 석사, 『식민지기 조선·대만의 고등교육기관 문예활동 비교연구』로 박사학위를 받았다. 대만 국립정치대학 대만문학연구소 방문연구원을 거쳐 한국연구재단 지원사업에 선정, 현재 한림대학교 일본학연구소에서 박사후연구원으로 활동하고 있다. 주요 논문으로 「戦時下〈外地〉高等教育機関に表れる文藝活動樣相研究」(2020), 역서로 『경성제국대학 일본어 잡지 『청량』 소설 선집 1·2』(역락, 2016) 등이 있다.

반도의 자연과 사람

지은이 **후지사와 게이코**(富士澤けい子, 생몰년 미상)

1922년 경성일보 현상소설공모전에서 「반도의 자연과 사람(半島の自然と人)」으로 당선되었다는 사실 이외에 관련 정보는 전혀 확인이 되지 않고 있다. 다만 작품의 내용상, 고성 지방 일본인 군속의 아내로 3.1운동 전후 조선으로 건너왔을 것으로 추정된다.

옮긴이 **김효순**

고려대학교 글로벌일본연구원 교수. 고려대학교와 쓰쿠바대학에서 아쿠타가와 류노스케 문학을 연구하였고, 현재는 식민지시기에 일본어로 번역된 조선의 문예물에 관심을 갖고 연구하고 있다. 주요 논문으로 「식민지 조선의 문화정치와 경성일보 현상문학 연구―「파도치는 반도」와 나카니시 이노스케 작 「동아를 둘러싼 사랑」을 중심으로―」(『일본학보』 제115호, 2018.5), 「'에밀레종' 전설의 일본어 번역과 식민지시기 희곡의 정치성―함세덕의 희곡 「에밀레종」을 중심으로―」(『일본언어문화』 제36호, 2016.10) 등이 있고, 역서 다니자키 준이치로의 『열쇠』(민음사, 2018), 편저 『(동아시아의 일본어문학과) 문화의 번역, 번역의 문화』(역락, 2018) 등이 있다.

『경성일보』 문학 · 문화 총서 ❶
현상소설 **파도치는 반도 · 반도의 자연과 사람**

초판 1쇄 인쇄 2020년 5월 12일
초판 1쇄 발행 2020년 5월 20일

지은이   바바 아키라(馬場明) · 후지사와 게이코(富士澤けい子)
옮긴이   김욱 · 김효순
펴낸이   이대현
편 집   이태곤 문선희 권분옥 임애정 백초혜
디자인   안혜진 최선주 김주화
마케팅   박태훈 안현진
펴낸곳   도서출판 역락
주 소   서울시 서초구 동광로 46길 6-6 문창빌딩 2층
전 화   02-3409-2060(편집), 2058(마케팅)
팩 스   02-3409-2059
등 록   1999년 4월 19일 제303-2002-000014호
전자우편   youkrack@hanmail.net
홈페이지   www.youkrackbooks.com

ISBN   979-11-6244-506-8 04800
         979-11-6244-505-1 04800(전12권)